CASSIE MILES

Une mère prise au piège

W0200299

BLACK *ROSE*

éditions HARLEQUIN

Collection : BLACK ROSE

Titre original : BODYGUARD UNDER THE MISTLETOE

Traduction française de ISABEL ROVAREY

HARLEQUIN®
est une marque déposée par le Groupe Harlequin

BLACK ROSE®
est une marque déposée par Harlequin S.A.

ÉDITIONS HARLEQUIN
83-85, boulevard Vincent Auriol, 75646 PARIS CEDEX 13.
Service Lectrices — Tél. : 01 45 82 47 47
www.harlequin.fr

ISBN 978-2-2803-0808-3 — ISSN 1950-2753

1

Il n'était pas encore mort.

L'obscurité se faisait moins dense derrière ses paupières closes. Il sentit les poils de ses bras se hérisser. Dans sa tête, les battements de son cœur cognaient aussi fort que le tambour de la *Danse du Fantôme*... Ce fut ce rythme sacré, immémorial, qui le ramena à la vie.

Ses oreilles captèrent d'autres bruits : le bip régulier d'un moniteur, le son d'un pas feutré, le grincement d'un siège, un toussotement — il y avait quelqu'un d'autre que lui dans la pièce.

Le tambourinement s'accéléra à l'intérieur de son crâne.

Ses paupières s'entrouvrirent. Le soleil qui filtrait entre les lattes des persiennes se réfléchit sur le drap blanc qui lui couvrait le corps. Son lit était entouré de matériel médical — oxygène, poche à perfusion sur son support métallique. Un moniteur cardiaque qui bipait. Plus vite, de plus en plus vite.

— Jesse ? le héla une voix profonde, près de lui. Tu es réveillé ?

Jesse Longbridge essaya de bouger, de répondre. Une douleur irradia de son épaule gauche dans son torse. Il se souvint qu'une balle l'avait touché, qu'il était tombé de cheval et qu'il était resté étendu sur le sol froid, impuissant. Il se rappela aussi le sang qui coulait. Il se rappela...

— Jesse ? Allez, Jesse, ouvre les yeux.

Il identifia la voix — celle de Bill Wentworth. Un ami. Un collègue. *Ce bon vieux Wentworth.* Il avait été secouriste en Irak, mais ce n'était pas la raison principale pour laquelle Jesse l'avait engagé. Cet ancien *marine* — comme Jesse — avait pour règle de ne jamais rien laisser au hasard et de toujours mener à bien le travail qu'il avait commencé.

Ils avaient une mission, Wentworth et lui. Et pas de temps à perdre. Ils devaient se rendre sur le terrain, protéger... Jesse se redressa d'un coup dans son lit et agrippa le bras de Wentworth.

— Est-ce qu'elle va bien ?

— Ah. Tu es réveillé, conclut Wentworth, ses lèvres s'étirant en un sourire qui ne découvrit pas ses dents. Ce n'est pas trop tôt.

L'un des fils du moniteur se détacha et le bip se mua en un gémissement aigu, continu.

— Nicole... Est-ce qu'elle va bien ? répéta Jesse.

— Ça va... On a procédé à des arrestations.

Wentworth était l'un des meilleurs éléments de Longbridge Security, la société qu'avait fondée Jesse — un garde du corps hors pair. Mais il n'était pas bon menteur.

La douleur fusa de nouveau dans l'épaule de Jesse, menaçant de le renvoyer dans les limbes d'une bienheureuse inconscience. Il se passa la langue sur les lèvres. Il avait la bouche asséchée. Il avait soif. Et, plus que tout, il voulait entendre la vérité. Nicole avait été kidnappée, il le savait — il en avait été témoin. C'est en voulant la protéger qu'il avait été blessé.

L'étau de ses doigts se resserra autour du bras de Wentworth.

— Nicole a-t-elle été rendue à son mari, oui ou non ?

— Non.

Dylan Carlisle avait engagé Longbridge Security pour protéger sa famille et sécuriser le ranch et son élevage de bovins. Si sa femme avait disparu, ils avaient donc échoué dans leur mission. *Il* avait échoué.

Il relâcha Wentworth. De sa main droite, il détacha la canule nasale qui avait apporté de l'oxygène à ses poumons. Se massant l'arête du nez, il sentit la petite bosse que lui avait value une fracture, lors d'une bagarre dans la cour de l'école, il y a bien longtemps. Il n'avait pas renoncé alors. Il ne renoncerait pas davantage maintenant.

— Je m'en vais d'ici.

Deux infirmières entrèrent en courant. Pendant que l'une débranchait rapidement le moniteur qui sonnait toujours, l'autre écarta Wentworth pour s'approcher du lit.

— Vous êtes réveillé… C'est merveilleux.

— Oui. Et prêt à partir, répondit Jesse.

— Oh ! je ne crois pas, non. Vous êtes resté inconscient pendant trois jours et…

— Quoi ? Quel jour sommes-nous ?

— Mardi matin. Le 9 décembre.

Nicole avait été enlevée le vendredi précédent, à l'approche du crépuscule.

— J'étais dans le coma ?

— Après l'intervention, votre activité cérébrale s'est stabilisée. Vous vous êtes remis à répondre aux stimuli extérieurs.

— Ça, on peut le dire, grommela Wentworth. Quand le technicien du laboratoire a voulu te faire une prise de sang, tu as repris conscience suffisamment longtemps pour l'attraper à la gorge et le repousser assez fort pour le faire tomber à la renverse.

— J'espère qu'il ne s'est pas fait mal ?

— Non, ça va, le rassura l'infirmière. Mais vous n'êtes pas exactement son patient favori.

Sa place n'était pas à l'hôpital. Il avait eu trois jours de convalescence… C'était largement suffisant.

— Je veux mes vêtements.

L'infirmière fit la grimace.

— Vous souffrez, je le sais, protesta-t-elle.

— Ecoutez, si vous ne m'enlevez pas ces aiguilles du bras, je vous préviens, c'est moi qui m'en charge, menaça-t-il.

Elle jeta un coup d'œil à Wentworth.

— Il se montre toujours aussi difficile ?

— Oui, toujours.

***

Fiona Grant posa une boîte rectangulaire en chêne ciré sur la table de la cuisine et en souleva le couvercle. A l'intérieur, dans un écrin de velours rouge, était rangé un antique colt 45 à la crosse ornée de perles.

Dans son testament, son mari avait légué l'objet à Jesse Longbridge, ce à quoi Fiona ne trouvait strictement rien à redire. Elle avait essayé d'organiser une rencontre avec Jesse afin de lui présenter le don dont il était l'héritier, mais leurs emplois du temps n'étaient pas conciliables. Après la mort de son mari, dépassée par les événements, elle n'avait pas su gérer efficacement les milliers de détails qui demandaient à être réglés et elle espérait que Jesse comprendrait. Elle vouait une reconnaissance éternelle au garde du corps qui avait sauvé la vie de son mari. Grâce à la réactivité exemplaire de Jesse, elle avait profité de son cher Wyatt pendant quelques précieuses années supplémentaires avant qu'un infarctus ne l'emporte, à l'âge de quarante-huit ans.

On lui répétait à l'envi qu'elle était trop jeune pour être veuve. Pas encore trente ans lorsque Wyatt était décédé. Trente-deux aujourd'hui. Trop jeune ? Comme s'il y avait un âge acceptable pour le veuvage ! Comme si sa fille — désormais âgée de quatre ans — se serait mieux portée de perdre son père à six ans… Ou dix… Ou quinze ?

L'âge ne changeait rien à l'affaire. La différence d'âge entre Wyatt et elle n'avait pas dérangé Fiona lorsqu'ils s'étaient mariés. Tout ce qu'elle savait, c'était qu'elle aimait son mari de tout son cœur. Et elle éprouvait donc une immense gratitude à l'égard de Jesse Longbridge et avait bien l'intention de lui remettre le colt sitôt qu'il sortirait de l'hôpital. En attendant, il ne lui en voudrait sûrement pas si elle l'utilisait…

Du bout des doigts, elle effleura le métal froid du canon et eut un mouvement de recul. Elle n'aimait pas les armes à feu, mais il était néanmoins prudent — voire indispensable — d'en détenir une lorsqu'on était propriétaire d'un ranch dans l'ouest du Colorado. Non que Fiona se considérât véritablement comme une propriétaire de ranch. Ses terres d'une centaine d'acres n'étaient rien en comparaison de l'immense domaine Carlisle voisin qui comptait plus de deux mille têtes de black angus. Elle ne possédait pas d'animaux, même si sa fille Abby ne cessait de lui répéter qu'elle aimerait *vraiment, vraiment,* avoir un poney.

Fiona contempla le revolver, les sourcils froncés. « Quelle blague ! se morigéna-t-elle. Tu es incapable d'utiliser ce colt 45 ». Elle se détourna, esquissa un pas puis s'arrêta. Elle regarda par la fenêtre, au-dessus de l'évier. Le panorama de cimes encapuchonnées de neige, de forêts de conifères et de pâturages jaunis par l'hiver ne parvint pas à l'apaiser.

Depuis trois jours, c'était le branle-bas de combat après le tragique enlèvement qui s'était produit au ranch Carlisle. Leur tranquille vallée pastorale se retrouvait envahie par la police, les agents du F.B.I., les hélicoptères de recherche et les chiens policiers qui, nez au sol, flairaient des pistes qui les conduisaient droit à sa porte d'entrée.

La veille, il y avait eu des arrestations. Le danger aurait dû être levé. Mais, peu après 2 heures du matin, Fiona avait entendu des bruits de voix au-dehors. Elle n'avait pas vu les intrus ni pu déterminer à quelle distance de la maison ils se trouvaient. Mais ils parlaient fort, d'un ton colérique, puis s'étaient tus soudainement.

Le calme qui avait suivi la querelle lui avait presque fait plus peur que les cris. Et s'ils venaient chez elle ? s'était-elle demandé avec angoisse. Parviendrait-elle à les empêcher d'entrer s'ils tentaient de le faire ? Le bureau du shérif se trouvait à trente kilomètres. Si elle appelait le ranch Carlisle, quelqu'un accourrait… Mais arriveraient-ils à temps ?

La vérité lui était apparue dans toute son horrible clarté : Abby et elle n'avaient personne pour les protéger. Leur sécurité dépendait d'elle, et uniquement d'elle.

D'où le revolver.

Jamais elle n'aurait pu imaginer qu'elle se retrouverait

un jour seule, à vivre dans ce rustique chalet de montagne à l'année. C'était une résidence secondaire — où Wyatt, Abby et elle venaient passer l'été pour que son mari puisse décompresser de son stressant travail de procureur, à Denver.

Mais l'eau avait coulé sous les ponts. Elle était bel et bien ici, désormais. C'était son domicile et elle devait être en mesure de le défendre.

Elle sortit le colt de la boîte et s'étonna de son poids dans sa main. Cette arme détonnait tellement dans sa cuisine colorée, avec ses murs mandarine et les dessins d'Abby placardés sur le réfrigérateur.

C'était une bonne chose que sa fille soit chez sa baby-sitter, en ville. Elle ne voulait pas l'effrayer. Encore que… Abby aurait probablement éclaté de rire en voyant son artiste de mère tenter de jouer les dures, une arme au poing.

Fermant un œil, Fiona éleva le canon et visa le grille-pain, sur le comptoir. Prenant une voix menaçante, elle proféra :

— Si tu bouges, je te descends !

Le grille-pain ne réagit pas.

Par la fenêtre de la cuisine, elle vit une silhouette à cheval qui approchait de l'arrière de la maison. Carolyn Carlisle.

Promptement, elle rangea le vieux revolver dans sa boîte et reposa celle-ci à sa place sur le réfrigérateur. Attrapant une veste en velours vert accrochée à la patère près de la porte de derrière, elle l'enfila, sortit sa longue tresse châtaine du col et descendit les marches du porche.

Carolyn mit adroitement pied à terre et s'avança pour lui donner l'accolade. Grande, ses cheveux noirs tirés en une queue-de-cheval sous son chapeau de cow-boy, elle portait un jean, une veste en peau retournée noire et des bottes.

Bien que Fiona fût originaire des environs de San Francisco, elle adorait la façon de s'habiller de l'Ouest — à l'exception des bottes qui lui comprimaient les orteils et auxquelles elle préférait des sandales. Ou les tennis qu'elle avait chaussées aujourd'hui.

— Bonne nouvelle, annonça Carolyn. Jesse Longbridge est sorti du coma. Sa blessure ne lui laissera pas de séquelles.

— Tant mieux… C'est un soulagement.

— Je ne sais pas si mon frère t'a remerciée de lui avoir recommandé Longbridge Security. Jesse et ses hommes ont fait du très bon travail.

Fiona n'en fut nullement surprise. Son mari avait toujours dit qu'ils étaient « les meilleurs », chez Longbridge Security.

— Et… pour ce qui est de Nicole ?

— On a eu de ses nouvelles. Elle aurait dit, paraît-il, qu'elle allait bien et que nous ne devions pas nous faire de souci.

— Mais elle n'est pas revenue ?

— Les choses ne se sont pas passées comme elles l'auraient dû.

Le cœur de Fiona se serra pour sa voisine.

— Je suis désolée.

— Je n'ai pas l'intention de rester les bras croisés. Mon frère boude dans son coin comme un chiot qu'on aurait grondé. Nous avons perdu une rançon d'un million de dollars. Et, en ce qui me concerne, je ne croirai que Nicole va bien que quand je l'aurai entendu de sa propre bouche.

Ses poings se refermèrent.

— Je n'en ai pas terminé avec cette affaire… Loin de là.

Fiona aurait bien voulu avoir un dixième de la force de caractère de Carolyn. Lorsqu'elle n'était pas au ranch, celle-ci était une femme d'affaires avisée, directrice générale de Carlisle Certified Organic Beef, société d'envergure internationale de vente de viande de bœuf biologique élevé au ranch.

— Tu veux entrer un moment ? Prendre un café ? proposa Fiona.

— Ce n'est pas la peine.

Fiona s'approcha du cheval de Carolyn. Elvis était un grand et bel étalon acajou avec une crinière noire et une tache blanche sur le front. Elle passa la main sur son pelage soyeux. Subtilement, elle encouragea son amie à se confier.

— J'ai entendu dire que les kidnappeurs avaient été arrêtés.

— Le F.B.I. a fait une descente au ranch Circle M où s'était installé ce groupe de « survivalistes ». Mais Nicole n'y était pas.

— Tu as dit que vous aviez eu de ses nouvelles hier soir.

— C'est tellement fou… Je ne sais même pas par où commencer.

Fiona attendit que Carolyn organise ses pensées en continuant à caresser l'animal. Elvis plongea la tête en avant et découvrit ses dents en un sourire chevalin.

— Tu crois qu'il me fait du gringue ?

— Ça ne m'étonnerait pas d'Elvis, rétorqua en riant Carolyn. Mais, surtout, ne lui donne rien à manger. Que ferais-je d'un Elvis plein de graisse ?

Fiona partit d'un éclat de rire, mais Carolyn était si tendue qu'elle ne sourit même pas. Changeant de sujet, elle poursuivit :

— Je ne t'ai même pas demandé comment vous alliez, toi et Abby.

— Abby va bien. Elle est chez sa baby-sitter à Riverton pour le moment.

— Normalement, tu n'es pas au chalet en décembre.

Ne voulant pas se lancer dans une grande dissertation sur ses problèmes personnels, Fiona regarda le ciel sans nuages.

— Il a fait un temps exceptionnel. Presque aussi doux qu'à Denver. Tu crois que nous aurons un Noël blanc ?

— Noël… C'est la période de l'année favorite de Nicole.

La voix de Carolyn se brisa.

— Elle adore décorer la maison. Elle s'y entend merveilleusement bien. Moi, je ne sais même pas par où commencer.

— Je t'aiderai, proposa Fiona. Viens, allons marcher un peu pendant que nous bavardons.

Elvis sur leurs talons, elles traversèrent l'étendue d'herbe sèche, puis longèrent la lisière de pins ponderosa qui formaient une barrière naturelle autour de la maison de Fiona. Sa propriété, toute de roches et de forêt, n'avait jamais été destinée à l'agriculture ni à l'élevage.

— Avant l'enlèvement, mon frère et Nicole s'étaient

disputés, déclara Carolyn. Hier soir, quand ils se sont vus, elle lui a dit que le fait d'avoir été kidnappée lui avait donné le temps de réfléchir et qu'elle avait décidé de ne pas revenir à la maison. Elle ne veut plus jamais revoir Dylan.

— Elle veut divorcer ?

— Il semblerait, répondit Carolyn en chassant d'un coup de pied une pomme de pin de son chemin. Dylan refuse d'évoquer la question. Apparemment, Nicole l'a totalement convaincu. Il a fait interrompre les recherches.

— Mais… il en a le droit ? Le F.B.I. est sur le coup, non ? Quoi que dise la victime, un enlèvement était un crime.

— Les profileurs du F.B.I. et les équipes de recherche étaient d'accord pour se retirer. Ils ont mis le comportement de Nicole sur le compte du syndrome de Stockholm.

— Ils pensent qu'elle est tombée amoureuse de son ravisseur ?

— Moi, en tout cas, je n'y crois pas. Un lien très fort unit Nicole et mon frère ; ce sont des âmes sœurs. Bon sang, jamais elle ne le quitterait. Et moins encore dans ces conditions !

Redoublant de détermination, Carolyn poursuivit :

— Il est hors de question que je laisse les choses en l'état. J'ai réussi à convaincre un agent du F.B.I. de rester… N'en déplaise à mon frère.

Elle cessa de marcher. Elles se trouvaient sur un promontoire surmontant la clôture de fil de fer barbelé qui séparait leurs deux propriétés. Dans un pâturage, près des arbres, un grand troupeau de bétail paissait paisiblement. Un champ de blé d'hiver, planté à la fin septembre, s'étendait jusqu'à la route.

Fiona adorait ce paysage — un patchwork de subtiles couleurs hivernales ponctué par le vert tendre du blé et les massives silhouettes noires des bovins.

Elvis s'approcha d'elle et vint pousser son épaule du museau, comme un énorme chien quémandant une caresse. Elle flatta son encolure du plat de la main.

— Si Nicole est avec son ravisseur, cela signifie qu'il court toujours. Je me trompe ?

— Ils étaient deux. L'un d'eux a un casier judiciaire long comme le bras. L'autre est Butch Thurgood — celui dont Nicole est censée s'être entichée. Il a remporté l'épreuve de monte de chevaux sauvages dans nombre de rodéos et il est réputé savoir « murmurer à l'oreille des chevaux ».

— Hier soir, j'ai entendu deux hommes se quereller, reprit Fiona. Je ne les ai pas vus, mais ils étaient près du chalet. Tu crois que ce pouvait être eux ? Les ravisseurs ?

— Ça vaut la peine d'essayer de le savoir. Je vais en parler à Burke.

— Burke ?

— L'agent du F.B.I. qui a bien voulu m'écouter.

Ses traits se détendirent comme elle prononçait son nom.

— Puis-je te demander quelque chose ? De femme à femme.

— Oui… Bien sûr.

— Comment as-tu su ? Je veux dire, quand tu as rencontré Wyatt… Comment as-tu su que c'était avec lui que tu voulais passer ta vie ?

— Je n'ai rien planifié. C'est mon cœur qui m'a guidée.

— Tu en as, de la chance, proféra Carolyn en faisant la grimace. Mon cœur à moi n'est pas aussi direct. Je saurais quoi faire, s'agissant de Burke, si seulement je pouvais me référer à un bilan ou à un rapport.

Fiona respectait le sens des affaires extrêmement aiguisé de sa voisine, mais elle ne crut pas un mot de ces assertions.

— Il est évident qu'il compte pour toi. Même si ça te paraît irrationnel, il se peut même que tu sois amoureuse de lui.

— J'ai déjà été amoureuse et ça n'a pas marché.

— Tu ne sauras jamais comment ça se passerait avec Burke si tu n'essaies pas.

— Oh ! bonté divine ! Je n'aurais pas pu choisir un plus mauvais moment.

Calant le talon de sa botte dans l'étrier, elle remonta sur Elvis.

— Je reviendrai avec Burke pour tenter d'élucider cette mystérieuse histoire de voix dans la nuit.

— Je suis impatiente de faire sa connaissance.

Fiona regarda Carolyn redescendre de l'arête rocheuse pour rejoindre la route où son chemin ne serait pas bloqué par des fils de fer barbelés. Bien qu'elles aient approximativement le même âge, Fiona se faisait l'effet d'être beaucoup plus mûre que Carolyn. Elle avait déjà connu le cycle complet d'une vie — le mariage, l'enfantement et le décès de son conjoint.

Et, maintenant, de nouveau seule, elle repartait de zéro. Elle enviait la lueur qui brillait dans le regard de Carolyn à l'évocation de ce qui était sans doute son premier véritable amour. Elle espérait éprouver tout cela de nouveau un jour… L'afflux soudain d'émotions qui allaient de pair avec l'amour. Les frissons. La chaleur. Le froid et le chaud, en même temps.

Au lieu d'orienter ses pas vers la maison, elle grimpa jusqu'en haut de l'arête rocheuse. De là, dissimulée derrière un gros rocher, elle contempla ses terres en contrebas.

Un petit vent frais de décembre agitait les branches des arbres. Malgré le beau soleil qui brillait, elle tressaillit. Les voix qu'elle avait entendues avaient pu venir de la grange. Ou de la remise. Ou encore de l'atelier de poterie en cours d'aménagement que Wyatt n'avait pas eu le temps de terminer.

Un mouvement sur l'arrière de la maison attira son regard. Une ombre furtive qui ressemblait à la silhouette d'un homme. Elle se figea et plissa les yeux pour mieux voir. Quelqu'un cherchait-il à pénétrer chez elle par effraction ?

La porte de derrière claqua subitement et elle sursauta. Elle n'avait pas pris la peine de fermer à clé lorsqu'elle était sortie pour accueillir Carolyn. Cette silhouette indistincte pouvait fort bien s'être introduite chez elle.

2

Assis sur le siège passager d'un 4x4 noir arborant le logo de Longbridge Security sur la portière, Jesse contempla par le pare-brise le ciel bleu du Colorado. Il se rendait au ranch Carlisle pour rétablir la situation.

Wentworth conduisait, silencieux, une expression réprobatrice inscrite sur le visage. Il n'avait pas ouvert la bouche de tout le trajet depuis Delta jusqu'à la petite bourgade de Riverton.

Les vitrines des magasins étaient parées de rouge et de vert à l'approche de Noël. Un bonhomme de neige gonflable avait été placé à l'extérieur du drugstore. Aucune chance d'en voir un vrai : le temps avait été très doux pour un mois de décembre.

Wentworth s'arrêta à un stop. A leur gauche se trouvait l'unique station-service de la ville. Devant la porte ouverte du garage, Jesse vit un cow-boy claquer violemment la portière de sa camionnette en lâchant un chapelet de jurons.

— Pour ta gouverne, sache que je pense que tu as eu tort de quitter l'hôpital, grommela finalement Wentworth.

— C'est noté, répondit Jesse sans quitter des yeux la station-service où le cow-boy s'énervait de plus en plus.

— Tu as vu ? Qu'est-ce qui se passe là-bas ?

— Je ne sais pas. On dirait qu'il a l'air mécontent de la réparation effectuée sur son véhicule. En tout cas, on ne peut pas dire que son attitude soit très en phase avec l'esprit de Noël.

Observant toujours la scène, Jesse vit l'homme attraper un démonte-pneu et se diriger vers le bureau.

— Arrête-toi.

— Oh ! nom d'un chien… Je n'ai pas envie de me mêler de leurs histoires.

Mais Wentworth obliqua pour entrer dans la station et rangea le véhicule à côté des pompes à essence. Longbridge Security n'était pas en lien avec les forces de police, mais Jesse se sentait une obligation personnelle de veiller au maintien de l'ordre public.

Un homme à la tête couronnée de cheveux blancs, en combinaison de travail, sortit du bureau en traînant les pieds, tenant le cow-boy en joue avec un fusil de chasse à double canon.

— Allez, oust ! Du balai ! gronda-t-il. Ta camionnette ne vaut pas le caoutchouc que tu laisses sur le bitume !

— Je n'ai rien contre toi, Silas, reprit le cow-boy, baissant d'un ton. Je veux juste savoir où est ton petit-fils.

— Je ne suis pas son ange gardien. Ni son agent de libération conditionnelle. Va-t'en.

— O.K., O.K., je vais partir.

Comme le cow-boy battait prudemment en retraite, le vieil homme abaissa le canon de son arme et foudroya Wentworth du regard.

— Vous avez un problème, les gars ?

— Non, monsieur.

Wentworth rebroussa précipitamment chemin et rejoignit la voiture.

— Pittoresque petite ville, nota Jesse, pince-sans-rire.

— Silas O'Toole est un drôle d'oiseau. Il ouvre la station quand ça lui chante et, pour le prix du carburant, c'est à la tête du client. L'autre jour, j'ai eu un plein pour moins de vingt dollars !

— Sacré personnage.

— J'ai remarqué que tu n'avais pas exactement bondi hors de la voiture pour intervenir… Tu as mal ?

— Ça va.

Ce n'était pas tout à fait vrai, Jesse devait le reconnaître. Il avait reçu trois balles et tout son flanc gauche l'élançait. Un projectile avait traversé le haut de sa cuisse. Le bras gauche avait été touché, lui aussi, mais la blessure la plus grave était due à l'impact qu'il avait reçu au torse, près de l'épaule ; la balle s'était enfoncée profondément dans la chair et les muscles, si bien qu'il avait fallu la retirer par voie chirurgicale. Une attelle immobilisait son bras et son épaule gauches.

Il avait signé une bonne demi-douzaine de décharges exonérant l'hôpital Delta et les médecins de toute responsabilité pour le cas où il passerait l'arme à gauche en raison de sa sortie prématurée de l'hôpital.

— Tu as perdu beaucoup de sang, nota Wentworth.

— Ce ne sont que des blessures superficielles. Pas de fracture. Pas de lésions internes.

— Cause toujours… Pendant l'intervention, le chirurgien a bien cru qu'il t'avait perdu à un moment donné. Tu es en quelque sorte mort pendant quatre minutes.

— Je sais… Je m'en souviens.

Jesse n'avait pas connu l'expérience de la lumière blanche au fond du tunnel, mais il s'était revu jeune, anxieux à l'idée de rendre visite à ses grands-parents. Sa mère — femme aux yeux bleus de lignée irlandaise — l'avait toujours incité à rester en contact avec la famille navajo de son père décédé.

Dans son « rêve », il se voyait grimpant sur une échelle de bois à partir de la « kiva », pièce de cérémonie réservée aux hommes. Sa poitrine se gonflait tandis qu'il inspirait à pleins poumons les riches senteurs de la terre et les effluves odorants de la sauge qu'on brûlait. Ses cheveux noirs, lisses, tombaient sur ses épaules, bien plus longs qu'il ne les portait aujourd'hui.

Au-dessous de lui, dans la plaine, il voyait son grand-père, chaman aux cheveux blancs portant une ceinture de turquoises et tenant à la main une plume d'aigle.

Celui-ci lui faisait signe. Mais les pieds de Jesse demeuraient fermement ancrés dans le sol. Il ne pouvait pas bouger, pas avancer vers lui… Pas encore. Il lui restait quelque chose à faire sur cette terre.

— Tu te rappelles le moment où tu étais entre la vie et la mort ?

Jesse ajusta le positionnement de son attelle autour des pansements et bandages qui lui enveloppaient le bras. Si son grand-père avait été encore de ce monde, le vieil homme lui aurait administré des herbes pour le guérir.

— Dis-moi ce qui est arrivé à Nicole.

— De quoi te souviens-tu, exactement ?

Jesse repensa au matin qui avait précédé l'enlèvement. Le mari de Nicole, Dylan, avait engagé Longbridge Security pour une classique mission de surveillance et de protection. Il y avait eu plusieurs sabotages dans son ranch, dont un incendie qui avait complètement détruit l'une des écuries.

Jesse et trois de ses hommes, dont Wentworth, n'étaient sur place que depuis quelques heures lorsque Nicole était sortie en trombe de la maison. Bien que prévenue des risques qu'elle encourait et sachant qu'elle ne devait pas sortir seule, elle avait sellé son cheval et était partie au galop à travers champs, en direction des bois. Jesse l'avait suivie, à cheval lui aussi.

Il avait réussi à se rapprocher suffisamment d'elle pour voir les deux hommes qui l'avaient interceptée. Il les avait entendus dire : « Dylan sera prêt à payer le prix fort pour la récupérer. » Et ensuite… La catastrophe.

S'il avait été plus rapide, si son cheval n'avait pas marché sur une branche morte, si son axe de tir avait été dégagé, il aurait pu protéger efficacement Nicole. Au lieu de quoi, c'est lui qui s'était fait tirer dessus.

— Je me rappelle être remonté à cheval. Mais je ne suis pas allé loin… Je suis tombé… J'ai parlé à une femme…

— Carolyn Carlisle, dit Wentworth. La sœur de Dylan.

— Et puis je me suis évanoui. Dis-moi ce qui est arrivé après.

— Première chose, je t'ai sauvé la vie.

— O.K. Je t'en remercie.

— Ça n'a pas été facile, déclara Wentworth. J'ai réussi à ralentir le saignement, je t'ai chargé à l'arrière d'une camionnette. L'un des employés du ranch — un jeune nommé McKenzie — t'a emmené à l'hôpital à tombeau ouvert. C'est sûrement le meilleur tri médical que j'aie jamais réalisé de ma carrière de secouriste.

— Est-ce une façon déguisée de signaler que tu mérites une augmentation ?

Wentworth se dérida enfin. La tension retomba subitement entre eux.

— Je n'ai pas à me plaindre de ce côté-là, je trouve.

— Tant mieux, parce que je me demande qui voudra engager Longbridge Security lorsqu'il sera de notoriété publique que j'ai laissé une cliente se faire kidnapper sous mes yeux. Bon… Et qu'est-il arrivé ensuite ?

— Une rançon d'un million de dollars a été réclamée. Le F.B.I. a été appelé à la rescousse. Il a remonté la piste jusqu'aux ravisseurs — une bande d'illuminés survivalistes qui se livrent aussi à de la contrebande. L'affaire est close.

— Oh ? Vraiment ?

— Tu parles ! Non, bien sûr.

Jesse remua inconfortablement sur son siège. De sa main droite, il chercha dans la poche de sa veste son tube d'antalgiques.

— Continue.

— Ils n'ont pas retrouvé Nicole. Hier soir, elle a appelé son mari, a demandé à le rencontrer. Et, quand ils se sont vus, elle lui a déclaré qu'elle ne rentrerait pas à la maison. Qu'elle voulait divorcer.

Jesse n'était pas sûr de bien comprendre.

— Mais… je croyais que tu avais dit que les ravisseurs avaient été arrêtés ?

— Deux d'entre eux courent toujours.

— Et la rançon ?

— Disparue. Envolée.

Le ranch Carlisle apparut au loin, délimité par sa clôture de piquets blancs. Une allée incurvée conduisait à une grande demeure blanche à un étage pourvue d'une large véranda qui courait sur toute sa longueur. Nichée comme elle l'était dans l'écrin de verdure que formaient les collines environnantes, couvertes de pins, elle avait vraiment fière allure. Difficile à croire que tant de tourments se soient abattus sur un endroit aussi idyllique.

Le martèlement recommença à l'intérieur de la tête de Jesse. Une pulsation sourde, lancinante.

— Qu'est-ce que tu as appris d'autre ?

— C'est à peu près tout, répondit Wentworth. Je ne suis pas allé au ranch. Le client m'a demandé de rester à l'hôpital, auprès de toi… Pour te protéger. Tu es le seul témoin et les ravisseurs ne seraient sûrement pas mécontents de te voir… hors jeu.

Malgré les chapeaux de cow-boy qui cachaient en partie les traits des hommes, Jesse avait pu voir très rapidement leur visage. Mais lorsqu'il ferma les yeux pour visualiser la scène, la douleur s'intensifia. Il ouvrit le tube d'antalgiques, fit tomber un comprimé dans sa main et l'avala.

Il ne savait que dire à Dylan. Le mot « désolé » lui vint à l'esprit. « Désolé d'avoir foiré et permis que Nicole soit enlevée. Désolé que vous ayez perdu une rançon d'un million de dollars. Désolé que votre femme vous ait quitté. »

Il grimaça. Tout à coup, avoir quitté l'hôpital contre l'avis des médecins lui parut être une très mauvaise idée. Il ne se sentait pas prêt à la confrontation avec les Carlisle.

— Ne passe pas par l'entrée principale. Prends à gauche.

Wentworth suivit ses instructions.

— Est-ce qu'on va à un endroit particulier ?

— J'ai besoin de quelques minutes de réflexion avant d'affronter Dylan.

Il allait sans dire que Jesse ne considérerait pas sa mission terminée tant qu'il ne serait pas parvenu à une conclusion satisfaisante tant pour lui que pour son client. Même si Dylan était disposé à croire sa femme sur parole, Jesse voulait obtenir confirmation de Nicole.

Il tourna la tête et regarda par la fenêtre. De l'autre côté d'une clôture de fil de fer barbelé s'étendait un champ de blé d'hiver. Encore vert. Alors qu'on était en décembre.

— Ralentis.

— Qu'est-ce que tu cherches ?

— Je ne sais pas trop.

Il espérait une illumination subite — une inspiration soudaine qui l'orienterait dans la bonne direction. Dans le ciel, au-dessus du champ, un faucon tournait en rond. Son grand-père l'aurait considéré comme un présage — un signe indiquant à Jesse qu'il devait se comporter comme ce rapace. Lui aussi était un chasseur. Il devait retrouver Nicole. *Retrouver l'argent.*

Wentworth appuya à fond sur la pédale de frein.

Une femme accourait vers le 4x4. Sa veste était du même vert que les épis de blé qui poussaient dans le champ. Sa longue tresse châtaine oscillait en cadence derrière elle, au rythme de ses foulées.

Les joues colorées par la course, elle ouvrit la portière côté passager. Elle était fine et délicate, avec des yeux gris qui brillaient d'une étincelle fiévreuse. Jesse eut tout à coup envie de la regarder de façon plus approfondie.

— Votre logo, dit-elle, haletante. Je vois que vous êtes de Longbridge Security.

— Oui, madame, en effet. Je suis Jesse Longbridge.

— J'ai votre colt.

Son *colt* ? Tandis qu'elle se penchait en avant pour reprendre son souffle, il descendit de voiture. Les muscles raidis d'être resté alité pendant trois jours, il déplia prudemment sa jambe gauche bandée qui se mit à trembler lorsqu'il prit appui sur elle pour supporter son poids.

— Et vous êtes… ?

— Fiona… Fiona Grant.

La veuve de Wyatt Grant. Jamais il n'aurait reconnu cette créature aux allures d'elfe d'après la photographie qu'il avait vue d'elle sur le bureau de son défunt mari. Wyatt était très fier de sa jeune épouse. Sur ce cliché, Fiona apparaissait souriante, ses longs cheveux cascadant en boucles scintillantes sur ses épaules, aussi sereine que Mona Lisa. Un collier de diamants étincelait sur la peau olive de son cou. Il avait été engagé pour protéger Wyatt Grant un peu plus de quatre ans plus tôt. S'il avait bonne mémoire, Fiona était enceinte à l'époque et obligée de garder le lit.

— J'ai appris pour votre mari, déclara-t-il. Toutes mes condoléances. Wyatt était quelqu'un de bien.

— Il faut que vous veniez tout de suite avec moi, dit-elle, une note pressante dans la voix. Je pense que les kidnappeurs sont chez moi.

— Vous les avez vus ?

— Hier soir, j'ai entendu des voix. Et, il y a un petit moment, je suis sortie de la maison sans verrouiller la porte… Au moment où je revenais, j'ai aperçu quelqu'un… Un homme. Puis j'ai entendu claquer la porte de derrière.

— Vous pouvez me le décrire ?

— Je n'ai fait qu'entrevoir une silhouette… Une ombre.

Elle frissonna. Quoi qu'elle ait vu, cela l'avait effrayée.

— Peut-être que j'ai rêvé… Et que c'est le vent qui a fait claquer cette porte, mais…

Il la rassura.

— Vous avez eu raison de ne pas courir de risque.

— Vous me croyez ?

Elle s'était exprimée de façon plutôt confuse, surtout concernant cette histoire de revolver, mais elle était visiblement inquiète et elle lui donnait par ailleurs l'impression d'avoir la tête sur les épaules.

— Nous allons aller jeter un coup d'œil chez vous.

Nicole avait déjà été enlevée, il était hors de question de laisser quoi que ce soit au hasard désormais. Fiona avait besoin de sa protection.

3

Du mode « réflexion », Jesse passa en mode « action ». Si un intrus s'était vraiment introduit chez Fiona, ils devaient agir vite s'ils voulaient avoir une chance de le coincer.

— Wentworth, appelle le ranch Carlisle pour demander des renforts. Dis-leur que nous nous rendons à la maison Grant, ordonna-t-il en ouvrant à Fiona la porte arrière du 4x4. Montez.

Durant les quelques minutes qu'il leur fallut pour parvenir à l'embranchement qui conduisait à son ranch, Jesse conçut un plan simple. Wentworth et lui couvriraient l'avant et l'arrière du chalet, piégeant l'intrus à l'intérieur, le temps que les secours arrivent. Lorsqu'ils seraient plus nombreux, ils pourraient fouiller l'habitation, puis se déployer pour explorer la totalité de la propriété.

Wentworth raccrocha.

— L'agent Burke et quelques hommes du ranch sont en route. Ils seront là dans cinq à dix minutes.

Ils remontèrent le chemin de terre qui menait au chalet. Contrairement aux autres ranchs du secteur, aucune clôture ne ceignait la propriété de Fiona. La bâtisse en rondins de plain-pied, toute en longueur, était nichée dans une petite clairière au milieu d'une forêt de trembles. L'endroit devait être magnifique à l'automne quand le feuillage virait à l'or et au rouge. Derrière le chalet, il avisa une grange et des dépendances.

— Fiona, combien d'issues y a-t-il dans votre maison ?

— Seulement une à l'avant et une à l'arrière. Mais il y a les fenêtres, bien sûr…

Elle parlait d'une voix douce, mais claire. Sa musicalité rappela à Jesse les sonorités délicates d'une flûte.

— Restez dans la voiture, Fiona, lança Jesse en se tournant vers son collègue. Je vais prendre l'avant. Tu contournes la maison pour surveiller la façade arrière. Tu n'entres pas tant que les renforts ne sont pas là.

Sitôt que Wentworth se fut garé devant le garage non attenant, Jesse mit pied à terre. L'afflux d'adrénaline masquait la douleur. Il avait son arme bien en main, comme à son habitude… O.K. Il pouvait y arriver. Pas de problème.

Se déplaçant aussi rapidement que le lui permettait sa jambe blessée, il prit position au coin de la maison, à côté d'un long porche couvert surélevé d'une marche. De son poste d'observation, il voyait l'intégralité de la maison ainsi que l'un des côtés, pour le cas où l'intrus déciderait de prendre la fuite par une fenêtre.

Adossé aux rondins du chalet, il sentit son cœur se mettre à cogner plus fort. Il transpirait à grosses gouttes. L'obscurité commençait à envahir son champ de vision périphérique. Mauvais signe. Il se secoua. « Reste éveillé. Reste vigilant. »

Si l'homme qu'avait vu Fiona était bien l'un des ravisseurs, il était armé et dangereux. Ils n'avaient pas hésité à ouvrir le feu sur lui lorsqu'il avait essayé de porter secours à Nicole.

Ses genoux commençaient à mollir, eux aussi. Wentworth avait raison : il n'avait pas eu assez de temps pour récupérer. Trop tard pour reculer, maintenant. Le tout était de ne pas perdre conscience. Il ne pouvait pas se le permettre. Son travail, aussi bien que sa vie, étaient en jeu.

Jetant un coup d'œil à la voiture, il eut la surprise de voir Fiona foncer à travers la cour dans sa direction. Que diable faisait-elle ? Ne se rendait-elle pas compte du danger ? Elle s'aplatit près de lui contre la paroi de bois.

— Que puis-je faire pour vous aider ? questionna-t-elle.

— Vous auriez pu rester dans la voiture, répliqua-t-il sèchement.

— Mais c'est *ma* maison. Je dois être capable de la défendre.

En d'autres circonstances, il lui aurait passé un savon et expliqué sans mâcher ses mots pourquoi il convenait de laisser ce genre de mission aux professionnels. Mais il n'était pas en situation de s'ériger en exemple, étant donné le manque de rationalité de son propre comportement. Une heure plus tôt, il était encore allongé sur un lit d'hôpital. Et il ne tenait que grâce à ce puissant antalgique qu'on délivrait uniquement sur ordonnance… Bref, il n'était pas en état de travailler.

Mais il s'abreuverait de reproches plus tard. Pour l'instant, il s'agissait de veiller à ce que ni Fiona ni lui ne soient blessés.

— Restez près de moi, dit-il.

— Ça va ? s'enquit-elle à voix basse en le regardant.

— Ça va.

En pleine forme, ajouta-t-il intérieurement.

— J'ai souvent pensé à vous, Jesse. Je n'ai jamais eu l'occasion de vous remercier en personne d'avoir sauvé la vie de mon mari.

— Si. Vous m'avez fait livrer un bouquet de fleurs dans un vase artisanal fait main, assorti d'un petit mot charmant.

Etrange cadeau à offrir à un homme qui était rarement chez lui, s'était-il d'ailleurs dit à l'époque.

— Vous méritiez bien mieux. Mais c'était un tel chaos, à l'époque… J'étais enceinte et venais d'apprendre par mon médecin que je devrais rester au repos jusqu'à la fin de ma grossesse. Ensuite, j'ai eu le bébé…

— Garçon ou fille ?

— Ma fille s'appelle Abigail — Abby.

Sa voix retrouva sa sonorité mélodieuse lorsqu'elle prononça le nom de sa fille.

— Elle est chez sa baby-sitter.

Comme il se concentrait sur les traits délicats de Fiona, il sentit le voile noir de l'inconscience refluer, se désagréger.

Peut-être soutenir une conversation aidait-il son cerveau à rester vigilant.

— Vous avez dit que ce chalet était votre maison… Je croyais que vous viviez à Denver ?

— Plus maintenant.

Elle se pencha en avant pour jeter un coup d'œil à la porte d'entrée, derrière lui.

— Est-ce qu'on ne devrait pas se ruer à l'intérieur pour le prendre par surprise ?

— Nous attendons les renforts.

Il ne précisa pas que l'idée qu'il puisse *se ruer* où que ce soit était aussi irréaliste que se le représenter volant dans les airs grâce à des ailes qui lui auraient subitement poussé.

— Pourquoi avez-vous emménagé ici ?

— Pas par choix, répondit-elle sans détour. J'ai perdu la maison de Denver. Ainsi que la Mercedes. Et le bateau. En fait, j'ai à peu près tout perdu.

Ses problèmes détournèrent son attention de la douleur qui le tenaillait. Il n'aurait jamais imaginé que Wyatt Grant, homme de loi avisé, ait laissé sa veuve dans une situation aussi épineuse.

— Tout ?

— Oh ! n'en parlons plus, éluda-t-elle, baissant les yeux. Personne n'est au courant.

— Vous pouvez m'en parler, à moi. Ça restera entre nous.

— Les gardes du corps sont-ils assujettis au secret professionnel, comme les avocats ou les médecins ?

— Pas légalement, non. Mais je n'aurais pas beaucoup de clients si je me mettais à ébruiter leurs secrets.

— A ceci près que je ne suis pas votre cliente, objecta-t-elle.

— A partir de cette minute, si. Je travaille pour vous. Gratuitement.

— Oh. Marché conclu, dit-elle en tendant la main avant de s'apercevoir qu'il tenait une arme dans sa main droite et que la gauche était en écharpe.

Elle lui assena une tape sur l'épaule.

— Maintenant, vous pouvez tout me dire, déclara-t-il.

— Il n'y a pas grand-chose à raconter, en réalité. Wyatt avait une ex-épouse et deux enfants de ce premier mariage — adultes, aujourd'hui. Les termes de son testament ne leur convenaient pas. Leurs avocats ont gelé tous les biens que nous possédions en commun, y compris les comptes courants et les comptes d'épargne. Lorsque je me suis trouvée dans l'impossibilité de payer les factures, ils se sont manifestés. Si j'ai réussi à conserver ce chalet, c'est uniquement parce que Wyatt l'avait mis à mon nom à notre premier anniversaire de mariage.

— Mais vous avez bien dû contester leur démarche en justice ?

— Pas aussi activement que je l'aurais dû, de toute évidence.

Sa voix véhiculait une once d'amertume.

— Je n'avais pas le cœur à me battre... Rien ne m'importait, à l'exception de ma fille. Me lever le matin et m'occuper d'elle me prenait toute mon énergie.

— Vous les avez laissés vous dépouiller.

Y compris, sans doute, de ce collier de diamants qu'elle portait sur la photo.

— Je n'avais pas le courage de me démener pour m'accrocher aux biens matériels... d'autant que j'avais déjà perdu ce qui comptait vraiment dans ma vie.

Une file de véhicules en provenance du ranch Carlisle tourna dans le chemin de terre et s'avança vers eux. Jesse aurait bien voulu diriger les opérations ; être aux commandes était dans sa nature. Mais il n'était vraiment pas en état de mener la danse.

Il contempla la jeune femme, si fine, si gracieuse, qui se tenait à côté de lui.

— Je suis navré, Fiona.

— Ne le soyez pas.

Le mystérieux sourire de Mona Lisa incurva les coins de ses lèvres.

— Repartir de zéro, ce n'est pas si terrible, finalement, vous savez.

Deux camionnettes et une Jeep se garèrent à côté du 4x4 de Wentworth. Neuf ou dix hommes armés en sortirent. Dans une sorte de brouillard, Jesse regarda le type qui semblait en charge de l'opération déployer les autres hommes autour de la maison. Puis venir vers lui en courant.

— Agent spécial J. Burke, se présenta-t-il. Vous devez être Jesse Longbridge.

— Il faut croire…

Jesse examina le nouveau venu, un grand gaillard aussi large d'épaules qu'un défenseur de deuxième ligne qui, à côté de Fiona, avait l'air d'un géant — un géant intelligent et compétent.

— Vous avez fait vite, observa-t-il.

— On s'apprêtait à venir ici quand Wentworth a appelé. Carolyn a signalé que Fiona avait entendu des voix au-dehors hier soir.

— Mais je n'ai *vu* personne, intervint-elle. Agent Burke, rassurez-moi, vous n'allez pas défoncer ma porte, n'est-ce pas ? Celle de derrière n'est pas fermée à clé.

Il inclina brièvement la tête.

— Alors nous passerons par-derrière. Vous deux, restez ici et gardez l'œil sur la porte d'entrée. Ça vous va, Jesse ?

— Oui.

Il apprécia que Burke ait pris soin de le consulter avant d'agir. Jesse voulait se sentir au cœur de l'action malgré tout. Comme tous les *marines*, il était bon tireur. Même mal en point comme il l'était, il était certain de pouvoir viser.

— Restez derrière moi, Fiona. Si je dois faire feu, courez vous mettre à l'abri.

— Je ne me suis jamais trouvée dans une telle situation, souffla-t-elle.

— Normal. Vous êtes une maman.

— Justement ! C'est bien pour ça que je dois apprendre à nous protéger efficacement, ma fille et moi.

Depuis l'autre côté de la maison, il entendit Burke pénétrer dans le chalet. Ses muscles se tendirent. Il éleva la main, prêt à tirer.

Au bout d'un long moment, il entendit Wentworth lancer :

— R.A.S, Jesse ! Tout va bien. Il n'y a personne à l'intérieur.

L'effort l'avait épuisé. Il laissa retomber sa main et s'appuya contre le mur. Ses yeux se fermèrent et il sentit l'obscurité se rapprocher, l'engloutir… Une bienheureuse obscurité. Pendant trois jours, il était resté lové dans les bras de cette même obscurité, paisible et silencieuse comme une tombe.

Une main se posa sur sa joue. Clignant les yeux, il réussit à centrer son regard sur les grands yeux gris de Fiona.

— Jesse ? Ça va ?

— Ça va, marmonna-t-il tant bien que mal.

Elle l'étudia, l'air préoccupé. Ses lèvres ne bougeaient pas, mais il entendit l'écho de sa voix douce dans sa tête. « Repartir de zéro, ce n'est pas si terrible, finalement, vous savez. »

Après l'échec qu'il avait essuyé avec Nicole, un nouveau départ ne lui aurait pas déplu, à lui non plus. Une nouvelle orientation à donner à sa vie.

Il avait cherché un signe, une raison pour laquelle il était revenu d'entre les morts. Et son instinct lui soufflait que Fiona détenait peut-être la réponse à ses questions les plus profondes, les plus intimes. Peut-être même lui fournirait-elle une raison de continuer à vivre…

4

Debout dans son salon, Fiona ne savait pas trop si elle devait avoir peur ou être gênée d'avoir signalé l'intrusion d'un visiteur qui n'avait apparemment jamais existé.

Et elle ne pouvait pas solliciter l'avis de Jesse, car il avait disparu dans la cuisine depuis un moment. Elle avait bien cru qu'il allait tourner de l'œil, dehors, alors qu'il surveillait la porte d'entrée, ce qui n'aurait pas été surprenant compte tenu de ses blessures. Carolyn lui avait rapporté qu'il avait passé trois jours dans le coma et aurait encore dû être à l'hôpital. Typique des hommes ! Quand ils étaient malades, soit ils adoptaient une attitude macho, soit ils se roulaient en boule et geignaient comme des bébés.

L'agent Burke lançait ses ordres.

— Tout le monde dehors, dit-il. On va poursuivre les recherches à l'extérieur.

Tous ces gens qui allaient et venaient chez elle… et elle ne leur avait même pas offert l'hospitalité. Ses réflexes de maîtresse de maison accomplie reprirent le dessus.

— Je vais faire du café, suggéra-t-elle.

— Plus tard, dit Burke.

Se détournant d'elle, il s'adressa à l'homme qui était dans la voiture avec Jesse. Wentworth ? Burke égrena ses instructions concernant la fouille des dépendances et appela tout le monde à la prudence.

Fiona n'eut pas de mal à comprendre pourquoi Carolyn s'était éprise de ce grand et robuste agent du F.B.I. Non seulement Burke était bel homme, mais il semblait d'un tempérament suffisamment volontaire pour faire le poids face à la personnalité dynamique de Carolyn. La réunion de ces deux-là allait faire des étincelles, c'était sûr et certain.

Tandis que les hommes participant aux recherches se dispersaient, elle demanda :

— Y a-t-il quelque chose que je puisse faire, agent Burke ?

— Je vais demander au shérif de s'occuper de la recherche d'empreintes, mais je doute que nous trouvions quoi que ce soit. C'est tellement propre chez vous, Fiona. Tout reluit !

— Sauf dans le porche attenant à la cuisine. Il me sert d'atelier de poterie.

— Jetons un coup d'œil dans les pièces pour voir s'il ne manque rien.

Consciencieusement, elle passa en revue le mobilier du séjour et les étagères, près de la porte, où elle rangeait une partie de ses œuvres. Le téléviseur était toujours en place. Et l'ordinateur. Rien ne semblait avoir été dérangé.

Burke la suivit dans le couloir jusqu'à sa chambre, où elle vérifia le contenu de sa boîte à bijoux, sur la commode en pin.

— Rien ne manque, apparemment, mais la porte de mon dressing est ouverte. Je suis sûre que je l'avais fermée.

— Peut-être a-t-elle été ouverte pendant les recherches, observa Burke. Regardez à l'intérieur.

Contre le mur du fond se trouvait une rangée de vêtements habillés, toujours dans leur housse de plastique du pressing. Des chaussures assorties étaient empilées, dans leurs boîtes d'origine. Elle ne portait plus ces vêtements, songea Fiona. Ils appartenaient à son ancienne vie.

Jesse les rejoignit. Quoique encore pâle, il semblait avoir repris un peu de forces.

— Je vais m'occuper de l'intérieur de la maison, dit-il à Burke. Ça vous permettra de superviser les recherches en extérieur.

— Merci. A l'exception de votre homme, Wentworth, ces gars ne sont pas formés en identification judiciaire. Ils ne sauraient pas reconnaître un indice s'il leur sautait à la figure.

Il agita la main en direction de Fiona.

— A tout à l'heure.

Jesse s'avança vers elle. En dépit de son boitillement et de l'attelle qui lui maintenait le bras, il se déplaçait avec assurance.

— Vous allez mieux, on dirait, nota-t-elle.

— J'ai des antalgiques puissants. Ils me rendent simplement un peu vaseux.

Il jeta un coup d'œil dans le dressing.

— C'est rangé au cordeau, dites-moi.

— Je n'ai pas touché ces vêtements depuis que je me suis installée ici.

Elle leva la tête et le regarda en face. Les médicaments lui dilataient tellement les pupilles qu'elle voyait à peine le brun cognac de ses iris.

— Vous devriez peut-être vous reposer un peu.

— Quand j'aurai besoin de dormir, je vous le ferai savoir.

Il lui décocha son sourire ravageur.

— En attendant, je me charge de votre protection.

Il parlait d'un ton léger, mais elle le prit au sérieux. D'instinct, elle sentait qu'elle pouvait faire confiance à cet homme. En un sens, elle l'avait déjà fait puisqu'elle lui avait confié le secret qui avait présidé à son installation, ici, dans la montagne, alors que personne, ni à Denver ni ici, ne savait le fin mot de l'histoire — pas même ses amis. Elle avait raconté à tout le monde qu'Abby et elle allaient s'installer au chalet pour y vivre une vie plus tranquille, plus paisible. Paisible ? Pas aujourd'hui en tout cas !

Elle s'éclaircit la voix et déclara :

— Burke m'a dit d'essayer de déterminer si quelqu'un était entré dans la maison.

— D'accord. Continuez.

Elle referma la porte du dressing et le conduisit dans la chambre d'Abby, qui était plus encombrée que le reste de la maison mais ne semblait pas non plus avoir été visitée.

— Je n'arrive pas à concevoir qu'on puisse vouloir me

cambrioler, dit-elle en secouant la tête. Je n'ai pas d'objets de valeur ici.

— D'après ce que vous m'avez dit, vous n'avez pas d'objets de valeur *du tout*.

— Ce qui est matériel n'a pas véritablement d'importance à mes yeux. Ce sont les gens qui comptent.

Lui, il comptait. Elle venait seulement de faire sa connaissance, mais oui… Jesse était important pour elle. Pourquoi était-elle tellement attirée par cet homme ? Vraisemblablement, et très simplement, parce qu'il était incroyablement séduisant. Ses cheveux lisses, d'un noir de jais, étaient coiffés en arrière. Il avait les pommettes hautes, des yeux enfoncés et une mâchoire forte. Mais ses traits n'étaient pas parfaits. Son nez semblait avoir été cassé à plusieurs reprises. Et il avait une cicatrice au menton. Un visage intéressant.

— Passons à la pièce suivante, dit-il.

La chambre d'amis, avec son jeté de lit multicolore fait main, était parfaitement en ordre. Là aussi, la porte du placard était entrouverte.

Les seules pièces qu'il leur restait à inspecter étaient la cuisine et son atelier. Elle revint sur ses pas dans le séjour, longea la table où Abby et elle avaient commencé leurs décorations de Noël par un centre de table qu'elles avaient modelé en terre cuite et qui représentait des lutins et un renne.

Dans la cuisine, le regard de Fiona s'arrêta sur le réfrigérateur, surmonté de la boîte qui contenait le colt 45. Elle s'apprêtait à vérifier si l'arme se trouvait toujours à l'intérieur lorsqu'autre chose attira son attention.

— Les pommes, dit-elle en montrant la coupe de fruits sur la table. Il n'y en a plus que trois ; je suis sûre qu'il y en avait quatre. Je m'en souviens parce que j'ai failli venir en chercher une pour Elvis, le cheval de Carolyn.

Cela semblait fou. Qui se serait introduit chez elle pour croquer une pomme ?

— Mais peut-être que je me trompe… Rien d'autre ne manque.

— Allons voir dans votre atelier, suggéra Jesse.

Elle le précéda dans la buanderie et s'arrêta devant une porte fermée.

— Je veille à ce que cette porte soit toujours verrouillée pour qu'Abby ne puisse pas y entrer seule. Il y a trop d'instruments coupants. Et un four.

Elle leva le bras pour prendre la clé accrochée à un clou près de la porte, mais elle n'était plus là.

Jesse la dépassa et actionna la poignée.

— C'est ouvert, observa-t-il.

Elle entra. Son tour de potier occupait un angle de la pièce. Le four, un autre. La longue table de travail, entre les deux, était encombrée de carnets d'esquisses et d'œuvres en cours. De l'autre côté de la pièce, de hautes armoires de rangement, contre le mur, étaient grandes ouvertes. Les plus gros des cartons qui y étaient rangés avaient été traînés au milieu de l'atelier et ouverts.

— Quelqu'un est venu ici.

— Ne touchez à rien, la prévint-il. Il se peut qu'il y ait des empreintes.

A l'aide d'un pinceau, il souleva le couvercle d'une des boîtes et vit un assortiment d'ustensiles de cuisine.

— Il manque quelque chose ? demanda-t-il.

— Difficile à dire, répondit-elle avec un haussement d'épaules. C'est juste du bazar que j'ai remisé là parce que je ne l'utilise plus.

— L'homme qui s'est introduit chez vous ne voulait pas vous cambrioler. Il n'a pris ni le téléviseur ni l'ordinateur. A mon avis, il cherchait quelque chose de précis.

Mais la maison n'avait pas été mise à sac. Les tiroirs et les rangements de la cuisine n'avaient pas été touchés.

— Il était à la recherche d'un objet assez volumineux pour que vous ayez dû le ranger dans l'un de ces gros cartons.

Ecartant les doigts de sa main droite, il repoussa en arrière ses cheveux aile-de-corbeau.

— Quelque chose de la taille approximative d'une petite valise.

Fiona se rendit compte qu'elle aurait dû être effrayée. Mais non ; c'était la colère qui l'emportait à l'idée qu'un intrus ait pénétré chez elle et fouillé dans ses affaires.

— Je ne suis pas d'humeur à jouer aux devinettes. Il cherchait quoi, selon vous ? demanda-t-elle.

— La rançon, pardi. Un million de dollars en liquide. Une telle somme d'argent remplirait une petite valise.

— Pourquoi quelqu'un irait-il s'imaginer que cet argent est chez moi ?

— Ah ! C'est une question à un million de dollars.

— Oui… Et la réponse ?

— Votre propriété jouxte celle des Carlisle. Si les ravisseurs étaient en cavale et devaient se débarrasser de l'argent, il se peut qu'ils se soient arrêtés ici.

— Dans ce cas, ils n'auraient pas eu besoin de chercher, argua-t-elle.

— Ils sont deux, répliqua-t-il, calant sa hanche sur un tabouret haut, près de sa table de travail. L'un d'eux a peut-être décidé de ne pas partager la rançon et de cacher l'argent chez vous. Et, maintenant, l'autre essaie de mettre la main dessus.

Elle se souvint des voix dans la nuit. Il était tard — plus de 2 heures du matin. Elle n'avait pas saisi ce que les hommes se disaient, mais ils étaient en colère.

La peur qu'elle avait tenue à distance jusque-là prit soudain une dimension plus tangible.

Elle regarda par la fenêtre de l'atelier et vit l'équipe de recherche qui approchait de la grange. Si quelque chose était caché là-bas, ils le trouveraient. Mais si ce n'était pas le cas, que ferait-elle ?

— Fiona, dit Jesse d'une voix douce. Tout va bien. Rien ne vous arrivera.

— Vous en avez de bonnes ! Qu'en savez-vous ? Ces hommes auraient pu entrer chez moi hier soir. Comment aurais-je pu protéger Abby ?

— Je suis là maintenant et j'entends bien veiller sur vous et votre fille.

La panique lui donna la chair de poule. Elle avait tout à coup envie de partir, de fuir le plus loin possible d'ici. Mais pour aller où ? Elle n'avait plus de maison à Denver et pas assez d'argent pour loger à l'hôtel.

— Je n'ai pas les moyens de vous engager, Jesse.

— Vous l'avez déjà fait. Vous vous souvenez ? Bénévolement.

Son offre était généreuse, mais accepter la charité lui posait problème, tout spécialement lorsqu'il s'agissait de la sécurité de sa fille.

— Pourquoi faites-vous ça ? demanda-t-elle néanmoins.

— J'ai une dette envers vous, dit-il simplement. Votre mari a pris un risque en faisant appel à Longbridge Security, que je venais juste de créer. Comme j'ai fait mes preuves en protégeant Wyatt Grant — le procureur de Denver — cela a eu pour effet immédiat d'asseoir ma réputation. La société croule sous les demandes depuis lors.

Son phrasé calme et son regard direct lui redonnèrent confiance. La peur commença à perdre du terrain.

— Vous resteriez avec Abby et moi jusqu'à ce que tout ceci soit terminé ?

— Ma foi… Votre chambre d'amis a l'air confortable.

La gratitude la poussa vers lui. Evitant l'attelle, elle le serra contre elle.

— Merci.

Le bras droit de Jesse se referma autour d'elle. Pendant un long moment, ils demeurèrent maladroitement enlacés. D'un naturel expansif, Fiona était quelqu'un de très tactile ; elle posait facilement la main sur le bras de son interlocuteur, n'hésitait pas à prendre les gens dans ses bras. Elle avait donc touché nombre d'hommes depuis la mort de son mari. Mais cette proximité avec Jesse… C'était différent. Elle réveillait en elle des émotions depuis longtemps refoulées, le souvenir de ce que c'était qu'être une femme.

Elle s'écarta.

— J'ai quelque chose à vous donner.

Elle vit un changement subtil dans la façon dont il la regardait. Avait-il éprouvé la même chose qu'elle ? Ces petites étincelles de passion qui pouvaient se muer en brasier ardent ?

— C'est inutile. Vous n'avez pas besoin de me donner…

— C'est un legs de Wyatt, coupa-t-elle en tournant les talons pour retourner dans la cuisine.

Elle prit la boîte sur le réfrigérateur et décida qu'un petit cérémonial s'imposait pour lui remettre ce don.

— Vous sentez-vous assez bien pour faire quelques pas ?

— Je ne me lancerais pas dans un trek… Mais je peux me déplacer.

— J'aimerais vous emmener à l'endroit où j'ai dispersé les cendres de Wyatt. De cette façon, j'aurai l'impression qu'il est avec nous.

Jesse hocha la tête.

— Je vous suis.

Ils sortirent par la porte principale et elle le précéda le long d'un sentier qui serpentait au milieu des trembles qui bordaient la façade sud du chalet. Par-dessus son épaule, elle expliqua :

— Cette propriété appartient à la famille de Wyatt depuis des générations. C'est son arrière-grand-père qui a construit le chalet.

— Mais ils n'étaient pas éleveurs, n'est-ce pas ?

— Non, les Grant ont toujours exercé des professions libérales. Avocats, médecins… Le chalet leur servait de résidence secondaire ; ils venaient s'y détendre pendant les vacances.

Wyatt aimait beaucoup venir ici. Chaque fois qu'ils faisaient le voyage depuis Denver, il lui disait qu'il avait l'impression d'avoir rangé tous ses soucis dans le dernier tiroir de son bureau et qu'il avait fermé celui-ci à double tour. Au chalet, il se sentait libre.

A sa mort, elle n'avait pas eu un instant d'hésitation. C'était là, elle le savait, qu'il aurait voulu reposer — ne faire qu'un pour l'éternité avec cette montagne qu'il affectionnait tant et qui avait nourri son âme.

Elle se retourna pour regarder Jesse. Il traînait un peu la jambe, mais ce n'était pas un vrai boitement. Il se rétablissait petit à petit, mais elle devait veiller à ce qu'il ne force pas trop.

Parvenue à la lisière du bois de trembles, elle grimpa sur une sorte de tertre et se tint devant une clôture haute de cinquante centimètres qui encerclait une petite parcelle de terrain. Quatre croix de bois signalaient les tombes des générations passées. La croix sculptée qu'elle avait fabriquée pour Wyatt avait encore l'air neuve.

— L'été, je viens planter des fleurs… On a une belle vue d'ici, vous ne trouvez pas ?

— Très belle.

— Wyatt n'a jamais oublié ce que vous avez fait pour lui, Jesse. Dans son testament, il a demandé que ce revolver vous revienne.

Elle ouvrit la boîte. Le soleil de l'après-midi se refléta sur le canon argenté de l'antique colt 45 à crosse de perles.

Jesse prit le revolver, le soupesa dans sa main droite.

— Je prendrai le plus grand soin de ce présent qui me vient d'un homme que je tenais en grande estime.

Le vent se leva en une bourrasque soudaine et elle s'imagina l'esprit de Wyatt les observant, approuvant ce moment d'émotion qu'elle partageait avec Jesse Longbridge.

Il approcha du petit cimetière, contournant un gros rocher qui en bouchait l'accès. Subitement, il s'arrêta net. Ses muscles se tendirent.

— Qu'y a-t-il ? questionna-t-elle.

Il revint vers elle et reposa l'arme dans la boîte.

— Rentrez au chalet et dites à Burke de me rejoindre ici.

Elle avait beau avoir confiance en Jesse, elle n'avait pas l'intention de se laisser manœuvrer comme une gamine.

— Vous avez vu quelque chose… Quoi ?

Il se plaça entre elle et le gros rocher pour lui bloquer la vue et la retint par le bras lorsqu'elle fit mine d'avancer.

— Il y a le cadavre d'un homme derrière ce rocher. J'essaie simplement de vous épargner ce spectacle. Il a été tué et les coyotes sont déjà passés par là.

Le sang de Fiona se figea dans ses veines. Un corps sans vie et mutilé. Ici… A quelques pas de sa porte d'entrée.

5

Jesse se rappelait clairement la configuration du ranch Carlisle. De vastes pièces. Rustiques, mais pas vieillottes. Il se laissa tomber sur une chaise au bout de la table de la salle à manger pour éviter qu'on ne heurte malencontreusement son épaule blessée. Sentant une humidité sous les bandages qui protégeaient sa blessure, il espéra que ce n'était que de la sueur et non du sang qui suintait de la plaie. La douleur était toujours présente, mais moins aiguë, plus sourde. Il résista à la tentation de prendre un autre antalgique. Il avait besoin de garder l'esprit affûté.

Son travail de garde du corps reposait principalement sur sa réactivité. Il voyait une menace, entrait immédiatement en action pour l'éliminer. Quant au travail préparatoire, il consistait essentiellement à rechercher des informations sur de possibles ennemis et à mémoriser des douzaines de photographies de manière à être en mesure d'identifier parmi une foule de gens les individus qui pouvaient poser problème. Ses facultés d'observation étaient excellentes ; il était capable en un clin d'œil de faire la différence entre un homme dégainant une arme et le geste ordinaire de quelqu'un sortant quelque chose de sa poche.

S'agissant de son travail, il était sûr de lui. Quelles que soient les circonstances — réception diplomatique en tenue de soirée ou sports d'hiver à Aspen — il savait évaluer les possibles angles d'attaque et prendre les mesures qui s'imposaient pour parer au danger. Ses collaborateurs et lui étaient tous des tireurs chevronnés, aussi à l'aise avec des armes de poing qu'avec des fusils à lunette. Ils étaient aussi excellents conducteurs, maîtrisaient les différentes formes de combat rapproché et connaissaient les techniques d'action anti-émeute et de contrôle des foules.

Mais Jesse n'était pas un investigateur. Il avait toujours laissé l'élucidation des enquêtes à ceux dont c'était le métier… jusqu'à maintenant. Cette affaire allait solliciter l'activation d'autres zones de son cerveau.

Burke l'avait emmené au ranch Carlisle pour regarder les fiches signalétiques de la police dans l'espoir que Jesse pourrait identifier les hommes qui lui avaient tiré dessus et qui avaient enlevé Nicole. Quant au cadavre retrouvé sur les terres de Fiona, il était impossible de déterminer s'il l'avait déjà vu ou non, les charognards — coyotes ou pumas — s'étant déjà largement attaqués à sa dépouille.

Fiona allait et venait derrière une chaise, au bout de la table, trop agitée pour s'asseoir. Elle avait préféré accompagner Jesse plutôt que de rester chez elle tandis que le bureau du shérif de Delta Country faisait son travail. D'une voix basse, préoccupée, elle observa :

— Vous vous rendez compte… Si c'était Abby qui l'avait découvert ? Elle s'amuse souvent à descendre la colline en courant en s'imaginant qu'elle chevauche un poney… Elle aurait très bien pu tomber sur le corps.

— Mais, heureusement, ce n'est pas arrivé.

— C'est vrai. Inutile de chercher des problèmes là où il n'y en a pas. J'ai bien assez de soucis comme ça.

S'avançant dans sa direction, elle posa les mains à plat sur la table et se pencha vers lui.

— Qu'est-ce que vous faites ? questionna-t-il tandis qu'elle l'examinait intensément.

— Je m'assure que vos pupilles ne sont pas dilatées.

— Eh bien, cessez de vous inquiéter… Ça va.

Il n'était pas son patient, songea-t-il en laissant glisser sa main sur la surface polie de la table. Celle-ci avait été récemment nettoyée, nota-t-il. Mais, derrière le parfum citronné de l'encaustique, il sentait une autre odeur. *Du café !* Bien qu'il n'eût consommé aucune nourriture solide depuis trois jours, il n'avait pas faim. En revanche, il mourait d'envie de boire un café bien serré.

Une femme brune, grande et mince, entra d'une démarche décidée dans la pièce. Elle s'avança vers lui, la main tendue.

— Bonjour, je suis Carolyn Carlisle.

— Je sais, répondit-il en lui serrant la main, se souvenant qu'elle avait été la première à lui porter secours. Vous avez essayé de stopper l'hémorragie quand j'ai été blessé. Merci.

— C'est plutôt à moi de vous remercier. Vous avez risqué votre vie pour aider ma famille. Vous êtes un héros, Jesse. S'il y a quoi que ce soit que je puisse faire, dites-le-moi.

— Dans ce cas… Une tasse de café… Noir et bien serré.

— Je vais en préparer, déclara Fiona en se précipitant vers la cuisine.

Burke entra dans la salle à manger et posa un ordinateur portable sur la table. Il n'avait fait qu'adresser un bref regard à Carolyn, mais cela avait suffi à Jesse pour voir l'expression amoureuse qui transparaissait dans ses yeux.

— Il y a quelques heures à peine, cette pièce était le poste de commande central pour l'enlèvement. Il y avait des ordinateurs et des agents du F.B.I. partout.

— Pourquoi n'est-ce plus le cas ? s'enquit Jesse.

— Nous avions atteint notre deuxième objectif, expliqua Burke. Le groupe de survivalistes connu sous le nom des Enfants de la Liberté louait le ranch Circle M. L'unité d'informatique de la police scientifique a pu prouver qu'ils trempaient dans un trafic d'armes et de drogue. De plus, leur chef est soupçonné de meurtre. Nous avons arrêté les coupables et placé les témoins sous protection policière.

— Et qu'en est-il du premier objectif — le kidnapping ?

— Mon frère a demandé au F.B.I. de laisser tomber, intervint Carolyn. Nicole a convaincu Dylan qu'elle allait bien et ne souhaitait pas rentrer à la maison.

Pas de victime, pas de crime. Jesse saisissait cette partie de l'équation, mais un million de dollars avait disparu.

— Et la rançon ? Cet argent est autant le vôtre que celui de Dylan.

— Exact, reconnut-elle, les dents serrées. Et je compte bien le récupérer. Mais Dylan a mis un terme à l'enquête. Il dit que ce million de dollars équivaut au règlement du divorce.

— En supposant que cette somme soit effectivement entre les mains de Nicole, contra Jesse. Et qu'elle se soit enfuie avec l'un de ses ravisseurs.

— La découverte de ce corps sur la propriété de Fiona modifie quelque peu la donne, déclara Burke. Il va nous falloir attendre le résultat des analyses d'A.D.N. pour connaître avec certitude l'identité de la victime mais, à en juger par sa taille, la couleur de ses cheveux et le ceinturon à boucle personnalisée, je suis à peu près certain qu'il s'agit de Butch Thurgood.

Jesse n'avait jamais entendu ce nom auparavant.

— Il s'agit de l'un des ravisseurs ?

— A vous de me le dire, rétorqua Burke en tournant l'écran de l'ordinateur vers lui. Faites défiler les portraits et dites-moi si vous reconnaissez les hommes qui vont ont pris pour cible.

Jesse se concentra. Il n'avait pas eu le temps de bien les observer, mais il était assez près d'eux lorsque l'enlèvement s'était produit et il avait une très bonne mémoire des visages. De la ligne d'une mâchoire, de la courbe d'un nez.

Les trois premiers clichés ne lui évoquèrent rien. Au quatrième, il pointa l'index vers l'écran.

— Celui-là. C'est l'homme qui m'a tiré dessus.

— Vous êtes sûr ?

Jesse étudia la mâchoire molle, le menton effacé, le visage étroit. Les yeux de l'homme étaient bien visibles sur l'image ; des yeux qui trahissaient la cruauté du personnage.

— Il a plus de barbe sur cette photo, mais c'est bien lui.

— Pete Richter, dit Carolyn.

Jesse continua à examiner les autres photographies jusqu'à

ce qu'il s'arrête sur l'image d'un homme qui ressemblait à un cow-boy du vieil Ouest, avec sa grosse moustache et sa mâchoire carrée.

— Ça pourrait être la victime qu'on a retrouvée sur les terres de Fiona.

— Vous reconnaissez l'autre kidnappeur ?

Jesse secoua la tête.

— Non. L'homme qui s'est emparé de Nicole était blond. Sans moustache.

Il passa à l'image suivante, puis appuya de nouveau sur le bouton de défilement. Il s'arrêta sur un nouveau portrait.

— Voilà le second ravisseur. Celui qui a dit que Dylan serait prêt à débourser beaucoup d'argent pour récupérer sa femme.

Carolyn laissa échapper une exclamation.

— C'est Sam Logan. Bon sang… J'aurais dû m'en douter.

— Logan était le chef des Enfants de la Liberté, expliqua Burke. Nous le soupçonnions d'être derrière cette affaire d'enlèvement, mais nous ne pensions pas qu'il serait allé jusqu'à s'impliquer personnellement.

— Il a été arrêté ?

— Oui.

Jesse avait encore beaucoup de questions concernant la remise de la rançon et les preuves qu'avait permis de mettre au jour l'enquête du F.B.I.

— J'aimerais consulter votre dossier sur l'affaire.

— Tout est sur l'ordinateur.

— Si vous me l'imprimez, je pourrai en emporter une copie. Je vais séjourner chez Fiona jusqu'à ce que nous soyons certains que ni elle ni sa fille ne courent plus aucun danger.

— Très bien, souligna Carolyn en hochant la tête d'un air approbateur. J'allais suggérer à Fiona d'emménager à la maison avec Abby, mais la petite préférera sûrement être chez elle.

Fiona reparut, un plateau dans les mains, qu'elle vint déposer devant Jesse.

— Voilà, annonça-t-elle. Du lait et des céréales.

— Mais… le café ?

— Pas de café tant que vous n'aurez pas quelque chose dans le ventre. Vous n'avez probablement rien avalé de solide depuis des jours.

Il braqua un regard noir sur le bol de céréales.

— Mais c'est de café dont j'ai envie.

— Quand vous aurez terminé ça, décréta-t-elle.

Etre traité comme un invalide, ce n'était pas sa tasse de thé. Même s'il était blessé. Même si son cœur avait cessé de battre pendant quelques minutes sur la table d'opération, trois jours plus tôt.

Mais Fiona ne se laisserait pas fléchir, il le voyait bien. Elle était tellement décidée à le dorloter qu'elle allait peut-être bien empoigner la cuillère et lui donner elle-même la becquée, comme à un bébé.

A contrecœur, il fourra une cuillerée de céréales dans sa bouche. Avec du sucre, il dut reconnaître que ce n'était pas mauvais. Mais c'était lourd. Il avait l'impression de sentir chaque bouchée descendre laborieusement dans son tube digestif.

Il regarda Burke.

— Alors ? Qu'en pensez-vous ? Serait-ce possible ?

— Techniquement, ce sont des documents officiels du F.B.I. et je n'ai donc pas le droit de les transmettre à qui que ce soit.

Il jeta un coup d'œil à Carolyn.

— Mais j'ai déjà enfreint tellement de règles que je ne suis plus à une près. En outre, j'aimerais avoir votre opinion.

— Merci de votre confiance.

Jesse avala une nouvelle bouchée de céréales.

Fiona se tourna vers Burke et demanda :

— Quand pensez-vous que le shérif en aura terminé, chez moi ? Il faut que j'aille chercher ma fille chez la baby-sitter.

— Dans quelques heures, dit Burke. Ils cherchent des empreintes et des preuves matérielles. Et il leur faut aussi s'occuper du corps.

— Viens dîner ici, avec nous, suggéra Carolyn. Abby pourra aller voir les chevaux. Elle les adore, je le sais.

— Fantastique, accepta Fiona en souriant largement. Et peut-être pourrions-nous aussi commencer ces décorations de Noël.

Pendant que les deux femmes parlaient sapin et ornements traditionnels, Jesse acheva son bol de céréales. Son estomac se rebella quelque peu, mais Fiona avait raison : il avait besoin de manger pour recouvrer ses forces.

Lorsqu'il releva la tête, Dylan Carlisle était debout dans l'entrée du séjour. Quelques jours plus tôt, quand il avait fait sa connaissance, Jesse avait eu l'impression d'avoir affaire à un homme solide, fiable, capable de diriger l'empire qu'était le ranch Carlisle. Mais le cow-boy de haute taille, mince qui se tenait devant lui, silencieux, n'était qu'un pâle reflet du personnage qu'il avait été.

Ses épaules s'étaient affaissées. Ses vêtements étaient fripés. Ses yeux verts étaient tellement cernés qu'on aurait cru, à le voir, qu'il avait un cocard. Il avait les joues creusées. La perte de sa femme, visiblement, l'avait anéanti.

— Je suis heureux de constater que vous vous êtes remis de vos blessures, Jesse, énonça Dylan d'une voix aussi glacée qu'un blizzard de janvier. A partir de maintenant, je n'ai plus besoin de vos services.

Apparemment, il ne voyait pas en lui le héros dont Carolyn avait loué les mérites. Se levant pour faire face à l'homme dévasté par la peine, Jesse ressentit au plus profond de lui l'amère morsure de la défaite. Il y avait du vrai dans l'accusation voilée de Dylan. Il avait été engagé pour protéger la famille Carlisle et il avait échoué.

— J'ai bien l'intention de rester jusqu'au dénouement de l'affaire, dit Jesse.

— Il n'y a plus rien à faire.

— Ne sois pas ridicule, intervint Carolyn d'un ton sec. Nous avons toujours besoin de protection. D'autant plus qu'on vient de découvrir un cadavre sur la propriété de Fiona.

Dylan tourna la tête vers l'intéressée comme s'il venait de se rendre compte qu'elle était là.

— Mon Dieu. Abby... Ça va ?

— Elle n'était pas à la maison, Dieu merci.

— C'est l'un des ravisseurs, reprit Carolyn. Butch Thurgood.

Dylan plissa les yeux.

— Thurgood ? Le type qui murmure à l'oreille des chevaux ?

— Il faut absolument que l'enquête se poursuive, Dylan, insista Carolyn. C'est pour ça que Burke est ici. Et je tiens à ce que Longbridge Security continue à travailler pour nous.

— Bon sang, Carolyn. C'est fini, tu ne comprends pas ? Nicole ne reviendra pas. Elle ne veut plus vivre avec moi.

— Je tiens à continuer, souligna Jesse. Sans supplément d'honoraires, évidemment.

— Vous trouvez que vous n'en avez pas fait assez ? répliqua Dylan, les mains appuyées sur la table. Vous étiez censé assurer notre sécurité.

— Ce n'est pas juste, protesta Carolyn. Nicole n'a pas respecté le protocole. Elle est sortie à cheval sans en informer Jesse.

— Elle ne me reviendra jamais, répéta Dylan en se redressant. Elle est partie.

— Dylan, écoutez-moi...

La voix douce de Fiona tranchait étrangement avec la tension ambiante.

— Vous vous êtes forgé une opinion, mais peut-être que vous renoncez un peu tôt à Nicole.

Lorsqu'il se tourna pour la regarder, la douleur crispait ses traits.

— C'est *elle* qui m'a tourné le dos. Délibérément. Elle a dit que c'était fini et elle est partie.

— J'ai perdu quelqu'un que j'aimais, déclara Fiona. Je comprends votre chagrin. Mais je vais vous dire une chose : si on me donnait la possibilité de passer encore ne fût-ce qu'une seule minute avec mon mari, je ferais n'importe quoi pour ne pas laisser passer cette occasion. Je serais prête à aller en enfer pour ça.

— Mais s'il ne voulait plus de vous ?

Avec sa longue tresse et ses manières douces et calmes, Fiona semblait fragile, vulnérable au point qu'une bourrasque pouvait l'emporter. Mais elle possédait une indéboulonnable force intérieure.

— Je me battrais quand même pour le récupérer.

Ses paroles résonnèrent dans le silence qui suivit. La relation qu'elle avait eue avec son mari était profonde et authentique. Particulière. Jesse se prit à espérer qu'un jour il rencontrerait quelqu'un avec qui il partagerait un lien aussi puissant — un amour capable de perdurer par-delà la mort.

Dylan se détourna.

— Faites comme bon vous semble, mais ne comptez pas sur moi pour vous soutenir.

Il sortit rapidement.

Quelques instants plus tard, Jesse entendit une porte claquer au fond du couloir. Il se tourna vers Carolyn.

— Je vais laisser deux hommes ici, chez vous. Wentworth et Neville. Moi, je serai chez Fiona.

— Restez dîner avec nous, suggéra-t-elle.

— Merci, mais il vaut mieux que je m'en aille.

Il ne voulait pas se retrouver face à Dylan. Pas tant qu'il n'aurait rien de nouveau à lui apprendre.

Pete Richter aimait bien se poster en hauteur, au-dessus de tout et tous. Dans le perchoir qu'il s'était fabriqué dans un pin, à cinq mètres au-dessus du sol, il était quasiment invisible. Peu de gens songeaient à lever le nez lorsqu'ils cherchaient. Ils gardaient bêtement les yeux rivés par terre.

Utilisant de petites jumelles pour mieux voir, il contempla la maison du ranch Carlisle, en contrebas. Il était suffisamment proche pour les entendre parler, mais pas pour saisir ce qui se disait.

Tous les agents fédéraux — mis à part celui qui couchait avec l'arrogante et hautaine Carolyn Carlisle — étaient partis tôt ce matin, avec tout leur barda et leurs chiens policiers. Ils avaient arrêté Logan et tous les membres de la communauté des Enfants de la Liberté. Ce qui lui convenait très bien. En ce qui le concernait, ils pouvaient tous aller au diable.

Il s'adossa contre la dure écorce du pin. Des années plus tôt, alors qu'il travaillait comme bûcheron dans l'Oregon, il avait passé des journées entières à la cime des arbres. Exception faite du froid, il se sentait bien, perché là-haut. Il avait pris soin de supprimer, à l'aide de la hache qu'il portait en permanence à sa ceinture, toutes les petites branches qui lui faisaient mal au dos. C'était un poste idéal pour un observateur — et plus encore pour un tireur embusqué. S'il l'avait voulu, d'ici, il aurait pu abattre dix hommes avant que quiconque se rende compte de quoi que ce soit.

Mais tel n'était pas son plan.

Sitôt qu'il aurait mis la main sur sa part de la rançon — qui se montait à cinq cent mille dollars — il laisserait l'Ouest mythique aux cow-boys et à leurs bovins puants. Il irait à Baja. Vivre sur la plage. Grimper en haut des cocotiers pour cueillir leurs fruits savoureux et s'en nourrir. Plus jamais il ne travaillerait.

Si ce fichu Butch Thurgood ne l'avait pas doublé, il serait déjà au Mexique. Il n'aurait jamais dû faire confiance à cet abruti de cow-boy. Il s'était servi de la réputation qu'il s'était taillée dans le circuit de rodéo depuis des années, mais, en réalité, c'était un faible.

Richter n'avait pas eu l'intention de le tuer. Il l'avait frappé pour le punir, pour le faire parler. Mais la situation lui avait échappé. Butch l'avait vraiment rendu fou.

Il avait d'abord tapé de son poing ganté, encore et encore, puis il avait pris une pierre. Butch était mort, les yeux grands ouverts, l'air surpris.

Entendant des voix, Richter regarda du côté du ranch. Il vit le garde du corps sur qui il avait tiré sortir de la maison avec l'agent du F.B.I. Ils montèrent en voiture et prirent la direction du sud, vers la propriété de la veuve Grant où le shérif et ses adjoints s'activaient à creuser et à tout retourner.

Le pire qui puisse arriver était que l'un de ces idiots d'adjoints tombe par hasard sur la rançon. Mais ils n'étaient pas assez malins pour ça. Il avait déjà exploré toutes les dépendances de la propriété sans rien trouver.

Pourtant, l'argent était forcément là, quelque part. Butch n'avait pas eu le temps de le déplacer. Mais où ? La veuve devait le savoir. Peut-être était-elle de mèche avec Butch… Ou peut-être avait-elle trouvé l'argent et décidé de le garder ?

Dans un cas comme dans l'autre, Pete devait s'occuper de Fiona Grant. Et la faire parler.

6

Le soleil embrasait le ciel de décembre de rose et d'or au-dessus des cimes enneigées, au loin. Pendant un moment, Jesse contempla le paysage, émerveillé. Il avait failli mourir. C'était donc en quelque sorte le premier coucher de soleil du reste de sa vie. Une sagesse innée lui soufflait de prendre le temps d'apprécier ce petit miracle de lumière que la nature offrait à ses yeux.

Il s'assit sur la marche du porche couvert, devant la porte de Fiona. A côté de lui se trouvait le shérif Trainer, de Delta. Ses adjoints avaient enlevé le corps et cherché des empreintes. Ils continuaient à passer toute la zone au peigne fin, mais n'avaient jusqu'alors rien trouvé de significatif.

Le shérif tira sur sa cigarette.

— Depuis le temps que je suis shérif, j'ai rarement eu une affaire aussi compliquée, mais j'ai eu mon lot de délinquants. Et, si vous voulez mon avis, quand les gens ont des problèmes, c'est généralement qu'ils l'ont bien cherché.

— Ce n'est pas ce que je constate dans mon métier, répondit Jesse. La plupart des gens qui font appel à moi sont victimes de circonstances. Comme les Carlisle. Comme Nicole.

— Mlle Nicole était au mauvais endroit au mauvais moment, concéda le shérif. Ces types des Enfants de la Liberté n'avaient pas prévu d'enlever qui que ce soit. Mais admettez qu'ils ne l'auraient pas gardée si elle n'avait pas été la femme de Dylan. Ils savaient qu'il paierait n'importe quel prix pour qu'elle lui soit rendue.

— Vous voulez dire que Nicole a été kidnappée par sa faute ?

— Non… bien sûr, je ne la blâme pas, elle, s'empressa-t-il de protester, son visage long et étroit s'allongeant encore comme il fronçait les sourcils. Je suis peut-être un shérif de campagne, mais je ne suis pas stupide.

— Je n'ai rien dit de tel.

Mais il l'avait pensé. Avant le kidnapping et le meurtre, le shérif Trainer avait peut-être été un bon vivant facile à vivre mais, maintenant, il était aussi nerveux qu'un écureuil surveillant sa cache de pommes de pin pour l'hiver.

— Tout ce que je veux dire, c'est que, si ces ravisseurs sont venus fouiner par ici, ce n'est pas sans raison.

Jesse voyait sans peine où le shérif voulait en venir. Tous se posaient la même question : pourquoi ici ? Selon toute logique, on pensait en premier lieu à Fiona. Et on se disait qu'elle avait dû faire quelque chose pour s'attirer des ennuis.

Seulement cette hypothèse était fausse, il le savait. D'instinct, il sentait qu'elle était complètement, totalement innocente.

Le shérif contempla la cendre de sa cigarette et demanda :

— Vous connaissez bien Fiona Grant ?

— Je l'ai vue pour la première fois aujourd'hui. Mais je connaissais son mari. Un homme bien qui est parti trop tôt.

Le shérif jeta un coup d'œil à Jesse.

— Pensez-vous qu'elle ait quelque chose à cacher ?

— Bon sang, non, bien sûr que non.

Pas Fiona. Pas cette femme si douce aux grands yeux gris. Lorsqu'ils avaient trouvé les cartons ouverts dans son atelier, sa surprise n'avait pas été feinte. Elle n'avait pas songé une seule fois à la rançon avant qu'il ne la mentionne. Lorsqu'ils avaient découvert le corps de Butch Thurgood, il avait vu la terreur dans ses yeux.

— Shérif, ça n'a pas de sens. Si elle savait où se trouve la rançon, elle s'en emparerait et prendrait la fuite.

— Il se pourrait que Butch l'ait cachée avant qu'elle ait mis la main dessus.

— Réfléchissez, reprit Jesse. Elle n'aurait pas appelé le bureau du shérif pour que vous meniez des recherches sur sa propriété.

— Mais elle peut très bien avoir pris peur. Pete Richter est toujours dans la nature, lui rappela le shérif. Elle a pu se dire qu'il valait mieux rendre l'argent plutôt que de s'attirer les foudres de Richter.

Le shérif avait beau contrer tous les arguments que Jesse avançait, sa théorie n'était que pure spéculation.

— Vous semblez échafauder beaucoup d'hypothèses alors que nous n'avons aucun indice, aucune preuve.

Le shérif écrasa sa cigarette.

— Si la rançon a été cachée ici, il est peu probable que Fiona n'ait pas été au courant.

— Vous perdez votre temps à la soupçonner, assena Jesse. Dans mon travail, il faut savoir sentir les gens. Et je m'y entends, croyez-moi. Rien qu'en balayant une foule du regard, je peux déterminer, aux expressions faciales et au langage corporel des gens, qui représente un danger potentiel. Et je peux vous dire une chose : Fiona Grant n'est ni une menteuse ni une criminelle.

— C'est bien normal que vous teniez ce discours, dit le shérif en se levant lentement et en s'étirant. Elle vous a engagé comme garde du corps. Vous êtes son employé, et grassement payé avec ça, je présume. Elle a dû hériter d'une vraie fortune à la mort de son mari.

— Si c'est vrai…

Ce qui ne l'était pas, mais Jesse n'avait pas à informer le shérif de la précarité de la situation financière de Fiona.

— Pourquoi voudrait-elle s'approprier cette rançon ?

— Je ne sais pas, mais je vous fiche mon billet que je vais le découvrir.

Jesse se leva comme Wentworth sortait sous le porche pour annoncer :

— J'ai fait de mon mieux pour sécuriser la maison pour

la nuit. Toutes les fenêtres sont closes et j'ai posé des renforts intérieurs sur les portes avant et arrière.

— Joli travail, dit Jesse.

— Mais je me sentirais plus tranquille si nous appelions le bureau, à Denver, et demandions à Max de venir installer un vrai système de sécurité.

Max Milton était l'un des plus précieux employés de Jesse. Il ne savait pas tirer, ne se maintenait pas en condition physique optimale et portait des lunettes aux verres épais d'un centimètre, mais il n'avait pas son pareil en matière d'informatique et d'électronique.

Jesse avait déjà appelé sa responsable administrative qui lui avait confirmé que les cinq autres gardes du corps qui travaillaient pour lui étaient tous en mission, de même que Max qui équipait un entrepôt de stockage de pièces automobiles à Cheyenne, dans le Wyoming, d'un système complet de sécurité.

— C'est déjà fait. Max viendra ici dès qu'il aura terminé le projet en cours.

— Comment ça va, au bureau ?

Jesse savait ce que Wentworth entendait par là : en réalité, il demandait des nouvelles de la responsable administrative qui se trouvait être la sœur de Jesse.

— Elena va bien. Elle adore être seule aux commandes. Et elle est meilleure organisatrice que je ne le suis.

Avec un sourire penaud, Wentworth déclara :

— Un jour, nous allons tous travailler pour elle.

— Ne lui dis surtout pas ça. Elle se prend déjà pour le patron !

Le shérif puisa une autre cigarette dans son paquet.

— Eh bien, je crois que nous en avons terminé ici. Mes hommes sont prêts à plier bagage.

Bon débarras, songea Jesse. Les soupçons du shérif à l'encontre de Fiona ne reposaient sur rien. Pourquoi diable était-il tellement désireux de l'incriminer ? Avait-il lui-même des secrets qu'il ne tenait pas à voir éventés ?

Sa consommation tabagique effrénée et sa nervosité pouvaient être le signe d'une conscience coupable. Oui… Peut-être Trainer avait-il *vraiment* quelque chose à cacher.

Pendant le dîner au ranch Carlisle, Fiona essaya de trouver une façon d'expliquer à Abby que des événements graves s'étaient produits. Mais comment annoncer à une enfant de quatre ans qu'un cadavre atrocement mutilé avait été découvert pratiquement sur le pas de leur porte ? Comment lui dire que Nicole avait été enlevée ? Dans un monde idéal, les enfants n'avaient pas à entendre des choses pareilles.

Tandis qu'elle rentrait, Abby attachée sur son siège à l'arrière de sa fourgonnette, Fiona fit une nouvelle tentative.

— Tu te souviens quand l'officier Crowley est venu parler à votre classe, l'an dernier ?

— Oui, répondit Abby. Il a dit qu'il ne fallait pas parler aux gens qu'on ne connaissait pas. Ni prendre des bonbons. Il faut s'en aller en courant le plus vite possible.

— Je suis contente que tu te rappelles ses conseils. Il ne faut jamais les oublier. Même à la maison, tu sais.

— O.K.

— Quelqu'un va venir nous aider. Un homme qui va habiter chez nous pendant quelques jours. Il s'appelle Jesse Longbridge.

— Il a un cheval ?

— Je ne pense pas.

Mais il avait une arme, ça oui ! Devait-elle en informer Abby ?

— C'était un ami de ton papa.

— Alors, c'est mon ami aussi.

Comme la vie était simple, vue des yeux d'un enfant ! Merveilleusement simple.

Mais leur court trajet était terminé. Fiona se gara devant le garage, préférant ne pas entrer dans celui-ci, où il faisait sombre. Elle avait toujours eu un peu peur de l'obscurité, mais, maintenant, elle avait une raison bien réelle d'éviter les coins sombres.

Lorsqu'elle eut détaché Abby, elle prit la main de sa fille et se dirigea rapidement vers la porte d'entrée. Le shérif Trainer avait eu la décence de ne pas enrubanner la maison des bandes jaune et noir caractéristiques des scènes de crime. Les massifs de fleurs avaient bien été un peu piétinés, mais son chalet de rondins avait la même apparence que d'habitude. Les rideaux étaient tirés, mais la lampe du porche était allumée, accueillante.

Jesse ouvrit la porte avant même qu'elles n'aient gravi les marches. Ses cheveux noirs luisaient sous la lumière. Debout dans l'embrasure de la porte, il lui parut plus grand encore que son mètre quatre-vingts. Mince, mais avec les épaules larges, il dégageait une impression de puissance et de détermination, même avec le bras en écharpe. Elle se félicita de la chance incroyable qu'elle avait de l'avoir chez elle.

D'un geste, il les invita à entrer et referma promptement la porte derrière elles. Lorsqu'elle le présenta à Abby, il s'accroupit pour placer son visage à hauteur de la petite fille et tendit sa main valide.

— Content de faire ta connaissance, dit-il.

Les yeux bleus d'Abby s'éclairèrent tandis qu'elle glissait sa menotte dans sa main tout en l'étudiant. Avec ses boucles blondes et ses fossettes, elle avait l'air d'un petit lutin.

— Jesse, tu es indien ?

— Navajo, précisa-t-il. A moitié navajo.

— Navajo, répéta-t-elle. Alors, merci d'avoir donné du maïs et de la dinde aux pèlerins.

Fiona ne fut pas surprise de constater qu'Abby se souvenait des histoires de Thanksgiving qu'elle avait apprises à l'école. Cette année, alors qu'elles célébraient toutes deux la fête, Abby avait absolument tenu à raconter *sa* version de l'histoire de Thanksgiving.

— Ce n'était pas ma tribu, expliqua Jesse. Mais merci quand même.

— Pourquoi tu n'as pas de plumes sur la tête ?

Fiona sourcilla en entendant sa fille formuler ce stéréotype, mais Jesse sourit largement.

— Les tribus ne portent pas toutes les mêmes vêtements… mais nous avons tous en commun les valeurs d'hospitalité et de partage. J'ai un cadeau pour toi.

— C'est vrai ?

Jesse se leva et se dirigea vers la veste en jean arborant le logo Longbridge Security accrochée à la patère, près de la porte.

— Mon grand-père était un sage. Il m'a donné beaucoup de totems.

— C'est quoi, un totem ?

— Quelque chose qui peut te protéger. Ou te rappeler ton héritage — ou tes rêves. Ça peut être n'importe quoi : un collier, une pièce, une photo, une figurine, une sculpture…

— Moi, j'ai un coffret avec un mot de mon papa dedans. C'est écrit : « Je t'aime, Abigail. »

Le cœur de Fiona se serra. Elle avait eu beau faire de son mieux pour préserver sa fille, la vie s'était chargée de la confronter à la réalité. Son père était mort et Abby comprenait l'importance qu'il y avait à chérir précieusement le passé tout en regardant résolument vers l'avenir. Peut-être même avait-elle mieux retenu la leçon que sa mère…

Jesse, malgré sa main gauche invalide, fit tomber d'un sachet une petite pierre bleue. Dans sa paume ouverte, il la tendit à Abby.

— C'est une turquoise. Une pierre porte-bonheur.

— Merci.

Solennellement, l'enfant la prit.

— Quand j'aurai mon poney, je l'appellerai Turquoise.

— C'est une excellente idée, dit Fiona. Nous en parlerons demain.

— Et mon poney aura une queue bleue.

— Sûrement, acquiesça Fiona en souriant. Mais il est

tard, maintenant. Il faut que tu te prépares à aller au lit. N'oublie pas de...

— Me brosser les dents ! enchaîna Abby à sa place en pirouettant sur elle-même avant de s'éloigner en courant vers sa chambre.

Jesse se redressa laborieusement et remua les épaules.

— Elle est très éveillée.

Fiona ne put que confirmer d'un hochement de tête.

— Oui, elle est vive, jolie, en bonne santé... Bref, ce que tout parent espère voir en son enfant.

— Vous êtes une bonne mère.

Elle n'était pas si sûre de cette partie-là de l'équation. Après la mort de Wyatt, elle avait sombré dans la déprime et ne s'était pas montrée autant à l'écoute d'Abby qu'elle l'aurait dû. Et elle s'était laissé spolier de l'héritage de son mari. Dieu merci, elle n'avait rien lâché, s'agissant de l'argent que Wyatt avait placé sur un compte pour sa fille. Lorsque Abby atteindrait l'âge de dix-huit ans, cette somme lui permettrait de financer ses études et de prendre un bon départ dans la vie.

Mais c'était dans si longtemps... Fiona avait d'autres chats à fouetter d'ici là. Elle se tourna vers Jesse.

— Le shérif a-t-il trouvé qui était venu fouiner chez moi ?

— Pas de preuve formelle, mais il a relevé des tas d'empreintes, déclara-t-il. Venez, je vais vous montrer le système de sécurité que nous avons installé.

Sur la porte d'entrée, il lui montra le fonctionnement du renfort qu'avait posé Wentworth et qui maintenait la porte fermée même si la serrure était déverrouillée. Il avait par ailleurs ajouté des verrous sur la porte d'entrée et la porte de derrière. Elle était familiarisée avec ce genre de dispositif.

— A Denver, nous avions un système d'alarme électronique avec un clavier.

— Wyatt savait se protéger. Je suis un peu surpris qu'il n'ait pas sécurisé davantage ce chalet. D'après ce que vous m'avez dit, cette maison était inhabitée une bonne partie de l'année.

— Oui. Nous n'y venions jamais en hiver. Wyatt payait un

homme d'entretien. Après sa mort, j'ai pris quelqu'un pour habiter à plein temps dans la maison.

— Quelqu'un d'ici ?

— La jeune femme qui garde Abby, répondit-elle. Elle a un petit garçon qui a le même âge que ma fille et il m'arrive de le garder, moi aussi. Lorsqu'elle s'est séparée de son mari, j'ai pensé que c'était une bonne solution pour elle comme pour moi… Elle y gagnait un domicile où s'installer et, moi, quelqu'un qui entretenait la propriété. Elle s'appelle Belinda Miller.

— Ça me dit quelque chose…

— C'est l'ex-femme de Nate Miller, expliqua-t-elle en fronçant les sourcils.

Belinda avait beau jurer ses grands dieux que Nate n'avait jamais levé la main sur elle, c'était bien le genre de Nate — hargneux, perpétuellement en colère contre la terre entière.

— C'est à lui qu'appartient le ranch Circle M. Mais il ne faisait pas partie de la communauté survivaliste. Il leur louait simplement la propriété.

— Nate Miller, répéta Jesse, songeur.

Elle eut le sentiment qu'il enregistrait l'information dans un coin de sa mémoire. Il avait lu les dossiers de Burke pendant qu'Abby et elle terminaient leur dîner. Jesse en savait probablement long sur tous les gens du cru.

Il demanda :

— Belinda vivait-elle dans le chalet lorsque vous avez décidé de venir vous installer ici ?

— Elle a emménagé voilà quelques mois avec son ami à Riverton. C'est quelqu'un de bien. Il travaille dans l'usine d'emballage de viande à Delta.

— Belinda a-t-elle continué à s'occuper de la maison ?

— Oui, absolument. Elle venait deux ou trois fois par semaine.

— Avait-elle des connaissances parmi les survivalistes ?

Fiona le contempla, stupéfaite. S'il sous-entendait que

Belinda pouvait être mêlée à cette histoire, il faisait totalement fausse route.

— Belinda est mon amie. Une bonne amie. Abby et Mickey sont quasiment inséparables.

— Tant mieux, je suis content de savoir que la petite a un compagnon de jeu.

Vivre dans ce chalet isolé, sans voisins proches, n'était pas idéal pour une enfant aussi sociable que sa fille. Abby avait besoin du contact d'autres enfants.

— Après le nouvel an, Belinda et moi espérons ouvrir une crèche associative. Peut-être aussi un jardin d'enfants. Il n'y en a pas par ici ; il faut aller jusqu'à Delta pour trouver une école maternelle et c'est à quarante minutes en bus.

— Comme je disais, Fiona, vous êtes une excellente mère — très investie.

Son regard s'arrêta sur elle et elle se sentit intimidée, tout à coup. Des mèches folles s'échappaient de sa longue tresse, elle n'avait pas pris la peine de se maquiller ce matin et ses vêtements lui collaient désagréablement à la peau… Elle aurait bien voulu se présenter sous un jour plus favorable à Jesse car… Oui, autant se l'avouer, elle avait envie qu'il l'apprécie, voire qu'il la trouve attirante.

Elle n'était pas sortie avec un homme depuis la mort de Wyatt et s'était moquée éperdument de ce que les gens pouvaient bien penser de son apparence. « Mais, maintenant, ça ne m'est plus indifférent. Plus du tout. »

Une bouffée de chaleur rosit ses joues. Elle se redressa insensiblement, consciente que la ceinture de son jean bâillait à la taille. Elle avait perdu trop de poids. Elle flottait dans tous ses vêtements. « J'ai envie d'être jolie de nouveau. »

Lui tournant le dos, elle retira sa veste en velours vert et l'accrocha à la patère, à côté de la porte.

— Vous avez mangé ?

— Ah, non, merci ! Plus de céréales… Dites-moi, vous êtes douée pour débrouiller des puzzles ?

— J'arrive en général à en venir à bout, acquiesça-t-elle.

Levant les mains, elle agita les doigts.

— Travailler la glaise confère un bon sens de l'espace et de l'équilibre.

— Je ne parle pas de vous situer dans l'espace. Je parle de logique.

Elle fit la moue.

— Ce n'est pas mon point fort.

— J'ai quand même besoin de votre aide. J'ai compulsé tout le dossier sur l'ordinateur que Burke m'a confié. Il y a une cohérence dans la séquence d'événements, mais quelque chose m'échappe.

Lançant un coup d'œil en direction du couloir où Abby avait disparu, elle suggéra :

— Si vous voulez, quand Abby dormira, on les examinera ensemble.

Les sens subitement en alerte, il pivota sur ses talons et se dirigea vers la fenêtre.

— Quelqu'un vient.

— Quoi ?

— Vous n'entendez pas un bruit de moteur ?

Elle tendit l'oreille et finit par discerner un vague ronflement.

— Je n'attends personne.

Jesse se posta sur le côté de la fenêtre et scruta l'extérieur.

— C'est un 4x4 argent. Une Cadillac.

Elle ne prêtait guère attention aux voitures, mais elle connaissait bel et bien une famille dont les membres ne conduisaient *que* des Cadillac. Non… Ce ne pouvait pas être eux ! Le destin ne pouvait pas se montrer si cruel. Elle avait suffisamment de soucis.

Une portière claqua. Elle s'approcha de Jesse et regarda par la fenêtre. Lorsqu'elle vit émerger le conducteur, elle eut un haut-le-corps. Il ressemblait à son défunt mari — en plus jeune. Il avait sa démarche. Ses cheveux blonds étaient bouclés, comme ceux de Wyatt. Pendant un moment, cette vision la ramena à un souvenir profondément ancré dans sa mémoire — la vue de Wyatt rentrant du travail, revenant à la maison où elle l'attendait, bras grands ouverts.

Mais l'homme qui s'avançait vers le porche la méprisait.

— C'est le fils que Wyatt a eu de son premier mariage. Clinton Grant.

7

Des années auparavant, Fiona avait rencontré pour la première fois son beau-fils lors d'une réunion de famille qui s'était tenue quelques semaines avant son mariage.

Clinton avait été un adolescent maussade qui lui en voulait et la rendait responsable de l'échec du mariage de ses parents alors même que Wyatt et sa femme étaient déjà divorcés depuis plus d'un an quand Fiona avait fait la connaissance de son futur mari.

— Vous êtes trop jeune pour mon père. Et vous n'êtes même pas jolie, lui avait-il reproché.

Sa remarque déplacée avait fait rire sa mère. Quant à la jeune sœur de Clinton, elle s'était bornée à la foudroyer du regard.

La fierté de Fiona avait pris le dessus, ce jour-là. Elle avait refusé de lui donner prise en lui répondant. Au lieu de s'abaisser à rétorquer par une insulte de son cru, elle avait levé le menton bien haut et s'était éloignée.

Cette brève confrontation avait donné le ton de leurs relations futures. Encore maintenant, alors que Clinton était désormais adulte et diplômé de la faculté de droit et avait commencé à travailler au sein du cabinet familial, son attitude envers elle ne s'était en rien adoucie.

Il tambourina sur la porte. A chaque coup frappé, Fiona sentit sa colère monter en puissance, mais elle ne voulait pas montrer à Clinton à quel point son comportement l'affectait. Au fil des années, elle lui avait toujours opposé la glace, et non le feu.

Rejetant les épaules en arrière, elle se cuirassa intérieurement et ouvrit.

— Clinton, quelle surprise... Malheureusement, tu tombes mal.

Le regard de son beau-fils glissa sur elle pour s'arrêter sur Jesse.

— C'est ce que je vois, persifla-t-il, sarcastique.

— Je te présente Jesse Longbridge, poursuivit Fiona comme si de rien n'était. C'est mon garde du corps.

— Peu importe, rétorqua-t-il en faisant mine d'entrer.

Mais elle ne bougea pas d'un pouce.

— Je te conseille de me laisser entrer. Sinon, je reviendrai avec le shérif et un mandat. Tu as des choses qui m'appartiennent.

Clinton et sa mère lui avaient déjà presque tout pris. Après la mort de Wyatt, ils s'étaient comportés comme des vautours. Et, maintenant, il revenait ronger les os.

— Je ne vois pas à quoi tu fais allusion.

— A des biens du patrimoine familial. Des objets de valeur qui sont dans ma famille depuis des générations.

Avant qu'elle n'ait pu lui claquer la porte au nez, Abby arriva en courant dans la pièce et s'insinua entre sa mère et Clinton. Dans son pyjama rose, elle adressa un large sourire à Clinton et éleva la paume de la main, doigts grands ouverts.

Clinton tapa dans sa main.

Elle tira sur la jambe de son pantalon.

— Tu sais, je vais avoir un poney ! annonça-t-elle. Il s'appellera Turquoise. Et il aura une longue queue bleue.

Serrant les dents pour ne pas hurler, Fiona s'écarta. Abby était à l'âge où tout l'intéressait : les petits insectes, les serpents... et même les demi-frères odieux.

Sa fille entraîna Clinton dans le séjour et lui ordonna de s'asseoir. Lorsqu'il se fut exécuté, elle pencha la tête d'un côté puis de l'autre. Clinton joua le jeu et imita ses mouvements. La ressemblance physique entre eux sautait aux yeux. Ce que Fiona trouvait plutôt déprimant.

Jouant les maîtresses de maison, Abby déclara :

— Maman et moi nous allons t'apporter quelque chose à grignoter.

— Pas de grignotage à cette heure, répliqua fermement Fiona. Tu devrais déjà être au lit.

— Mais, maman, c'est la *po-li-tesse*, rétorqua-t-elle en détachant les syllabes.

Sa fille choisissait bien mal son moment pour lui rappeler les règles du savoir-vivre. La seule perspective de s'asseoir face à Clinton lui donnait des boutons.

Jesse s'avança.

— Viens, Abby. Je voudrais bien que tu me montres ta chambre. Nous allons laisser ta maman et Clinton un moment. Ils ont des choses importantes à se dire.

— Plus importantes qu'un poney ?

Il rit tout en l'entraînant dans le couloir.

— Il n'y a pas grand-chose qui soit plus important qu'un poney à la queue bleue.

Sitôt qu'ils furent partis, Fiona fit face à Clinton. Le vernis glacé commençait à fondre sous l'effet de la colère.

— Ne t'avise plus jamais de te servir de ma fille pour m'atteindre. Laisse Abby en dehors de tout ça.

— Mais ma petite demi-sœur m'adore.

— Va droit au but et dis-moi ce que tu veux.

Il plongea la main dans la poche intérieure de sa veste en tweed et en sortit un inventaire imprimé qu'il poussa vers elle sur la table.

— Voilà… Tout est là.

Une vingtaine d'objets était listée, allant d'une lampe Tiffany à une tiare en cristal rose. Fiona repoussa la liste d'un doigt.

— Je n'ai rien de ce qui est mentionné sur ce document. D'ailleurs, je n'en voudrais même pas. Que veux-tu que je fasse d'une tiare au fin fond d'une région rurale dédiée à l'élevage bovin ?

— Dans ce cas, tu ne verras pas d'inconvénient à ce que je jette un coup d'œil ?

Une moue franchement déplaisante tordit sa bouche bien dessinée.

— Abby peut m'aider. Ce sera comme une chasse au trésor.

Le fait qu'il ait dans l'idée de recruter sa fille pour l'aider dans sa sale besogne faillit occulter l'évidence.

— Est-ce que j'ai bien compris ? Tu veux fouiller chez moi ?

— Si tu te montrais plus coopérative…

— Es-tu déjà venu fouiner ici ? Est-ce que tu es entré chez moi sans ma permission ?

— Bien sûr que non.

Elle ne le crut pas. Il n'était pas besoin de produire un gros effort d'imagination pour se représenter Clinton s'introduisant à son insu chez elle pour chercher ce qu'il voulait. Il aurait très bien pu sortir le gros carton, dans son atelier, pensant y trouver la lampe Tiffany qu'elle n'avait jamais possédée. Ce scénario était nettement plus vraisemblable que celui de ravisseurs en quête d'une rançon.

— C'était toi, proféra-t-elle d'un ton accusateur. Tu m'as vue sortir avec Carolyn et tu en as profité pour te faufiler en douce chez moi.

— Je ne sais pas de quoi tu parles.

S'efforçant de garder ce qui lui restait de sang-froid, elle lança d'un ton cinglant :

— Je te demande de partir immédiatement.

— Tu es folle, Fiona.

Il était dangereusement proche de la vérité. Elle était folle, oui, mais de rage.

— S'il te plaît, va-t'en. Laisse-nous tranquilles.

— Sinon, quoi ? Tu lâches ton cerbère contre moi ?

Comme s'il avait deviné ce qui se passait, Jesse apparut derrière lui.

— Vous avez entendu ce qu'elle vous a dit. Il est temps de vous en aller.

Clinton se dressa devant lui. Avec sa veste en tweed et son pull en cachemire, il avait l'air d'un gentleman à l'ancienne — le châtelain en son domaine offensé par la bassesse de ses sujets.

Fiona n'aurait pas été surprise s'il avait pris une posture de combat, les genoux pliés, les poings fermés devant lui.

Mais il n'osa pas.

Même avec le bras blessé, il émanait de Jesse une authentique assurance virile. S'ils en venaient aux mains, il réglerait son compte à Clinton avant même qu'une goutte de sueur ne perle à son front. Il ne plaisantait pas.

Et Clinton ne s'y trompa pas. Son beau-fils avait beau être un rapace et ne pas être physiquement à la hauteur, il n'était pas stupide, songea Fiona.

Il se dirigea à grandes enjambées vers la porte, l'ouvrit brutalement et se retourna vers elle :

— Il faut que tu te reprennes, Fiona. Cet endroit n'est pas l'environnement qui convient pour élever une enfant. Si tu ne fais pas attention, tu pourrais aussi perdre Abby.

Sa menace était sans fondement. Il ne pouvait en aucun cas lui disputer la garde d'Abby. L'idée était non seulement absurde mais aussi rageante. Comment osait-il ne serait-ce que suggérer qu'elle n'était pas une bonne mère ? Son sang ne fit qu'un tour, cette fois. Elle était au-delà de la colère.

Impassible, elle tendit la main ouverte vers Jesse.

— Donnez-moi votre arme.

Clinton la contempla, bouche bée.

— Qu'est-ce que tu fais ?

— Quelque chose que j'aurais dû faire voilà bien longtemps : t'inculquer les bonnes manières.

— Tu ne peux pas…

— Je suis dans mon droit. Ici, tout le monde tire sur les intrus.

Il claqua la porte derrière lui.

La rage tourbillonnait autour d'elle comme une tornade, mais elle était calme au milieu, dans l'œil du cyclone. « Voilà ce qu'on ressent quand on défend son territoire. »

On se sentait… sacrément bien.

*
* *

Jesse attendait dans le séjour que Fiona ait fini de lire à Abby son histoire du soir. Son attaque contre Clinton l'avait surpris. Qui aurait pu imaginer qu'elle était capable de s'échauffer à ce point ?

Il en avait entendu assez pour savoir qu'elle le soupçonnait d'être celui qui avait fouillé chez elle. Dans un certain sens, il espérait qu'elle avait raison. Clinton était un fumier qui prenait plaisir à harceler la veuve de son père, mais il ne représentait pas une menace comme Pete Richter.

Malheureusement, Jesse, lui, ne croyait pas que Clinton soit le coupable. Bien sûr, il avait un motif de venir fouiner chez Fiona — retrouver ses prétendus objets de valeur —, mais il n'avait aucune raison de tuer Thurgood. Et Jesse n'imaginait pas le jeune avocat, avec ses airs précieux, en train de crapahuter dans la forêt en attendant l'occasion de se glisser incognito dans la maison.

Le beau-fils de Fiona constituait un nouvel élément dans un puzzle où aucune pièce ne semblait trouver sa place. Trop de choses ne cadraient pas à propos de cet enlèvement et des ravisseurs, à commencer par le manque de méthode avec lequel Nicole avait été enlevée et son refus de rentrer chez elle.

La seule chose qui faisait sens était la façon dont Burke et le F.B.I. avaient conclu l'opération contre les survivalistes et mis fin à leur trafic. L'affaire avait été rondement menée ; ils avaient placé les hommes en détention et mis les femmes et les enfants sous protection. Ils avaient même porté secours à une femme enceinte en train d'accoucher ; elle se trouvait toujours à l'hôpital de Delta avec, à son chevet, l'un des profileurs du F.B.I., Mike Silverman, qui semblait s'être attaché à la jeune mère et à son nourrisson. A en croire les notes de Burke, Silverman avait l'intention de prendre un congé pour pouvoir emmener la mère et son enfant chez ses parents.

Fiona s'approcha de la table et se laissa tomber sur une chaise, à sa droite. Croisant les bras sur le plateau, elle se pencha en avant et posa la tête sur ses avant-bras. Elle avait dénoué ses cheveux tandis qu'elle mettait Abby au lit. Ses longs cheveux châtains se répandirent en vagues scintillantes sur ses épaules.

Il tendit la main et caressa sa chevelure — dans l'intention de la réconforter... Mais une autre émotion se faisait jour en lui. Il avait envie de la caresser, de la prendre dans ses bras, de sentir son corps mince pressé contre lui. Dès le premier instant où il l'avait vue, sa tranquille beauté l'avait attiré. Il aimait son esprit, sa chaleur, jusqu'à l'accès de colère dont il avait été témoin et qui laissait transparaître un caractère passionné.

Une chose, cependant, le retenait. Il ne pouvait s'empêcher de penser à elle comme à la femme d'un autre. Elle n'avait jamais cessé d'aimer son mari.

Relevant la tête, elle le regarda avec de grands yeux las:

— Ça a été une longue journée.

A contrecœur, il retira sa main de son épaule.

— Très longue.

— Vous devez être épuisé.

— Pas du tout. J'ai dormi pendant trois jours à l'hôpital. Ça va.

Ce qui n'était pas l'exacte vérité. Il avait pris ses antalgiques pour calmer la douleur et il se demandait bien comment il allait rester éveillé pour monter la garde cette nuit.

— Dites-moi une chose. Si je vous avais donné mon arme, vous auriez tiré ?

Elle sourit et repoussa le rideau luisant de ses cheveux pour dégager son visage.

— Ce n'est pas l'envie qui m'en manquait. Mais je ne crois pas que j'aurais appuyé sur la gâchette. Ce serait probablement extrêmement perturbant pour Abby d'apprendre que j'ai tué son demi-frère.

— Probablement.

— Au fait, merci de lui avoir donné cette turquoise. Elle

l'adore. Elle vous a ajouté à la liste de personnes à qui elle veut faire un cadeau pour Noël.

— Non, non… Je n'ai pas besoin de cadeau.

— Oh ! mais elle aime autant fabriquer les cadeaux que les offrir. Elle est en train de sculpter de petites figurines en terre que nous cuisons dans le four de mon atelier. Il y a beaucoup de poneys, allez savoir pourquoi !

Le fait qu'elle mentionne Noël lui fit penser à une solution plus efficace encore que sa présence ici pour assurer sa sécurité : aller voir sa famille pour les fêtes.

— Vous avez de la famille dans la région ?

— Mes parents sont archéologues. Il y a deux mois, ils ont mis leur maison de Californie en location et sont partis travailler sur un champ de fouilles au Pérou.

— Vous n'avez personne chez qui séjourner en attendant que le danger se soit éloigné ?

— Il y a la famille de Wyatt. Ils adorent Abby et… tous ne sont pas aussi odieux que Clinton. Mais, moi, je ne serais pas la bienvenue.

Elle secoua la tête.

— Non. Mieux vaut que je reste ici. Nous ne risquons rien, maintenant… n'est-ce pas ?

Il aurait bien voulu la rassurer, mais il avait encore en tête l'image du cadavre défiguré retrouvé dans sa cour.

— Je ne peux pas vous le garantir… Pas tant que Richter sera en liberté.

Une palette d'émotions diverses apparut sur ses traits. Une moue préoccupée. Un froncement de sourcils inquiet. Un coup d'œil dans sa direction, comme pour chercher une réponse. C'était l'une des personnes les plus ouvertes, les plus faciles à deviner qu'il eût jamais rencontrées — totalement dépourvue d'artifice.

Redressant le menton, elle serra les mâchoires, l'air déterminé.

— Il faut absolument démêler cet imbroglio et faire arrêter Richter.

Il tourna l'écran de l'ordinateur vers elle.

— Vous pouvez lire le dossier de Burke.

Agitant la main en un geste qui réussit à traduire tout à la fois la lassitude et le dégoût, elle rejeta l'idée.

— Je suis trop fatiguée pour le parcourir maintenant. Vous pouvez m'indiquer les points les plus importants.

Il hocha la tête.

— D'accord. Tout d'abord, Nicole a été enlevée par Richter et Logan et conduite au ranch Circle M. En interrogeant Logan, le meneur des survivalistes, Burke a appris que celui-ci avait ensuite confié la garde de Nicole à Richter et Thurgood.

— C'est lui qui l'a dit à Burke ?

— Oh ! il est très causant maintenant qu'il est en garde à vue… Il espère, en contrepartie de sa coopération, obtenir une réduction de peine. D'après lui, il n'a pas revu Nicole après que Richter et Thurgood l'ont emmenée.

— Et Burke le croit ?

— Il n'existe aucune preuve que Richter et Thurgood soient revenus au Circle M après leur départ. Mais c'est Nicole elle-même qui leur a fait savoir qu'elle y avait séjourné.

— Comment ?

— En cas de kidnapping et de demande de rançon, la procédure prévoit d'exiger une preuve que la personne enlevée est vivante…

Il orienta l'écran de l'ordinateur vers elle, montrant Nicole tenant un journal avec la date du jour.

— C'est la première photo de Nicole. Regardez la façon dont elle tient le journal… Ses doigts forment un cercle et un M.

— Elle n'a pas l'air d'avoir peur, nota Fiona en se penchant en avant. Je n'aurais pas été aussi courageuse à sa place.

— Bien sûr que si. J'ai vu comment vous avez tenu tête à Clinton.

— Affronter un imbécile doublé d'un salaud n'est pas comparable avec le fait d'être retenu captif.

— Mais n'oubliez pas que Nicole s'est peut-être éprise

de l'un de ses ravisseurs, probablement Butch Thurgood, rappela Jesse. C'était une ancienne star de rodéo et un cavalier accompli.

— Et elle est vétérinaire, spécialisée dans les gros animaux. Je suppose qu'ils avaient beaucoup en commun.

Fiona ayant une intuition qu'il devinait très sûre, il eut envie de savoir comment elle interprétait les actes de Nicole.

— Vous qui la connaissez, pensez-vous qu'elle ait pu s'enfuir avec un ravisseur ?

— C'est… disons, plutôt romantique. Certaines femmes sont attirées par les mauvais garçons. Cela dit, je croyais Dylan et Nicole véritablement, sincèrement amoureux.

Elle secoua la tête.

— Mais je peux me tromper. Il est difficile de savoir ce qui se passe au sein d'un couple.

Jesse pianota rapidement sur le clavier et une vidéo s'afficha. Nicole regardait la caméra et disait que tout irait bien s'ils payaient la rançon.

— Là encore, dit Jesse, tendant le doigt vers l'écran. Regardez ses mains. Elle fait un cercle avec ses doigts en coinçant ses cheveux derrière son oreille. Et, lorsqu'elle porte la main à ses lèvres, les doigts forment un M, un peu tordu certes, mais un M quand même.

— Il y a quelque chose qui cloche dans la façon dont elle est habillée, déclara Fiona. Elle porte habituellement des vêtements pratiques, confortables, adaptés à la vie dans un ranch et à son métier. Pas un chemisier à fleurs comme sur cette photo.

Selon les notes de Burke, d'autres avaient fait la même réflexion.

— Voilà la troisième preuve de vie… Une autre vidéo.

Ils regardèrent en silence Nicole exprimer ses regrets d'avoir causé tant de problèmes et dire que tout aurait pu s'arranger au mieux.

— Pas d'indice, cette fois, observa Fiona. Et son attitude

est différente. Plus… résignée, semble-t-il. Sur les autres, elle a… plus d'allant.

— Alors que sur celle-ci… ?

Fiona contempla l'écran.

— Elle a le regard vide.

Elle détourna les yeux et ajouta :

— Cette expression, je la voyais chaque fois que je me regardais dans un miroir, après la mort de Wyatt.

— Et ça signifie, selon vous… ?

— Qu'on n'a plus d'espoir.

Lentement, elle se leva. Sa voix s'abaissa jusqu'à n'être plus qu'un murmure.

— C'est ce qui arrive quand on sait qu'on a perdu quelque chose de précieux, quelque chose qu'on ne trouvera peut-être plus jamais.

Il s'avança derrière elle et la fit doucement pivoter sur elle-même.

— Vous n'avez pas à retenir vos larmes devant moi, vous savez. Je comprends. Je sais à quel point vous aimiez votre mari.

Mais, lorsqu'elle releva la tête, ses yeux étaient secs.

— Le poète Tennyson dit qu'il vaut mieux avoir aimé et perdu l'objet de son amour que de ne jamais avoir aimé.

Elle se tenait si près de lui qu'il sentait la chaleur de son corps, le battement de son pouls, le rythme de son cœur.

— C'est ce que dit Tennyson. Mais, vous, qu'en pensez-vous ?

— Moi, je ne suis pas poète.

— Mais vous êtes une artiste.

— Qui fait de la poterie, ce qui prouve que je ne manie pas bien les mots. Mais je pourrais vous dessiner ce que je ressens.

Il n'avait pas besoin qu'elle sorte son carnet à croquis ; il voyait bien qu'elle aussi se rendait compte de l'alchimie qui se produisait entre eux. Ses lèvres s'entrouvrirent. Sa respiration se fit plus rapide.

Le feu couvait bien, là, sous la surface. La question était de savoir si elle allait attiser les flammes.

— Je suis sûr que vous avez une opinion toute personnelle concernant l'amour et la passion.

Le regard gris de Fiona l'invitait à s'approcher plus près. Lentement, un sourire étira ses lèvres.

— Disons que… je n'ai pas renoncé à l'amour.

8

Tant que Fiona avait été assise à son côté, la table du séjour avait constitué une barrière naturelle. Mais, maintenant, il n'y avait plus rien d'autre que l'air entre Jesse et elle. Un air chargé de tension et de promesses.

— Vous ne portez plus l'attelle, dit-elle.

— Je me sens beaucoup mieux.

C'était vrai, elle s'en rendait compte. Il n'était plus le même homme que celui qui avait failli s'évanouir.

— Les céréales vous ont été bénéfiques, vous voyez.

— Sans aucun doute.

Tendant la main, elle effleura son épaule couverte de bandages sous la chemise de flanelle bleue.

— Avez-vous besoin d'aide pour changer vos pansements ?

Elle s'imaginait déjà écartant les pans de sa chemise et laissant glisser ses doigts sur la poitrine nue de Jesse. Une soudaine bouffée de chaleur fit monter sa température. Sa peau se mit à fourmiller d'anticipation, puis la sensation s'étendit à tout son corps, faisant battre son sang plus fort dans ses veines. Il y avait bien longtemps qu'elle n'avait pas connu d'excitation de cette nature et elle ne savait trop que faire.

— Vous rougissez, souligna-t-il.

— Oh ?

Elle retira vivement sa main. Elle ne pouvait pas s'autoriser à fantasmer ainsi sur lui. C'était tout à fait déplacé. S'il s'était proposé pour assurer sa protection et séjourner chez elle, c'était uniquement parce qu'il estimait avoir une dette imaginaire vis-à-vis de son mari disparu. Elle devait faire plus attention… Veiller à ne pas prendre sa gentillesse pour autre chose.

Jesse frôla sa joue du dos de la main.

— Ça vous va bien.

« Oh. Tant mieux… » Super. Parce qu'elle avait l'impression d'être en train de virer à l'écarlate de la racine des cheveux à la pointe des orteils. Avec plaisir, elle se rendit compte que ce n'était pas de la gentillesse qui émanait de lui.

— Vos yeux…, commença-t-elle.

— Qu'est-ce qu'ils ont ?

— Ils ont la même teinte que la glaise que j'utilise pour modeler. Riche, profonde, couleur moka.

— J'aimerais bien voir votre travail.

Elle aurait dû sauter sur l'occasion pour l'emmener dans son atelier, mettre une certaine distance entre eux. Mais elle n'y arriva pas. Au contraire, les pointes de ses seins n'étaient plus qu'à quelques centimètres de son torse. Elle renversa la tête en arrière.

Lorsque leurs lèvres se touchèrent, la chaleur se changea en une rivière de feu. Elle eut véritablement l'impression d'être transportée, emportée par un unique baiser. Jamais elle n'avait connu cela auparavant. L'excitation la submergea.

Le souffle court, elle recula d'un pas pour se dégager. Elle regarda Jesse et vit se refléter dans ses yeux son propre désir. Avec certitude, elle sut que cette attirance entre eux ne pouvait avoir qu'une seule issue. Avant longtemps, ils seraient dans les bras l'un de l'autre. Avant longtemps, ils feraient l'amour. « Es-tu prête ? Le moment est-il venu ? »

Le désir qui l'étreignait était tempéré par la panique. Jamais elle n'aurait cru ressentir cela. Elle qui était veuve, avec un jeune enfant à charge, résignée à mener une vie de responsabilité, exempte de passion. Comment ceci pouvait-il lui arriver ?

— Jesse, je…

Il posa un doigt sur ses lèvres.

— Inutile de parler.

Il avait raison. Ces émotions profondes ne nécessitaient pas d'explication. Elle comprenait ce qui se passait en elle et elle savait qu'il éprouvait la même chose. Pour l'instant, c'était suffisant.

— Fiona, dit-il d'une voix caressante. J'apprécie votre proposition. Mais Wentworth sera bientôt ici. Il est secouriste. Il aime bien s'occuper de tout ce qui est soins infirmiers.

Cela ne lui aurait pas déplu, à elle non plus. « Dis-le-lui. » Elle avait envie d'un nouveau baiser. Si elle laissait ce moment passer sans rien faire, peut-être ne se représenterait-il plus. Ce qui était exactement la raison pour laquelle il valait mieux ne rien dire. « C'est trop tôt. Et cela me fait peur. »

Elle s'éclaircit la gorge et fit un autre pas en arrière.

— J'ai une préparation sous forme de crème qui pourrait vous apaiser. Avec la sculpture, j'ai toujours une coupure ou une brûlure ici ou là.

— Médecine parallèle, c'est ça ?

— Phytothérapie. Tous les ingrédients qui la composent sont naturels.

— Mon grand-père avait un remède pour aider à la cicatrisation à base de créosote, de figuier de Barbarie et de plusieurs plantes mystérieuses portant des noms navajos que je suis incapable de prononcer.

Il eut un sourire nostalgique.

— Il était convaincu que le meilleur médicament vient de l'intérieur. Que c'est le corps lui-même qui vous aide à guérir.

— Vous avez déjà évoqué votre grand-père, souligna Fiona, qui avait envie d'en savoir plus sur Jesse. Parlez-moi de lui.

— Il vivait dans la réserve.

Elle s'assit de nouveau à la table et il fit de même. D'un côté, elle regrettait la distance qu'elle avait instaurée entre eux, mais, d'un autre, elle était soulagée. Avec le réveil en fanfare de ses sensations demeurées si longtemps en sommeil, elle n'était pas en état de réfléchir de façon sensée.

— Vous aussi ?

— Je suis un enfant de la ville. Nous habitions à Denver.

Ma mère n'est pas navajo, mais, comme elle tenait à ce que ma sœur et moi connaissions et soyons en mesure d'apprécier notre héritage, elle nous envoyait chaque été chez nos grands-parents.

— Et a-t-elle eu raison ? Avez-vous appris à apprécier cette vie ?

— Sans doute plus que les enfants qui sont nés dans la réserve. C'étaient des moments privilégiés que nous passions là-bas. Nous étions avides de tout découvrir, fascinés par les anciennes croyances et les rituels, mais nous savions qu'ensuite nous retournerions à notre vie citadine. Ma sœur se plaît à dire que nous avons eu le meilleur des deux mondes.

— Vous êtes proches, elle et vous ?

— Elena est la directrice administrative de Longbridge Security.

Il semblait très attaché à sa famille. Ce qui constituait un point à ranger dans la colonne « Eléments positifs ».

— Vous n'avez pas parlé de votre père…

— Il était dans les *marine*. Il est mort quand j'avais sept ans. Je n'ai que peu de souvenirs de lui.

— Oh. Je suis désolée.

— Ma mère s'est remariée deux ans après son décès. Mon beau-père est un homme bien qui fait tout ce qu'il faut pour ses proches.

Ainsi, sa mère — veuve, comme elle — avait réussi à retrouver l'amour. Et cette situation n'avait rien d'inhabituel. Bien des gens avaient une seconde chance dans la vie. Il n'existait aucune règle stipulant que Fiona devrait vivre le restant de ses jours seule, drapée dans les voiles noirs du veuvage. Simplement, elle n'avait pas l'habitude de penser en ces termes.

— Mon grand-père est parti il y a quelques années, dit calmement Jesse. Mais, parfois, j'ai l'impression qu'il est encore à mon côté.

— Je comprends. Son souvenir vit à travers vous.

— C'est plus que cela. Quand j'étais à l'hôpital, on m'a

dit que j'avais été en état de mort clinique pendant quelques minutes. Eh bien… Je l'ai vu. Mon grand-père.

Beaucoup de gens rapportaient avoir vu une lumière blanche et retrouvé leurs proches disparus, songea Fiona.

— Il vous a dit quelque chose ?

— Il était là pour m'accueillir, répondit Jesse. Mais je n'étais pas prêt à le suivre. Pas encore. J'ai eu le sentiment que j'avais encore quelque chose à accomplir dans ma vie.

Etait-il revenu de chez les morts pour être avec elle ? Allaient-ils tous les deux l'avoir, cette seconde chance ?

— Quoi ? Que vous reste-t-il à faire, Jesse ?

— Je verrai… Il faut laisser faire le temps. Je pense que je saurai reconnaître le chemin quand il se présentera à moi.

Elle eut tout à coup envie de l'accompagner, de marcher à son côté dans la même direction. Où qu'elle conduise. Leur bref baiser avait été le début de quelque chose. Mais quoi ? Elle était impatiente de le découvrir.

Pete Richter regarda les lumières de la maison de la veuve Grant s'éteindre les unes après les autres. Les rideaux étaient tirés, certes, mais les lueurs qui filtraient sur les côtés des fenêtres disparurent jusqu'à ce qu'il ne reste plus qu'une lampe allumée dans le séjour.

Le garde du corps avait dû s'installer là, songea Richter, près de l'âtre. Même si aucune volute de fumée ne s'élevait de la cheminée, l'idée d'un bon feu crépitant accentua encore la sensation de froid. La température était négative, ce soir. Il allait devoir bouger s'il ne voulait pas se changer en glaçon. La chambre de la veuve était à l'extrémité du chalet, loin de la pièce principale, sur l'avant. Il pouvait fracturer la fenêtre… Mais sa fichue sentinelle serait là avant qu'il n'ait eu le temps de s'emparer d'elle. Peut-être serait-il judicieux de le tuer au préalable…

Mais les rideaux occultaient ce qui se passait à l'intérieur. Richter ne pouvait être sûr de toucher ce fumier qui aurait déjà dû être mort. Avançant prudemment pour ne pas faire de bruit, il essaya de concevoir un plan. Il devait bien y avoir un moyen d'entrer dans cette maison…

Il allait le trouver. Et, alors, il ferait dire à Fiona Grant où elle avait caché son argent.

Lorsque Fiona fut couchée, Jesse s'assit sur un vieux fauteuil à bascule, près de la cheminée, son arme posée sur la table à côté de lui. Il aurait été bien plus à l'aise sur le canapé, mais il ne pouvait pas se permettre d'ôter ses chaussures et de se détendre. Il s'endormirait aussitôt.

Se penchant en avant, les coudes appuyés sur les cuisses, il écouta. Les portes des deux chambres étaient entrebâillées et il entendait Abby et Fiona remuer dans leurs lits. Il se représenta mentalement les longs cheveux de Fiona étalés sur l'oreiller et son corps gracieux étendu entre les draps. Son visage serein dans le sommeil… Ses lèvres.

Il n'avait pas prévu de l'embrasser, mais il ne regrettait pas de l'avoir fait. Ç'avait été si… naturel. Comme si cela allait de soi. Et le choc sensuel que ce baiser lui avait causé avait été d'une telle force que son cœur s'était mis à cogner et le sang à circuler plus vite dans ses veines. Il se sentait mieux en ce moment que ce n'avait été le cas depuis sa sortie de l'hôpital. S'il lui faisait l'amour, sans doute serait-il complètement guéri.

Un bruit, au-dehors, devant la fenêtre, le tira de sa rêverie. Le vent faisant crisser les branches dénudées des trembles, près de la porte d'entrée ? Pas question de se contenter de conjectures. L'arme au poing, il se dirigea vers la fenêtre et écarta imperceptiblement les rideaux pour jeter un coup d'œil à l'extérieur. Il ne vit rien de suspect, mais son angle de vue était limité.

Il était difficile d'effectuer un travail de surveillance tout seul. Si Wentworth avait été là, l'un d'eux aurait pu s'aventurer dehors tandis que l'autre demeurait à l'intérieur. Seul, il ne pouvait pas courir le risque de sortir de la maison.

Il consulta sa montre. Wentworth était censé arriver d'une minute à l'autre.

Il se laissa retomber dans son fauteuil et attendit, aux aguets.

Un autre bruit. Semblant venir d'au-dessus de sa tête, cette fois. Un écureuil courant sur le toit ?

Silence.

Puis il entendit les roues du véhicule de Wentworth s'engageant dans l'allée de graviers. Il s'avança jusqu'à la porte d'entrée et regarda son collègue sortir de la voiture.

Une fois la porte refermée et verrouillée, Jesse annonça :

— J'ai entendu quelque chose sur le toit... Un grattement.

Wentworth poussa un soupir. Pour lui aussi, la journée avait été longue.

— Qu'est-ce qu'on fait ?

— Toi, tu restes là. Je vais jeter un coup d'œil.

Il s'arma de son revolver et ressortit. Il avait soigneusement étudié la configuration des lieux dans la journée, mais il n'avait pas prêté une attention particulière au toit.

L'air froid de la nuit lui fouetta le visage. Après avoir attendu quelques instants que ses yeux se soient accoutumés à l'obscurité, il fit le tour de la maison. Un unique grand pin se dressait à l'arrière. Il leva la tête, scrutant les branches. Rien de ce côté-là.

Le toit du chalet de plain-pied de Fiona formait un léger angle — juste assez marqué pour que la neige glisse. Il ne remarqua rien d'inhabituel, mais il sentait une menace.

Lorsqu'il rentra, Wentworth l'escorta jusque dans la cuisine.

— Ecoute, Jesse. Je vais changer tes pansements et, ensuite, tu iras te coucher. Je te réveillerai dans trois heures pour prendre la relève.

— Tu devrais retourner au ranch Carlisle.

— Ils n'ont pas besoin de moi. Notre homme, Neville, est là-bas. Avec Burke. Et il y a toute une flopée de cow-boys équipés de fusils.

Cela lui coûtait de l'admettre, mais Jesse était assez réaliste pour savoir qu'il avait besoin d'aide.

— C'est vrai qu'un peu de repos ne serait pas du luxe.

Quelque chose lui disait que les jours à venir n'allaient pas être faciles.

9

Le lendemain matin, à l'aube, Jesse s'éveilla en meilleure forme. La douleur était moins forte et son mal de tête avait disparu. Il avait recouvré une plus grande amplitude de mouvement de l'épaule et du bras, mais il garda quand même l'attelle, par prudence.

Mieux encore, il avait retrouvé l'appétit. Il s'attabla dans la lumineuse cuisine mandarine de Fiona et engloutit avec gourmandise plusieurs crêpes. En face de lui, Wentworth avait déjà terminé son assiette. Il lorgnait avec envie la saucisse dans l'assiette de Jesse.

— N'y pense même pas, gronda Jesse.

— En tant que professionnel paramédical, permets-moi de te donner un judicieux conseil : laisse-moi me charger de ta viande ; ce n'est pas ce qu'il te faut pour l'instant.

— Ah ? Et quel diagnostic te conduit à cette conclusion ?

— Simple question d'anatomie comparée. Il reste un espace à combler dans *mon* estomac.

— Parfait, répliqua Jesse, pince-sans-rire. C'est raccord avec le trou que tu as à la place du cerveau.

Abby était assise entre eux, à genoux sur sa chaise car elle les avait informés qu'elle était trop grande pour utiliser un rehausseur. Le repas de la petite fille était assez compliqué : à chacune de ses bouchées, elle nourrissait son poney palomino en plastique.

— Qu'est-ce qu'on va faire aujourd'hui ? demanda-t-elle.

— Mickey va venir, répondit Fiona en faisant glisser une nouvelle crêpe de la poêle dans l'assiette de Wentworth.

— Mickey ? répéta Jesse, l'air interrogateur.

— L'ami d'Abby.

— Mon *meilleur* ami, précisa la petite fille.

Jesse n'en crut pas ses oreilles. Fiona avait invité un petit camarade de sa fille à venir jouer avec elle ?

— Il va falloir annuler.

— Ou pas.

Il ne put s'empêcher de noter à quel point elle était jolie, le matin, avec ses longs cheveux châtains tirés en queue-de-cheval et ses joues colorées par la chaleur que dégageait le poêle.

— Sa maman va le déposer d'une minute à l'autre.

— Si tôt ? C'est à peine s'il fait jour.

— Youpi ! s'écria Abby. Je vais m'habiller, maman.

Fiona jeta un coup d'œil à son assiette et hocha la tête, satisfaite.

— Tu peux sortir de table… Vas-y.

Abby sauta de sa chaise et quitta la pièce en courant, son poney sous le bras.

Jesse eut la très nette impression que la situation était en train de lui échapper.

— Fiona, Wentworth et moi sommes gardes du corps, pas baby-sitters.

— Mickey vient tous les mercredis pendant le service de Belinda au café-restaurant. Je ne peux pas lui demander de modifier ses horaires avec un préavis aussi court.

— Richter court toujours, lui rappela-t-il.

— Il ne passera pas à l'attaque alors que vous êtes ici. De plus, ce sera plus simple pour tout le monde si Abby est occupée avec son ami. Elle ne sera pas dans nos jambes.

Fiona déposa la dernière crêpe dans l'assiette de Jesse, puis elle s'excusa pour aller voir où en était sa fille.

Jesse coupa sa saucisse en deux, regarda Wentworth et secoua la tête.

— Un gamin de plus qui vient jouer à la maison.

— Je suis sorti avec une mère célibataire pendant un

certain temps, déclara Wentworth. Rien ne passe avant les horaires de baby-sitting. C'est sacré.

— Même quand un cadavre vient d'être découvert à deux pas de la porte d'entrée ? Fiona devrait se montrer raisonnable. Etre plus prudente.

— C'est ce qu'elle fait, non, puisque tu es ici ?

— Oui. Et toi aussi.

Jesse engloutit une bouchée de saucisse.

— J'ai besoin de toi ici, aujourd'hui, reprit-il.

— Tu as un plan ? demanda Wentworth en se levant pour aller déposer son assiette dans l'évier.

— On va faire des recherches, répondit-il. On commencera par la maison.

— Mais elle a déjà été fouillée de fond en comble.

— Je veux vérifier par moi-même. Et je veux que Fiona soit avec moi. Elle peut remarquer quelque chose qui a échappé aux autres. Ensuite, je voudrais aller faire un tour au ranch Circle M où Nicole a été retenue. Et, enfin, j'aimerais aller jeter un coup d'œil à l'endroit où la rançon a été remise. Qui sait, on y trouvera peut-être un indice ?

— Au bout de deux jours ? souligna Wentworth, sceptique. Tu es le meilleur pisteur que je connaisse, Jesse, mais c'est quasiment impossible.

— Les chances sont minces, je le reconnais. Mais nous n'avons pas le choix.

Il entendit Abby courir dans la maison en criant :

— Mickey est là ! Mickey est là !

Jesse se dirigea vers la porte d'entrée où il trouva la petite fille en train d'actionner en vain la poignée. Elle le regarda.

— La porte est cassée, dit-elle de sa voix flûtée.

— Non. Elle a juste une sécurité supplémentaire.

Une sécurité *enfant*. Même si la fonction première du renfort était d'empêcher toute tentative d'intrusion, il éviterait également qu'Abby ne quitte la maison à l'insu de sa mère. Avantage collatéral auquel il n'avait pas pensé mais qui présentait aussi son intérêt.

— Quand tu veux l'ouvrir, il faut que tu demandes à moi, à ta maman ou à Wentworth.

— Ouvre, dit-elle d'un air déterminé.

Fiona se planta entre eux.

— As-tu entendu ce que vient de dire Jesse ? Tu ne dois pas sortir de la maison sans permission pour le moment, O.K. ?

Les boucles blondes de la petite fille s'agitèrent comme elle hochait vigoureusement la tête.

— O.K. Ouvre.

Fiona tira le battant et accueillit ses invités. Mickey, une petite boule d'énergie de trois ans et demi aux cheveux dressés en épis sur la tête et aux joues parsemées de taches de rousseur, se débarrassa de sa parka et disparut en courant dans le couloir, à la suite d'Abby.

Sa mère avait une silhouette aux formes joliment arrondies. Ses hanches généreuses étaient enserrées dans un pantalon noir ; la frange de son blouson de cuir se balançait à chacun de ses mouvements.

— Belinda Miller, dit Fiona. Voici Jesse Longbridge et Tom Wentworth.

Un sourire amical creusa des fossettes sur ses joues tandis qu'elle leur serrait la main, mais elle était sur ses gardes, Jesse le voyait au fond de ses yeux bruns. Belinda n'avait pas plus de vingt-cinq ans, mais elle avait apparemment déjà appris à se méfier des hommes. D'après ce que Jesse avait lu dans le dossier de Burke, son ex-mari avait un caractère exécrable.

— Dis-moi la vérité, y a-t-il vraiment du danger ?

— Pas vraiment, non, répondit Fiona.

Belinda planta les poings sur ses hanches.

— Bon, il faudrait savoir… C'est oui ou c'est non.

— C'est non, reprit Fiona. Ces deux messieurs ici présents sont des gardes du corps professionnels.

Le regard de Belinda s'appesantit tour à tour sur chacun d'eux, puis elle hocha la tête.

— Personne ne viendra vous chercher des noises, je pense.

Fiona lui donna affectueusement l'accolade.

— A cet après-midi.

— Merci, chérie. J'ai vraiment besoin de ce service du matin. C'est bientôt Noël et je n'ai plus un sou.

Jesse regarda Belinda repartir au volant de sa voiture. Le ciel matinal s'éclaircissait. Une nouvelle journée commençait. Il rentra dans le chalet et referma la porte derrière lui ; il régnait une douce chaleur à l'intérieur. L'atmosphère était confortable… Et il avait le ventre bien rempli d'une nourriture saine et délicieuse.

Il entendit les enfants jouer au fond du couloir. Fiona lui sourit et il lutta contre l'envie de déposer un petit baiser sur son front. « Ce doit être ça, le bonheur domestique. »

Il songeait rarement à fonder sa propre famille. Un garde du corps devait toujours envisager le pire, être capable d'identifier une menace potentielle avant qu'elle ne devienne létale. Or, avoir une famille avait un corollaire : il pouvait la perdre.

Mais, immergé dans l'ambiance douillette et chaleureuse de ce chalet, il se sentait bien… Pleinement satisfait. Il se serait bien vu allumer un feu dans l'âtre et passer la journée à jouer avec les enfants et à se perdre dans les grands yeux gris de Fiona. Peut-être à lire un livre. Il se souvint d'un mois de décembre, il y avait bien longtemps, où il avait confectionné des poupées kachina comme cadeaux de Noël. Tailler le bois lui plaisait… Il devrait peut-être s'y remettre.

Mais oui, c'est ça. Et, ensuite, il aurait peut-être droit à un chocolat chaud et des bonbons ! Etre revenu du royaume des morts l'avait peut-être changé… *adouci*, mais de là à se transformer en un gros matou domestique et paresseux ! Se reprenant, il s'éclaircit la gorge et donna ses ordres :

— Bien… Il est temps de nous y mettre. Wentworth, tu restes ici avec les enfants. Fiona, vous venez avec moi.

Un jour, peut-être, il aurait le temps de s'adonner à la fabrication de poupées fétiches devant un feu de cheminée. Mais certainement pas aujourd'hui.

*
* *

Fiona ferma la glissière de sa parka d'hiver jusqu'au menton tandis qu'elle conduisait Jesse à la structure la plus proche de la maison.

— Ce devait être mon atelier d'art. Wyatt n'a pas eu le temps de le terminer.

Ils gravirent les deux marches et franchirent la double porte. L'unique pièce, dotée de larges fenêtres qui laissaient entrer à flots la lumière naturelle, jouissait d'un plafond cathédrale sur l'avant. Sur l'arrière, il allait s'inclinant jusqu'à réduire la hauteur à un seul étage.

Les pas de Jesse résonnèrent tandis qu'il s'avançait sur le parquet. A l'arrière, une portion du sol était en béton.

— C'est là que vous aviez prévu de placer le four.

— Oui. En fait, tout le bâtiment repose sur une dalle. Vous n'imaginez pas le plaisir qu'a pris Wyatt à concevoir cette construction. Il a loué une bétonnière et une petite tractopelle.

— Des équipements lourds, souligna Jesse en hochant la tête d'un air connaisseur. Oui, s'il aimait bricoler, ça a dû être un vrai bonheur pour lui.

— Les Grant sont en majorité des professions libérales. Ce qui signifie que Wyatt était assis toute la journée derrière un bureau. Alors, lorsqu'il venait ici — censément pour se reposer — il aimait entreprendre toutes sortes de grands travaux.

— C'est satisfaisant de créer quelque chose par soi-même, observa Jesse en posant la main sur un pilier de soutènement apparent. Il ne reste pas grand-chose à faire pour terminer les travaux… L'isolation et l'étanchéité.

— Et l'électricité, lui rappela-t-elle. Et un peu de plomberie. Je n'ai pas besoin de toilettes ici, mais il me faut un évier. Et un sol carrelé pour faciliter le nettoyage… J'avais demandé à l'ex-mari de Belinda de m'établir un devis. Nate est artisan et il a la réputation de faire du bon travail.

— J'ai vu, dans les notes de Burke, qu'il était considéré comme suspect dans l'enlèvement de Nicole.

La nouvelle ne surprit pas Fiona. Nate était un bon artisan, mais elle n'avait pas une très haute opinion de l'homme.

— Il déteste les Carlisle ; de son point de vue, ils sont responsables de la perte de son ranch.

— Ah ? Et il y a un fond de vrai là-dedans ?

— C'est une vieille querelle. Il y a des années, quand le père de Carolyn est passé à l'élevage biologique, avec suppression des antibiotiques et alimentation des bêtes exclusivement à l'herbe, tout le monde l'a pris pour un fou. Le cahier des charges étant très strict, la production de bœuf bio est plus chère et requiert plus d'efforts. Mais le vieux Sterling Carlisle savait ce qu'il faisait. Le bœuf certifié biologique Carlisle est devenu un label internationalement reconnu et dégage des bénéfices qui se chiffrent aujourd'hui en centaines de millions de dollars.

— Alors que Nate, lui, a presque tout perdu.

— Je crois que son père a envoyé Sterling Carlisle sur les roses quand celui-ci lui a proposé d'acheter le bétail du ranch Circle M s'il modifiait ses principes d'élevage afin qu'ils soient en conformité avec le label bio. Le ranch Circle M est devenu de moins en moins rentable. Nate a fini par cesser l'activité du ranch et vendre une partie des terres. Il a eu de la chance que les Enfants de la Liberté lui louent la propriété.

Jesse fit la grimace.

— Etant donné qu'il n'a pas l'air d'être un individu particulièrement charmant, pourquoi avez-vous songé à lui pour les travaux ?

— C'était une façon d'aider Belinda indirectement. Si son ex-mari a de l'argent, il paiera la pension alimentaire de Mickey.

— Une autre raison… ?

— Eh bien, d'une certaine façon, je plains Nate. Il a été odieux vis-à-vis de Belinda. Au début, quand ils se sont séparés, il l'a tellement harcelée qu'elle a fini par se tourner vers la justice pour faire prendre des mesures restrictives contre lui. Mais il adore Mickey. Quand il est avec son fils, il n'est plus le même. Il s'illumine littéralement de l'intérieur.

— Vous aimez voir le meilleur en chaque être humain, n'est-ce pas ? Même quand il faut beaucoup creuser.

— Je plaide coupable.

Attitude positive qui l'avait assurément déjà desservie. Au lieu de voir clair dans le jeu de la première femme de Wyatt et de ses enfants alors qu'ils mettaient tout en œuvre pour détourner l'ensemble de ses biens à leur profit, elle avait préféré croire que — comme elle — ils pleuraient sa mort et étaient de tout cœur avec l'épouse qu'il laissait derrière lui. Avait-elle commis la même erreur avec Nate Miller ?

Tendant l'oreille, Jesse tapa du pied sur le sol et écouta l'écho.

— Y a-t-il un sous-sol ?

— Seulement un vide sanitaire. Il ne fait probablement pas plus de quatre-vingts centimètres de haut.

— C'est suffisant pour y cacher une rançon, souligna-t-il. Il va nous falloir une lampe torche.

— Il y en a une dans la grange. Je vais la chercher.

— Fiona… Attendez. Vous ne devriez pas y aller seule.

— Ne vous inquiétez pas. Je sais exactement où elle se trouve. J'en ai pour une minute.

Elle sortit rapidement et traversa en courant la cour en direction de l'ancienne grange pourvue d'une écurie sur l'arrière. Elle n'y était pas allée depuis un certain temps, étant donné qu'il n'y avait pas de bétail dans le ranch.

Elle ouvrit la petite porte latérale et se glissa à l'intérieur. Une odeur de renfermé la prit à la gorge. La vieille bâtisse déserte lui rappela une fois de plus tout ce qu'elle avait perdu. Ce serait un miracle si elle parvenait jamais à offrir à Abby le poney dont elle rêvait.

Elle actionna l'interrupteur. Rien ne se produisit. Zut. Les ampoules avaient dû griller.

Peu importait. La lumière qui filtrait par la porte ouverte et les deux hautes fenêtres lui suffisait à se repérer. Elle se fraya prudemment un chemin parmi le bric-à-brac qui était entreposé dans la partie centrale, au-dessous du grenier : un vieux chauffage hors d'usage, du matériel de camping, un ancien tracteur, une Jeep munie d'un chasse-neige sur l'avant.

Près de l'établi se trouvaient plusieurs boîtes en métal où Wyatt rangeait ses outils. Certains des couvercles n'étaient pas en place. Burke et ses hommes avaient dû les laisser ouverts quand ils avaient fouillé l'endroit, la veille. Heureusement qu'ils étaient venus avant elle, songea-t-elle. Au moins, ils avaient dû enlever le plus gros des toiles d'araignées.

Elle atteignit l'étagère où elle savait qu'elle trouverait la grosse lampe torche de chantier. Elle l'avait achetée elle-même parce qu'elle était équipée d'un système spécial de réflexion de la lumière et d'une batterie réputée inusable. Fidèle à sa promesse, la lampe perça l'atmosphère confinée de la grange d'un rayon puissant lorsqu'elle appuya sur le bouton. Elle balaya le sol avec la lampe et vit des empreintes de pas boueuses. Le vieux bois craquait sous ses tennis.

Elle eut tout à coup la sensation qu'elle n'était pas seule.

Les ombres parurent prendre forme. Du grenier, en haut, lui parvint un bruit étouffé, une sorte de frottement. Elle braqua sa lampe vers le vieil escalier de bois brut qui permettait d'y accéder. Et si Richter dévalait subitement les marches et fonçait sur elle ?

Il aurait été stupide de rester plantée là, à attendre. Sans demander son reste, elle pivota sur ses talons, s'élança et franchit la porte en courant pour se retrouver à l'air libre, sous le soleil.

Jesse venait à sa rencontre. Il comprit instantanément que quelque chose n'allait pas.

— Fiona ? Vous avez vu quelque chose ?

Elle secoua la tête, confuse, mortifiée de s'être laissé impressionner par un simple grattement.

— J'ai pris peur, avoua-t-elle, penaude, en haussant les épaules. C'est un peu angoissant, là-dedans, avec tous ces vieux objets abandonnés là. Je devrais m'en débarrasser.

— Vous pourriez les vendre.

Elle n'y avait pas pensé, mais c'était une bonne idée.

— C'est vrai, vous avez raison.

— Bon, ce sera pour un autre jour. Allons voir ce qu'il y a sous cet atelier.

Il avait trouvé un point d'accès à l'intérieur — une petite trappe qu'il avait déjà ouverte. Jesse ôta son chapeau de cow-boy et glissa son bras hors de l'attelle.

Elle le regarda s'insinuer dans l'ouverture et disparaître. La tête penchée en avant, elle vit le rayon de la lampe transpercer l'obscurité.

— Vous voyez quelque chose ?

— Les fondations… C'est une construction solide.

Sans le vouloir, elle effleura le bord de son chapeau. Le feutre marron foncé était patiné par les ans, mais pas élimé. Il s'ornait d'un lacet de cuir noué sur le côté, avec deux perles de turquoise suspendues aux extrémités. Un autre fétiche ? Elle se rappela la petite bourse d'où il avait sorti la pierre qu'il avait donnée à Abby et sourit. Même un garde du corps comme lui avait besoin de se rassurer en portant un talisman porte-bonheur.

Il émergea du trou.

— Il n'y a rien ici. Pas même un nid de raton laveur.

— Dommage. Je nourrissais l'espoir d'une conclusion rapide…

Mais non. Ils pouvaient barrer l'atelier de leur liste. Jesse se passa une main dans les cheveux et replaça son chapeau.

— Occupons-nous maintenant de la grange.

Ils étaient au milieu de la cour lorsqu'il s'arrêta, le regard tourné vers l'allée, au-delà du chalet. Fiona tourna la tête et vit un camion approcher.

— C'est Nate Miller.

— Il a une raison de venir ici ?

— Non, aucune.

10

Jesse hâta le pas et contourna l'angle de la maison au moment où Nate Miller descendait de son camion.

— Puis-je vous aider ?

Nate plissa les yeux sous son chapeau défraîchi à large bord plat. La peau de son menton était rougie, comme s'il s'était rasé avec un rasoir à lames usées. Ses vêtements étaient propres et son jean, repassé avec un pli sur l'avant… Comme s'il voulait faire bonne impression. Mais à qui ? A Fiona ? L'artisan avait-il le béguin pour elle ?

Sans sourire, il tendit la main.

— Je ne crois pas que nous nous soyons rencontrés. Je m'appelle Nate Miller.

Jesse lui serra la main.

— Jesse Longbridge.

— Oh ! vous êtes le type qui s'est fait tirer dessus. Le vigile… Content de voir que vous êtes de nouveau sur pied.

Mais, si les paroles étaient de circonstance, l'intonation était détachée et manquait de sincérité. Il avait autre chose derrière la tête.

Fiona les rejoignit.

— Salut, Nate. Jesse séjourne à la maison le temps que tous ces problèmes soient réglés.

— C'est préférable, je suppose. Une jeune femme comme toi seule dans ce chalet alors que de dangereux individus se promènent dans la nature … Ce n'est pas bon.

Ce commentaire aurait pu donner à penser qu'il s'intéressait effectivement à Fiona, mais Jesse n'eut pas ce sentiment.

Nate ne cessait de regarder partout, nerveusement. C'était à peine s'il prêtait attention à la jeune femme.

— Merci de t'inquiéter pour moi, dit-elle. Avions-nous rendez-vous ?

— Non... Je me suis simplement dit que je pouvais peut-être te libérer de Mickey pendant une heure ou deux.

« Nous y voilà », songea Jesse. Nate s'était fait beau afin d'apparaître sous son meilleur jour pour persuader Fiona qu'il était digne de confiance et capable de s'occuper de son fils.

— Etant donné que Logan et sa bande ont été arrêtés, j'ai récupéré le Circle M, avec les huit chevaux qui appartiennent à Logan. Je suppose qu'ils seront bientôt à moi. En attendant, je me suis dit que Mickey aimerait voir ces poneys. Et Abby aussi.

— C'est gentil à toi, dit Fiona. Belinda est-elle d'accord ?

— Oh... Elle n'y verra pas d'inconvénient, j'en suis sûr, éluda-t-il, une arête coupante dans la voix.

— Bien. Je vais l'appeler au café pour m'en assurer, j'en ai pour une minute...

Le bras de Nate se détendit comme elle faisait mine de prendre le téléphone. Jesse réagit au quart de tour. Interceptant le poignet de Nate à mi-course, il le tordit en arrière, l'obligeant à pivoter sur lui-même.

Nate recouvra l'équilibre. Un sourire railleur déforma ses lèvres. Sous le vernis de la civilité, il était hors de lui, Jesse le sentait.

— Je ne lui voulais pas de mal.

— Je sais, repartit Jesse, impassible.

Il s'était posté devant Fiona pour la protéger de l'hostilité de Nate pendant qu'elle téléphonait à son ex-femme.

— Si j'avais pensé que c'était le cas, vous ne seriez pas debout devant moi.

— Vous semblez sacrément sûr de vous.

— A juste titre, croyez-moi.

Ce n'était pas de la vantardise, simplement un état de fait.

Il était un garde du corps expérimenté. Même avec une épaule en compote, il pouvait s'occuper de Nate Miller.

— Vous avez la garde partagée avec votre ex-épouse ?

— Oui. En général, j'ai Mickey le week-end. Mais je ne l'ai pas vu le week-end dernier parce que Belinda l'a emmené à Grand Junction chez ses parents.

Il glissa les pouces dans les passants de son jean.

— Donc, de mon point de vue, j'ai ce week-end à rattraper et je me suis dit que c'était l'occasion.

— Ce doit être difficile d'être séparé de votre fils.

— Ça, oui. Mickey a besoin de son père. Un garçon a besoin de l'influence paternelle, vous voyez ce que je veux dire ? Il faut que je lui apprenne à bricoler, à chasser, à pêcher.

— A chasser ? Mais il n'a pas encore quatre ans.

— Et alors ? Il n'est jamais trop tôt pour commencer. A six ans, j'aidais déjà mon papa à marquer le bétail. C'est mon fils. C'est à moi de lui montrer toutes ces choses ! C'est mon droit ! Personne ne peut m'en empêcher, nom d'un chien.

Il était amer, nerveux et un tantinet obsessionnel.

Même si Fiona le considérait comme un bon père, Jesse percevait chez Nate un côté sombre. Il se demanda jusqu'où il serait capable d'aller pour être avec son fils.

Il rattacha mentalement cette interrogation à l'énigme qui entourait l'enlèvement de Nicole.

— Vous avez entendu parler de cette rançon qui s'est volatilisée, je suppose ?

— Pardi ! Bien sûr. C'est l'une des raisons pour lesquelles je suis revenu m'installer au Circle M dès que le shérif m'a donné le feu vert.

— Ah oui ? Vous avez fait des recherches ?

Il inclina la tête.

— Un million de dollars changerait ma vie, vous pensez bien.

— Il vous faudrait rendre l'argent, indiqua Jesse.

— Un trésor, ça appartient à celui qui le trouve, décréta Nate d'un ton péremptoire, sans considération aucune pour l'aspect légal de la chose. Les Carlisle roulent sur l'or. Ce n'est pas un malheureux million qui fera défaut à Dylan. C'est de l'argent de poche pour lui.

Ce n'était pas du tout ce que prévoyait la loi en pareil cas, mais Jesse n'insista pas. Il voulait que Nate coopère.

— J'aimerais jeter un coup d'œil au Circle M.

La mâchoire de Nate se contracta ; ses sourcils se rapprochèrent. L'hospitalité ne lui était pas naturelle, manifestement.

— Ça peut se faire, je suppose, finit-il par grommeler. Mais n'amenez pas un de ces satanés Carlisle avec vous.

Fiona revint.

— Belinda te remercie, mais elle préfère que Mickey reste ici. Elle craint qu'il ne couve une otite et juge plus prudent qu'il ne sorte pas.

— Elle le dorlote trop. Elle va en faire une femmelette.

— Attends, Nate, dit Fiona en posant la main sur son bras.

Le mouvement de recul qu'il esquissa n'échappa pas à Jesse.

— Belinda propose de passer avec Mickey au Circle M quand elle aura terminé son service.

— Ah. O.K. Alors, je les attendrai.

Sans un mot de plus, il tourna les talons et retourna à son camion. Jesse le regarda s'éloigner.

— Voilà un homme qui a la colère chevillée au corps.

— Mais vous comprenez ce que je voulais dire ? Il est fou de son fils.

Oui, songea Jesse. *Fou* était sans doute le terme adéquat.

Après la visite surprise de Nate, Fiona voulut s'assurer que tout allait bien avec Wentworth et les enfants, dans la maison. Si Mickey avait vu le camion de son père, il avait peut-être des questions…

Au téléphone, Belinda avait été catégorique. Elle s'était disputée avec son ex-mari à propos du week-end précédent, qui était pour elle l'occasion de présenter son nouveau compagnon à ses parents. Belinda et lui vivaient ensemble depuis six mois et pensaient à se marier. Une autre pomme de discorde avec Nate.

Wentworth ouvrit la porte, la tête ornée d'une couronne en papier aluminium.

— Très seyant, le couvre-chef, lança Jesse en entrant.

— Je suis le roi, expliqua Wentworth. Le roi de la Grande Prairie. Et voici mes deux poneys.

Abby et Mickey trottèrent vers eux en remuant la tête d'avant en arrière et en produisant des hennissements plus ou moins crédibles.

Fiona se mit à rire.

— Quelles magnifiques montures vous avez !

Mickey découvrit ses dents et fit mine de lui mordre les doigts.

Apparemment, il appartenait à une race d'équidé carnivore.

— Et vous n'avez pas vu le plus incroyable, renchérit Wentworth. Je leur donne une tape sur le dessus de la tête et, abracadabra… Ils se transforment en enfants !

Jouant le jeu, Abby cessa immédiatement de faire le cheval et serra les jambes de Fiona.

— Tu étais où, maman ?

— Jesse et moi étions dehors. On jetait un coup d'œil du côté de l'atelier en construction.

— A quoi ? s'enquit Abby.

Fiona s'accroupit. Il n'était pas question d'effrayer sa fille avec des histoires d'enlèvement, de meurtres et de rançon, mais il n'était pas davantage question de lui mentir. Choisissant soigneusement ses mots, elle déclara :

— Il se peut que quelque chose soit caché sur notre propriété. Quelque chose de la taille de cette table basse.

Un froncement de sourcils plissa le front d'Abby tandis qu'elle considérait le guéridon.

— Est-ce que c'est dans une cachette secrète ?

Fiona s'avisa qu'elle risquait d'inciter sa fille à partir à la chasse au trésor. Ce qui était l'inverse de l'effet recherché.

— C'est un problème d'adultes, Abby. Jesse et moi allons nous en occuper.

Le regard d'Abby se porta brièvement sur Jesse avant de revenir sur Fiona. Elle n'avait pas l'air très convaincue.

— Et si vous n'y arrivez pas ? Et si vous avez besoin qu'on vous aide, Mickey et moi, pour trouver la cachette ?

Etait-elle au courant, pour la rançon ? Un frisson courut le long de l'échine de Fiona. La seule idée que sa fille puisse d'une quelconque façon être mêlée à cette sordide histoire la terrifiait.

— Abby… Est-ce que tu as quelque chose à me dire ?

Mickey poussa un nouveau hennissement et battit l'air avec ses mains devant lui.

— On est des poneys, traduisit Abby. On doit courir ! Courir vite comme le vent !

Tandis qu'Abby s'éloignait en galopant dans le couloir avec Mickey, Fiona se leva lentement.

— Elle sait quelque chose.

— Oui, j'ai l'impression, acquiesça Jesse. Et Mickey aussi.

Abby avait immédiatement mentionné une cachette secrète. Habituellement, Mickey et elle passaient leur temps à jouer dehors. Il était tout à fait possible qu'ils aient découvert des choses dont Fiona n'avait aucune idée… Comme une cavité rocheuse à l'abri des regards ou tout autre endroit pouvant servir de cache.

Persuader sa fille de se confier n'allait pas être facile. Elle pouvait se montrer extrêmement obstinée, parfois.

— Je vais lui parler, proposa Jesse.

Elle arqua un sourcil sceptique.

— Vous pensez qu'elle vous le dira, à vous et pas à moi ?

— Vous êtes sa mère. Vous révéler son secret peut lui attirer des ennuis et, tout naturellement, elle préfère s'épargner ça. Alors que moi, je suis juste le type qui lui a offert une turquoise. Je ne constitue pas une menace.

Fiona n'était pas du tout de cet avis. La rapidité, l'efficacité et la facilité avec lesquelles il avait manipulé Nate étaient réellement déconcertantes. Voire un peu effrayantes.

Et il représentait une autre menace, plus grande encore. Jesse avait le pouvoir d'ébranler le rempart protecteur qu'elle avait érigé autour de son cœur. Il suffisait que son regard profond se pose sur elle pour qu'elle soit tentée de s'ouvrir à lui, de lui livrer toutes les pensées, toutes les émotions qu'elle gardait habituellement pour elle. D'ailleurs, ne lui avait-elle pas confié des détails confidentiels concernant sa situation financière, une heure à peine après l'avoir rencontré ? La veille, ils en étaient venus à plus d'intimité encore. Elle avait embrassé un homme qu'elle connaissait depuis moins d'une journée ! Alors, oui, il était dangereux… dans le sens où il mettait en péril sa maîtrise de soi.

Mais elle était certaine qu'il ne nourrissait que de bonnes intentions à l'égard de sa fille ou d'elle-même.

— O.K., allez-y.

Elle se tourna vers Wentworth.

— Quant à vous, Votre Altesse Royale, voulez-vous une tasse de café ?

— C'est si gentiment proposé que je ne peux qu'accepter.

Il la suivit dans la cuisine, retira sa couronne et s'assit, accoudé sur la table. Elle remplit deux tasses, se souvint qu'il ne le buvait pas noir et posa le sucre et le lait à portée de sa main.

— J'espère que les enfants ne vous ont pas trop fait tourner en bourrique ?

— C'est beaucoup plus amusant d'incarner le roi des poneys que d'attendre le réveil de Jesse à l'hôpital, comme je l'ai fait pendant trois jours.

— Il semble se remettre rapidement.

Wentworth remua son café au lait.

— Il faut plus qu'un état transitoire de mort clinique pour abattre Jesse Longbridge.

C'était une plaisanterie, mais elle n'aimait pas penser à

Jesse en ces termes-là : rappelé au Ciel par son grand-père. Elle but son café d'un trait, reposa la tasse et annonça :

— Pardonnez-moi, mais il faut que je fasse la vaisselle. Il va être l'heure de préparer le déjeuner.

Ils n'avaient jamais installé de lave-vaisselle au chalet. Certes, ils disposaient d'un puits, mais l'eau n'en était pas moins une denrée précieuse dans les montagnes du Colorado. Elle s'efforçait donc de l'économiser et d'inculquer à Abby la règle des trois R : réduction de la consommation. Réutilisation. Recyclage.

— Depuis combien de temps travaillez-vous pour Jesse ? s'enquit-elle en plongeant les mains dans l'eau mousseuse.

— Presque cinq ans. Et je le connais depuis le lycée, à Denver. Il était de deux ans mon aîné et ne prêtait guère attention à moi. J'étais surtout ami avec sa jeune sœur, Elena.

— Oh. La coordinatrice de Longbridge Security, dit-elle, se souvenant des explications de Jesse. Elle lui ressemble ?

— Oh ! oui. Elle est aussi coriace et aussi intelligente que lui. Elle a étudié le droit et réussi l'examen du barreau du premier coup.

— Vraiment ? Je connais beaucoup d'avocats à Denver.

— Elle est plus qu'une avocate. Elle est aussi une excellente pisteuse. Sans compter qu'elle est capable de m'envoyer au tapis au combat à mains nues.

— La tête et les jambes, nota Fiona, songeuse, intriguée par l'idée d'une version féminine de Jesse. En quoi d'autre ressemble-t-elle à son frère ?

— Ils aiment tous les deux commander. Ce qui rend les choses intéressantes quand ils sont ensemble.

Le large sourire qu'il arborait lui donna à penser qu'il avait un faible pour Elena.

— C'est votre petite amie ?

Le sourire s'atténua.

— Non. Nous sommes amis, simplement.

— Ne renoncez pas trop vite, déclara Fiona en se retournant vers l'évier. Certaines femmes ont besoin de plus de temps que d'autres. Une relation peut s'amorcer dans les circonstances les plus surprenantes, vous savez.

Comme les sentiments qu'elle sentait naître en elle pour Jesse. Le courant électrique qui la traversait lorsqu'ils se touchaient. La fascination que lui inspiraient ses traits ciselés. Si quelqu'un lui avait dit qu'elle emménagerait dans ce chalet isolé, en pleine montagne, et qu'elle y ferait la connaissance d'un homme qui l'attirait irrésistiblement, elle ne l'aurait jamais cru.

Elle jeta un coup d'œil à la porte de la cuisine.

— Pourquoi est-ce si long ?

— L'interrogatoire d'un témoin, c'est toujours long. Et ça l'est davantage encore avec un enfant. Mais ne vous en faites pas pour Abby : elle a du caractère. La preuve, elle a réussi à me faire porter une couronne.

Sur ces entrefaites, Jesse fit son entrée dans la cuisine et s'avança vers elle.

— Il faut que vous promettiez de ne pas gronder Abby.

Sa fille était-elle en danger ? Un tressaillement la parcourut. Elle déposa la dernière assiette dans l'égouttoir.

— Qu'est-ce qu'elle a fait ?

— Elle a enfreint l'une de vos règles et elle redoute votre réaction.

Elle se retourna pour lui faire face.

— Laquelle ?

— Vous devez promettre, d'abord.

— D'accord. C'est promis, dit-elle, passant mentalement en revue toutes les situations dangereuses dans lesquelles Abby avait pu se mettre.

— Quand vous vous êtes installées ici, Abby et Mickey ont joué dehors et exploré les lieux… Notamment la grange.

— Je lui ai dit et répété cent fois de ne jamais entrer dans les dépendances. Ce n'est pas sûr. Il y a…

— Vous avez donné votre parole, rappela-t-il.

— Très bien, dit-elle, les lèvres pincées. Qu'ont découvert les enfants ?

— Une salle de jeu secrète pour eux tout seuls, sous les lattes du plancher. Ils n'y sont allés que deux fois. Ils ont par inadvertance laissé les lumières allumées et les ampoules ont dû griller.

— Une salle de jeu ? répéta-t-elle, la main sur la poitrine comme pour calmer les battements affolés de son cœur.

— Vous n'en aviez jamais entendu parler ?

— Non, jamais. Mais il est très possible que l'un des Grant ait décidé d'occuper ses week-ends en construisant une cave enterrée, par exemple.

Mais pourquoi sous la grange ? Il fallait qu'elle voie cette pièce secrète.

Après avoir serré Abby contre son cœur et l'avoir assurée qu'elle était toujours sa petite fille adorée mais qu'elle ne devait plus jamais, sous aucun prétexte, partir en exploration sans en avoir parlé à sa maman, Fiona suivit Jesse jusqu'à la grange.

Bien qu'ils eussent la lampe torche, Jesse ouvrit en grand les deux larges portes. Le soleil pénétra à flots à l'intérieur, chassant l'oppressante obscurité. Il se fraya un chemin au milieu des objets divers et variés qui encombraient l'espace.

Fiona regarda non sans un accès d'angoisse rétroactif le tracteur, la Jeep, les boîtes métalliques abîmées… Autant de dangers potentiels pour deux enfants aussi jeunes. Abby et Mickey auraient pu se blesser gravement en venant jouer ici.

— Comment se fait-il que ni Burke ni le shérif n'aient trouvé cette cachette ? demanda-t-elle. Ils ont fouillé la grange de fond en comble.

— Je ne sais pas. D'après les indications d'Abby, elle doit se trouver par là, annonça-t-il en l'entraînant vers le coin opposé à celui où était situé l'établi.

Un tas de bûches était remisé là, couvert d'une bâche. Jesse orienta le faisceau de la lampe vers le sol.

— Regardez… Des empreintes. Ils ont effectivement effectué des recherches dans cette partie du bâtiment.

— Je ne vois pas de trappe, nota-t-elle en scrutant le sol.

— Elle se trouve sous le tas de bois. Abby m'a dit que, quand Mickey et elle l'ont trouvée, elle était ouverte.

— Alors, quelqu'un a pris soin de dissimuler l'entrée.

Il entreprit de déplacer les bûches et révéla un emplacement carré sur le sol qui était moins poussiéreux que le reste du plancher. Au bout de quelques essais infructueux, Jesse souleva la trappe, à peine visible.

Il balaya l'espace sombre avec la lampe torche.

— Il vaut peut-être mieux que vous m'attendiez ici.

— Quoi ? Pas question. C'est chez moi, après tout.

Elle descendit à sa suite le long de la petite échelle.

Après quelques tâtonnements, il actionna un interrupteur. Le sol de terre battue était recouvert de deux vieux tapis. La hauteur sous plafond n'excédait pas un mètre quatre-vingts — trop bas pour que Jesse puisse se tenir tout à fait droit. Le plafond était isolé de même que les murs, si bien qu'il ne faisait pas froid.

Il y avait un lit d'une place, une table et une lampe.

— Je crois que nous avons trouvé l'endroit où Nicole a été retenue prisonnière.

11

Richter, allongé sur le foin dans le grenier de la grange, épiait ce qui se passait en dessous par un interstice entre les planches. Il vit la veuve et le garde du corps soulever la trappe camouflée sous le tas de bois.

Son arme était chargée ; il était prêt. S'ils ressortaient de cette pièce secrète avec la rançon, il les tuerait.

Comment diable cette trappe avait-elle pu lui échapper ? Il avait passé au crible cette satanée grange ! Il avait même vérifié que l'argent n'était pas caché sous les bûches !

Elle savait. Fiona devait être au courant.

Plus Richter y réfléchissait, plus il était convaincu que Butch et elle avaient été de mèche. Il avait dû lui montrer cette cachette.

Il se passa la langue sur les lèvres, anticipant le moment où elle allait émerger en tirant derrière elle ce monceau d'argent. Il attendrait qu'ils soient sortis tous les deux et qu'ils en soient à se taper dans le dos en se félicitant mutuellement d'avoir mis la main sur l'argent.

Il abattrait d'abord le garde du corps. Il aurait dû s'assurer qu'il était bien mort, la première fois. Trois balles n'avaient pas suffi à lui régler son compte. Cette fois, il viserait la tête. A cette distance, il ne pouvait pas le manquer.

Fiona sortit la première. Ses longs cheveux n'étaient pas tressés aujourd'hui et sa queue-de-cheval se balançait sur ses épaules. Debout, juste au-dessous de lui, elle frotta ses manches couvertes de poussière.

Le garde du corps la rejoignit un instant plus tard.

Le doigt de Richter frémit sur la gâchette. Mais ils avaient les mains vides tous les deux.

— Dire que je n'ai jamais eu vent de l'existence de cette pièce ! s'exclama Fiona. C'est incroyable. Je me demande si elle était destinée à devenir une salle de jeu ou une cave.

Le garde du corps remit son chapeau sur sa tête.

— Je pense que quelqu'un a vécu ici. Un adulte.

— Qu'cst-ce qui vous fait dire ça ?

— C'est bien aménagé, confortable. Il y a une lampe de chevet à côté du lit. Les meubles sont là depuis assez longtemps pour avoir laissé des marques sur le sol. Il y a même l'électricité.

Il haussa les épaules.

— Il faut prévenir le shérif. Il y a peut-être des empreintes.

Comme ils se dirigeaient vers la porte, Fiona secoua la tête.

— Quel dommage que la rançon n'ait pas été cachée là.

Richter relâcha la gâchette. C'était dommage pour *lui*, mais une chance pour *eux*. La dernière heure de la veuve et du garde du corps n'était pas encore arrivée.

Fiona resta avec les enfants dans le chalet pendant que Jesse et une cohorte de policiers inspectaient la petite pièce dissimulée sous la grange. Bien que n'étant pas accoutumée à recevoir autant de visiteurs dans son nid d'aigle du Colorado, elle avait été l'épouse d'un procureur pendant suffisamment longtemps pour observer les règles de la bienséance. « Offre-leur quelque chose à manger et prépare du café. » Rapidement, elle sortit un sachet de préparation pour gâteau au chocolat.

Alléchés par l'odeur de la pâtisserie en train de cuire, Abby et Mickey apparurent à la porte de la cuisine. Le petit minois d'Abby était tout chiffonné.

— Maman, tu es fâchée parce que j'ai désobéi ?

— Fâchée, non, mais ennuyée.

Elle attira sa fille dans ses bras.

— Tu sais bien que je t'aimerai toujours.

— Moi aussi.

— Tu as très bien fait de parler à Jesse de la cachette. Mais tu peux tout dire à ta maman… tu le sais, n'est-ce pas ?

Abby hocha la tête.

— Est-ce qu'on peut aller à la grange ? Pour dire bonjour à tout le monde ?

— Non, dit fermement Fiona d'un ton sans appel.

D'une part, le shérif et ses adjoints ne seraient pas ravis d'avoir des enfants dans les jambes et, d'autre part, elle tenait à préserver Abby et Mickey de tous ces événements effrayants qui étaient liés à l'enlèvement de Nicole.

Abby pencha la tête sur le côté.

— Est-ce qu'on peut avoir du gâteau pour le déjeuner ?

— Si vous mangez votre repas et votre fruit, vous aurez du gâteau au chocolat en dessert, tout à l'heure.

— Mais j'ai faim maintenant ! protesta Mickey d'un ton plaintif.

— Déjeuner dans un quart d'heure, répliqua gaiement Fiona.

Elle avait prévu de les installer dans la salle de séjour où elle avait déjà préparé des crayons et des feuilles.

— D'abord, je voudrais que vous me fassiez tous les deux un très beau dessin de Noël.

Ils s'élancèrent. Elle avait à peine eu le temps de napper le gâteau de son glaçage qu'on frappa à la porte de derrière. Etant donné qu'on lui avait demandé de tout verrouiller systématiquement, elle dut tirer les deux verrous avant de pouvoir ouvrir.

Carolyn s'engouffra à l'intérieur sans attendre d'y avoir été invitée.

— Elle était là, sous ta grange, tu te rends compte ? Dire que nous avions des hélicoptères, des chiens policiers et que…

— Je veux tout savoir, intervint Fiona. Mais, s'il te plaît, parle plus bas. Je ne veux pas effrayer les enfants.

— Oh ! bien sûr.

Carolyn reprit, murmurant cette fois :

— Ils ont trouvé plusieurs cheveux blonds qui appartenaient sûrement à Nicole. Et elle a gravé ses initiales dans le bois, près de la porte. Seigneur… Dire qu'elle était si près…

Jesse arriva et referma la porte derrière lui.

— Fiona, ils vous réclament à la grange. Ils veulent que vous regardiez d'un peu plus près pour voir si vous pouvez identifier les meubles, le linge de lit, ce genre de choses…

— Bien sûr, j'y vais.

Elle se tourna vers Carolyn.

— Je me sens terriblement mal à l'idée que Nicole ait été retenue ici. Si j'étais allée à la grange, peut-être l'aurais-je entendue ? J'aurais peut-être pu lui venir en aide…

— Tu n'es pas la seule à te dire que tu aurais pu faire plus.

Le poing de Carolyn se serra.

— Pour commencer, j'aurais pu l'empêcher de partir en promenade toute seule.

Chacun pouvait bien s'abreuver de reproches, cela ne changerait rien.

— Ce n'est pas ta faute, rétorqua fermement Fiona.

— Je le sais. Mais pourquoi est-ce que je me sens aussi coupable ?

Fiona pensait avoir la réponse.

Quand son mari était mort d'un infarctus, elle avait cherché à comprendre ce qui s'était passé. Elle avait besoin d'une raison, d'une explication à la tragédie qui la frappait. Ce devait être la faute de quelqu'un. Elle en avait voulu aux médecins de Wyatt qui n'avaient pas décelé les signes avant-coureurs de l'accident cardiaque, à ses confrères qui n'avaient pas été assez réactifs, mais, surtout, elle s'en était voulu à *elle* de n'avoir pas pris suffisamment soin de lui.

— Ce qui arrive, bien souvent, est hors de notre contrôle, déclara-t-elle. On peut regretter ce qui est arrivé à Nicole. On peut éprouver de la colère. N'empêche que nous ne sommes pour rien dans le kidnapping.

— Hors de notre contrôle ? répéta Carolyn en fronçant les sourcils. Voilà une idée qui ne me plaît pas beaucoup.

Evidemment ! Elle était directrice d'une grande entreprise et prenait ses responsabilités très au sérieux.

— Tu te sens responsable du mauvais temps quand il neige ?

— Non.

— Et de l'échec des Broncos quand ils perdent comme le week-end dernier ?

— Certainement pas, répondit Carolyn. A une époque, je pensais les faire gagner en portant des sous-vêtements orange ! Mais, évidemment, ça ne marchait pas.

— Donc, tu peux regretter ce qui est arrivé... Mais il faut te libérer de la culpabilité.

Abby et Mickey arrivèrent, tout excités, dans la cuisine, brandissant à bout de bras des dessins de rennes et de Père Noël. A l'unisson, ils s'écrièrent :

— A manger ! A manger !

— Je vais m'occuper de ces deux garnements, proposa Carolyn. Qu'est-ce que je leur donne ?

— Des sandwichs. Tout est dans le réfrigérateur.

— Des olives ? Du brie ?

— Ce sont des enfants, Carolyn. De la mayonnaise et du jambon feront l'affaire.

Fiona attrapa sa veste accrochée à la patère et suivit Jesse.

— J'ai aimé ce que vous avez dit, à propos de la culpabilité. Des paroles pleines de sagesse.

Personne, jusqu'alors, ne l'avait taxée de « sage ». Elle se sentit un peu mal à l'aise.

— La vie est trop courte pour perdre du temps avec la culpabilité — surtout quand il n'y a pas de raison d'en éprouver. Alors je m'efforce de prendre les choses comme elles viennent, de me laisser porter par la vague...

— Oh... Vraiment ?

— Comme la Californienne que je suis, ajouta-t-elle en mimant l'équilibre précaire d'un surfeur sur sa planche. Là où elle va, je vais.

Et le courant de ses émotions, présentement, l'entraînait droit vers lui. Devant eux, dans la grange, plusieurs officiers de police s'affairaient, cherchant activement des indices. Derrière eux — dans la maison — sa fille réclamait son attention et son réconfort. Mais lorsqu'elle était avec Jesse, tout le reste semblait refluer au second plan. Et elle aimait cette sensation, elle aimait ce qu'elle éprouvait lorsqu'elle était près de lui.

— A un certain moment, je me suis trouvé dans une situation qui a, disons, mal tourné. Je m'en suis énormément voulu. La culpabilité a bien failli me démolir.

— Ça aide, vous savez, de parler…

— Plus tard, peut-être, dit-il avec un sourire forcé. Le shérif attend.

Elle tourna la tête du côté de la grange et vit le shérif Trainer, l'air revêche, les bras croisés sur la poitrine, une cigarette non allumée au coin de la bouche.

— Je ne suis pas adepte du tabac, mais j'ai l'impression qu'il a vraiment besoin de fumer, nota Fiona.

— Il est furieux et vexé. Imaginez… Ce sont deux gamins de quatre ans qui ont trouvé ce que ses techniciens n'ont pas été fichus de voir.

Fiona s'avança, le sourire aux lèvres, espérant qu'une part de gâteau et un café viendraient à bout de l'humeur chagrine du shérif.

— Bonjour, shérif. Si vous voulez grignoter quelque chose…

— Pas maintenant, coupa-t-il en ôtant sa cigarette. Pourquoi ne m'avez-vous pas parlé de cette pièce secrète ?

Stupéfaite, elle répondit :

— Parce que je ne connaissais pas son existence.

— C'est votre propriété, non ? Votre grange. Comment est-il possible que vous n'ayez pas été au courant ?

Plusieurs explications parfaitement valables lui vinrent à l'esprit, comme le fait qu'elle n'avait aucune raison de se rendre dans la grange, qu'elle n'était pas là lorsque celle-ci avait été construite, qu'elle ne pouvait pas soupçonner qu'une cache se dissimulait au-dessous.

Les lèvres du shérif se pincèrent.

— C'est dans *votre* grange que Nicole Carlisle a été retenue captive. C'est également chez *vous* que le cadavre mutilé de Thurgood a été retrouvé. Vous ne trouvez pas que ça fait un peu beaucoup ?

Pas de gâteau pour vous, shérif.

— On dirait que vous êtes en train de m'accuser.

— Je ne crois pas aux coïncidences, Fiona. Vous êtes au cœur de cet imbroglio et je veux savoir pourquoi.

Autrefois, elle aurait poliment atermoyé en espérant que quelqu'un d'autre — en l'occurrence, Jesse — monterait au créneau à sa place. Mais ce temps-là était révolu. Elle entendait désormais livrer ses propres batailles.

— Je n'en ai aucune idée. Mais vous n'avez pas à rejeter la faute sur moi.

— Non ?

— Vos hommes ont fouillé la grange. Ils n'ont pas vu la trappe.

— Où voulez-vous en venir ?

Bien que n'étant pas d'un naturel belliqueux, elle contre-attaqua par une accusation à peine voilée.

— Qui sait ? Peut-être que vos hommes ont fait exprès de ne pas voir cette entrée secrète ? Peut-être que c'est eux qui ont quelque chose à cacher…

L'agent Burke émergea de la grange et lui fit signe.

— Fiona, par ici !

Reconnaissante à Burke de la tirer de ce mauvais pas au moment opportun, elle dépassa le shérif sans un mot.

Jesse s'inclina vers elle et murmura :

— Bien joué, la surfeuse.

— Je me suis montrée agressive et impolie.

— Il l'a bien cherché.

Pour la deuxième fois de la journée, elle descendit dans la pièce secrète, suivie de Burke et de Jesse. Les deux hommes durent courber la tête sous le plafond bas recouvert de plaques de contreplaqué — tout particulièrement l'imposant agent Burke.

— Regardez attentivement autour de vous, Fiona, dit-il. Quelque chose vous est-il familier dans l'aménagement de la pièce ?

Fiona examina les lieux pendant quelques instants puis toucha le plafond du bout des doigts.

— On dirait le contreplaqué utilisé pour construire mon atelier. Je ne peux pas affirmer qu'il vient de là, mais nous avions une quantité de bois et de matériaux d'isolation. J'ai encore les factures quelque part.

— Quand la construction de cet atelier a-t-elle commencé ?

— Il y a trois ans.

Seulement trois ans ? Elle déglutit avec peine, troublée à l'idée que quelqu'un ait créé cette pièce secrète à son insu. Bien sûr, ce n'étaient pas les occasions qui avaient manqué : avant qu'elle n'ait emménagé, la propriété était restée vide, exception faite de la période où Belinda y avait vécu.

— Et le mobilier ?

Le petit lit en métal peint ne ressemblait en rien aux meubles de la maison. Pas plus que la table de chevet de bois aggloméré. Elle secoua la tête.

— La famille Grant n'a jamais possédé ce genre de meubles bon marché, j'en suis sûre.

Elle se pencha pour examiner une large éraflure sur la peinture, au pied du lit.

— Nous pensons qu'une chaîne a été fixée ici, expliqua Burke.

Fiona réprima un frisson.

— Nicole était… enchaînée au lit ?

— Une chaîne assez longue pour lui laisser pas mal de mobilité, précisa Burke en se déplaçant jusqu'à l'échelle. Regardez, elle a pu venir jusque-là pour graver ses initiales dans le mur. Je pense que son geôlier s'efforçait de rendre sa captivité la plus confortable possible.

Fiona tressaillit.

— En la maintenant prisonnière ?

— En matière de prison, cet endroit équivaut à un Hilton.

Jesse pointa du doigt la lampe sur la table.

— Elle avait de la lumière. Le lit n'est pas mauvais. Et toute la pièce a été isolée pour qu'il n'y fasse pas froid.

— Il lui a donné des vêtements propres, ajouta Burke.

— Et, dans les vidéos, Nicole ne semblait pas avoir été maltraitée, souligna Jesse.

Mais il ne fallait pas se fier aux apparences, Fiona le savait bien. Nicole avait joué la comédie pour que ses proches ne s'inquiètent pas. Pour quelqu'un comme elle qui aimait être au grand air, ne pas pouvoir voir le soleil et sentir le vent sur sa peau devait être une vraie torture. Fiona n'était ici que depuis quelques minutes et, déjà, elle avait l'impression que les murs se refermaient sur elle.

— Pour ce qui est des meubles, je ne peux pas vous aider, reprit-elle.

— Il y a quelque chose que je ne comprends pas, dit Jesse. Dans les vidéos, Nicole fait son possible pour désigner le ranch Circle M. Pensait-elle qu'elle était là-bas ?

Burke haussa les épaules. Dans la pièce exiguë, sa silhouette massive semblait occuper tout l'espace.

— D'après ce qu'on sait, voilà comment se sont déroulés les événements : elle a été kidnappée près du ruisseau et conduite au Circle M. Ensuite, Butch et Richter l'ont emmenée dans une grotte située sur le Sentier Indien. Après quoi, ils l'ont amenée ici.

— Mais alors, pourquoi nous avoir orientés vers le Circle M ?

— Peut-être qu'elle a été droguée entre-temps. Si elle n'a vu que le Circle M, elle aura pensé qu'elle était toujours là-bas.

Le regard rivé à l'échelle de bois brut, Fiona entendait résonner dans sa tête l'écho des souffrances endurées par sa voisine. Il faisait chaud ici ; elle sentait la sueur perler à son front.

— Il faut d'abord que nous découvrions qui a construit ce réduit enterré, décréta Jesse. Si ce n'est ni Butch, ni Richter, peut-être qu'une tierce personne est mêlée à l'enlèvement.

— Sam Logan ? suggéra Burke, l'air dubitatif. Mais une pièce secrète, ce n'est pas son style. Il aime attirer l'attention sur lui.

— Qui d'autre, alors ?

— Moi, proféra Fiona d'une voix morne en se dirigeant vers l'échelle, incapable de rester une minute de plus ici. C'est ce qu'a l'air de penser le shérif Trainer.

Elle gravit rapidement les échelons et se retrouva dans la grange. Elle allait devoir laver les soupçons qui pesaient sur elle et ce n'était pas en « se laissant porter » qu'elle y parviendrait. Le « laissez-faire » si cher à son cœur n'était plus de mise.

S'approchant par-derrière, Jesse posa la main sur son épaule.

— Je ne vous suspecte pas, vous savez.

— Mais les autres, si.

Elle inspira à fond l'air confiné de la grange, qui lui parut semblable à une bouffée d'air pur après les instants passés dans la pièce aveugle, sous leurs pieds.

— Comment leur prouver qu'ils se trompent ? Je ne suis pas enquêteur de police. Ni pisteur…

— Mais moi, si, assena-t-il, son regard sombre, plein d'assurance, plongé dans le sien. Faites-moi confiance.

Elle n'avait pas le choix.

12

Assis sur un banc, sous le porche du ranch Circle M, Jesse salua de la main Fiona, Belinda et les enfants qui s'éloignaient, escortés par un Nate Miller plus possessif que jamais. Toujours vêtu de son jean bien repassé, celui-ci leur avait dûment fait la leçon, les informant que le Circle M avait autrefois été le plus beau ranch d'élevage de la vallée — appréciation qui, de l'avis de Jesse, était plus que sujette à caution. D'après ce qu'il savait, les Carlisle avaient toujours eu plus de terres, plus de bétail et plus d'influence.

Nate n'avait pas traîné pour reprendre possession des lieux : le ruban jaune et noir de scène de crime avait été arraché et fourré dans une poubelle près du porche.

A en croire Burke, il s'était présenté au Circle M peu après que les Enfants de la Liberté avaient été arrêtés pour faire valoir ses droits. Il était parfaitement autorisé à réinvestir les lieux du moment qu'ils étaient inoccupés. La seule question concernait la propriété des chevaux des survivalistes, mais le F.B.I. avait opté pour laisser aux autorités locales le soin de régler ce problème.

Nate jeta un coup d'œil par-dessus son épaule comme pour vérifier que Jesse était toujours assis. Comme il voulait fouiller les lieux sans avoir Nate pendu à ses basques, il avait prétexté qu'il était fatigué, encore mal remis de ses blessures.

A sa grande surprise, Fiona avait apporté de l'eau à son moulin en se lançant dans une description détaillée de ses lésions alors même qu'elle n'avait pas vu la moindre cicatrice. Elle parla de « plaie purulente et de points de suture si nombreux qu'elle avait renoncé à les compter ». Son empressement à mentir l'avait quelque peu gêné. Même s'il n'ajoutait pas foi aux soupçons du shérif Trainer, le seul élément allant à leur encontre était le fait qu'il croyait fermement en l'honnêteté de Fiona. Il était certain de ne pas commettre d'erreur en lui faisant confiance. Cependant…

Sitôt le petit groupe disparu en direction de l'écurie, Jesse se leva. Certes, c'était loin d'être gagné, mais il espérait trouver un indice démontrant que Nicole avait transité par le ranch, et peut-être aussi une indication de l'endroit où elle pouvait se trouver en ce moment.

Jesse contourna par l'arrière la maison d'habitation. De l'autre côté de la cour se trouvaient des dépendances et un fumoir pour traiter la viande de bœuf et le gibier. Il inspecta rapidement ces petites structures avant de se diriger vers le bâtiment principal d'habitation — une longue bâtisse basse avec plusieurs fenêtres couvertes d'un plastique épais pour stopper le froid. La porte n'était pas verrouillée.

Il franchit le seuil, alluma la lumière et entra dans une grande pièce commune meublée de deux longues tables. Près de l'entrée se trouvaient un poêle à bois et une estrade. Sans doute l'endroit où Sam Logan prêchait à sa congrégation survivaliste. Douze hommes, onze femmes et quatre enfants. Il n'y avait rien de spirituel dans cette organisation. Les femmes avaient été sélectionnées dans la rue, on leur avait promis un logement et elles avaient été droguées afin d'obéir docilement à toutes les injonctions du gourou. Les hommes, eux, s'étaient enrichis en s'adonnant à des trafics illégaux.

Le F.B.I. avait dû investir les lieux juste avant l'heure du dîner. Il y avait encore des assiettes sur les tables, des verres d'eau et des tasses à demi remplies de café figé par le froid. Un sapin de Noël efflanqué couvert de deux guirlandes miteuses se dressait dans un coin, une partie des décorations encore éparpillées sur le sol, à côté.

Un petit camion de pompiers en plastique gisait par terre,

renversé sur le côté. Deux tabliers avaient été jetés sur des dossiers de chaises.

Le cours ordinaire de la vie, subitement interrompu.

Jesse passa par une porte, au fond de la pièce, et se retrouva dans un couloir avec quatre portes fermées de chaque côté. Il ouvrit la première et vit une petite chambre équipée d'un lit et d'une commode. Deux robes toutes simples étaient suspendues à des cintres sur une tringle. Sur la commode, il vit une montre bon marché, une brosse à cheveux et un flacon de lait hydratant d'un format économique à côté d'une pile de magazines de mode. L'occupante de cette pièce avait peut-être vécu la vie sans artifice prônée par Logan, mais elle rêvait de dentelles et de sequins raffinés.

Immédiatement, Jesse nota que le lit de fer était identique à celui de la cellule secrète, sous la grange de Fiona. Si c'étaient Butch et Richter qui l'avaient construite, alors ils avaient apparemment utilisé les meubles du Circle M.

Ce lien appelait une investigation plus approfondie. Il examina rapidement les autres pièces, cherchant des indices. Où pouvait bien se trouver Nicole, maintenant ? Elle ne s'était sûrement pas enfuie avec Richter, un criminel patenté doté d'un casier judiciaire long comme le bras. Avait-elle simplement fait main basse sur la rançon avant de disparaître ?

Son instinct lui soufflait que la solution était ailleurs… même si Dylan était convaincu que sa femme l'avait quitté de son plein gré.

Lorsqu'il ressortit, Nate avançait vers lui, les poings serrés, l'air furieux. Il l'apostropha sans amabilité :

— Hé ! Vous cherchez quelque chose ?

N'éprouvant nul besoin de se justifier ni de s'excuser, Jesse ne répondit pas.

— Si vous tombez sur cette rançon, je vous conseille de vous souvenir qu'elle était cachée sur *ma* propriété.

— Mais je suppose que vous avez déjà regardé partout ?

— Evidemment ! Mais si vous avez envie de fouiner, allez-y.

— Quand les Enfants de la Liberté ont loué votre ranch, était-il meublé ?

— Mon papa avait acheté ces lits métalliques il y a longtemps, à l'époque où nous avions beaucoup de personnel à loger. Je ne les ai jamais changés. Ils sont solides.

— Est-ce qu'il en manque certains ?

Les épaules de Nate se contractèrent.

— Comment ça ? Qu'est-ce que vous voulez dire ? On m'aurait volé des lits ?

Mais Jesse n'était nullement disposé à lui parler de la pièce secrète découverte chez Fiona.

— Simple question. Retournons à l'écurie.

— O.K., répondit Nate en passant devant lui.

Mais il ne roulait plus des mécaniques ; son attitude bravache avait disparu, remplacée par une tension palpable.

— Vous devriez persuader mon ex-femme que mon fils ne risque rien en montant à cheval. Tout ce que je veux, c'est le mettre en selle avec moi et faire une promenade dans l'enceinte du corral. Il n'y a pas de mal à ça.

— Aucun mal.

— Elle est en train d'en faire un petit froussard.

Les hésitations de Belinda, de l'avis de Jesse, tenaient moins à la sécurité de Mickey qu'à l'attitude de son père. L'amertume de Nate était toxique, envahissante. Et dirigée en priorité contre ses voisins, les Carlisle.

— Quelle est l'origine de la querelle qui vous oppose aux Carlisle ? questionna-t-il à brûle-pourpoint.

— Vous voulez vraiment le savoir ?

— Ma foi, oui, puisque je vous ai posé la question.

— Eh bien, je vais vous le dire.

Nate s'arrêta, contempla le sol boueux pendant quelques instants puis releva la tête, une lueur mauvaise dans le regard.

— Sterling Carlisle a tué mon papa.

Bien que surpris par cette allégation, Jesse se garda de manifester son étonnement. Il se borna à hocher la tête.

— C'est arrivé il y a six ans.

Les lèvres de Nate bougeaient à peine tandis qu'il parlait.

— Le shérif a dit que c'était un accident, mais je sais bien que ce n'est pas vrai.

— Comment votre « papa » est-il mort ?

— Nous avions une cinquantaine de têtes de bétail. Elles étaient dans la stabulation pour prendre du poids avant d'aller à l'abattoir. Papa s'est évanoui dans le bâtiment. Il a été piétiné.

Plutôt ironique pour un homme qui ne jurait que par l'élevage des bêtes en batterie ! songea Jesse.

— Je ne vois pas ce que vient faire Sterling Carlisle dans son décès.

Nate plissa les yeux comme si des scènes du passé défilaient devant lui.

— J'ai entendu papa lui parler. Ils se disputaient, en fait. Il lui disait que ses méthodes biologiques n'étaient que du vent. Et il avait bien raison.

— Ah bon ?

— Les bovins n'ont pas besoin de se promener en liberté et de manger de l'herbe. C'est de la viande. Rien que de la viande, bon sang !

— Vous avez vu quelque chose ?

— Vous pensez bien que non ! J'avais mon travail, moi aussi. Après la mort de maman, c'est moi qui me suis occupé de la cuisine et de la maison. Il n'y avait que papa et moi, au ranch.

Nate avait beau avoir passé les trente-cinq ans, il s'exprimait comme un enfant, nota Jesse. Sous la coupe de son « papa », il n'avait pas pleinement mûri.

— Avez-vous entendu Sterling Carlisle le menacer ?

— Pas exactement. Je n'ai pas eu le temps de m'interrompre dans mon travail pour écouter.

Il trancha l'air d'un doigt vengeur comme s'il cherchait à emporter l'adhésion d'un jury invisible.

— Mais je sais ce qui s'est passé, moi. Sterling est venu ici et il a tellement énervé mon papa avec ses salades qu'il en a eu une crise cardiaque. Et il est parti sans appeler les secours. Il l'a laissé mourir.

Jesse ne fit aucun commentaire. Nate croyait dur comme fer à cet improbable scénario, cela sautait aux yeux. Ses yeux brillaient d'une ardeur fanatique. Il cherchait son souffle, comme si la haine l'oppressait au point de l'empêcher de respirer normalement.

Le grand-père de Jesse aurait dit que Nate avait l'air d'un homme qui avait été mordu par un animal enragé.

Nate continua :

— Les Carlisle nous ont ruinés. Ils sont tellement imbus d'eux-mêmes, tellement bien-pensants, tellement riches. Qu'ils aillent tous au diable !

Jesse se demanda s'il incluait Nicole dans le lot. Elle n'était pas ici six ans plus tôt, à l'époque où le père de Nate était mort.

— Les Carlisle traversent une passe difficile actuellement. Avec l'enlèvement.

— Nicole n'a pas été kidnappée, finalement.

Mais un mauvais rictus tordait sa bouche.

— Aux dernières nouvelles, il paraît qu'elle a dit à Dylan qu'elle voulait divorcer, qu'elle ne reviendrait plus jamais.

— Et vous pensez que c'est vrai ? Qu'elle s'est enfuie avec Pete Richter ?

— Je ne l'aurais jamais cru. Richter n'est pas bel homme. Mais c'est vrai qu'il sait manier la hache. Il a été bûcheron dans l'Oregon.

Jesse douta que des talents de travailleur forestier aient suffi à pousser Nicole à quitter son mari.

— Que pouvez-vous me dire d'autre sur Richter ?

— Il ne donnait pas l'impression de vouloir rester cow-boy pendant le restant de ses jours. Il parlait tout le temps de tropiques et de danseuses hawaïennes, dit Nate avec mépris. Butch Thurgood, c'est une autre histoire. Il était grand, bien baraqué. Un vrai homme à femmes. Nicole aurait pu s'amouracher de lui, c'est sûr.

Seulement, Butch était mort.

Tandis qu'il regardait Nate se diriger à grandes enjambées vers l'écurie, Jesse se prit à regretter de n'avoir pas suivi de formation plus complète en matière d'interrogation de témoins. D'instinct, il sentait que Nate dissimulait des informations cruciales, mais il n'avait pas la clé pour le faire parler. Pas plus, d'ailleurs, que l'habilitation pour l'obliger à répondre à des questions.

Dans l'écurie, Mickey se précipita vers son père.

— Maman dit que je peux monter sur la selle avec toi.

En un clin d'œil, Nate se transforma en un autre homme. Il n'avait jamais été de l'étoffe dont on fait les pères modèles, mais son sourire semblait sincère. Avec un geste magnanime de grand seigneur, il montra les chevaux qui ne lui appartenaient pas.

— Choisis celui qui te plaît, fiston.

Nate avait omis d'inclure Abby dans son programme et une immense déception se peignit sur les traits de la petite fille. Jesse vit Fiona se retenir, s'efforcer de ne rien dire. Elle incarnait en cet instant un mélange aussi étrange que détonnant d'émotion passionnée et de stricte politesse.

Jesse, lui, n'y alla pas par quatre chemins.

— Nate, je crois que vous avez oublié Abby. Nous allons seller deux chevaux et je la ferai monter avec moi.

— D'accord.

Fiona lui décocha un sourire aussi radieux que s'il avait accompli un acte héroïque, puis elle s'inclina vers sa fille.

— Qu'est-ce que tu dis, Abby ?

— Merci, monsieur Miller.

— Pas de problème, petite. Choisis un cheval.

Contrairement à Mickey, Abby n'hésita pas une seconde. Elle se dirigea droit vers une jument noire au comportement calme et au regard intelligent.

— Elle, je l'aime bien, décréta-t-elle.

— Tu as bon goût, dit Nate. C'est l'une des meilleures montures. Mais elle a perdu un fer l'autre jour et je préfère la laisser au repos.

Si ça n'avait tenu qu'à lui, Jesse aurait jeté son dévolu sur l'un des deux chevaux arabes — de belles bêtes, fières. Mais Nate n'aurait certainement pas voulu utiliser des animaux aussi prisés pour apprendre l'équitation à des enfants. Il s'avança vers une jument à la robe tachetée.

— Je vais l'appeler Cookie. Parce qu'elle a des taches sombres, comme un biscuit avec des morceaux de chocolat, proclama Abby.

— Tu sais, elle doit déjà avoir un nom, souligna Fiona.

— C'est Cookie, insista Abby.

— Voilà ce qui s'appelle avoir de l'initiative, observa Jesse. Parfait. Il faut du caractère pour être cavalier. Le cheval doit savoir qui est le maître.

— Et pas que les chevaux, murmura Fiona.

Tout bas, elle ajouta :

— Alors ? Vous avez trouvé quelque chose ?

— Rien de très concluant.

Tout en passant les rênes à l'animal nouvellement rebaptisé Cookie, Jesse regretta d'avoir perdu tant de temps au Circle M. La présence des lits en métal confirmait bien que c'était vraisemblablement quelqu'un venant du ranch — Richter ou Butch — qui avait construit la pièce secrète sous la grange de Fiona, mais ce n'était pas une découverte renversante.

Lorsqu'il souleva la selle, son épaule blessée se rappela douloureusement à lui et il recula sans se faire prier pour laisser agir Fiona. A l'aisance avec laquelle elle manipula le matériel, il vit tout de suite qu'elle s'y connaissait en matière d'équitation.

— Telle mère, telle fille, dit-il. C'est sûrement de vous qu'Abby tient son amour des poneys.

— Mais je ne suis pas aussi passionnée qu'elle. Je ne m'étais jamais intéressée aux chevaux avant de venir habiter ici.

— Californienne dans l'âme, conclut-il, se rappelant ce qu'elle lui avait dit.

— Maman, dépêche-toi, lui enjoignit Abby.

Fiona posa la paume à plat sur le flanc de Cookie.

— Voilà. Elle est prête.

— Allez-y, dit Jesse. C'est vous qui montez. Je vais aider Abby à se mettre en selle.

Ce n'était pas le plan qui avait reçu l'aval de Nate, mais il n'y avait pas de raison que cela pose problème. Jesse empoigna les rênes et conduisit le cheval et ses deux cavalières au corral.

Nate suivait avec Mickey qui gesticulait, tout excité.

Abby, elle, prenait sa première chevauchée très au sérieux et prêtait une oreille attentive à tout ce que disait sa mère.

Belinda s'approcha de Jesse, les mains enfoncées dans les poches de son pantalon noir. Sous les mèches brunes en bataille qui cachaient à demi ses yeux, elle avait l'air anxieuse.

— Vous pensez que Nate est capable de s'occuper de ces chevaux ?

— Je n'en sais rien, répondit-il en haussant les épaules.

— Il estime que c'est un coup de chance inespéré d'avoir pu récupérer le ranch, avec les chevaux qui s'y trouvaient. Il veut vendre sa petite maison, en ville, revenir s'installer définitivement ici et transformer l'endroit en une ferme équestre, expliqua-t-elle en secouant la tête. Autant vous dire que je peux dire adieu à la pension alimentaire de Mickey.

Comme son fils passait à proximité, il agita les deux bras.

— Maman ! Tu as vu ? Je fais du cheval !

Elle sourit et le salua en retour.

Jesse regarda Fiona et Abby. Elles avaient fière allure à cheval. Les longs cheveux châtains de Fiona ondulaient sous la brise tandis qu'elle lançait Cookie au petit trot, le ramenait au pas, puis le mettait à l'arrêt. La jument répondait parfaitement. Le dresseur Thurgood avait fait du bon travail.

— Une ferme équestre, c'est beaucoup de travail.

— Et beaucoup d'argent, souligna Belinda.

Elle cala sa hanche ronde contre la barrière du corral.

— Nate veut bien faire, je pense, mais je ne suis pas tranquille à l'idée que Mickey vienne le voir ici. Un ranch peut être un endroit très dangereux pour un enfant si on le laisse ne serait-ce qu'une minute sans surveillance.

— Ce n'est pas le ranch qui vous inquiète, dit sans ambages Jesse.

— Vous avez raison. C'est Nate. Parfois, il entre dans de telles colères que j'ai l'impression que les yeux vont lui sortir de la tête. Il ne comprend pas que Mickey est un petit garçon qui pleure quand il tombe et qui ne fait pas toujours attention.

— Mais il aime son fils, non ?

— Il faut lui reconnaître ça, concéda-t-elle. Mais je me demande quelle sera sa réaction quand je vais me remarier.

Elle avait raison de se faire du souci, songea Jesse. Nate avait beaucoup de haine en lui. A tout moment, il pouvait exploser, comme un volcan demeuré longtemps sous pression.

— Est-il violent ?

— Il n'a jamais levé la main sur moi ni sur Mickey. Mais il me mettait plus bas que terre en paroles.

La violence verbale pouvait être plus traumatisante qu'une agression physique. Belinda était plutôt grande, avec les épaules larges et, pourtant, elle semblait se recroqueviller quand elle posait les yeux sur son ex-mari.

— La rupture n'a pas dû être facile, dit-il posément.

— Vous n'avez pas idée. Je n'avais pas un sou vaillant. Si Fiona ne m'avait pas proposé de garder le chalet et de loger sur place, je n'aurais eu nulle part où aller.

Il se rappela un fait que Fiona avait mentionné.

— Vous avez demandé une injonction restrictive contre lui ?

— J'y ai été forcée. Il ne me laissait pas tranquille. Il voulait Mickey… Il n'en démordait pas, dit-elle en frissonnant. Heureusement, tout ceci est derrière moi, maintenant.

Jesse espéra qu'elle ne se trompait pas.

La promenade terminée, ils ramenèrent les chevaux dans leurs boxes. Ils sortaient de l'écurie lorsque le téléphone portable de Fiona sonna. Sa bonne humeur se dissipa tandis qu'elle parlait.

Elle raccrocha et se tourna vers Jesse, la mine grave.

— C'était le shérif. Il faut que je rentre tout de suite au chalet.

13

Fiona claqua la portière de sa fourgonnette et marcha droit vers le porche. Elle avait demandé à Belinda d'emmener Abby chez elle avec Mickey pour éviter que sa fille n'assiste à ce qui allait suivre.

Clinton avait appelé le shérif en exigeant qu'on l'autorise à fouiller le chalet de Fiona pour qu'il y récupère ses précieux biens. Ils étaient là, tous les deux, debout devant la porte. Si Burke n'avait pas été présent, nul doute qu'ils auraient cassé une vitre ou enfoncé la porte.

Tandis qu'elle les regardait, en approchant, elle se demanda lequel des deux avait l'air le plus hargneux. Le shérif Trainer et ses soupçons injustifiés ? Ou son beau-fils et ses doléances injustifiées ?

Jesse la dépassa et se posa d'entrée de jeu en médiateur.

— Bonjour, messieurs. Qu'est-ce que vous voulez ?

Clinton lissa le col de sa veste et leva bien haut la tête.

— Nous avons un mandat de perquisition. Je veux fouiller le chalet afin de retrouver les biens qu'on m'a volés.

— Volés ? s'étrangla Fiona. Tu as perdu la tête ? Comment peux-tu imaginer que j'aie pu te voler quoi que ce soit ?

— Les biens de mon père appartiennent à moi et à ma sœur, rétorqua-t-il d'un air suffisant.

— Crois-tu que ton père serait fier de toi, Clinton ?

Si elle avait eu en main l'arme de Jesse, elle n'aurait pas hésité à percer son joli front d'un petit trou bien net.

— Tu penses qu'il approuverait ta cupidité ?

— Tu essaies de gagner du temps. Comme quand tu m'as accusé de m'être introduit chez toi par effraction.

— Jusqu'à preuve du contraire, rien ne démontre que tu ne l'as pas fait.

— Ne me pousse pas à bout, Fiona.

Comme Clinton avançait d'un pas, l'air menaçant, elle nota que l'agent Burke faisait de même. Si cette confrontation tournait au pugilat, au moins Burke et Jesse seraient-ils de son côté. C'était rassurant.

Mais ce n'était pas à eux de livrer bataille à sa place. Elle refusait de s'abriter lâchement derrière eux. Il était temps pour elle de se battre bec et ongles. Pas pour les possessions dont Clinton avait soigneusement établi la liste, mais pour sa réputation.

— Je ne suis pas une voleuse.

Clinton ricana.

Jesse sortit le bras de l'attelle qui le maintenait et replia les doigts de manière éloquente.

— Je vous suggère de vous montrer un peu plus courtois vis-à-vis de la veuve de votre père.

— Du calme, intervint le shérif. Nous sommes ici avec un mandat tout ce qu'il y a de légal.

— Montrez-le-moi, dit Fiona.

Le shérif lui plaça sous le nez le mandat auquel était agrafé l'inventaire de Clinton. Aveuglée par la colère, elle attendit quelques secondes de recouvrer son sang-froid avant de proférer, les dents serrées :

— Il est signé par un juge de Denver. Est-ce qu'il est valable dans ce district ?

— Question pertinente, souligna Jesse. Je suis sûr que l'agent Burke sera en mesure de clarifier ce point en passant un ou deux coups de fil. Quels objets entendez-vous confisquer, exactement ? Une lampe Tiffany, c'est ça ?

— Et une tiare rose, ajouta Fiona en consultant la liste de Clinton.

— Une tiare rose, mm ?

Jesse décocha un regard assassin au shérif.

— Mais, dites-moi, ça pourrait constituer une menace pour la sûreté nationale, ça. Il faudrait peut-être alerter la N.S.A.

Burke tira son portable de sa poche.

— Je peux commencer par le bureau du procureur de l'Etat. Ou par le gouverneur. C'est un ami personnel de Carolyn.

— Ecoutez, je ne fais que mon travail, grommela le shérif.

Il paraissait si embarrassé, tout à coup, que Fiona l'aurait presque pris en pitié s'il ne s'était pas montré aussi hostile à son égard.

— Je veux régler cette affaire une fois pour toutes, déclara-t-elle. Nous avons d'autres chats à fouetter en ce moment que nous occuper des mesquines revendications de Clinton.

— Comme quoi ? demanda Clinton.

Elle arrêta son regard sur le shérif.

— Comme s'assurer que Nicole va bien et retrouver la rançon.

— Ce n'est pas mon problème, répliqua Clinton. Je ne renoncerai pas.

— Le contraire m'aurait surpris, de ta part.

La rage qu'elle éprouvait grimpa encore d'un cran. Il fallait qu'elle lui dise son fait, sinon elle allait exploser.

— Depuis que ton père est mort, vous vous êtes montrés sous votre vrai jour, ta mère et toi. Votre seul souci a été de me déposséder de tout. Avec l'aide de vos avocats, vous avez saisi ma maison, ma voiture, mes comptes bancaires. Mais vous ne pourrez jamais me prendre ce qui m'est le plus cher.

— A savoir ?

— Mes souvenirs.

Si elle ne devait conserver de ses années avec Wyatt que le souvenir de leur amour et du bonheur qu'ils avaient partagé, elle serait une femme riche.

Elle marqua une pause pour reprendre son souffle. Maintenant qu'elle avait dévoilé devant Burke et Trainer le pathétique bilan de sa situation financière, son secret ne tarderait pas à être de notoriété publique. C'était humiliant, peut-être, mais cela valait sans doute mieux ainsi. De toute façon, elle n'aurait pas pu dissimuler encore bien longtemps le fait qu'elle manquait d'argent ; elle allait bientôt devoir chercher du travail.

Elle tendit les clés de la maison à Burke.

— Agent Burke, s'il vous plaît, veuillez accompagner Clinton dans ses… *recherches.* J'aimerais qu'il laisse le moins de désordre possible.

— Je comprends parfaitement. Ce ne devrait pas être long.

Elle regarda Clinton entrer d'un pas conquérant dans le chalet. Tout espoir de réconciliation avec cette partie de la famille de Wyatt venait de s'envoler. Cela la peina de songer qu'Abby ne connaîtrait jamais certains de ses proches.

Jesse était resté près d'elle et elle lui en sut gré. Elle avait affronté Clinton seule, mais avoir une épaule solide sur laquelle s'appuyer était un vrai réconfort maintenant que son beau-fils était parti.

Le shérif Trainer s'éclaircit la gorge.

— C'est vrai, ce que vous avez dit ? Vous avez tout perdu à la mort de votre mari ?

— Oui, pratiquement tout. Il n'y a que ce chalet qu'ils n'ont pas pu s'approprier car il est à mon nom.

— Ça explique pourquoi vous êtes venue vous établir ici…

Il sortit son paquet de cigarettes de sa poche et en puisa une, qu'il ficha d'un geste bien rodé entre ses lèvres.

— Je vous avoue que je ne comprenais pas qu'une citadine comme vous soit venue habiter ce chalet. Au moins, c'est clair, maintenant. C'est parce que vous êtes fauchée.

— Ça suffit, gronda Jesse.

— Ah ? Mais j'ai à peine commencé, rétorqua Trainer, sa cigarette non allumée tressautant entre ses lèvres tandis qu'il parlait. *Une* chose m'échappait : c'était la raison pour laquelle une femme riche se serait impliquée dans un enlèvement. Mais vous n'êtes *pas* riche. Vous avez un motif.

— Vous aussi, proféra froidement Jesse.

— Pardon ? se récria Trainer d'une voix étranglée.

— Mais oui. Une somme d'un million de dollars constitue une motivation puissante, vous ne trouvez pas ? Alors je suis obligé de me poser la question suivante : comment se fait-il que les ravisseurs aient toujours un coup d'avance sur les enquêteurs ? Comme s'ils avaient un informateur bien placé, vous me suivez ?

— Vous êtes complètement f…

— En fait, je tiens le raisonnement suivant, poursuivit Jesse sans s'émouvoir. Vous qui avez tellement de pain sur la planche en ce moment, vous vous arrangez malgré tout pour satisfaire — en personne ! — la requête de Clinton Grant ? Comme si vous cherchiez à détourner l'attention, à nous orienter dans la mauvaise direction.

— Je n'ai pas de piste.

— Et comment cela se fait-il ? Richter n'est pas un génie. Il a dû laisser des indices. Mais peut-être le couvrez-vous…

Le shérif alluma sa cigarette.

— Je n'ai aucune raison de rester là à écouter vos élucubrations, éructa-t-il.

— Alors partez, proféra Fiona d'une voix basse et tendue. Sortez de chez moi.

Sans un mot, Trainer tourna les talons.

Fiona le regarda s'éloigner au volant de son véhicule, le cœur battant. Spontanément, elle saisit la main de Jesse.

— Merci d'avoir pris ma défense.

— Vous vous seriez bien débrouillée pour chasser cet insecte nuisible sans moi. Vous êtes plus forte que vous ne le croyez.

Et c'était vrai qu'avec l'adrénaline qui coulait encore à flots dans ses veines elle se sentait des ailes lui pousser — dès lors que Jesse était à son côté pour l'encourager.

— Ce que vous avez dit au shérif… Vous le pensez vraiment ?

— Je n'ai aucune preuve contre lui, mais je suis assez doué pour percer les gens à jour. Et le shérif Trainer n'a pas l'âme d'un honnête homme. Je ne serais pas surpris d'apprendre que Clinton l'a soudoyé pour obtenir de lui ce mandat.

Elle n'avait pas pensé à ça, mais c'était possible.

— Et s'il a accepté de l'argent de Clinton, il est d'autant plus susceptible de s'être laissé acheter par les kidnappeurs.

— Comme je disais, un million de dollars en liquide, c'est extrêmement tentant.

Oui… Aussi tentant qu'il l'était, lui, songea Fiona. Le sourire étincelant qu'il lui adressait lui donnait envie de s'approcher de lui et de se hisser sur la pointe des pieds pour le gommer d'un baiser, le capturer à jamais. Et sans doute l'aurait-elle fait si Clinton n'avait pas été dans les parages.

Redoutant de céder à la tentation, elle détourna les yeux.

— Si on ne peut pas compter sur le shérif, il faut que nous prenions nous-mêmes l'enquête en main.

— Nous ?

— Vous l'avez dit vous-même. Je suis plus forte qu'il n'y paraît.

Elle se redressa de toute sa hauteur — un mètre soixante de totale confiance en soi. Elle n'avait pas l'intention de courber l'échine et de vivre avec l'ombre du soupçon pesant sur elle. Si le shérif la pensait coupable de complicité avec les ravisseurs, d'autres pourraient tenir le même raisonnement. Et Clinton n'avait pas mis longtemps à la traiter de voleuse.

Il n'y avait pas de honte à manquer d'argent, mais elle ne tolérerait pas qu'on traîne dans la boue son intégrité morale. Elle était quelqu'un de bien. Et s'il fallait traquer des ravisseurs pour en apporter la preuve, eh bien, soit, elle était prête à relever le défi.

Jesse était un professionnel et il connaissait son métier. Lorsque ses clients se mettaient en tête de s'armer, eux aussi, ou se vantaient d'être capables d'en remontrer à leur ennemi parce qu'ils s'étaient mis au karaté, les ennuis n'étaient jamais loin. S'il devenait trop sûr de lui, le client prenait des risques inconsidérés.

Debout devant Fiona, tandis qu'ils attendaient que Burke et Clinton ressortent de la maison, il se lança dans son discours habituel sur la sécurité.

— Si je suis ici, c'est pour vous protéger.

— Je le sais et je vous en suis extrêmement reconnaissante.

Ses doux yeux gris lui rappelaient la teinte délavée du ciel, juste avant l'aube, quand il commençait à s'éclaircir et que le monde attendait, figé dans un silence feutré, le lever du jour nouveau. Elle avait du répondant, oui, mais elle était la délicatesse personnifiée. Une artiste. Une mère aimante.

— Je ne veux pas que vous vous impliquiez dans l'enquête. Votre rôle à vous, votre *devoir*, c'est de rester à l'abri.

— Mais je l'ai déjà fait puisque je vous ai aidé à faire des recherches dans ma propriété, plaida-t-elle.

Elle n'avait pas remarqué qu'il avait pris des précautions particulières, qu'il s'était tenu en permanence sur le qui-vive et que Wentworth avait toujours été à portée de voix. S'il avait perçu la moindre menace, il aurait agi en conséquence et mis immédiatement Fiona en sécurité.

Vraiment ? Le moment où ils étaient entrés dans la grange lui revint à la mémoire. Il avait eu la distincte impression que les ombres, à l'intérieur de la vieille bâtisse, prenaient forme, se faisaient menaçantes. Instinctivement, sa main s'était portée vers la crosse de son arme. Mais il n'avait pas fait demi-tour. Il n'avait pas reconduit Fiona à la maison.

Grave erreur de jugement. Qui l'inquiétait. Concentré sur l'enquête, il en avait négligé sa mission première : celle de garde du corps. Il devait corriger le tir. Pour l'instant, ils n'avaient identifié aucune menace directe contre Fiona, mais Richter était toujours libre. Et donc toujours aussi dangereux.

La porte s'ouvrit et Clinton apparut, l'air tout à la fois renfrogné et impérieux. De toute évidence, il n'avait pas trouvé ce qu'il était venu chercher.

— Pas de tiare, annonça Burke en se retenant à grand-peine de sourire. Ni aucun autre élément de la liste, d'ailleurs.

— C'est bien normal, puisque je ne les ai jamais eus en ma possession, énonça clairement Fiona.

Un homme doté d'un sens de l'honneur plus développé que Clinton aurait présenté des excuses. Mais son beau-fils se contenta de la toiser avant de détourner le regard.

— J'en ai terminé ici.

— Très bien, répondit-elle sèchement. Je t'avoue que je n'aurais aucun regret si je devais ne plus te revoir. Mais il y a Abby. N'oublie pas qu'elle est ta demi-sœur ; ce serait injuste qu'elle soit coupée de la famille du côté de son père.

Sans un sourire, il répondit :

— Sans doute.

— Donc, ta sœur et toi, vous pouvez venir lui rendre visite quand vous voulez.

— Un jour, peut-être, grommela-t-il à contrecœur.

Tandis que Clinton s'éloignait au volant de sa voiture, Jesse leva la tête et contempla le ciel. Il ne restait que quelques heures avant la tombée de la nuit. Le temps filait. Les investigations de la journée avaient comblé quelques blancs, mais ils n'avaient guère progressé.

En fait, il s'était efforcé d'endosser plusieurs rôles, ce qui l'empêchait d'exploiter au maximum ses capacités. Il n'avait pas la rigueur de raisonnement d'un enquêteur ni la rouerie décomplexée d'un policier rompu à la technique des interrogatoires. Sa spécialité à lui, c'était la traque. S'il voulait trouver la rançon et découvrir ce qu'il était advenu de Nicole, il devait se fier à son instinct.

Fiona le regardait d'un air interrogateur.

— Qu'est-ce qu'on fait, maintenant ?

Encore ce mot. *On*.

— Vous allez rejoindre Wentworth chez les Carlisle. Il vous emmènera chercher Abby en ville. Ensuite, vous rentrerez ici.

— Mais je ne veux pas rester en retrait. Je tiens à apporter ma contribution. Il doit bien y avoir un moyen de me rendre utile… D'aider à faire avancer l'enquête.

Tout en elle — de l'éclat de ses yeux à la supplique que traduisaient ses mains expressives, ouvertes, paumes vers le ciel — l'attirait irrésistiblement. La confrontation avec Clinton avait réveillé la combativité en elle ; elle était prête à passer à l'action.

— Vous ne connaissez rien à la chasse. Vous ne savez pas suivre une piste, ni manier une arme.

— C'est vrai, je n'ai aucune expérience dans ces domaines. Mais je suis très observatrice. J'ai un œil d'artiste qui capte les détails.

— C'est un point en votre faveur.

— Et je vous promets de suivre scrupuleusement vos instructions. Je ferai tout ce que vous me demanderez. Sauf rester barricadée chez moi.

Il pensait sincèrement que le risque était minime. Et il ne voulait pas la décevoir. Il se tourna vers Burke.

— Il va nous falloir deux chevaux.

14

Jesse préférait travailler seul lorsqu'il suivait une piste. Lorsqu'il était enfant, son grand-père lui avait enseigné la valeur de l'observation calme, posée. Il lui avait appris quand attendre, quand poursuivre sa proie, non seulement en relevant ses traces, mais aussi en se fiant à l'ouïe et à l'instinct. Chasser, c'était dans sa nature. Il ne tuait jamais pour le plaisir, uniquement pour manger. Son grand-père lui avait appris à respecter tous les êtres vivants — des wapitis aux lièvres en passant par les cailles — qui leur procuraient de la nourriture.

L'expédition dans laquelle il s'était lancé aujourd'hui était différente. Sa proie était un criminel qu'il tenait en très basse estime. Et il n'était pas seul.

D'après le dossier de Burke, la remise de la rançon s'était effectuée en même temps que l'opération du F.B.I. et pendant que Dylan voyait sa femme pour la dernière fois.

C'était Carolyn qui l'avait apportée dans un champ à l'ouest de la propriété Carlisle. Il fallait donc qu'ils partent de là. Fiona et lui se mirent en route, accompagnés de Burke et de Carolyn. A son habitude, cette dernière avait pris la tête du petit groupe.

Le terrain, au-delà de la maison d'habitation des Carlisle, s'ouvrait sur une vaste vallée dégagée, couverte d'herbes sèches et de sauge, délimitée au loin par des collines boisées. Les ombres commencèrent à s'allonger comme le soleil baissait.

D'un coup de talon, Jesse incita son cheval à accélérer l'allure pour se rapprocher de Fiona. Ses longs cheveux cascadaient dans son dos, sous un chapeau de cow-boy fauve. Bien que petite et menue, elle menait sa monture d'une main ferme. En dépit de ses tennis, l'ancienne Californienne avait tout d'une cow-girl accomplie pour qui l'équitation n'avait pas de secrets.

Ils ralentirent l'allure en approchant d'une clôture barbelée entourant un pré. Elle le regarda, les yeux brillants.

— Merci de m'avoir permis de venir.

Pour être honnête, il appréciait, lui aussi, sa présence. Fiona avait un effet apaisant sur lui.

— Je veux que vous fassiez appel à vos dons d'observation. Il se peut que votre œil d'artiste, comme vous dites, note un détail qui nous a échappé, à nous.

Elle plissa les yeux et balaya la forêt du regard.

— Quel genre de détail ?

— Que voyez-vous ?

— Un grand espace ouvert. Des cimes, au loin, couvertes de neige. Ce paysage est spectaculaire, mais il a quelque chose de subtil en même temps, avec sa palette polychrome qui va du jaune paille et du kaki des herbes sèches au vert profond des arbres en passant par le riche acajou des ombres.

Elle poussa un soupir émerveillé.

— J'adore vivre ici.

— Attendez qu'il neige, la prévint-il.

— Justement, j'attends ça avec impatience. Un beau Noël blanc.

Carolyn s'arrêta devant la barrière. Répondant à son coup de rênes, son cheval, Elvis, fit demi-tour pour leur faire face.

— Le ravisseur m'a dit d'apporter la rançon ici. L'argent était rangé dans un grand sac à dos. Il m'a dit de le laisser près de La Rana.

— Qu'est-ce que c'est ? demanda Fiona.

Carolyn montra du doigt un rocher au milieu du champ. Il ressemblait à un crapaud géant.

De l'autre côté des barbelés se trouvaient des abreuvoirs et des mangeoires. La terre, à force d'être piétinée, n'était plus qu'un aggloméрат de boue et de foin.

— Lorsqu'elle est venue, indiqua Burke, il y avait trois cents têtes de bétail dans l'enclos. Nous les avons déplacées pour faciliter l'accès à la scène de crime.

Un homme avait été tué par balle sur ce site. Le contremaître du ranch. C'était un traître qui avait fourni des informations aux ravisseurs. Mais sa dernière action sur cette terre avait été un geste de loyauté — pour protéger Carolyn.

Jesse mit pied à terre, se dirigea vers le portail et l'ouvrit.

— Montrez-moi ce que vous avez fait, Carolyn.

Elle entra dans le champ, toujours à cheval, descendit d'Elvis et le rejoignit.

— Je suis entrée par ici, en contournant le troupeau.

Fiona suivit Carolyn, en laissant son cheval près de la clôture.

— Ce devait être terrifiant. Ces bêtes sont énormes.

— Elles pèsent plus de cinq cents kilos par tête. Ce champ est leur dernier pâturage avant l'abattoir, donc elles ont toutes atteint leur taille maximale.

— Elle n'avait pas peur, précisa Burke. Carolyn adore ses animaux.

— Ils sont magnifiques, souligna celle-ci. Mais j'avoue que, quand les coups de feu ont éclaté et que le troupeau a pris peur, je n'étais pas franchement rassurée.

— Comment t'en es-tu sortie sans dommages ?

— Burke, répondit Carolyn en se retournant vers lui pour lui décocher un sourire. Il est arrivé à cheval et m'a secourue. En vrai héros.

— N'importe quel cow-boy digne de ce nom aurait fait la même chose.

Carolyn se mit à rire.

— Comme si tu étais un cow-boy. Quel cow-boy porte une casquette des Cubs ?

— Un cow-boy de Chicago, repartit-il sans se démonter.

Jesse s'avança vers le rocher de La Rana.

— Où se trouvait le ravisseur ?

— En fait, je ne l'ai pas vraiment vu. Mais il était près des rochers. C'est de là que les coups de feu sont partis. Et la rançon s'est envolée aussi rapidement que je l'avais déposée.

Burke, toujours en selle, s'approcha de Jesse.

— Nous avons essayé de chercher des indices, mais c'était peine perdue. Le bétail avait tout effacé. On n'a pas relevé une seule empreinte de pas.

Le kidnappeur avait échafaudé un plan simple et efficace. Attirer Carolyn dans l'enclos, tirer afin d'effrayer le bétail pour que, occupée à tenter de rejoindre la clôture, elle ne puisse pas le poursuivre.

— Combien de temps a mis Burke pour arriver ici ?

— Cinq à dix minutes.

— Dans la confusion générale, le ravisseur n'a eu aucun mal à prendre la fuite, dit Burke.

Jesse s'adossa au rocher et balaya le pâturage du regard. Il avait été piétiné par des centaines de bovins et des dizaines de chevaux. Aucune chance de découvrir une piste ici.

Au-delà de la clôture, il y avait deux chemins — des accès pour acheminer la nourriture des bêtes en tracteur. Au nord, la forêt s'étendait presque jusqu'à la clôture.

Si Jesse avait dû préparer sa fuite à partir de cet endroit, il aurait préféré le cheval à la voiture — pour la mobilité.

— Vous avez vu son cheval ?

— Je crains que non, répondit Carolyn. Je slalomais entre les bêtes en m'efforçant de ne pas me faire écraser.

Jesse retourna à sa monture, inséra le pied dans l'étrier et se prépara au coup de poignard qui allait lui transpercer l'épaule. Il aurait tout le temps d'achever sa convalescence une fois qu'il aurait retrouvé cette rançon.

— Où allons-nous ? s'enquit Fiona.

— Inspecter le terrain le long de la clôture, côté nord. Il a bien fallu que le ravisseur se ménage une issue pour s'enfuir avec la rançon. Son cheval devait être attaché à un arbre.

— On a déjà cherché par là-bas, intervint Burke. La clôture n'est sectionnée nulle part.

N'empêche… Il trouverait peut-être un signe indiquant par où le kidnappeur était passé. Ils remontèrent en file indienne jusqu'au côté nord de la parcelle le long de la clôture. Faite de cinq fils de fer barbelés tendus parallèlement entre de vieux piquets, elle était renforcée dans sa partie basse par du grillage à basse-cour, destiné probablement à empêcher la formation de congères.

Jesse savait d'expérience qu'il était beaucoup plus difficile de franchir une clôture de barbelés qu'il n'y paraissait. Il suffisait de s'accrocher quelque part pour s'emmêler irrémédiablement.

D'innombrables marques de sabots à l'extrémité de la clôture témoignaient des recherches assidues menées par les enquêteurs, rendant du même coup toute trace de passage du ravisseur impossible à déceler. Si seulement il avait pu examiner le terrain juste après la remise de la rançon… Le sol était trop sec et dur pour faire apparaître de belles empreintes bien nettes. Mais il aurait pu repérer des branches brisées, des touffes d'herbe couchées…

— Qui s'est chargé d'effectuer les recherches par ici ? demanda-t-il à Burke.

— L'équipe du F.B.I. était occupée à encercler la bande de trafiquants survivalistes. Alors on a envoyé un hélico équipé d'un projecteur pour survoler la zone.

Ce qui équivalait à employer une clé anglaise là où il aurait fallu une pince à épiler. Pister une proie, c'était avant tout relever de menus détails.

— Et le shérif, ajouta Burke. Il est venu jeter un coup d'œil de ce côté avec ses adjoints.

— Décidément, le shérif Trainer semble voué à chercher continuellement sans jamais rien trouver.

Il s'arrêta devant un endroit où une des agrafes qui fixait le fil de fer barbelé supérieur au piquet avait sauté. Baissant les yeux, il vit, à trois mètres de la clôture, des marques rectangulaires distantes d'environ quarante centimètres les unes des autres.

— Par ici, lança-t-il, pointant les traces sur la terre dure parsemée de touffes d'herbe sèche.

Carolyn descendit de son cheval et mesura de la main la distance entre deux marques.

— Une échelle. Il a utilisé une échelle pour passer les barbelés.

— Mmm…, fit Burke. Ça cadre avec son mode opératoire. Simple, pour ne pas dire rudimentaire.

— Mais efficace, observa Carolyn. Pas étonnant qu'il ait pu quitter l'enclos aussi vite.

Burke fronça les sourcils.

— Comment se fait-il que nous ayons manqué ça ?

— Bonne question, souligna Jesse, ses pensées tournées une fois de plus vers le shérif Trainer.

— Il y a quelque chose qui m'échappe, nota Fiona. Le ravisseur se serait enfui à cheval avec un gros sac à dos et une échelle ?

— Il a dû se débarrasser d'elle, suggéra Jesse en contemplant le sous-bois. Si les recherches avaient été effectuées dans les formes, avec un homme tous les mètres, ils seraient tombés dessus. Mais, bref… L'important, maintenant, est de localiser la trace du kidnappeur. Quand on aura un point de départ, on n'aura plus qu'à la suivre pour voir où elle nous conduit.

Fiona hocha brièvement la tête.

— O.K.

— Déployez-vous, ordonna Jesse. Nous allons entrer dans la forêt.

La lumière commençait à décliner et il espéra trouver la piste avant la tombée de la nuit. Suivre des marques de nuit était une tout autre paire de manches.

Ce fut Fiona qui, la première, lança :

— J'ai trouvé quelque chose.

Il ne s'était pas attendu à cela. Elle n'était pas pisteuse, comme lui, ne connaissait rien à la chasse, ni à la traque.

— Qu'est-ce que c'est ?

— Un cheval est passé là. Il a laissé un… petit cadeau, répondit-elle, un pied en l'air. Je peux nettoyer ma semelle ?

Jesse la contempla, sa chaussure de tennis en suspens au-dessus d'un tas de fumier desséché. Il décida de lui jouer un tour.

— Ah, non, pas question, répondit-il en se tournant vers Burke. Il s'agit d'une preuve matérielle, n'est-ce pas ?

Burke réprima un éclat de rire.

— Oui, absolument.

Jesse sortit son téléphone portable.

— Ne bougez pas, Fiona. Il me faut une photo. Levez votre pied un peu plus haut, s'il vous plaît…

Prenant conscience qu'il la taquinait, elle pointa le pied en avant et prit la pose.

— Comme ça ?

Il appuya sur le bouton. Même avec du fumier plein sa chaussure, elle était irrésistible.

— O.K. Maintenant, je vais zoomer pour avoir un gros plan.

— C'est moi qui vais vous zoomer, vous allez voir ! repartit-elle en riant et en frottant sa semelle contre un tronc d'arbre. Vous faites le malin, mais n'empêche que c'est moi qui ai trouvé quelque chose. A votre tour, maintenant. Montrez-nous comment vous vous y prenez pour pister une proie.

La démonstration fut plus facile qu'il ne l'avait escompté. Il s'accroupit et étudia les marques des sabots. Aussitôt, quelque chose lui sauta aux yeux.

— Ce cheval avait perdu son fer avant droit.

— Oh ? Comme celui du Circle M, souligna Fiona.

— Exactement. La jument noire qu'Abby voulait monter.

Cette petite particularité allait lui permettre de distinguer les empreintes laissées par ce cheval de celles des autres.

— Ce n'est pas trop tôt, souligna Jesse. Enfin, nous tenons quelque chose.

Comme Carolyn cherchait à savoir de quoi il retournait, Fiona relata leur visite au Circle M et le fer manquant au sabot d'un des chevaux des survivalistes. Le ravisseur devait chevaucher cet animal-là lorsqu'il avait pris la fuite.

— Ce qui signifie que nous tenons une piste, conclut Jesse.

Bien que n'étant pas détective, il avait trouvé la clé qui allait permettre de faire progresser une enquête qui n'était restée que trop longtemps au point mort. Tout cela en se montrant fidèle à lui-même et en revenant à ses fondamentaux, ce qu'il aurait dû faire depuis le début. Moins de réflexions, plus d'action.

Fiona aurait bien voulu accompagner Jesse et Burke, mais la piste était rapidement devenue difficile à suivre : elle grimpait dans la forêt, puis traversait une zone rocailleuse avant de redescendre le long d'un sentier. Il était clair qu'ils en auraient pour des heures et elle devait récupérer sa fille.

Carolyn et elle rebroussèrent donc chemin pour retourner au ranch Carlisle.

Parvenues à destination, ce fut la mère de Carolyn, Andrea, qui les accueillit. Grande et mince, moulée dans un pull en cachemire et un jean, Andrea les salua d'un large sourire — mais sans s'avancer pour les embrasser. Elle était d'un naturel réservé.

Elle avait divorcé de Sterling Carlisle et quitté le ranch quand Carolyn et Dylan étaient enfants. Fiona ne s'imaginait pas abandonnant Abby pour quelque motif que ce soit. Mais elle éprouvait de la compassion pour Andrea qui, au dire de Carolyn, avait demandé aux enfants de venir emménager à New York avec elle. Tous deux avaient choisi de rester au ranch.

Devenue adulte, Carolyn avait passé un peu de temps avec sa mère, qui s'était remariée et avait une fille de douze ans. Leur relation semblait apaisée. Quand Carolyn l'avait appelée pour lui annoncer que Nicole avait été enlevée, Andrea avait aussitôt sauté dans un avion pour venir soutenir la famille en cette période de crise.

Dylan n'avait pas été ravi de cette initiative.

— Bonne nouvelle, lança Carolyn. Nous avons trouvé une piste. Burke et Jesse la suivent.

Le front altier d'Andrea se plissa.

— Je voudrais tellement pouvoir faire davantage. Je me sens inutile.

— Nous en sommes tous là, déclara Fiona.

— Vous restez dîner, bien sûr, proposa Andrea. Vous et votre adorable petite fille.

— La journée a été longue — tout spécialement pour Abby. Je crois qu'il vaut mieux que je la ramène à la maison.

Jusqu'à cet instant, Fiona ne s'était pas rendu compte à quel point elle était pressée de rentrer chez elle. Et d'être à ce soir, lorsque Jesse rentrerait et qu'elle se retrouverait seule avec lui.

L'image d'eux deux, assis côte à côte sur son canapé, cuisse contre cuisse, passa devant ses yeux. Il lui caresserait la joue du dos de la main… Elle suivrait du doigt le tracé de cette petite cicatrice sur son menton. Elle s'arracha à sa rêverie au prix d'un effort de volonté.

— Mais merci de votre offre, Andrea.

— Peut-être pourrais-je vous rendre une petite visite, demain ? suggéra Andrea. Carolyn m'a dit que vous étiez artiste. J'aimerais voir votre travail.

Fiona devina un peu plus qu'un intérêt poli dans sa déclaration.

— Je n'ai pas beaucoup d'œuvres ici. J'ai entreposé pas mal de sculptures à Denver, dans l'atelier d'une amie artiste et le reste est en dépôt-vente dans une boutique de Cherry Creek.

— Eh bien, tu devrais peut-être sortir ton book, intervint Carolyn en donnant une tape sur l'épaule de sa mère. Maman dirige une galerie d'art à Manhattan.

Lui adressant un nouveau sourire, Andrea reprit :

— Je suis toujours à la recherche de nouveaux talents.

Fiona cligna les yeux, comme éblouie par le flash d'une lampe torche. Les opportunités se présentaient parfois de la façon la plus inattendue.

— Une galerie ?

— J'essaie de présenter des artistes venant des quatre coins du pays. A quoi vous intéressez-vous plus particulièrement dans votre travail ?

— En ce moment, je travaille sur une sculpture inspirée des vases de mariage navajos avec un bec de chaque côté.

— J'aimerais beaucoup la voir. Demain matin, ça vous va ?

— Demain matin… Entendu.

Ça ne pouvait pas tomber mieux. Elle était en train de construire un site internet pour vendre son travail. Si elle pouvait placer certaines de ses œuvres dans une galerie new-yorkaise, sa réputation grimperait en flèche. Peut-être même, à terme, parviendrait-elle à vivre de son art.

Tandis qu'elle s'en allait avec Wentworth, un frisson la parcourut. Ce matin encore, ses perspectives d'avenir étaient bien sombres. Mais voilà que, tout à coup, la chance lui souriait et que l'horizon s'éclaircissait. *Un peu trop vite, peut-être.*

D'une part, ils avaient une piste qui les conduirait peut-être à la rançon.

D'autre part, cette rencontre inespérée avec Andrea.

Et puis… il y avait Jesse. Son attirance pour lui ne faisait que croître à chaque échange de regards, chaque sourire, chaque éclat de rire. Une décharge électrique la secouait chaque fois qu'ils se frôlaient. Elle ne pouvait le nier, leur amitié était en passe de se transformer en… autre chose. Ne serait-ce pas extraordinaire ? De connaître de nouveau l'extase des sens ? De passer une nuit blottie dans ses bras ? C'était sans doute trop espérer…

Elle frissonna de nouveau. Etre trop heureuse, n'était-ce pas le meilleur moyen de faire le lit du malheur ?

15

Le ravisseur avait emprunté un itinéraire erratique, s'abritant d'abord sous le couvert des arbres, puis gravissant la montagne en direction d'une crête avant de redescendre vers la clôture pour s'enfoncer de nouveau dans la forêt. Jesse relevait les traces et interprétait l'état d'esprit de celui qui les avait laissées — un homme inquiet, aux abois.

Au moment où la rançon avait changé de mains, l'enfer s'était déchaîné. Burke lui décrivit la panique des trois cents bovins qui s'étaient mis à beugler et à se bousculer, galopant en tous sens. Une douzaine de cow-boys du ranch avaient accouru dans le secteur de La Rana. Dans le même temps, deux autres opérations du F.B.I. se déroulaient, avec déploiement du dispositif maximal : hélicoptères, porte-voix et équipes d'assaut.

Pas étonnant que le ravisseur ait eu du mal à se décider. C'était un voyou et un criminel, mais aussi une souris qui s'était aventurée hors de son trou et espérait en réchapper.

Il avait quand même fini par arrêter un itinéraire, quittant enfin le ranch Carlisle et suivant un chemin parallèle à la route principale. Son cheval ayant perdu un fer, il avait évité les surfaces dures comme l'asphalte. « Une chance », songea Jesse. Il avait une piste à suivre et elle l'emmenait vers Riverton.

Burke et lui arrivèrent aux abords de la ville à la nuit tombée.

Jesse mit pied à terre et dirigea le faisceau de sa lampe vers une empreinte de sabot sur le bas-côté. Mais il n'y avait pas de trace laissée par l'autre patte du cheval. Il s'avança jusqu'au croisement de la rue, revint en arrière et releva des traces de pas et la marque crénelée, profonde des pneus d'une moto tout-terrain. Mais plus trace de sabots.

— Voilà, conclut-il. La piste s'arrête là.

Il balaya les environs du regard. Il y avait des boîtes aux lettres plantées sur des piquets et de longues allées menant à de petites maisons préfabriquées, en retrait de la rue. Un seul réverbère éclairait parcimonieusement ce faubourg rural.

— Des témoins l'ont peut-être vu, dit Burke.

— Dans une petite bourgade comme Riverton, voir un homme à cheval n'a rien d'inhabituel.

— On ne sait jamais. Je vais appeler le shérif et lui demander de faire quadriller le secteur par ses adjoints.

— Le shérif Trainer, dit Jesse avec un dégoût non dissimulé. Il est déjà passé à côté de tant de pistes… Ses hommes auraient dû trouver ces marques.

— Pas si sûr, répondit Burke en ajustant la casquette de base-ball sur sa tête. Ce n'est pas la première fois que je traque un criminel, loin de là, mais je n'ai jamais vu quelqu'un suivre une piste comme vous venez de le faire — surtout dans l'obscurité. Admettez-le, Jesse. Vous êtes un vrai limier.

Un large sourire étira les lèvres de Jesse.

— Un chien de chasse ? Je ne sais pas trop comment je dois le prendre.

— Bon sang, où avez-vous appris à suivre une piste de cette façon ?

— Enfant, je passais tous mes étés dans la réserve, avec mon grand-père, un homme très avisé. Il m'a beaucoup appris.

— C'était un Ute ?

— Un Navajo.

Jesse se tourna vers les lumières de la rue principale, au loin. Il détestait l'idée d'avoir retracé tout le parcours du ravisseur pour déclarer forfait maintenant.

— Pourquoi est-il venu en ville ?

— Ce devait être le lieu de rendez-vous avec son acolyte. Je ne vois pas qui d'autre il aurait pu venir voir ici. Toute la ville considérait les Enfants de la Liberté comme des fauteurs de trouble.

— Les traces qu'on a suivies… Vous pensez que c'était celles de Butch ou de Richter ?

— D'instinct, je dirais Richter. Quand la rançon a été délivrée, il a été prompt à dégainer son arme. Comme quand il vous a pris pour cible.

— Mon instinct est d'accord avec le vôtre.

De toute évidence, Richter était le plus dangereux des deux.

— Mais si Richter avait la rançon, pourquoi tuer son partenaire ?

— L'appât du gain.

Oui. C'était l'un des motifs les plus courants et les plus mortels.

— Avec un million de dollars dans son gros sac à dos, il ne devait certainement pas tenir à être vu. Il devait avoir une sacrément bonne raison pour courir le risque de venir en ville. Et puis, regardez… Pourquoi a-t-il traversé la route ici ? A ce croisement ?

— Parce que sa destination, à Riverton, devait être dans les alentours.

Un pâté de maisons plus loin, les principaux commerces étaient concentrés dans le petit centre-ville. Ils remontèrent en selle et s'avancèrent au pas jusqu'au panneau Stop. Riverton était trop petite pour mériter l'installation d'un feu de la circulation ou d'une épicerie. Les gens qui vivaient ici n'avaient d'autre choix qu'aller faire leurs courses à Delta.

Il n'était que 19 heures, mais la plupart des devantures étaient éteintes, à l'exception des décorations de Noël. La seule activité semblait se tenir à l'extrémité de la partie commerçante — longue d'à peine un pâté de maisons — où étaient situés *le* restaurant et *le* bar. Quelques voitures et fourgonnettes étaient garées le long du trottoir devant les deux établissements.

Ils s'approchèrent de la station-service, si délabrée qu'on aurait pu la croire abandonnée depuis des lustres. Les fenêtres du bureau étaient couvertes d'une épaisse couche de saleté de même que les trois portes de l'atelier.

— Chaque fois que je passe devant cette station, elle est fermée, nota Burke. Le vieux à qui elle appartient doit ouvrir quand ça lui chante.

— Silas O'Toole, articula lentement Jesse, se souvenant de l'incident dont il avait été témoin quand Wentworth et lui avaient traversé Riverton. Je l'ai vu à l'œuvre l'autre jour… Il a jeté dehors un cow-boy qui lui cherchait des noises en pointant sur lui un fusil à double canon.

— Quelle était la raison du différend ? Un pneu à plat ?

— D'après ce que j'ai compris, O'Toole a un petit-fils qui travaille avec lui. Comme mécanicien, je suppose. Silas a parlé d'un agent de probation… Le petit-fils a mis les voiles avant d'avoir terminé le travail qu'il devait effectuer pour le cow-boy.

— Il a mis les voiles, répéta Burke. Quand était-ce ?

— Le jour où je suis sorti de l'hôpital. Le lendemain de la remise de la rançon.

Jesse s'interrompit, la signification possible de cet épisode lui apparaissant tout à coup.

— Bon sang, j'aurais dû faire plus attention.

Tout cadrait. Le petit-fils de Silas O'Toole pouvait fort bien avoir été en cheville avec Richter et Butch et, sitôt payé pour ses services, avoir pris la poudre d'escampette. « Pourquoi diable n'ai-je pas fait le lien plus tôt ? » Il n'avait pas le temps de se tromper.

Il descendit de cheval. Ses bottes résonnèrent sur le bitume tandis qu'il s'avançait vers la station-service. Il y avait une lumière au-dessus des pompes à essence et une au-dessus de la porte.

Contournant le bâtiment qui abritait le bureau, il vit quatre voitures accidentées plus ou moins détériorées. Une odeur d'huile et d'essence flottait dans l'air. Burke et lui avançaient, courbés en deux, cherchant des empreintes de sabots dans la boue.

— J'aurais dû faire plus attention, déclara-t-il. Un vieil homme acariâtre agitant un fusil sous le nez d'un client, c'était pourtant un indice, non ?

— Ou simplement couleur locale, grommela Burke. Je vais vous dire : je commence à en avoir assez des ranchs, du bétail et des cow-boys. Vivement que je retrouve mon bureau, à Denver.

— Et Carolyn ?

— Elle travaille aussi à Denver. Ne vous laissez pas tromper par l'image de la cow-girl. C'est une femme d'affaires très influente qui mange des sushis au déjeuner et se chausse de Gucci. Et c'est tant mieux. J'aime Carolyn mais je ne crois pas que je pourrais vivre ici.

— Moi, si.

Bien qu'il n'eût jamais songé à s'installer ici — ni ou que ce soit, d'ailleurs — il aimait la vie montagnarde. Où qu'on tourne le regard, un paysage de carte postale s'offrait à vous. Et puis il aimait être ici parce que Fiona y était.

A la seconde où il pensa à elle, son cœur se mit à battre plus vite. Il voyait ses longs cheveux onduler au rythme des mouvements du cheval, à côté de lui. Ce soir, il veillerait à ce qu'ils puissent avoir un moment de tranquillité, seuls, tous les deux.

Revenu sur l'avant du bâtiment, il tourna la poignée de la porte, espérant que la désinvolture avec laquelle O'Toole gérait son affaire allait jusqu'à laisser la station ouverte à tous les vents. Mais non. La porte était verrouillée.

Il se dirigea vers les portes de l'atelier et essaya la première. Fermée à clé, elle aussi. La seconde s'ouvrit dans un grincement à la première tentative. Il se retourna vers Burke et sourit.

— Paré pour une petite introduction par effraction ?

— Sans problème. Je suis agent du F.B.I.

— Ce qui ne vous place pas au-dessus des lois.

— Mais fait que je bénéficie d'une longue expérience en matière d'invention de prétextes plausibles, pratiquement légaux.

Jesse entra dans le garage et alluma les ampoules nues.

L'intérieur de l'atelier donnait un nouveau sens au concept de négligence. Des outils traînaient sur un établi crasseux. Des chiffons maculés de graisse recouvraient un baril en métal. Un calendrier vieux de 2002 montrait une rousse sexy vêtue de cuissardes en cuir noir mollement alanguie contre une moto de grosse cylindrée. Le sol de béton brut semblait ne pas avoir été balayé depuis le siècle dernier.

Il ne fallut pas longtemps à Jesse pour découvrir une marque de sabot, nettement imprimée dans la couche de poussière graisseuse.

— Tiens, tiens… Un cheval est passé par là, mais ce sabot avait un fer. Il est impossible de savoir si c'était la monture du ravisseur.

— C'était lui, dit Burke en se relevant. Je ne suis peut-être pas aussi bon pisteur que vous, mais quand il s'agit de flairer de l'argent sale, je n'ai pas mon pareil. Regardez…

Dans sa main gantée, il tenait une coupure de cent dollars.

Une fois Abby couchée, Fiona s'assura que Wentworth n'avait besoin de rien, puis elle se rendit dans son atelier, à l'arrière de la maison. Demain, la mère de Carolyn devait venir voir son travail et Fiona tenait à lui montrer ses meilleures œuvres. La sculpture inspirée des vases navajos n'était en rien une réplique exacte ; elle ne prétendait pas comprendre les rituels de la cérémonie de mariage. Mais elle s'en était inspirée parce que l'idée des deux embouts — un pour chacun des nouveaux époux — lui plaisait. Elle aimait l'idée que deux êtres unis par les liens du mariage boivent à la même source tout en conservant leur identité propre.

Bien qu'elle ait commencé selon la méthode traditionnelle du montage au colombin, sa création présentait un caractère beaucoup plus original. Les deux longs becs s'élançaient, semblant jaillir du délicat entrelacs de ceps de vigne qui s'enroulaient autour du vase et auquel se superposaient des feuillages en relief. Le rendu était tout à la fois moderne et intemporel.

Elle appliqua minutieusement sur la poterie biscuitée une glaçure blanche. Le motif en soi était suffisamment élaboré pour ne nécessiter aucune ornementation supplémentaire.

Ne voulant pas mettre le four en marche pour une seule pièce, elle émailla quelques autres objets dont un calice à haut col et plusieurs coupes. Décidément, le thème de son travail semblait tourner autour de la boisson. Etait-elle assoiffée de quelque chose ?

— Jesse, murmura-t-elle.

Ces œuvres étaient déjà terminées lorsqu'elle l'avait rencontré. Mais, dès l'instant où elle avait fait la connaissance de l'homme qui avait sauvé la vie de son mari, Jesse n'avait plus quitté ses pensées. Elle était prête à le laisser entrer dans sa vie.

Elle remit ses produits chimiques sous clé, puis régla le programmateur du four.

Que pouvait-elle montrer d'autre à Andrea ? Elle ouvrit les portes des placards, en sortit les boîtes qu'elle n'avait pas touchées depuis son installation dans le chalet.

Avant la naissance d'Abby, ses créations avaient été plus imposantes. La pièce la plus grande mesurait soixante-dix centimètres de haut — une explosion de roses qu'elle avait conservée pour la beauté incandescente de son émail cuivré. Elle avait réalisé cette sculpture en songeant à son mariage. Elle était lumineuse et gaie, mais la technique manquait de maturité et de profondeur.

Après la naissance de sa fille, le temps consacré à son art avait par la force des choses été plus limité. Elle avait créé toute une série d'étranges petites maisons. Des habitations de fées… Son idée était de créer une ville miniature peuplée d'elfes, de génies et de magiciens. Beaucoup de ces œuvres avaient été vendues, mais il lui en restait quelques-unes.

Logiquement, après la mort de son mari, son art avait pris un tour plus sombre. Des vases cuits selon la technique du raku qui permettait des effets d'enfumage et de craquelures. Des motifs abstraits aux lignes abruptes. Ouvrant une boîte, elle en sortit une sculpture d'une vingtaine de centimètres. Un arbre frappé par la foudre aux branches squelettiques qui s'étiraient vers le ciel, telles des serres, et un vernis foncé qui se teintait de rouge sombre au fond des craquelures. Son relief tourmenté évoquait de façon saisissante l'aspect de l'écorce carbonisée.

Par ses formes distordues, l'arbre semblait hurler et se contorsionner pour échapper aux affres de la mort. Elle l'avait modelé, guidée par une incommensurable tristesse et par un sentiment de révolte. Mais, aujourd'hui, elle pouvait le retourner dans ses mains et admirer l'émotion qui s'en dégageait sans en être affectée.

— Pas mal.

Oui. Elle le montrerait à Andrea.

Le four avait beau être dûment ventilé, le petit atelier se transformait en fournaise lorsqu'elle cuisait ses pièces. Elle se déshabilla, ne gardant que son soutien-gorge de sport noir.

Même si Andrea ne prenait aucune de ses œuvres dans sa galerie, Fiona n'aurait pas travaillé en vain. Elle pourrait photographier ces créations pour son site Web. Elle poursuivit ses recherches, cherchant le book présentant les pièces qui étaient exposées à Denver.

Andrea l'avait interrogée quant à son style, mais Fiona n'en avait pas un à proprement parler. Sa poterie reflétait simplement son état d'esprit du moment, toute une palette d'émotions, donc, allant du bonheur idyllique à un accablement sans fond.

Elle avait envie de sculpter Jesse. Son beau visage témoignait de sa force de caractère. Ses mains étaient douces, mais robustes. Elle sentit courir dans ses veines le flux de l'énergie créatrice. Où diable avait-elle mis son carnet à dessins ? Il y avait bien longtemps qu'elle ne s'était pas sentie aussi motivée.

En trois coups de crayon, elle esquissa de mémoire son portrait. Portant un chapeau de cow-boy, un poing serré, ses yeux sombres animés d'une lueur sauvage, un sourire carnassier aux lèvres — carnassier, mais sexy. Seigneur, oui… Elle aurait bien aimé être dévorée par ce prédateur-là.

Un filet de sueur coula entre ses seins. Sa queue-de-cheval collait à la peau de sa nuque. Bien sûr, l'intense chaleur qu'elle ressentait venait en partie du four, mais elle était surtout due au feu intérieur qui l'embrasait. « Bien, songea-t-elle en s'éventant. Il est temps de faire une pause. »

Quittant l'atelier, elle sortit dans la nuit et inspira une grande goulée d'air frais avant d'exhaler un long soupir satisfait. Elle s'était laissé totalement emporter par l'inspiration artistique… Un sentiment absolument grisant.

Peu à peu, le monde reprit forme autour d'elle et elle eut conscience des bruissements de la nuit. Les branches nues agitées par le vent raclaient la façade du chalet.

Elle nota un mouvement entre les pins, près de la grange. Puis elle la vit distinctement. La silhouette d'un homme qui se détachait des ombres. Il se déplaçait rapidement dans sa direction. Une arme à la main.

16

Devant la maison délabrée de Silas O'Toole, Jesse laissa Burke prendre les choses en main. Il aimait bien le grand agent du F.B.I. ; ils formaient une bonne équipe, tous les deux.

Burke était particulièrement doué pour tout ce qui était logistique. En quelques coups de fil, il avait obtenu l'adresse du garagiste et s'était arrangé pour que des employés du ranch viennent en ville récupérer leurs chevaux et leur apporter un 4x4.

Burke tambourina à la porte.

— F.B.I. ! Ouvrez !

Se rappelant le fusil à double canon, Jesse avait sorti son arme. Son épaule commençait à le faire souffrir. S'il n'avait pas été sous l'effet de l'adrénaline, la fatigue se serait fait cruellement sentir.

La bicoque de bois était de taille moyenne, nichée comme ses voisines au fond d'une allée, mais, au lieu d'un jardin entretenu, c'était une étendue d'herbes mortes qui la séparait de la rue. Un canapé hors d'âge meublait le porche. Il y avait de la lumière derrière les rideaux et on entendait le son d'un téléviseur à l'intérieur.

La porte s'entrouvrit. La silhouette d'un vieil homme aux cheveux hirsutes se découpa dans la lumière. Il était vêtu d'un caleçon rouge qui dépassait d'un jean qui bâillait à la taille et lui tombait sur les hanches.

Silas grogna sans aménité :

— Qu'est-ce que vous voulez ?

— Nous cherchons Zeke O'Toole. Votre peti-fils est-il ici ?

— Non.

Voyant qu'il s'apprêtait à leur fermer la porte au nez, Burke inséra son pied dans l'ouverture pour la bloquer.

— Nous devons vous parler.

Les épaules du vieil homme s'affaissèrent.

— Qu'est-ce qu'il a fait, cette fois ?

— On peut entrer ?

O'Toole recula.

— Allez-y.

L'intérieur était miteux. Un sandwich entamé et une canette de bière étaient posés sur une table basse encombrée d'un invraisemblable fouillis, devant la télévision. O'Toole éteignit le téléviseur et se laissa tomber lourdement dans un fauteuil.

Jesse se tenait en retrait, laissant Burke poser les questions.

— Savez-vous où se trouve Zeke ?

— A Grand Junction, sûrement. Il a vendu une voiture, il y a quelques jours. Il était pressé de dépenser son argent. Il est allé à Grand Junction. Y a pas de mal à ça, non ?

— Quand a-t-il vendu cette voiture ?

— J'sais pas… Avant-hier ? Zeke ne me dit pas tout.

— Mais il vit ici.

— Il revient au bercail quand il n'a pas de petite amie. C'est pas le grand luxe, mais c'est chez lui.

Il n'était pas besoin d'être grand clerc pour deviner que l'argent venait de la rançon, réfléchit Jesse. Après avoir pris le sac, Richter était allé à la station-service où Zeke lui avait procuré la voiture.

Tandis que Burke continuait à questionner O'Toole, Jesse sentit son téléphone vibrer dans sa poche. Il le sortit et regarda l'écran. Wentworth.

— Que se passe-t-il ? demanda-t-il en se détournant.

— Quelqu'un a essayé de s'en prendre à Fiona.

Un choc d'une puissance inouïe le secoua.

— Quoi ? Elle va bien ?

— Oui.

Wentworth parlait calmement, mais une note d'urgence teintait sa voix.

— Je ne sais pas qui c'était. Elle a vu le type lui foncer dessus. Il arrivait de la grange. Il était armé.

— Elle était dehors ?

— Elle était sortie une seconde par la porte de derrière pour prendre l'air.

Assez longtemps pour se faire enlever — ou tuer. Bonté divine ! N'avait-elle pas compris ses recommandations ? Il lui avait dit cent fois de ne pas sortir de la maison. Il aurait dû être là pour la protéger.

— J'arrive. Je serai là dans moins de dix minutes.

Debout au pied du lit de sa fille, Fiona la regardait dormir. La lumière du couloir tombait droit sur son visage d'ange, ses joues rebondies, ses boucles blondes. Elle était tellement mignonne. Tellement innocente.

Fiona lutta contre l'envie de la tirer du lit et de l'emmener loin, quelque part où elle serait en sécurité. Comment pouvaient-elles rester ici ? L'homme armé qu'elle avait vu arriver en courant vers elle dans la nuit constituait une menace bien réelle — c'était tout autre chose que d'entendre des voix dans la nuit ou de *supposer* qu'il y avait du danger.

La menace avait pris forme humaine.

A l'instant où elle avait aperçu l'homme, elle était rentrée en courant dans la maison, avait verrouillé la porte à double tour tout en appelant Wentworth. Qui était-ce ? Richter ?

Elle réprima le besoin de serrer Abby contre elle, ne voulant pas lui transmettre sa peur. Il valait bien mieux qu'elle dorme tranquillement. Faire face aux menaces, c'était le rôle d'une maman. Son rôle à *elle*.

Laissant la porte entrebâillée, elle se dirigea vers le séjour. Son regard s'arrêta sur les rideaux tirés. L'inconnu était peut-être là, juste derrière, à les guetter. Elle frissonna.

— Jesse est en route, annonça Wentworth.

— Il ne va pas être content. J'ai passé outre ses conseils. Je suis sortie.

— Ça passera.

Wentworth s'adossa à la porte de la cuisine, son arme à la main.

— Jesse ne reste jamais en colère très longtemps.

Dehors, un bruit de moteur se fit entendre.

Wentworth s'approcha de la fenêtre et jeta un coup d'œil à l'extérieur.

Une porte claqua. Deux secondes plus tard, Jesse entrait en trombe dans la pièce. Il se dégageait de lui une telle énergie qu'elle eut l'impression de voir l'onde de choc se propager dans l'air autour de lui. L'œil farouche, sans ralentir le pas, il marcha droit sur elle… et la prit dans ses bras.

Elle s'accrocha à lui comme si sa vie en dépendait. Les larmes ne tardèrent pas à suivre. Des larmes de soulagement. Il était là. *Son protecteur.* Elle ne risquait plus rien, maintenant. Il ne permettrait jamais que quelque chose leur arrive, à Abby ou à elle.

— Ça va ? murmura-t-il.

— J'ai eu un peu peur.

Il lui caressa les cheveux.

— Vous voulez bien me dire pourquoi vous êtes sortie ?

— Eh bien, pas vraiment, dit-elle en séchant ses joues. Mais je vais le faire quand même.

Elle lui devait bien une explication. Ses instructions avaient été on ne peut plus claires.

— J'avais allumé le four dans mon atelier et la chaleur était intenable. Alors je suis sortie un instant pour me rafraîchir.

Jesse se retourna vers Wentworth.

— Tu étais où ?

— Dans le séjour, tranquillement assis. Je croyais que tout allait bien.

— O.K. Ce n'est pas ta faute.

— Quand j'ai entendu Fiona crier, je me suis précipité

dans l'atelier, mais elle avait déjà refermé la porte à clé. Nous sommes allés ensemble voir Abby, dans sa chambre.

Le bras toujours autour des épaules de Fiona, il l'escorta jusqu'au sofa et la fit asseoir.

— L'agent Burke et deux hommes du ranch Carlisle attendent dehors. Je vais rester avec Fiona. Toi, tu vas aller voir si tu retrouves la trace de ce fumier.

— Soyez prudent, rappela Fiona. Il est armé.

La porte se referma derrière Wentworth et Jesse s'assit tout près d'elle. Elle sentait sa veste encore froide contre elle. Pendant un long moment, elle écouta le battement régulier de son cœur.

— Jesse, qu'est-ce que je vais faire ? Je ne peux pas rester ici avec un fou dangereux dans les parages.

— Vous vous inquiétez pour Abby. C'est normal.

— Dites-moi ce que je dois faire. Je vous promets que je vous écouterai. J'ai confiance en vous.

Bien qu'ils soient blottis l'un contre l'autre, son baiser la prit par surprise. Ce n'était pas un petit baiser de réconfort. Non, c'était tout le contraire… Un baiser torride, exigeant.

Sans même s'en rendre compte, elle changea de position pour se placer face à lui. Elle se pressa contre son torse. Tant de couches de vêtements les séparaient… Elle avait envie de ne faire qu'un avec lui. De faire l'amour.

Il l'attira sur ses genoux tandis que sa langue se frayait un chemin entre ses lèvres accueillantes. Il poussa un soupir d'aise qui ne fit qu'accroître le désir de Fiona.

Lorsqu'ils s'écartèrent l'un de l'autre, elle le regarda, le souffle court, brûlant d'envie qu'il l'embrasse de nouveau. Sans même en avoir conscience, elle s'inclina vers lui, réclamant un autre baiser.

— Attendez… Fiona… Réfléchissez, murmura-t-il. Wentworth et Burke seront de retour d'ici quelques minutes.

Elle était impatiente de mettre fin à la longue période d'abstinence qu'elle avait vécue… Mais Jesse avait raison. Le moment ne pouvait être plus mal choisi.

— D'accord, concéda-t-elle à regret en reprenant place sur le sofa, à côté de lui. Pas maintenant… mais bientôt.

— Je n'aurais jamais dû vous laisser seule.

— Je ne l'étais pas. Il y avait Wentworth.

Déposant un baiser sur son front, il se leva et se dirigea vers la cuisine. Elle lui emboîta le pas.

— Vous savez ce que je pense de la culpabilité. Elle ne sert à rien. Vous n'êtes pas responsable de ce qui m'est arrivé. Pas plus que de l'enlèvement de Nicole. Bon sang, vous avez failli mourir en tentant de lui porter secours.

Il ouvrit le réfrigérateur et sortit une bouteille d'eau.

— N'empêche que je m'en veux. Je n'ai pas su protéger mon client.

Elle comprit qu'il n'aurait pas de repos tant qu'il n'aurait pas retrouvé la rançon et Nicole.

— Où conduisait la piste que vous avez suivie ?

— A un autre suspect. Mais on n'a rien de concluant pour l'instant.

— Je devrais peut-être plier bagage et aller m'installer à l'hôtel en attendant que tout soit fini. Qu'en pensez-vous ? Mais je ne veux pas dire ce qui se passe à Abby. Je ne veux pas qu'elle ait peur et se mette à faire des cauchemars.

— Je vais poster deux hommes à l'extérieur du chalet et, moi, je serai à l'intérieur.

Il tendit la main et glissa ses doigts dans ses cheveux.

— Je voudrais pouvoir vous promettre que vous ne risquerez plus rien, Abby et vous. Que je n'ai jamais perdu un client. Mais ce serait mentir. Il m'est arrivé de commettre des erreurs.

— Vous avez sauvé la vie de mon mari.

Et, d'une certaine façon, songea-t-elle, il sauvait également la sienne en ce moment. En lui redonnant goût à la vie. En lui rappelant ce que c'était que d'être une femme.

— Il y a trois ans, j'ai été engagé pour protéger la famille du P.-D.G. d'une compagnie pétrolière. Ils passaient leurs vacances dans une résidence privée à Telluride. J'avais deux hommes avec moi, des skieurs hors pair.

— Vous faites du ski ?

— Et du snowboard. Ça vous étonne ? Je suis né dans le Colorado.

— Donc, pour résumer votre C.V., vous skiez, vous montez à cheval, vous chassez et vous êtes tireur d'élite. Faites-vous aussi du canoë-kayak et de l'escalade ?

— Oui, ça fait partie de l'offre de services de Longbridge Security. Protéger les gens y compris lorsqu'ils pratiquent des sports de plein air.

— Y a-t-il quelque chose que vous ne sachiez pas faire ?

— J'ai le mal de mer, admit-il. Je peux descendre des rivières en canoë ou en kayak, mais emmenez-moi en mer et je vire au vert à peine sorti du port.

C'était rassurant de savoir qu'il n'excellait pas en *tout*.

— Désolée, reprit-elle. Continuez… Je vous ai interrompu.

Mais, avant qu'il n'ait eu le loisir de répondre, on gratta à la porte d'entrée. Ils revinrent dans le séjour et Jesse alla ouvrir.

Wentworth, Burke et les deux cow-boys du ranch Carlisle entrèrent.

Burke se laissa tomber sur le sofa en grommelant :

— Je ne sais pas comment vous faites pour passer des journées entières en selle, les gars. J'ai le postérieur en compote !

Fiona lança un coup d'œil en direction du couloir.

— Désolée pour votre postérieur, mais pourriez-vous tous venir dans la cuisine ? Abby dort.

Les hommes lui emboîtèrent le pas, martelant le sol de leurs semelles, aussi bruyamment qu'un troupeau de taureaux. Burke s'assit sur une chaise et étendit ses longues jambes devant lui.

— On n'a pas pu le coincer. Mais on a relevé des tas de signes indiquant que quelqu'un s'était caché là. Il a remonté l'allée, suivi la route et, ensuite… pfuit ! Plus rien.

Fiona s'affairait devant le comptoir, préparant du café et cherchant quelque chose à leur donner à grignoter. Son stock d'en-cas s'était réduit à quelques barres de céréales, qu'elle déposa au centre de la table pendant que Jesse établissait le programme de surveillance pour la nuit.

Elle regarda le café couler dans la verseuse, s'efforçant d'appréhender la situation. Se retournant, elle se cala contre le plan de travail et contempla les cinq hommes réunis autour de la table. Un agent du F.B.I., deux cow-boys, Wentworth et Jesse.

— J'ai une question, lança-t-elle à brûle-pourpoint.

Toutes les têtes se tournèrent vers elle. Face à cette assemblée très virile, elle se sentit petite et très *femme*. Mais pas impuissante. Elle ne pouvait pas se permettre de jouer les demoiselles en détresse. La sécurité de son enfant était en jeu.

— Cet après-midi, nous avons suivi la trace du ravisseur qui a réceptionné la rançon. Lequel des deux était-ce ?

— Nous ne savons pas exactement, répondit Burke. Mais nous penchons pour Richter.

— Bien. Donc, il a récupéré l'argent, déclara-t-elle.

— Ensuite, il a tué son acolyte, poursuivit Burke.

— Pourquoi est-il toujours ici ? rétorqua-t-elle plus fort qu'elle n'en avait eu l'intention. Il a l'argent. Son partenaire est mort. Pourquoi s'attarder dans les parages ?

— Il *avait* l'argent, corrigea Jesse. Il a pu l'égarer. A moins que Butch ne le lui ait pris. Ou Nicole…

Burke ajouta :

— Quand la rançon a été versée, tout le secteur fourmillait d'agents du F.B.I. Des équipes d'assaut. Des hélicos. Ils se sont peut-être dit qu'il valait mieux planquer l'argent et faire profil bas.

— Et il y a une cachette très pratique dans votre grange.

Elle se tut, cherchant une logique à l'enchaînement des faits.

— Donc, l'un d'eux aurait apporté l'argent ici et l'aurait caché ?

— Possible, dit Burke.

— Et après ? La rançon s'est volatilisée par l'opération du Saint-Esprit ?

Personne ne pipa mot.

Sans autres indices, ils en étaient réduits à jouer aux devinettes. Ce qui était certain, c'était que Pete Richter avait bel et bien cherché à s'en prendre à elle. Et qu'il ne semblait pas du genre à renoncer facilement.

17

Quelques heures plus tard, allongée sur son lit, trop à cran pour trouver le sommeil, Fiona tourna et retourna les événements dans sa tête. Durant les terrifiantes secondes où elle avait vu Richter fonçant sur elle, il était armé. S'il avait voulu la tuer, il aurait pu tirer — sans même se déplacer. Mais il ne l'avait pas fait. Il avait surgi de l'ombre au risque de se faire repérer dans une tentative désespérée de… De quoi ?

Que lui voulait Richter ?

Elle roula sur le côté. Elle se sentait en sécurité, ce soir, avec le dispositif qu'avait mis en place Jesse. Par la porte entrouverte de sa chambre — précaution supplémentaire prise par Jesse pour le cas où Richter forcerait la fenêtre, elle l'entendait faire les cent pas dans le séjour.

Quelques heures plus tôt, elle était dans ses bras et l'embrassait, mourant d'envie de faire l'amour avec lui. Son corps palpitait encore.

Se retournant une fois de plus, elle se mit à plat ventre. Même s'ils ne devaient pas faire l'amour, elle avait envie de l'avoir près d'elle. Ce qu'elle ressentait pour Jesse allait bien au-delà de l'attirance physique, au-delà de la passion. Elle avait confiance en cet homme. Il ne lui arriverait rien tant qu'elle l'aurait à son côté. Mais, bon sang, que lui voulait ce Richter ?

La réponse lui apparut d'un seul coup, comme une illumination. Simple. Evidente. Pourquoi n'y avait-elle pas pensé plus tôt ? Rejetant les couvertures, elle attrapa sa robe de chambre en flanelle, noua rapidement la ceinture autour de sa taille et se dirigea vers le hall pour en faire part à Jesse.

Il l'attendait, assis sur le sofa, la main droite sur l'accoudoir, prêt à entrer en action. Il émanait de sa silhouette mince et musclée une incroyable impression de force. Aucun malfrat sensé n'aurait tenté de chercher des noises à Jesse Longbridge.

Il lui sourit.

— Vous en avez mis, du temps.

— Vous croyez que je ne peux pas me passer de vous ?

— Je crois que vous avez envie de parler. Je l'ai vu quand vous êtes partie vous coucher. En fait, je comptais sur votre venue.

Parce qu'il voulait qu'ils achèvent ce qu'ils avaient commencé ? Les pulsions qu'elle avait refoulées alors qu'elle était seule dans sa chambre revinrent en force, occultant tout le reste, y compris l'idée lumineuse qui lui était venue.

— Vous y… comptiez ? Pourquoi ?

— J'ai besoin d'aide. D'une aide matérielle.

— M… Matérielle ? bredouilla-t-elle, prise de court par sa formulation quelque peu singulière. C'est un peu… clinique, non ?

— Si.

Il entreprit de déboutonner sa chemise. Un bouton… Deux. Il avait le torse glabre. La peau lisse comme du velours. Du velours couleur moka au lait.

— J'ai besoin que vous m'aidiez à changer mon pansement.

Se levant, il se dirigea vers la cuisine tandis que Fiona faisait de son mieux pour se ressaisir. Il la voulait comme infirmière, pas comme amante. Elle le suivit, traînant ses pieds chaussés de socquettes en laine sur le parquet.

Sur le plan de travail, il avait déjà disposé le nécessaire : antiseptique, savon, compresses et bandage.

— Mieux vaut nous installer ici. La salle de bains jouxte la chambre d'Abby et je ne veux pas la réveiller.

— Vous comptez faire beaucoup de bruit ?

— Ça dépend, repartit-il en arquant les sourcils de façon suggestive. Comptez-vous faire preuve de douceur ?

Il la taquinait, c'était évident, et elle n'y voyait aucun inconvénient, à ceci près qu'elle avait quelque chose d'important à lui dire.

— Je sais pourquoi Richter me pourchasse.

— J'étais sûr que vous penseriez à quelque chose. Vous avez l'esprit d'un enquêteur. Vous êtes intelligente et créative. Face à un problème, vous envisagez l'éventail complet des possibilités.

Il retira sa chemise.

Elle lutta pour garder l'air détaché, s'efforçant de le regarder comme s'il était l'un des modèles qu'elle sculptait lorsqu'elle était aux Beaux-Arts. Il avait les épaules larges, presque disproportionnées par rapport à ses hanches. Son torse n'était pas outrageusement musclé comme celui d'un haltérophile, mais ses abdominaux étaient nettement dessinés. Il n'avait pas une once de graisse. De son point de vue, c'était un parangon de perfection masculine — un physique digne d'un Michel-Ange.

Elle s'immobilisa, incapable de parler, de penser ou de faire autre chose que de rester là, à le regarder tandis qu'il décollait l'adhésif et retirait le pansement de son épaule. Des points de suture noirs maintenaient les bords de la plaie, laissant une méchante cicatrice rouge.

— Ça vous fait mal ? balbutia-t-elle.

— Pas la plaie en elle-même. Elle est en train de cicatriser ; ce sont les muscles qui me font souffrir, surtout quand je lève le bras.

Elle le contemplait toujours, fascinée, songeant aux différentes sculptures de son atelier, si représentatives de son humeur au moment de leur création. Les joyeuses petites maisons. Les arbres noirs, tourmentés. Les vases vides.

Jesse incarnait une nouvelle phase de sa vie. Force et sensualité.

— Fiona ? Alors ? Quelle est cette idée dont vous vouliez me parler ?

Elle s'arracha à la contemplation de son torse et prit une compresse et le savon sur le plan de travail.

Lorsqu'elle toucha son torse, elle sentit sa peau frémir sous ses doigts. Un frisson la parcourut à son tour.

— Quand je suis arrivée dans le séjour, vous avez dit que vous saviez que j'avais envie de parler… Pourquoi ?

— Vous aviez cet air… Quand quelque chose vous trotte dans la tête, vous haussez légèrement les sourcils. J'avais raison ou non ?

— Comment se fait-il que vous me connaissiez aussi bien ?

Elle nettoya soigneusement la peau autour de la cicatrice, orientant son autre main selon un angle bizarre dans le seul but de ne pas entrer en contact avec son torse.

— Pour la même raison que vous, vous *me* connaissez. Parce que quelque chose… Un lien spécial… nous unit.

— C'est vrai.

Et ce n'était pas seulement parce qu'il avait sauvé la vie de son mari. Non, ils avaient… des atomes crochus.

— Il devait être écrit que nous nous rencontrerions à ce moment précis, à cet endroit précis.

Il arrêta longuement son regard sur elle.

— Que nos chemins se rejoindraient ici.

Elle cligna des yeux, troublée.

— Le vôtre est beaucoup plus dangereux que le mien.

— Pas en ce moment, objecta-t-il.

— Donc, voilà ce que j'ai pensé, reprit-elle précipitamment. Burke et vous partez du principe que Richter est celui qui est allé à Riverton et a troqué son cheval contre une voiture achetée au petit-fils de Silas O'Toole… Mais si c'était Butch ? Butch met la main sur la rançon… S'empresse de la cacher quelque part avant d'aller retrouver son complice… C'est pour ça que Richter l'a tué.

Prenant une nouvelle compresse, elle rinça les dernières traces de savon sur son épaule.

— Il me poursuit parce qu'il pense que je sais où Butch a caché l'argent. A cause de la pièce secrète, sous ma grange. Il croit que Butch et moi étions de mèche.

— Peut-être pense-t-il que vous étiez amants.

— Merci bien !

— Vous avez vu des photos de Thurgood. C'était une star du rodéo. Un séduisant cow-boy.

— Ce n'est pas mon type.

Son type, c'était l'homme qui était devant elle, torse nu.

— Donc Richter est complètement à côté de la plaque, reprit-elle, suivant son idée. Tout ça n'a rien à voir avec moi.

— Si, c'est lié à qui vous êtes, insista-t-il d'une voix douce. Vous êtes si jolie et si sexy que même un crotale comme Richter n'a pu faire autrement que supposer que vous aviez un amant.

— Oh ! voyons, protesta-t-elle en levant les yeux au ciel. A vous entendre, on croirait que je suis une irrésistible sirène qui attire les cow-boys jusqu'à son ranch.

Il caressa ses longs cheveux et repoussa les mèches qui tombaient de part et d'autre de son visage.

— C'est peut-être bien ce que vous êtes… La mystérieuse et désirable veuve Grant, nouvellement arrivée en ville.

D'un coup de poignet, il tira sur le cordon de sa robe de chambre, glissa la main droite au-dessous et encercla sa taille pour l'attirer à lui. Le fin jersey de sa chemise de nuit se pressa contre la peau nue de Jesse. Elle se sentit fondre. Arquant la nuque, elle attendit qu'il l'embrasse, frémissante.

Mais il tourna légèrement la tête et lui mordilla le lobe de l'oreille, provoquant en elle une décharge électrique.

Fiona promena les mains sur l'étendue dénudée de son dos, savourant la texture de sa peau et les muscles durs, au-dessous.

D'une main, il la tenait aux épaules. L'autre glissa le long de sa chute de reins et la souda à lui. Elle remua les hanches, imprima à son tour de lascives pressions, le clouant au comptoir de la cuisine.

La bouche de Jesse était chaude, avide, passionnée. Comme il l'embrassait voracement, elle sentit l'étincelle s'allumer au plus profond de son être. Un instant plus tard, c'était une rivière de lave qui coulait dans ses veines. Elle enfonça ses ongles dans sa peau, ivre d'excitation, de désir.

D'un mouvement fluide, apparemment sans effort, il la souleva pour qu'elle s'assoie sur le comptoir. Elle l'enserra entre ses cuisses nues tandis qu'il repoussait frénétiquement les pans de sa robe de chambre.

Un son étranger parvint aux oreilles de Fiona, pénétrant la bulle de passion dans laquelle ils étaient tous les deux enfermés — seuls au monde.

Jesse réagit au quart de tour. Il s'écarta d'elle, la main déjà sur son arme, et bondit vers la porte de service.

Ce fut avec soulagement que Fiona entendit la voix de Wentworth.

— Ouvre... Je suis gelé.

— Tu tombes mal, murmura Jesse.

Le temps qu'il ouvre le battant, Fiona avait rajusté sa tenue, lissé ses cheveux. Quant au brasier qui continuait à faire rage en elle, elle ne pouvait rien y changer. Elle savait que ses joues étaient colorées, ses yeux brillants de passion.

Wentworth s'engouffra dans la cuisine, en même temps qu'un courant d'air froid. Le regard braqué sur le sol, il traversa la cuisine sans s'arrêter, marmonnant quelque chose à propos de la salle de bains.

Elle regarda Jesse — le haut du corps dévêtu, une protubérance suspecte au niveau de l'entrejambe. Ce qu'ils étaient en train de faire était tellement évident que c'en était franchement cocasse.

Elle lui décocha un large sourire.

— Je crois que nous avons mis Wentworth dans l'embarras.

— Il s'en remettra.

Quoi qu'il en soit, ils devaient mettre leur ardeur — aussi dévorante soit-elle — de côté. Avoir des vigiles qui traversaient la maison à chaque rotation de tour de garde n'était pas exactement un facteur favorisant l'intimité.

— J'aimerais bien finir ce que nous avons commencé, dit-elle. Et je ne parle pas de votre pansement.

Il l'embrassa rapidement et murmura :

— Je veux faire les choses bien, Fiona. Je veux vous faire l'amour dans des draps de satin et vous garder la nuit entière contre moi. Je veux que la première chose que je verrai en me réveillant, le matin, soit votre visage.

Elle soupira et posa la joue contre sa peau nue.

— Ça me va tout à fait.

— Je veux vous offrir tous les luxes. Toutes les petites attentions spéciales que vous méritez.

— J'ai déjà eu tout ça, vous savez.

— Oui, je sais.

— Posséder des tas de biens ne vous rend pas heureux. J'ai aussi chaud dans de la fausse fourrure que dans un manteau d'hermine. Et c'est nettement plus politiquement correct.

Il recula d'un pas et la tint à bout de bras.

— Wyatt était un homme bien, un homme soucieux de subvenir aux besoins de son épouse. Et c'était le père de votre fille.

Elle n'avait pas pensé à Wyatt. Son souvenir était très exactement cela : un heureux, un précieux souvenir.

— Je ne l'oublierai jamais.

— C'était l'amour de votre vie.

Se détournant, il se dirigea vers le lavabo et se mit à déplacer les produits qu'il avait posés sur le plan de toilette. Il ne s'était éloigné que de trois pas, mais c'était comme si un gouffre, tout à coup, s'était ouvert entre eux, se dit Fiona. Lui en voulait-il de l'amour qu'elle avait porté à Wyatt ? Cela constituerait-il un problème entre eux ?

Ce qu'elle éprouvait pour Jesse était trop nouveau pour pouvoir être nommé. Elle ne pouvait pas appeler cela de l'amour… Du moins, pas encore. Mais, lorsqu'elle était près de lui, un sentiment profond s'emparait de tout son être… Une indescriptible exultation intérieure.

— Ma vie n'a pas pris fin avec la mort de Wyatt, reprit-elle calmement. Pendant un certain temps, j'aurais bien voulu. Ç'aurait été plus facile de descendre dans la tombe avec lui.

Il se tourna vers elle.

— Cette tombe qui est pour ainsi dire sur le pas de votre porte.

Elle s'avisa tout à coup de l'omniprésence de Wyatt dans sa vie, particulièrement ici, dans ce chalet. Il y avait une photo de lui sur sa table de chevet. La chambre d'Abby était remplie d'animaux en peluche offerts par son père. La radio était encore réglée sur sa station favorite.

— Les choses sont en train de changer. J'évolue, dit-elle.

Evitant de croiser son regard, il regarda sa cicatrice.

— C'est presque guéri. Je n'aurai pas besoin d'un aussi gros bandage.

Il avait changé de sujet pour éviter un terrain miné sur le plan émotionnel. En général, Fiona n'hésitait pas à exprimer ses sentiments mais, plongée en pleine confusion, elle préféra en revenir aux questions pratiques.

— Je vais vous poser une compresse imbibée d'antiseptique que je couvrirai d'un pansement.

Il regarda résolument ailleurs tandis qu'elle le soignait.

Elle en fit autant.

En un clin d'œil, ils étaient passés d'une ardeur incandescente à une froideur glaciale. L'atterrissage était brutal.

— Alors ? Que pensez-vous de ma théorie sur Richter ? demanda-t-elle, laconique.

— Ça se tient. Mais ça n'explique pas le plus important : où est Nicole ?

— D'après Dylan, elle est partie. Elle l'a quitté.

— Et vous y croyez ?

— Carolyn m'a dit qu'ils s'étaient disputés. Ils traversaient une crise, mais quel couple ne connaît pas des hauts et des bas ?

Wyatt et elle aussi avaient eu des désaccords. Bon sang, voilà qu'elle pensait de nouveau à Wyatt !

— Je ne sais pas ce que Nicole a dit à Dylan, mais, apparemment, elle l'a convaincu. Il est persuadé qu'elle veut divorcer.

Il réenfila sa chemise.

— Quand je l'entendrai de sa bouche, je le croirai, moi aussi. En attendant, elle reste ma cliente.

— Vous croyez qu'elle est toujours entre les mains de Richter ?

— Je ne sais pas.

Il s'assit, ses longues jambes étendues sous la table de la cuisine, l'air harassé, comme si les efforts de la journée avaient fini par le rattraper. Elle aurait voulu l'aider, faire qu'il se sente mieux.

— Avons-nous d'autres pistes à suivre ?

— Demain matin, je poursuivrai les recherches. Cette fois, je partirai de l'endroit où Nicole et Dylan se sont retrouvés.

— Au moment même de la remise de la rançon, souligna Fiona. Je pourrai vous accompagner ?

— Non.

L'ombre d'un sourire frémit au coin de ses lèvres.

— Vous aussi, vous êtes ma cliente. Et j'ai bien l'intention de vous garder en vie, Abby et vous.

— Richter n'oserait pas se manifester pendant que je suis avec vous.

— Non ? La dernière fois que j'ai eu affaire à lui, il a failli avoir ma peau. Il a tiré le premier. Et j'ai failli à ma mission.

— Non, assena-t-elle avant de pousser un soupir de contrariété. C'est la dernière fois que je le répète : vous n'êtes pas responsable de cet enlèvement.

— Allez le dire à Nicole.

Elle repensa à la petite pièce où sa voisine avait été retenue, attachée au bout d'une chaîne, sans pouvoir voir le jour. Dans les vidéos, elle paraissait être en bonne santé et avoir bon moral, mais elle avait dû être terrorisée.

L'empathie naturelle qu'elle éprouvait pour Nicole s'étendit à Jesse. Lui aussi souffrait. Il s'accusait de tous les torts, estimait qu'il n'avait pas fait correctement son travail.

Il avait ses propres démons, elle le savait. Prise d'une impulsion subite, elle demanda :

— Que s'est-il passé à Telluride ?

Elle vit sa mâchoire se contracter. Il lui était difficile d'évoquer l'incident où il estimait avoir, là aussi, commis une erreur.

— Je n'aurais jamais dû vous parler de ça.

— Mais vous l'avez fait.

Elle s'assit en face de lui.

— Parce que vous sentez instinctivement que vous pouvez me faire confiance. Je veux comprendre, Jesse. Je veux *vous* comprendre.

— Je ne suis pas si compliqué.

— Oh ! que si, vous l'êtes, rétorqua-t-elle avant de prendre sa main. Racontez-moi… s'il vous plaît.

Il poussa un profond soupir.

— Une résidence privée à Telluride. Un P.-D.G., ses deux filles adolescentes et sa femme.

— Ils faisaient tous du ski ?

— Pas sa femme. Elle préférait se reposer à la maison et lire. Une femme charmante. Je n'oublierai jamais son regard quand je lui ai dit qu'on avait tiré sur son mari.

Fiona retint son souffle.

— Comment est-ce arrivé ?

— Les enfants n'ont pas été touchées. Et leur père a survécu… de justesse.

Il serra sa main dans la sienne.

— Je n'ai pas vu les tireurs embusqués dans les arbres. Ou, du moins, je les ai vus trop tard.

Elle aurait voulu le réconforter, lui dire qu'il avait fait de son mieux. Mais elle voyait bien, à son expression hantée, qu'il ne serait pas facile de l'apaiser. Sa douleur était trop profonde.

— Vous avez un métier extrêmement difficile.

— Et dans lequel l'échec n'a pas droit de cité car il est synonyme de mort. Je n'aurai de cesse de retrouver Nicole.

18

Le lendemain matin, Jesse se prépara rapidement à se mettre en route pour le ranch Carlisle, où il devait retrouver Burke et suivre la piste du deuxième ravisseur. Sans tout à fait se l'avouer, il espérait ne pas croiser Fiona avant de partir. Oh ! il ne ferait rien pour l'éviter, il n'était pas lâche à ce point… Mais leur discussion de la veille avait ravivé de mauvais souvenirs. Douloureux, mais il pouvait faire face. Il avait eu des années pour méditer sur cet échec.

Non, ce qui lui posait problème, c'était leur intimité — le goût de ses baisers, la pression de son corps gracile contre le sien, la texture soyeuse de ses longs cheveux, son parfum, ses soupirs d'aise. Son attirance pour elle ouvrait en lui un nouvel abîme de regret. Ils étaient sur la même longueur d'ondes. Dès l'instant où ils s'étaient rencontrés, il avait senti qu'elle était la femme qu'il voulait à son côté pour la vie. Seulement, elle avait déjà trouvé son grand amour en la personne de Wyatt Grant et jamais il ne pourrait le remplacer. Tomber amoureux de Fiona ne pourrait que lui briser le cœur.

Se cuirassant pour le cas où il tomberait nez à nez avec elle, il entra dans la cuisine. Abby était assise à table, bavardant gaiement avec un des cow-boys du ranch Carlisle qui avait passé la nuit à patrouiller. Jesse salua le jeune homme d'un signe de tête.

— Bonjour, Jesse, répondit McKenzie.

Abby sauta à bas de sa chaise, prit sa main et l'entraîna vers le comptoir.

— Viens… Il faut que tu boives du café.

Il suivit le petit lutin blond aux manières autoritaires.

— Tu as l'air bien sûre de toi.

Elle leva au ciel ses yeux bleu clair et poussa un soupir.

— Tout le monde est trèèèès fatigué aujourd'hui.

— C'est vrai.

Après une nuit de tours de garde, il n'avait pas beaucoup dormi. Et ses rêves avaient été troublés.

— Sers-toi tout seul, déclara Abby en se dirigeant vers le réfrigérateur. Je n'ai pas le droit de toucher ce qui est chaud, mais je peux sortir le lait.

Elle lui tendit la brique presque vide. Bien qu'il préférât le café noir, il ajouta un nuage de lait.

— Merci, Abby.

— Tu as vu ? Je suis une très bonne hôtesse.

— Oui, tu t'occupes bien de moi.

— Je sais. Et je m'occuperais bien d'un poney, aussi.

— Tu lui offrirais du café ?

— Tu es bête ! s'exclama-t-elle en pouffant de rire. Les poneys mangent des céréales !

Tandis qu'elle retournait s'asseoir, il se servit un muffin aux myrtilles. Pas de fruits, ce matin. Les stocks de nourriture s'amenuisaient. Il faudrait que quelqu'un aille faire un saut au supermarché dans la journée.

Il avala son café et mangea le muffin au-dessus de l'évier. S'il se dépêchait, il réussirait peut-être à battre en retraite avant que Fiona n'arrive.

— McKenzie, je m'en vais. Dis à Wentworth que je serai de retour à midi.

Il ouvrait la porte arrière lorsqu'il entendit la voix de Fiona derrière lui.

— Vous alliez partir sans dire au revoir ?

Il se retourna. Pris au piège.

— Au revoir.

Elle paraissait reposée et en pleine forme avec une touche de maquillage qui mettait en valeur ses grands yeux gris et un brillant à lèvres rose pâle. Ses cheveux châtains étaient tirés en arrière, tombant dans son dos en une longue tresse luisante.

— Pas si vite, reprit-elle. J'aimerais votre avis concernant l'une des poteries que j'ai cuites, hier.

— Je ne pourrai pas vous aider, répondit-il en jetant un regard chargé d'envie à la porte. Je ne m'y connais pas beaucoup en matière d'art.

Mais, déjà, pratiquement comme Abby, elle avait saisi sa main et le guidait le long du couloir vers l'atelier. Décidément, les femmes de la famille avaient une nette tendance à se montrer dirigistes.

L'atelier avait changé d'aspect. Sur la table de travail qui était encombrée de carnets de croquis et d'outils la dernière fois qu'il y était venu, étaient maintenant présentées plusieurs œuvres d'art achevées — des sculptures représentant des petites maisons aux couleurs vives, des plantes exotiques, des créatures aux allures étranges et tout un assortiment de pots et de vases.

— Je me suis inspirée des vases de mariage navajos pour celle-ci, dit Fiona en montrant l'une d'elles. Un seul récipient muni de deux embouts, un pour chaque époux. La symbolique me plaisait. Séparés, indépendants tout en étant unis.

Il promena son regard sur le pot émaillé de blanc qu'on aurait cru recouvert de feuilles. Hivernal mais pas froid. Son talent l'impressionna, mais ce furent ses mots qui résonnèrent en lui. « Séparés, indépendants tout en étant unis. » Un mariage n'était pas forcément une structure étouffante dans laquelle chacun perdait son identité. Il effleura du bout des doigts la céramique.

— On dirait de la glace vivante.

Un sourire étincelant illumina son visage.

— Vous aimez.

— Je confirme. Et pas seulement celle-ci, les autres aussi.

Certains des étranges petits animaux lui tirèrent un sourire. Les motifs qui ornaient les pots étaient fascinants.

— Vous êtes douée.

— Andrea — la mère de Carolyn et de Dylan — doit venir ce matin. Elle a une galerie d'art à Manhattan. Si j'arrive à la convaincre d'exposer mon travail, j'y gagnerai une crédibilité immédiate.

Elle avait une telle sensibilité… Pas étonnant qu'elle soit aussi créative. Elle était l'une des personnes les plus expressives qu'il lui eût été donné de rencontrer. Plus il passait de temps auprès d'elle, plus elle le fascinait et l'attirait.

— Elle aurait bien tort de ne pas présenter votre travail. Vous avez un talent fou.

Elle se dressa sur la pointe des pieds et l'embrassa sur la joue.

— C'est ce que j'avais besoin d'entendre. Maintenant, vous pouvez partir.

Mais lui, maintenant, avait envie de rester. Il prit l'un des pots — simple, fonctionnel avec un motif orange et bleu foncé.

— Ça me rappelle le travail de certains artistes navajos. Mon grand-père aurait aimé.

— C'est un merveilleux compliment. Je sais à quel point il comptait pour vous.

Un souvenir remonta à sa mémoire.

— J'ai rêvé de lui cette nuit. Je le voyais traversant un grand plateau. Il y avait une femme avec lui. Une femme blonde.

— Nicole, dit-elle.

— Je l'appelais et je courais vers eux en sautant de rocher en rocher. Mais je n'arrivais pas à les rattraper. Vous voyez ce que je veux dire… ? Quand on court dans un rêve ?

— Oui.

— Alors mon grand-père s'est avancé au bord de la falaise et a levé les bras vers le ciel. Il y a eu un éclair. Et Nicole a disparu.

Il avait peur pour elle, peur que Richter l'ait tuée et ait abandonné son corps au fond d'une grotte. Il faudrait des années de recherche dans ces montagnes pour la retrouver… s'ils la retrouvaient un jour.

— Qu'est-ce que ça signifie ?

Il refusait de formuler à voix haute le fond de sa pensée, craignant de lui donner corps en prononçant les mots.

— Quand mon grand-père s'est retourné, je me suis retrouvé à côté de lui.

Il ne croyait pas aux revenants ni aux esprits, mais il respectait les morts.

— Il s'est adressé à moi en navajo. Je ne parle pas bien la langue, mais je comprenais ce qu'il disait. « Suis ton chemin. »

— Comme quand vous avez suivi cette piste jusqu'en ville, souligna-t-elle. Peut-être qu'il vous indiquait que vous étiez sur la bonne voie.

Jesse fronça les sourcils. Il ne savait pas ce que signifiait ce rêve, mais il en avait assez de tourner en rond. Il avait envie de savoir exactement dans quelle direction aller.

— Je dois partir.

Que cela lui plaise ou non, son chemin le ramènerait vers Fiona, il le savait.

Au ranch Carlisle, Jesse se dirigea directement vers les écuries. Le cheval bai qu'il avait monté la veille hennit lorsqu'il s'approcha de son box. C'était une bête calme, obéissante. En quelques minutes, Jesse fut en selle.

Lorsqu'il sortit, il vit un cavalier qui l'attendait. Dylan.

— Vous avez besoin d'aide ? s'enquit celui-ci avec raideur.

Il était toujours caparaçonné dans sa colère et son chagrin, mais une énergie nouvelle se dégageait de lui — de la détermination.

— Vous savez suivre une piste ? demanda Jesse.

— Plutôt pas mal. Je suis chasseur.

D'un mouvement de tête, il indiqua la maison.

— Burke ne viendra pas. Il vient d'avoir un indice concernant l'endroit où pourrait se trouver Zeke O'Toole.

Jesse donna le départ d'un coup de rênes.

— Voyons ce qu'on peut trouver.

Ensemble, ils se mirent en route, traversant le pâturage sud.

Jesse n'avait pas besoin d'être guidé jusqu'au lieu où Nicole et son mari s'étaient rencontrés. C'était près de l'endroit où il avait été témoin du kidnapping — là où il avait été touché.

A l'est s'ouvrait un panorama de terres d'élevage, des vallées et des collines moutonnantes sur fond de hautes cimes enneigées. Des bandes de nuages vaporeux s'étiraient haut dans le ciel bleu et le soleil illuminait les champs de son pâle éclat hivernal. Sans pouvoir s'empêcher de s'émerveiller devant la beauté saisissante de ce vaste paysage bordé par la forêt, Jesse n'en éprouvait pas moins une étrange prémonition. Dylan avait dû ressentir la même chose. Dans ce coin paisible de la forêt, sa femme lui avait déclaré que leur union était terminée.

Jesse jeta un coup d'œil à l'homme qui chevauchait à son côté. Avec sa veste de daim et son Stetson, Dylan Carlisle incarnait le vrai cow-boy. Il avait vécu toute sa vie ici ; ces terres immenses et le bétail appartenaient à sa famille.

Quand Dylan avait fait appel à Longbridge Security, quelques heures avant l'enlèvement, il était tendu. Son ranch était victime d'actes de vandalisme. On avait mis le feu à une vieille écurie. Bien que n'aimant guère l'idée de demander la protection de gardes du corps, il ne s'était jamais montré impoli ni arrogant.

La dernière fois qu'ils s'étaient vus, Dylan, en revanche, n'avait pas épargné Jesse. « A juste titre », songea-t-il. Néanmoins, le comportement qu'il avait eu n'était pas à porter à son tableau d'honneur.

Ils ralentirent comme ils atteignaient un chemin sinueux qui conduisait à un ruisseau. Au printemps, ce sentier aurait été verdoyant, recouvert d'une voûte végétale. Mais les branches des trembles étiraient aujourd'hui leurs bras dénudés, squelettiques, et les buissons n'étaient que des broussailles brunes, hérissées de branches sèches.

— Qu'est-ce qui vous a fait changer d'avis ? demanda-t-il brusquement à Dylan.

— Burke m'a parlé de ce que vous avez découvert hier.

La piste qui vous a menés à Riverton. La voiture vendue par Zeke… Cette histoire est plus compliquée que je ne l'avais cru de prime abord. Butch est mort. Pourquoi Richter n'a-t-il pas pris le large ?

— C'est forcément pour l'argent, répondit Jesse. Vous espérez récupérer la rançon ?

— Je me fiche pas mal de la rançon, assena Dylan en tirant sur les rênes pour guider sa monture le long du cours d'eau. Voilà… C'est là qu'elle est venue me retrouver.

Il contempla un endroit vide au-dessous d'un grand sapin. Sa mâchoire se contracta. Jesse vit une larme rouler sur la joue de Dylan — qui n'était pourtant pas homme à afficher ses émotions.

Il poursuivit.

— Notre couple traversait une passe difficile… Ce n'était pas la première fois que nous avions des mots. Alors, quand elle m'a dit qu'elle entendait demander le divorce, je l'ai crue. Mais maintenant…

Il s'éclaircit la gorge.

— Je me dis que j'ai peut-être eu tort. Qu'elle est peut-être toujours maintenue prisonnière quelque part.

« Ou pire », songea Jesse malgré lui. Tout haut, il dit :

— Voyons si l'étude du sol peut nous apprendre quelque chose.

— Deux hommes à moi sont déjà venus ici. Ils ont repéré une trace de passage qui conduit jusque chez Fiona.

— Un seul cavalier ?

Dylan hocha la tête.

Jesse aurait parié que c'était faux. Que Nicole était venue, escortée par l'un de ses ravisseurs. Sinon, pourquoi ceux-ci se seraient-ils séparés ?

L'un d'eux s'était emparé de la rançon et était allé en ville. L'autre était resté avec Nicole.

— Je pense que Nicole n'est pas venue seule ici.

— Vous croyez qu'ils l'ont forcée ? Qu'ils l'ont menacée de mort, peut-être, si elle n'obtempérait pas ?

Jesse jeta un regard à la ronde.

— Vous êtes chasseur. Si vous vouliez tirer sur quelqu'un positionné à cet endroit, où vous placeriez-vous ?

— Là-haut, répondit sans hésiter Dylan en désignant de la tête la pente couverte d'arbres.

— Laissons les chevaux ici, déclara Jesse. On va examiner le terrain là-haut. Je prends à gauche. Vous, à droite.

Il se mit à gravir la colline, relevant la moindre petite branche cassée, la plus infime trace sur le sol. Il repéra l'empreinte d'un chevreuil. Au pied d'un sapin, il trouva la cache d'un écureuil remplie de pommes de pin.

— J'ai une empreinte de pas ! lança Dylan.

Jesse leva la tête. Depuis le surplomb où se tenait Dylan, un tireur embusqué aurait eu Nicole en plein dans sa ligne de tir. Mais, bonne cavalière comme elle l'était, elle aurait eu toutes les chances de lui échapper si elle avait subitement lancé son cheval au galop, puisqu'il était à pied.

Le début d'une idée se forma dans sa tête.

— J'arrive dans un instant.

Il trouva ce qu'il cherchait. L'empreinte bien nette de deux sabots, derrière un gros rocher.

Ils étaient deux à avoir tenu Nicole en joue. Deux ici. Un à La Rana pour récupérer la rançon.

Butch et Richter avaient un complice.

19

Fiona accueillit Andrea avec à l'esprit l'idée omniprésente que cette rencontre pouvait changer drastiquement sa carrière.

La New-Yorkaise sophistiquée les embrassa chaleureusement, Abby et elle. Regardant autour d'elle, Andrea nota :

— Il y a des années que je ne suis pas venue dans ce chalet. Plus de vingt ans, en fait. Sterling et moi venions jouer aux cartes avec les Grant.

— Les parents de Wyatt, dit Fiona, n'arrivant pas à croire qu'Andrea appartienne à la génération précédente.

On lui aurait donné la quarantaine, pas plus.

— Nous nous amusions bien, poursuivit sa visiteuse. On riait en buvant du vin et on rentrait à la maison en chantant à tue-tête, se souvint-elle d'une voix teintée d'un peu de nostalgie. Oh ! peu de gens connaissaient cette facette de Sterling. Tout le monde voyait en lui le patriarche, le fondateur de Carlisle Certified Organic Beef.

— Vos enfants poursuivent aujourd'hui son œuvre. Vous devez être fiers d'eux.

— Fière… Et inquiète, aussi.

Comment ne l'aurait-elle pas été ? Fiona posa une main compatissante sur son épaule.

— Voulez-vous une tasse de thé ?

Avec tout ce qu'elle avait donné aux gardes du corps et aux équipes de recherche qui avaient investi sa maison, elle n'avait plus grand-chose dans ses placards et il ne lui restait que du café instantané. A une époque, elle se serait confondue en excuses, honteuse de ne pouvoir offrir de café fraîchement moulu. Durant son mariage, elle avait pris son rôle d'hôtesse très au sérieux, consciente que Wyatt serait jugé sur la façon dont elle recevait. Si elle avait porté des robes un peu trop courtes, servi un vin inapproprié à table ou ri trop fort, les gens auraient inévitablement jasé.

Mais, aujourd'hui, elle était libre d'être elle-même. *Un nouveau départ.* Qu'avait dit Jesse à propos de leurs chemins de vie ? Qu'ils se rejoignaient ici ? C'était ça, aujourd'hui, la voie qu'elle voulait suivre.

— Rien pour moi, merci, répondit Andrea.

Au même moment, Abby entra en courant dans la salle à manger et grimpa sur une chaise. Elle montra du doigt le centre de table — un Père Noël en céramique peint en couleurs vives.

— C'est moi qui l'ai fait.

— C'est très joli, la complimenta Andrea.

— On aura bientôt un bel arbre de Noël ! C'est maman qui l'a dit.

— Et que va t'apporter le Père Noël ?

— Un poney, affirma sans hésiter Abby.

Bien que sa fille commençât à être un peu lourde, Fiona la souleva et la cala sur sa hanche. Avec toutes les œuvres qu'elle avait exposées, elle ne pouvait pas permettre qu'Abby coure partout dans l'atelier au risque de casser quelque chose.

Déverrouillant la porte de l'atelier, elle s'effaça pour laisser passer Andrea. Il fallait que son travail parle de lui-même. Qu'aurait-elle pu dire, de toute façon, pour convaincre une galeriste à l'œil aiguisé de la valeur de son travail ?

Abby, en revanche, ne tarissait pas de commentaires sur les maisons de fées et les sculptures d'animaux.

Andrea se promena, examinant les pièces sans complaisance, d'un regard analytique. Finalement, elle se retourna, le sourire aux lèvres.

— Vous avez du talent, Fiona. Et de l'imagination. J'ai rarement vu une palette de poteries et de sculptures aussi large, aussi diversifiée.

Fiona attendit le mais qui allait suivre. *Talentueuse, mais… Douée, mais…*

— Vous êtes une artiste d'une très grande sensibilité. Je vois quand vous êtes heureuse. Quand c'est la colère qui vous guide. Ou la peur.

Mais…

— J'aimerais beaucoup présenter vos œuvres. J'ai une exposition prévue au printemps pour faire découvrir quelques autres sculpteurs, dit-elle avant de citer une liste impressionnante de noms. Votre travail s'y intégrera parfaitement.

Fiona serra involontairement Abby contre elle. Leur situation financière allait s'améliorer ! Elle brûlait d'impatience de le dire à Jesse.

— Merci… Merci beaucoup.

— Il ne nous reste que les détails à régler, décréta Andrea. Pourquoi ne pas m'accompagner au ranch, toutes les deux ? Cela simplifiera les choses pour les gardes qui nous protègent si nous sommes tous ensemble. Il y a de quoi manger, du café…

— Et des poneys, ajouta Abby.

Fiona tira son portable de sa poche.

— Je vais m'assurer que Jesse est d'accord, mais ça ne devrait pas poser problème.

Elle voulait tellement croire que les choses allaient s'arranger. Que la roue avait tourné… Enfin !

Au ranch Carlisle, Fiona et Abby bénéficièrent d'une protection sans faille. Tous les employés qui n'étaient pas en train de s'occuper des bêtes étaient armés et affectés à la sécurité.

Après le déjeuner, Abby et elle se rendirent à l'écurie en compagnie de Carolyn. Fiona observa :

— On se croirait revenus au temps du vieil Ouest ici, avec tous ces cow-boys armés jusqu'aux dents.

Carolyn grimaça.

— Le mythique Far-West ! Ce qui ne laisse pas de me

surprendre, c'est que ces gars, pour la plupart, sont encore moins éclairés que leurs équivalents du XVIIIe siècle !

— C'est ça, railla Fiona. Tu adores ce ranch, je le sais bien.

— Oui, mais c'est à Denver que je suis chez moi, répliqua-t-elle en repoussant son Stetson en arrière. Tu n'imagines pas à quel point je suis impatiente de retrouver mon appartement dans ma résidence de luxe, avec son Jacuzzi, son dressing… Et j'ai une paire d'escarpins de créateur qui dort dans un placard et que je n'ai encore jamais chaussée.

— Sans compter que, cerise sur le gâteau, Burke vit en ville, lui aussi, souligna malicieusement Fiona.

— J'ai des billets pour Casse-Noisette la semaine prochaine… Il a accepté de m'y accompagner.

— Burke ? Voir un ballet ?

Fiona eut toutes les peines du monde à se représenter l'armoire à glace du F.B.I. en spectateur attentif d'un ballet de Tchaïkovski en tutu !

— Il a promis. Et c'est à ce ballet que je veux étrenner mes nouveaux escarpins à talons aiguille.

Fiona retint un sourire, songeant au burlesque de la situation : elle était en train de discuter ballet et talons aiguille alors qu'elle se dirigeait vers l'écurie avec une femme qui, présentement, arborait l'attirail complet de la parfaite cow-girl !

Elles atteignirent le corral où paissait le cheval de Carolyn, Elvis, qui les salua de hochements de tête répétés.

— Il est beau, Elvis, proclama Abby. C'est quoi, des escarpins ?

— Des chaussures élégantes, avec des talons pointus. Tu sais, j'en ai, moi aussi.

— Tu ne les mets plus jamais.

Et elles ne lui manquaient pas, se dit Fiona. Elle se rendit compte tout d'un coup qu'elle aimait la vie, ici. Courir dans les champs en tennis, respirer l'air de la montagne… Même si elle devenait une sculptrice renommée, exposée à Manhattan, elle resterait vivre ici.

Tournant la tête du côté du pâturage sud, elle vit deux

cavaliers qui venaient dans leur direction. Jesse était devant, penché en avant, au galop. Interdite, elle le contempla, retenant son souffle. A cheval, il dégageait une incroyable impression de puissance et de virilité. Quoi qu'en dise Carolyn, les cowboys étaient sexy.

Carolyn la poussa du coude.

— Y a-t-il quelque chose entre toi et Jesse ?

— Je l'espère.

Bien sûr, elle aurait dû surveiller ses propos en présence d'Abby, mais Fiona n'avait jamais su cacher ses sentiments.

Abby agita les deux mains en l'air.

— Jesse ! Je suis là !

Il s'approcha de la barrière du corral.

— Je te vois, Abby.

— Tu as attrapé les méchants ?

— Pas encore.

Il se pencha, saisit la petite fille qui avait grimpé sur la clôture et la mit en selle devant lui.

— Mais je t'ai attrapée, *toi* !

Fiona aima la façon dont il avait réagi et pris les choses en main. Le cœur gonflé de bonheur, elle le regarda laisser Abby tenir les rênes tout en continuant à bavarder avec un débit de mitraillette.

Dylan, qui accompagnait Jesse, mit pied à terre à côté d'elles. Il se tourna vers sa sœur.

— Peut-être que je me suis trompé au sujet de Nicole.

— Toi ? Te tromper ?

Ses yeux s'arrondirent démesurément.

— On aura tout vu.

— Ce n'est pas le moment de plaisanter, répondit-il. Où est Burke ?

— A l'intérieur.

— Occupe-toi de mon cheval.

Il lui tendit les rênes sans autre forme de procès et disparut en direction de la maison.

Le sourire de Carolyn s'effaça tandis qu'elle le regardait s'éloigner.

— Il ressemble tant à notre père. Une tête de mule, comme lui. Il ne l'aura pas volé si Nicole ne lui revient jamais.

— Tu n'es pas sérieuse ?

— Non, évidemment.

Mais Fiona lut la tension dans ses yeux. Tout le monde, au ranch, s'efforçait de garder son calme, mais la peur transpirait dans toutes les conversations. Ils ne pouvaient pas s'empêcher de se faire du souci pour Nicole, de craindre le pire.

Le mobile de Fiona se mit à sonner. Le tirant de sa poche, elle répondit. C'était Belinda. Elle avait l'occasion de faire des heures supplémentaires au café et espérait que Fiona pourrait la dépanner en gardant Mickey.

— Je suis désolée de te demander ça, mais j'ai vraiment besoin de cet argent.

Fiona s'assura auprès de Carolyn que cela ne posait pas de problème, laquelle répondit :

— Je crois que nous avons assez de place pour accueillir un petit garçon.

— O.K., dit Fiona dans le combiné. Abby et moi sommes au ranch Carlisle et Carolyn dit que Mickey peut nous y rejoindre.

— Au ranch Carlisle ? Ah…

Belinda marqua une pause.

— Si Nate apprend que son fils est allé chez les Carlisle, il va exploser.

— C'est un problème ? questionna Fiona.

— Pas pour moi, non, répondit au bout d'un instant Belinda. Nous viendrons vers 4 heures.

Jesse descendit de cheval et déposa Abby par terre. Lorsqu'il se redressa, son regard croisa celui de Fiona. Une bouffée d'excitation l'assaillit. Elle ne lui avait pas encore dit, pour Andrea et les nouvelles possibilités qui allaient s'ouvrir à elle.

— Vous avez à parler tous les deux, décréta Carolyn en

prenant la main d'Abby. Nous, les cow-girls, nous allons conduire les chevaux à l'écurie et les soigner.

— C'est vrai ? s'exclama Abby en sautillant sur place. Moi aussi, je pourrai ?

— Si tu fais exactement ce que je te dis, oui.

Jesse s'appuya sur la barrière, le talon de sa botte calé sur la planche du bas. Retirant son chapeau, il lissa ses cheveux, puis le remit en place.

— Nous avons trouvé la preuve qu'une troisième personne était mêlée au kidnapping.

Sa grande nouvelle allait devoir attendre.

— Vraiment ? Dites-moi tout.

Il lui expliqua par le menu comment il était parvenu à cette conclusion. Fiona comprit immédiatement.

— Deux hommes ? Donc, elle parlait sous la menace. Ils l'auraient tuée si elle n'avait pas tenu ce discours à Dylan.

L'effet recherché avait été atteint. Dylan, convaincu que Nicole voulait le quitter, avait mis fin aux recherches.

— Après avoir parlé à Dylan, Nicole est partie vers le sud. Près de chez vous, elle a été rejointe par les deux hommes. Ils ont dû troquer leurs chevaux contre un véhicule motorisé, mais on n'a vu aucune trace de pneus.

— La voiture de Zeke.

Il hocha la tête.

— Je pense que l'un d'eux s'est rendu en ville pour retrouver le troisième homme et que c'est lui qui avait la rançon.

— Et Nicole ? Où était-elle ?

— Elle devait être dans la voiture. Les empreintes que nous avons relevées montrent que le ravisseur qui est resté sur place s'est ensuite dirigé vers le Circle M pour y reconduire les trois chevaux — celui qu'il montait et les deux autres.

Elle écoutait ses explications, suspendue à ses lèvres. Comment avait-il pu apprendre tout cela simplement en regardant le sol ?

— Et ensuite ?

— La piste s'arrêtait là. Nous ne savons pas ce qui est

arrivé après, mais je suppose que deux des hommes — sans doute Butch et Richter — sont revenus par ici et que c'est à ce moment-là que vous les avez entendus se disputer.

De nouveau, les indices pointaient sa maison.

— Pourquoi ici ? Qu'est-ce qu'ils cherchaient ?

Il haussa les épaules.

— C'est ce que je me demande, moi aussi.

— Si le shérif était là, je sais ce qu'il vous répondrait : ils sont revenus ici parce que c'est moi qui suis derrière tout ça. La tête pensante de cet enlèvement.

— Le shérif Trainer va devoir s'expliquer de son côté, assena-t-il, l'air sombre. Dylan et moi avons vu ces traces. Pourquoi pas lui ?

— Il ne savait peut-être pas où chercher… Vous êtes bien meilleur pisteur que lui et ses hommes.

— Je ne suis pas un génie, protesta-t-il.

Tendant la main, elle posa tour à tour le doigt sur chacun des boutons de sa chemise.

— Mais vous êtes bon. Très bon. Meilleur que la moyenne.

— Et comment le savez-vous ?

— L'intuition.

Un lent sourire étira progressivement ses lèvres. Seigneur, comme il était séduisant ! D'une voix soudain plus basse, sexy, il s'enquit :

— Et que vous dit-elle d'autre ?

« Que nous sommes faits l'un pour l'autre. Que vous êtes l'homme avec qui je veux passer le restant de mes jours. » Mais il aurait été insensé de dire une chose pareille. Ils ne se connaissaient que depuis quelques jours — pas assez longtemps pour faire prendre à sa vie un tournant radical. Elle venait seulement de décider qu'elle avait envie de coucher avec lui. Mais des projets d'avenir ? Elle n'était pas prête à accomplir dans la précipitation un tel pas de géant.

— Mon intuition me dit…, commença-t-elle, baissant le ton. Que nous devrions faire l'amour dès que possible.

— Je penserai à noter ça dans mon agenda. Dès que j'aurai

coincé le fou furieux qui est à vos trousses, sauvé Nicole et récupéré la rançon… D'accord ?

— Si nous attendons trop longtemps, ce sera trop tard… Vous serez déjà reparti.

— Peut-être pas.

Elle se demanda ce que signifiait cette réponse énigmatique. Qu'il avait l'intention de s'attarder encore un peu ici ? Combien de temps ? Et où séjournerait-il ?

Comme elle n'avait la réponse à aucune de ces interrogations, elle changea de sujet.

— Andrea a aimé mes sculptures. Je vais exposer dans sa galerie.

— C'est une fantastique nouvelle.

Il la serra à l'étouffer dans ses bras, la soulevant de terre et la faisant tournoyer.

— C'est vous, le génie.

Elle rit.

— Je me contenterai de « dotée d'assez de talent pour commencer à vendre ».

— Est-ce que ça signifie que vous pliez bagage et partez pour New York ?

— Sûrement pas.

Derrière lui, le ciel était d'un bleu pur, profond. L'air était vif.

— Je suis ici chez moi.

Lorsqu'il l'embrassa, elle eut le sentiment que c'était dans l'ordre normal des choses.

Combien de temps s'écoulerait-il encore avant qu'ils ne fassent l'amour ? Combien de jours mettrait-elle à se décider à lui dire qu'elle était tombée amoureuse de lui au premier regard ?

20

Après quelques heures passées dans la salle à manger avec le trio de caractère que formaient Burke, Dylan et Carolyn, Jesse éprouva le besoin de prendre un peu l'air. Il sortit sous la véranda. Les ombres de l'après-midi s'allongeaient sur le paysage. Bientôt, le soleil se coucherait. Une nouvelle nuit sans nouvelles de Nicole.

La découverte du troisième homme éclairait l'affaire sous un jour nouveau. Il avait écouté les avis, hypothèses et stratégies échafaudés par Burke et les deux Carlisle. Il avait consulté les cartes qu'ils avaient étalées sur la grande table, relu les notes antérieures sans que rien, en particulier, ne le frappe.

Jusque-là, son travail de pisteur avait plutôt porté ses fruits. Son instinct lui soufflait qu'il était temps de passer à la traque, désormais. Ses blessures étaient suffisamment guéries pour qu'il soit en mesure de faire le coup de poing le cas échéant. Le tout était de savoir contre qui. Qui était le mystérieux troisième homme ?

Fiona sortit de la maison et le rejoignit. Les avant-bras sur la rambarde, elle cambra le dos et s'étira comme un chat, ce qui eut pour effet de mettre en valeur son postérieur joliment arrondi.

— Abby est dans la cuisine, en train de faire des biscuits avec Andrea, annonça-t-elle. Je me suis dit que j'allais venir aux nouvelles.

— Ce n'est pas à moi qu'il faut poser la question. Je me suis éclipsé un moment.

— Oh ! voyons, Jesse. Je ne plaisante pas.

— Moi non plus.

Lorsque, par jeu, il lui assena une petite tape sur les fesses, elle se redressa d'un bond et se retourna, un sourire incrédule aux lèvres.

— Je n'arrive pas à croire que vous ayez fait ça.

— Si vous attendez des excuses, vous ne les aurez pas. Vous l'avez bien cherché, avec vos postures de félin nonchalant. Autant agiter un chiffon rouge sous le nez d'un taureau.

— Vraiment ? le taquina-t-elle en ondulant brièvement des hanches. Non, sérieusement, vous êtes enfermés dans la salle à manger depuis des heures. Vous avez bien dû trouver quelque chose.

— Burke fait chauffer son téléphone portable et passe des appels tous azimuts. Et Carolyn et Dylan ne cessent de se lancer des piques.

— Oui, ils se chamaillent souvent. Ce sont deux fortes personnalités, avec des opinions très contrastées, parfois.

Mais, au bout du compte, ils n'avaient obtenu que peu de réponses. Avec des pistes qui partaient dans tous les sens et Richter qui s'était évaporé dans la forêt, il leur fallait tout reprendre de zéro, à savoir : qui avait intérêt à kidnapper Nicole ? Beaucoup de gens avaient des raisons d'en vouloir à la riche et puissante famille Carlisle. La liste de leurs ennemis était longue.

— Dylan veut que Burke rappelle le F.B.I.

Ce que Jesse estimait être un geste désespéré.

— Ce n'est pas en interrogeant tous les habitants de Riverton qu'on retrouvera sa femme.

— Vous avez une meilleure idée ?

— La patience.

Du coin de l'œil, il vit un cow-boy à cheval sortir de l'écurie, à l'arrière de la maison, et se diriger vers le portail principal. Il avait une arme de poing à la ceinture et un fusil à la main. Parvenu à l'entrée de la propriété, il releva le garde en faction. Net. Sans bavures. Efficace.

Sous la supervision de Wentworth, la sécurité au ranch

Carlisle était optimale. Peut-être pas exactement d'une précision militaire, mais presque. Jesse devait bien une augmentation de salaire à son fidèle ami et partenaire. Ou peut-être quelques semaines de congés payés supplémentaires. *Comme si cela pouvait compenser le fait qu'il lui avait sauvé la vie.*

— La patience ? questionna Fiona, intriguée. C'est-à-dire ?

— Le plus difficile, dans la chasse, c'est l'attente. Nous avons réuni des informations. Maintenant, attendons de voir comment les pièces s'imbriquent les unes dans les autres. Il nous manque un dernier indice pour que l'ensemble prenne sens.

— Ah bon ? demanda-t-elle d'un ton sceptique. Mais comment expliquez-vous la pièce secrète, dans ma grange ?

Dressant l'index, elle le regarda bien en face.

— Ça, c'est la question numéro un. Question numéro deux, qui a tué Butch Thurgood ? Trois, qui a acheté la voiture de Zeke O'Toole et pourquoi ? Quatre, qui est le troisième homme ?

Comme elle remuait ses quatre doigts en l'air sous son nez, il attrapa sa main.

— Les seules questions qui importent sont : où est Nicole ? Où est la rançon ?

Leurs doigts s'entremêlèrent et elle s'approcha de lui.

— Lorsque nous aurons l'une des explications, le reste suivra, comme une bobine qu'on déroule. A mon avis, notre meilleure piste, c'est Zeke O'Toole. Burke a émis un avis de recherche. Quand on aura trouvé Zeke et qu'on saura à qui il a vendu sa voiture, nous aurons les réponses que nous cherchons.

Elle baissa les yeux. Lorsqu'elle releva la tête, ils brillaient comme de l'argent.

— Attendre, ça n'a jamais été mon fort.

— Ça fait partie intégrante de la chasse.

Il éleva sa main toujours emprisonnée dans la sienne et effleura ses phalanges de ses lèvres. Résister à la tentation de la toucher lui devenait de plus en plus difficile.

— Il faut savoir quand passer à l'action. Et quand rester en retrait.

La voix de Fiona s'abaissa jusqu'à n'être plus qu'un murmure torride :

— Nous ne parlons plus de l'enquête, n'est-ce pas ?

— Vous savez très bien de quoi je parle.

— Moi aussi, je vous désire.

Tout en elle l'excitait. La courbe de ses lèvres douces. La façon dont elle relevait le menton quand elle souriait. Il avait envie de lui faire l'amour là, tout de suite. Elle était sensuelle, sexy et lui avait fait comprendre en termes dénués d'ambiguïté qu'elle était plus que prête.

Mais, avec Fiona, il voulait davantage qu'une aventure sans lendemain. Ce qu'il voulait, c'était une vraie relation… Un engagement. Ils étaient faits l'un pour l'autre ; il l'avait senti dès la première fois qu'il l'avait vue.

Le fait de repenser à ce moment lui tira un sourire. C'était il y a trois jours seulement… Mais, en ce court laps de temps, elle s'était transformée. Elle lui était apparue délicate et fragile.

— Vous avez changé, ces derniers jours, observa-t-il.

— Comment ça ?

Il recula et prit son visage en coupe entre ses mains.

— Vous n'avez jamais caché vos émotions. Mais, maintenant, vous les faites vôtres, vous les revendiquez… Vous avez pris confiance en vous.

Ses yeux argentés s'écarquillèrent de surprise.

— Comment faites-vous pour être aussi perceptif ?

— Je vous l'ai dit cent fois : dans mon métier, je dois savoir deviner ce que pensent les gens.

Elle se rapprocha de lui, posa la main sur sa poitrine.

— A quoi suis-je en train de penser en ce moment ?

Son langage corporel était assez clair. Il avait devant elle une femme qui voulait être embrassée. Elle débordait de désir, de passion… Elle était prête.

— Si nous étions seuls, je vous le dirais, murmura-t-il.

Et aussi ce que je veux, moi. Mais il va falloir attendre un peu, indiqua-t-il en pointant le doigt vers la grille d'entrée.

Elle se retourna et vit la vieille fourgonnette de Belinda remonter l'allée en direction de la maison.

Elle rajusta sa veste.

— Je suis contente que Mickey vienne. Abby fait tourner Andrea en bourrique dans la cuisine.

Belinda se gara et sortit de la voiture. Se précipitant vers la véranda, Mickey gravit les marches quatre à quatre.

— Mon papa aussi, il a un ranch.

— Oui, dit Fiona.

— Et des chevaux, ajouta Mickey en bombant le torse.

Belinda s'avança derrière lui.

— Merci beaucoup, Fiona. Tu crois que je peux faire un saut à l'intérieur pour remercier Carolyn ?

Jesse leur tint la porte et les suivit dans la maison. Mickey disparut dans la cuisine, où Abby et lui se saluèrent bruyamment. Belinda et Fiona se dirigèrent vers la salle à manger.

Carolyn était assise au bout de la table tandis que son frère faisait les cent pas, derrière elle. Dylan interrompit ses va-et-vient lorsqu'elles firent irruption dans la pièce. Les deux Carlisle étaient impressionnants — grands, avec des cheveux noirs et des yeux vert pâle.

En voyant la ronde Belinda s'avancer vers eux avec son blouson à franges, son pantalon noir moulant et ses chaussures de serveuse, Jesse eut l'impression de voir une humble servante approchant d'altesses royales. D'une certaine façon, c'est d'ailleurs ce qu'étaient Carolyn et Dylan : les héritiers d'un empire qui valait des millions de dollars.

Intimidée, Belinda s'inclina jusqu'à presque faire la révérence.

Fiona prit le bras de son amie.

— Carolyn et Dylan, j'aimerais vous présenter Belinda Miller.

— La femme de Nate ? aboya Dylan.

— Plus maintenant, répondit posément Fiona.

— Divorcée, dit-il. Oui, je me souviens d'avoir entendu parler d'une injonction restrictive.

— Ça suffit, trancha sèchement Carolyn en se levant de sa chaise pour venir serrer la main de Belinda. Veuillez excuser mon frère. Il a la civilité d'un porc-épic.

— Merci d'avoir permis à mon fils de venir chez vous, énonça Belinda d'une voix hésitante. Comme j'ai dit à Fiona, avec Noël qui approche, j'ai besoin de cumuler autant d'heures de travail que possible.

— Belinda travaille au café, à Riverton, précisa Fiona. Ce qui, d'ailleurs, me donne une idée… Elle pourrait ouvrir l'œil pour nous.

— Je serais contente de vous aider, renchérit l'intéressée. Je suis tellement désolée pour Nicole ! Elle nous a aidés à sauver un chien blessé. C'est vraiment quelqu'un qui a un grand cœur.

En entendant le nom de sa femme, Dylan fronça les sourcils et croisa les bras. Il avait l'air courroucé et impérieux, mais Jesse le perçait à jour. Dylan était en train de s'apercevoir qu'il ne connaissait pas aussi bien son épouse qu'il l'avait cru. Nicole avait pris le temps de se lier d'amitié avec cette femme dont Dylan ne connaissait même pas le nom.

— Pour commencer, reprit Fiona, connais-tu Zeke O'Toole ?

— Le petit-fils de Silas ? Bien sûr. Un traîne-savates… Et grippe-sou avec ça, comme son grand-père. Pourquoi ?

— Il a peut-être vendu une voiture aux ravisseurs.

Fiona avait raison, songea Jesse, d'utiliser les contacts naturels de Belinda.

— Et Pete Richter ? s'enquit-il. Vous l'avez déjà rencontré ?

Belinda se mordit la lèvre.

— Je ne suis pas sûre… Les Enfants de la Liberté ne venaient pas souvent au café. Ils allaient plutôt à la taverne.

— Il y a une photo de lui sur l'ordinateur, rappela Fiona.

Carolyn tapota rapidement sur le clavier, puis tourna l'écran du portable vers Belinda.

Mais l'image qui s'afficha sur l'écran était celle de Nicole tenant entre ses mains le journal du lendemain du kidnapping, avec, en toile de fond, le drap imprimé jaune dont était recouvert le lit de la pièce secrète. Le col de son chemisier fleuri faisait ressortir la pâleur de sa peau, mais, au fond de son regard, luisait une farouche détermination.

Belinda porta vivement une main à sa bouche.

— Oh… Mais c'est après son enlèvement.

— Désolée, dit brièvement Carolyn. Erreur de frappe.

Elle pianota de nouveau sur le clavier pour afficher le bon fichier.

— Non, dit Belinda en secouant nerveusement la tête. Je ne le reconnais pas.

Burke entra en trombe dans la pièce, brandissant le téléphone à bout de bras comme si c'était la flamme olympique.

— On a la voiture ! Trainer l'a retrouvée, abandonnée aux abords de la ville.

Ce véhicule devait regorger de preuves matérielles… D'empreintes… De cheveux.

L'enquête touchait peut-être enfin à sa fin.

Après s'être douché dans la salle de bains de Silas O'Toole, Richter s'habilla rapidement. Les vêtements qu'il avait trouvés dans la garde-robe de Zeke lui allaient juste. Zeke avait toute une collection de chemises western fermées par des pressions de nacre. Il en choisit une, heureux de se débarrasser des habits qu'il portait depuis des jours. Même les écureuils le sentaient approcher !

Il ajusta son holster sur sa hanche, rangea sa hache de l'autre côté. Bientôt, il pourrait s'acheter tout ce qu'il voudrait. Bientôt, la rançon serait à lui. Après tout ce qu'il avait enduré, il aurait bien mérité cet argent.

Il sortit de la chambre et traversa la maison crasseuse de Silas O'Toole. Le vieil homme avait de l'argent ; il aurait dû se payer une femme de ménage pour nettoyer ce taudis et faire un peu de cuisine.

Debout dans l'entrée, il considéra son prisonnier. Richter l'avait capturé sitôt que le punk avait franchi la porte, une demi-heure plus tôt. Il voulait le faire parler et lever le camp au plus vite. Seulement, il l'avait questionné un peu trop « activement » et Zeke était tombé dans les pommes. Il l'avait laissé assis là, attaché à une chaise, un morceau d'adhésif plaqué sur la bouche pendant qu'il se changeait et se préparait pour sa nouvelle vie.

— Ah, tu es réveillé, gronda-t-il.

Zeke leva de grands yeux remplis d'effroi vers lui. Du sang maculait ses cheveux blonds sur le côté de sa tête.

— Si tu me dis ce que je veux savoir, je ne serai pas obligé de te tuer, reprit Richter. Tu me suis ?

Zeke hocha la tête.

Bien. Ça allait être facile. Dire qu'il avait perdu des jours à essayer de mettre le grappin sur Fiona Grant ! Quand il avait entendu l'un des gardes du corps parler de la voiture, il se serait giflé. Il ne savait pas qu'elle venait d'être achetée à Zeke quand il avait mis Nicole dans le coffre avant de se rendre au lieu de rendez-vous. Il n'avait pensé qu'à une chose : suivre le plan qu'on leur avait indiqué par téléphone, à Butch et à lui.

Il avait été stupide de croire le type qui leur donnait les ordres. D'abord, il l'avait pris pour un des survivalistes, peut-être même Logan en personne. Mais il s'était trompé. Tous ces gars étaient encerclés par le F.B.I.

Ensuite, il s'était dit que ce devait être l'un des employés du ranch Carlisle. L'un d'eux avait travaillé pour Logan.

Ou quelqu'un en ville.

Ou un adjoint du shérif. Voire le shérif lui-même.

Comme il tournait en rond, il avait fini par se rabattre sur Fiona.

Mais Zeke était une bien meilleure source d'informations. Lui au moins savait quelque chose.

Richter arracha l'adhésif. Le jeune homme aspira une grande goulée d'air.

— Il y a une semaine, tu as vendu l'un de tes tas de ferraille à quelqu'un qui t'a payé en liquide. Qui était-ce ?

— Si je vous le dis, il me tuera.

Richter tira sa hache de sa ceinture.

— Ah ouais ? Eh bien, moi, je peux faire pire que te tuer, gronda-t-il en passant la lame sous le nez du jeune homme.

Au bord des larmes, Zeke recula la tête autant qu'il le put.

— O.K., O.K., je vais vous le dire, mais ne me faites pas de mal…

Lorsqu'il entendit le nom de l'acquéreur, Richter ne fut pas tellement surpris.

21

Pendant que Burke et Dylan s'en allaient rejoindre le shérif sur le lieu où l'on avait retrouvé la voiture, Fiona et Carolyn continuèrent à réfléchir à partir des éléments qui étaient à leur disposition.

Fiona examina une carte où les itinéraires des trois kidnappeurs étaient représentés par des pointillés. « De la patience », avait conseillé Jesse. Mais combien de temps faudrait-il encore attendre pour que ces lignes convergent enfin pour composer un schéma cohérent ? Combien de temps restait-il à Nicole ?

Elle entendait les enfants, dans la cuisine, qui s'efforçaient de convaincre Jesse et Andrea qu'*un seul* cookie ne leur couperait *sûrement pas* l'appétit pour le dîner.

Andrea se faufila dans la salle à manger, venant aux nouvelles.

Elles lui parlèrent de la découverte de la voiture.

— Dylan et Burke sont allés rejoindre le shérif sur place. Lui et son équipe cherchent des empreintes et des indices.

Dans la cuisine, le raffut allait croissant, les deux enfants tour à tour criant et suppliant « S'il te plaît, s'il te plaît ! » Andrea jeta un regard amusé à Fiona.

— Le petit Mickey Miller est adorable, contrairement à ce qu'on aurait pu penser quand on connaît son père, dit Andrea.

— Ne viens pas me parler de la vieille querelle entre les Carlisle et les Miller ! s'agaça Carolyn. La mère de Mickey n'a rien à voir avec Nate. Elle a l'air plutôt gentille.

— Oh ! ce n'était pas mon intention. Je n'ai jamais compris pourquoi ton père et le père de Nate se haïssaient à ce point — à ceci près, bien sûr, que Miller était un individu vraiment déplaisant.

— Comme Nate, souligna Carolyn. Toujours à cran et de mauvaise humeur. Il est sur notre liste de suspects. En fait, sa petite maison à Riverton est l'un des premiers endroits que le shérif a perquisitionnés. Mais il n'a rien trouvé. Pas l'ombre d'un cheveu. Rien.

Parce que Nicole était détenue dans la pièce secrète, sous la grange de Fiona. Piégée dans un trou sans soleil. Jetée dans le coffre d'un véhicule. Fiona réprima un frisson.

Les enfants déboulèrent dans la pièce, Jesse sur leurs talons.

— Maman, lança Abby d'un air suppliant. On peut avoir un biscuit avant le dîner ? Juste un. S'il te plaît ! S'il te plaît !

— S'il te plaît ! ajouta Mickey pour faire bonne mesure.

— Vous promettez de manger tous vos légumes à table ?

— Oui ! s'écrièrent-ils à l'unisson.

— Un biscuit chacun, décréta-t-elle avant de lever les yeux vers Jesse. Vous aussi, vous pouvez en prendre un.

Il ouvrait la bouche pour riposter lorsque le téléphone de Fiona se mit à sonner. Elle se contorsionna pour le sortir de sa poche.

C'était Belinda. Sa voix était tendue.

— Fiona, il faut que je te parle. Je n'ai rien voulu dire devant Dylan et Carolyn, mais toi… C'est différent.

Ennuyée, Fiona réfléchit rapidement. Quitter le ranch Carlisle maintenant, en laissant Carolyn avec les enfants sur les bras par-dessus le marché, était pour le moins inopportun.

— Est-ce que ça peut attendre à tout à l'heure, quand tu passeras prendre Mickey ?

— Je ne sais pas… Oui, je suppose que oui, répondit-elle, hésitante. Je me monte sans doute la tête pour rien, de toute façon.

— Attends, lança Fiona, mue par un sentiment d'urgence.

D'ordinaire, Belinda était quelqu'un de terre à terre, de direct et sensé. Elle n'aurait pas téléphoné si ce n'avait pas été important.

— Qu'est-ce qui ne va pas ?

— Rien… Laisse tomber.

— Bon. Je serai là dans vingt minutes.

Lorsqu'elle raccrocha, Jesse l'observait, attendant patiemment qu'elle lui dise de quoi il retournait.

— Il faut que je file en ville, annonça-t-elle.

— Pas de problème, répondit Carolyn. Je vais te conduire.

Mais Belinda ne voulait pas parler devant Dylan et Carolyn.

— En fait…, commença Fiona.

— Je vais l'emmener, intervint Jesse.

Plantant les poings sur les hanches, Carolyn les contempla tour à tour.

— Il se passe quelque chose et vous essayez de me laisser en dehors du coup.

— Je t'appellerai dès que je saurai quelque chose, c'est promis, dit Fiona.

— Je veux être présente.

Andrea passa une main autour de l'épaule de sa fille.

— Evidemment. A peine savais-tu marcher que, déjà, tu voulais mener la danse ! C'est ce qui fait de toi la brillante P.-D.G. que tu es.

— Merci, maman.

— Mais Fiona est tout à fait capable de régler ça toute seule, conclut Andrea. Et elle a Jesse avec elle pour la protéger.

Désignant la porte du menton, elle ajouta à l'adresse de Fiona et de Jesse :

— Allez-y.

Quelques minutes plus tard, Jesse se dirigeait vers Riverton, au volant du 4x4 de Longbridge Security.

— Belinda avait l'air effrayée, nota Fiona, soucieuse.

Les sourcils froncés, Jesse ne répondit pas. Le dénouement de l'affaire était proche. Comme tout bon chasseur, il sentait que le filet était en train de se refermer autour de sa proie.

Et il n'aimait pas l'idée que Fiona soit avec lui, en ce moment. Il aurait préféré qu'elle reste au ranch, sous bonne garde.

— Il va falloir être très prudents. Ne vous éloignez pas de moi et faites ce que je vous dis.

— Richter n'oserait pas s'en prendre à moi en ville.

Il se gara devant le café. Il était à peine 4 heures passées… et la lumière commençait déjà à baisser.

L'intérieur du café était décoré de rubans rouges et verts et de Pères Noël en plastique. Jesse balaya du regard les boxes alignés le long du mur et le comptoir, comptant au total une douzaine de clients — des cow-boys, des adolescents et un jeune couple assis à une table, qui se tenait par la main.

Dès que Belinda les vit, elle les entraîna vers l'arrière-salle et les fit sortir par la porte de service. Ils se retrouvèrent dans une ruelle longée par une palissade délabrée qui séparait le restaurant d'un bâtiment de brique à un étage qui semblait dater du siècle dernier. Des poubelles en métal, contre le mur de la cuisine, débordaient de détritus. L'été, l'endroit devait être infesté de mouches et l'odeur, épouvantable. Mais, en cette saison, c'était seulement désolant à voir.

Belinda embrassa avec effusion son amie.

— Merci d'être venue si vite. Vraiment. C'est tellement… Je… Je ne savais pas quoi faire, tu comprends.

Fiona la réconforta de son mieux, l'assurant qu'il n'y avait pas à avoir peur. Jesse, silencieux, les observait, admirant la patience de Fiona face aux larmes et au flot de paroles sans suite qui se déversait de la bouche de Belinda. Il savait se montrer patient lorsqu'il chassait, mais les sanglots de Belinda l'irritaient déjà.

Elle produisit un visible effort pour se ressaisir. Se tamponnant les yeux à l'aide d'une serviette de l'établissement, elle effaça les traînées noires que le mascara avait laissées sur ses joues.

— Vous avez parlé d'une voiture achetée récemment et qui aurait quelque chose à voir avec l'enlèvement.

— Oui, tout à fait, l'encouragea Fiona.

— Eh bien… Nate en a acheté une.

Ses lèvres se contractèrent.

— Il me l'a dit quand nous étions au Circle M. Il a dit que, si j'avais besoin d'une voiture cet hiver, il pourrait m'en prêter une.

Information peu probante, songea Jesse, qui s'enquit :

— A-t-il fait une quelconque allusion à Zeke O'Toole ?

— Non. J'ai simplement pensé que Nate faisait le fier parce qu'il avait quitté sa petite maison et était retourné vivre au ranch.

Jesse se souvint des brèves recherches qu'il avait menées au Circle M. Il n'avait pas été très exhaustif, mais l'endroit avait déjà été passé au peigne fin la veille par le shérif et le F.B.I. Seulement, ces fouilles avaient eu lieu *avant* que Nate ne ré-emménage au ranch.

— Merci du renseignement, dit-il à haute voix. On va envoyer quelqu'un y jeter un coup d'œil.

— Mon Dieu, gémit Belinda, la lèvre inférieure recommençant à trembler. J'ai tellement honte de l'avoir épousé. J'étais jeune, je n'avais que dix-neuf ans. Mais ce n'est pas une excuse.

Fiona lui tapota affectueusement l'épaule.

— Allons… Tu as ta vie, ton identité propre. Personne ne porte de jugement sur toi à cause de Nate.

— Tu n'as pas vu la façon dont Dylan m'a regardée ? On aurait dit que j'étais un papier gras collé à sa semelle !

— Il est bouleversé en ce moment.

Mais Belinda secouait obstinément la tête.

— Il le sera encore plus quand il saura…

Elle s'interrompit pour essuyer une larme.

— Quand il saura quoi ? interrogea Jesse, agacé.

— Il y a autre chose qu'il faut que je vous dise… A propos de cette photo de Nicole sur l'ordinateur… C'est mon chemisier qu'elle portait. Je l'ai jeté quand j'ai quitté Nate. Le gilet, aussi, d'ailleurs. Et j'ai même reconnu le drap, sur le lit, derrière elle. J'avais une parure avec le même motif quand je vivais avec Nate.

Ce fut comme une secousse électrique pour Jesse. L'information qu'il espérait ! Enfin ! Tout allait s'expliquer, désormais.

— Vous avez jeté ces vêtements et cette parure de lit, reprit Jesse pour clarifier les choses.

— Je n'avais jamais aimé ce chemisier que Nate m'avait offert. Il a dû le ressortir de la poubelle, comme le gilet et les draps, ajouta-t-elle avec un frisson. Quand je l'ai quitté, il l'a très mal pris. Il me surveillait constamment. Du vrai harcèlement.

— C'est alors que vous avez emménagé chez Fiona.

— Vous n'imaginez pas la délivrance que ça a été pour moi, dit-elle en saisissant la main de Fiona. Ça m'a sauvé la vie, en mettant de la distance entre Nate et moi. Il a fini par renoncer à me harceler.

Et Jesse comprenait pourquoi. Nate s'était mis à construire cette pièce secrète, sous la grange, pour pouvoir s'y embusquer et surveiller Belinda tout à son aise. Comme beaucoup de harceleurs, il avait conservé ses vêtements.

Et, le moment venu, il avait disposé d'une cache toute trouvée pour Nicole.

Sans quitter les deux femmes des yeux un seul instant, Jesse recula d'un pas et sortit son téléphone.

— Il faut que je passe un coup de fil.

Burke était occupé à examiner la voiture avec le shérif. Jesse fut bref.

— Nate Miller est le kidnappeur. Le troisième homme.

A l'urgence de la voix de Jesse, Fiona avait compris que l'affaire était sur le point d'être résolue. Des stratégies se mettaient en place à coups d'appels téléphoniques ; tout serait bientôt terminé.

Elle se tourna vers Belinda.

— Tu devrais retourner au ranch pour être auprès de ton fils.

— Qu'est-ce qui se passe ? Nous sommes en danger ?

C'était parfaitement possible. Si Nate se sentait pris au piège, nul ne savait quelle pouvait être sa réaction.

— Je pense qu'il vaut mieux que tu restes au ranch jusqu'à notre retour.

— Je n'aurais jamais dû rien dire.

— Au contraire, tu as très bien fait, contra fermement Fiona, voyant en son amie le reflet de l'être pusillanime qu'elle-même avait été, quand elle avait peur de voix entendues dans la nuit. Tu devrais être fière de toi. Maintenant, va vite retrouver Mickey.

Tandis que Belinda rentrait dans la cuisine, Jesse s'avança vers Fiona.

— Burke, Dylan et le shérif sont en route. Ils vont arrêter Nate au Circle M.

Ils remontèrent lentement la ruelle et contournèrent le café pour rejoindre le trottoir.

— C'est Nate qui tirait les ficelles et qui donnait les ordres à Richter et Butch. Ce que je ne comprends pas, c'est pourquoi il a mis en place un plan aussi compliqué pour cette rencontre entre Nicole et Dylan.

— Moi, si.

La composante émotionnelle était cruciale dans cet enlèvement.

— Nate méprisait Dylan. Il a voulu faire passer son ennemi juré par là où lui-même était passé quand Belinda l'a quitté. Il voue une haine obsessionnelle aux Carlisle.

Lorsqu'ils eurent rejoint la rue principale, Fiona nota que Jesse regardait à droite et à gauche, scrutant les environs, toujours à l'affût d'un possible danger.

— J'ai vu à quel point Nate était déséquilibré quand nous étions au Circle M. J'aurais dû…

— Stop ! Plus un mot. Je ne veux pas vous entendre une fois de plus vous accabler de reproches. Nate est peut-être fou, mais il a bien su jouer ses cartes. Il s'est arrangé pour ne pas attirer les soupçons sur lui. Quand je pense qu'il a bâti une pièce sous *ma* grange sans que je m'en aperçoive !

— Le principal, c'est qu'on l'ait démasqué. Tout sera bientôt fini.

Et ensuite ? Une fois le danger passé, elle n'aurait plus besoin de garde du corps.

— Vous allez partir pour une autre mission ?

La question demeura en suspens entre eux — question qui aurait dû être posée dès l'instant où elle avait compris qu'elle était irrésistiblement attirée par lui. La quitterait-il ?

Au lieu de répondre, il l'entraîna vers le 4x4.

Un air frais soufflait de la montagne, agitant les guirlandes de Noël qui ornaient les vitrines. Quelques piétons emmitouflés dans des parkas et coiffés de chapeaux se pressaient sur le trottoir. Une poignée de voitures et de camions, feux de croisement allumés, étaient arrêtés au stop de la rue principale — l'heure d'affluence, version Riverton.

La petite ville n'avait guère changé au fil des années et son rythme de vie tranquille lui convenait tout à fait. Elle n'avait pas besoin d'aller plus vite. A cet instant, elle aurait même suspendu le cours du temps si elle l'avait pu. La seule idée de compter les minutes jusqu'au moment où ils devraient se faire leurs adieux lui comprimait le cœur.

Jesse lui ouvrit la portière. Elle marqua une pause avant de monter dans le véhicule.

— Je ne veux pas que vous partiez.

— Tant que Richter ne sera pas sous les verrous, je ne…

— Je ne parle pas de Richter, ni de Nate, coupa-t-elle en le regardant bien en face. Je parle de vous et moi.

C'était le moment ou jamais de prendre Fiona dans ses bras, de l'embrasser et de lui dire que lui aussi voulait rester auprès d'elle, pensa Jesse. Mais il se borna d'un geste à l'inviter à s'asseoir.

— Il est temps de se mettre en route. J'ai dit à Burke qu'on passerait jeter un coup d'œil à la maison de Nate puisqu'on est en ville. Il est possible qu'il y ait caché la rançon.

Elle entra dans l'habitacle et il referma la portière. A l'époque, pas si lointaine, où elle était encore peu sûre d'elle, Fiona aurait pensé qu'il la rejetait. Elle aurait abandonné la partie sans chercher à se battre.

Mais elle savait ce qu'il éprouvait pour elle. Bon sang, l'alchimie avait d'emblée opéré entre eux, c'était indéniable ! Ne lui avait-il pas dit qu'il voulait faire les choses bien pour leur première nuit ? Lui faire l'amour dans des draps de satin et la garder serrée contre lui jusqu'au matin ?

Pour autant qu'elle s'en souvienne, cette conversation s'était mal terminée. Jesse s'était mis à parler du train de vie qu'elle avait mené lorsqu'elle était l'épouse du procureur de Denver. Un train de vie qui lui permettait d'avoir tout ce qu'elle désirait… Un train de vie qui ne lui correspondait plus aujourd'hui.

Lorsqu'il se glissa derrière le volant, elle déclara :

— Restez avec moi ce soir. Je me débrouillerai pour trouver une baby-sitter. Il n'y aura que vous et moi. Une nuit ensemble… D'accord ?

Il mit le moteur en marche.

— Non, ce n'est pas suffisant.

La colère lui étreignit le cœur. Comme il se retournait pour manœuvrer, le bras de Fiona se détendit et elle bloqua le volant d'une main.

— Nous n'irons nulle part tant que vous ne vous serez pas expliqué.

Il la contempla, les mâchoires contractées. Le regret et le chagrin se lisaient dans ses yeux.

— Je veux bien plus qu'une nuit avec vous, Fiona. Je veux une vie entière. Je veux être l'amour de votre vie. Votre *seul* amour.

— Oh… C'est à cause de Wyatt ? Du fait que j'ai vécu, heureuse, durant mes années de mariage avec lui ?

— Je ne pourrai jamais être à sa hauteur. On ne lutte pas contre un fantôme.

— Oh ! Jesse…

Elle ne savait pas si elle devait pleurer, rire ou le frapper.

— Wyatt est un souvenir. Vous, vous êtes bien réel, en chair et en os. Vous êtes l'homme que je veux à côté de moi dans mon lit.

— Mais vous penserez toujours à lui.

Wyatt avait occupé une place prépondérante dans sa vie, oui. Et il était le père de son enfant.

— Je ne l'oublierai pas. Mais c'était une autre époque. Un autre endroit. Une autre vie. Je crois que j'ai changé… J'ai avancé.

Il la contempla pendant quelques instants, puis, enfin, il sourit. Largement.

— Vous avez changé, c'est vrai. Et j'aime beaucoup la façon dont vous avez évolué. Je suis un âne.

— Mais un âne très, très sexy.

— Promettez-moi que nous aurons bien plus qu'une nuit.

— Aussi longtemps que vous voudrez, assura Fiona.

— Je vous aime, Fiona, murmura-t-il d'une voix rauque. Nous étions faits pour nous rencontrer et poursuivre notre route côte à côte. C'est notre destin.

— Une route différente de celle que nous avons suivie jusque-là, chacun de notre côté.

Il l'embrassa, scellant leur pacte d'amour, soulignant la promesse qu'elle lui avait faite.

— A propos de ce soir…

— Nous serons bientôt ensemble, rappela-t-elle d'une voix chargée d'une infinie tendresse. Finissons ce que nous avons à faire ici. Ensuite, nous pourrons commencer le reste de notre vie.

Jesse n'en revenait pas. Comment tout avait-il pu s'arranger aussi bien, aussi vite ? L'énigme de l'enlèvement était en cours de résolution. Et, plus important, il savait désormais à quoi s'en tenir, s'agissant de Fiona. Tout, en définitive, ne tenait qu'à un seul mot : *l'amour*.

Il n'avait pas été aussi heureux depuis bien longtemps. Jamais, peut-être. Il comprenait maintenant pourquoi il était revenu d'entre les morts. C'était pour la trouver. Pour découvrir la possibilité d'une vie nouvelle.

— Je crois que vous avez manqué la route, dit-elle.

Il regarda derrière lui.

— Oh ! c'est vrai. Je dois avoir la tête ailleurs.

Il fit demi-tour, s'engagea dans l'impasse et rangea le 4x4 le long du trottoir. Les petites maisons étaient assez distantes les unes des autres. Trois d'entre elles, contiguës, semblaient vides.

— C'est celle-ci, dit Fiona, pointant du doigt une petite maison de plain-pied.

Le cottage avait un toit pointu, mais sa surface au sol ne devait pas excéder celle d'un bungalow. Il y avait des lumières aux fenêtres de la maison d'en face, mais celle de Nate était plongée dans l'obscurité.

Le téléphone de Jesse se mit à sonner. C'était Burke. Jesse décrocha rapidement.

— Que se passe-t-il ?

— On a retrouvé Nicole ! lança Burke d'une voix remplie d'excitation. Elle est avec nous. Elle va bien.

— Et la rançon ?

— Toujours pas localisée pour le moment.

— Et Nate ?

— Les recherches se poursuivent. Je dois y aller. A tout à l'heure, au ranch.

Jesse referma son appareil et annonça la bonne nouvelle à Fiona.

Avec un cri de victoire, elle déboucla vivement sa ceinture et grimpa sur ses genoux. En l'espace d'une minute, elle dut l'embrasser au bas mot soixante fois. Elle était folle de joie.

Et spontanée. Belle. Merveilleusement intuitive… Merveilleuse, tout court. Mon Dieu, il adorait cette femme.

— En revanche, pas de rançon.

Fiona descendit de ses genoux et ouvrit sa portière.

— Peut-être qu'on va la trouver dans la maison.

Il contempla l'habitation sombre et fut pris d'un mauvais pressentiment.

— Fiona… Pas si vite !

Elle pivota sur elle-même. La lumière du réverbère illumina ses traits. Son beau visage.

Il la rejoignit.

— Vous oubliez les règles de prudence.

— Pardon. Je me laisse emporter par l'enthousiasme.

Il fut tenté de la reconduire jusqu'à la voiture et de s'en aller. « Laisse donc le soin à quelqu'un d'autre de fouiller la maison de Nate. » Mais la rançon n'avait pas été retrouvée. Il devait suivre toutes les pistes.

— Comment va-t-on entrer ?

Ils pouvaient casser une vitre ou faire sauter la serrure. Mais, en contournant l'habitation, ils trouvèrent la porte arrière fracturée.

— Quelqu'un est passé par ici avant nous.

— Richter, souffla-t-elle.

Il pouvait être encore à l'intérieur. Il était temps d'appeler du renfort.

Mais, avant que Jesse n'ait eu le temps de prendre son portable dans sa poche, il entendit un bruit. Venant d'en haut.

Il leva la tête. Vit luire le canon d'une arme. Un homme se tenait accroupi sur le toit pentu.

Il attrapa Fiona par le bras et la poussa de toutes ses forces vers la maison. Elle serait à l'abri, sous l'avancée du toit.

L'homme se mit à tirer. Quatre détonations, coup sur coup.

Comment le tireur pouvait-il l'avoir manqué d'aussi près ? « Ce n'est pas mon heure. J'ai trop de choses à vivre, désormais. »

Sans prendre le temps de viser, il fit feu à son tour. D'un bond, il se déporta vers la gauche pour avoir un meilleur angle de tir.

A demi dissimulé par la pénombre, le tireur grimpait vers le faîte du toit. Sa silhouette semblait déformée, comme bossue.

Jesse tira de nouveau.

L'homme chancela, lâcha son arme. Elle heurta les tuiles, glissa le long du toit et atterrit sur le sol, aux pieds de Fiona. Elle jaillit de sa cachette et la ramassa vivement.

— Laissez tomber ! lança Jesse à l'homme, sur le toit. Vous n'avez aucune chance.

— Dommage que je vous ai raté la première fois.

C'était Richter, ce fumier.

— Allez, les mains en l'air !

Et ce fut exactement ce que Richter fit. Jesse le vit distinctement. Il portait un gros sac à dos. *La rançon.* Dans sa main droite, il tenait une hache.

Le temps s'arrêta.

Tout parut se dérouler comme au ralenti.

Jesse vit le bras de Richter reculer pour prendre de l'élan. La hache fondit sur lui en tournoyant dans les airs.

Il entendit le hurlement de Fiona.

Jesse se jeta au sol.

Mais l'effort qu'avait produit Richter pour projeter avec force l'arme contre Jesse lui fit perdre l'équilibre. Avec un cri étouffé, il glissa le long de la pente et s'écrasa par terre.

Jesse se releva d'un bond, mais Fiona fut sur Richter la première. Debout devant l'homme qui l'avait terrorisée, elle pointa l'arme des deux mains sur son visage.

— Un geste, un seul, et je tire, gronda-t-elle.

Et Jesse la crut. La douce, l'adorable Fiona avait beaucoup changé en quelques jours.

Tard, ce soir-là, Fiona poussa la porte de sa chambre. Ses cheveux scintillaient et elle avait revêtu son plus beau déshabillé en satin bleu pâle. Jesse était déjà au lit. La lumière d'une douzaine de bougies jetait des ombres mouvantes — et très tentantes — sur son torse dénudé.

Abby dormait au ranch Carlisle, sous la garde d'Andrea. Sa propriété n'était plus encerclée par des gardes du corps et des employés du ranch armés jusqu'aux dents. Jesse et elle étaient seuls… Enfin.

Elle s'avança sans hâte vers le lit, le satin bruissant doucement contre ses hanches. Tout s'était bien terminé… Nicole était épuisée mais en bonne santé. Richter était derrière les barreaux. On avait découvert, dans le sac à dos, la majeure partie de la rançon. Quant à Zeke O'Toole, il avait été retrouvé, ligoté et mort de peur, mais en vie. Nate Miller, malheureusement, n'avait pas pu être rattrapé. C'est lui qui avait détenu Nicole pendant tout ce temps, avant de la relâcher.

Elle s'assit au bord du lit et traça une ligne du bout du doigt au centre du torse de Jesse.

— Quand j'ai vu cette hache voler vers toi, j'ai cru que c'était la fin.

— Jamais je ne serais mort avant ce soir, rétorqua-t-il tandis qu'un lent sourire sexy étirait ses lèvres. Il fallait que je batte la mort. Pour arriver jusqu'à toi.

— Là où est ta place.

Il l'attira contre lui.

— Oui… Auprès de toi, Fiona… Pour toujours.

B.J. DANIELS

Seule face aux menaces

BLACK *ROSE*

éditions HARLEQUIN

Titre original : SMOKIN' SIX-SHOOTER

Traduction française de CATHY RIQUEUR

83-85, boulevard Vincent-Auriol, 75646 PARIS CEDEX 13.
Service Lectrices — Tél. : 01 45 82 47 47
www.harlequin.fr

1

— Il doit y avoir une erreur.

Dulcie Hughes changea de position sur sa chaise, impatiente de fuir le bureau du notaire.

— Nous avons passé en revue tous les biens que mes parents m'ont légués à leur mort.

— Pas cette partie spécifique de votre héritage, lui répondit le notaire en s'éclaircissant la gorge.

Des années durant, Lawrence Brooks senior avait été le notaire des parents de Dulcie mais, après son décès, son fils cadet, Herbert, lui avait succédé à la tête de l'étude. Herbert avait un peu plus de trente ans, soit seulement quelques années de plus que Dulcie. De grande taille, il était atteint d'une calvitie naissante. Ses yeux étaient petits et bruns, et il était animé d'un tic nerveux.

Toutefois, il semblait ce jour-là encore plus nerveux que d'ordinaire, ce qui incita Dulcie à faire preuve d'une attention redoublée lorsqu'il lui tendit les documents.

— De quoi s'agit-il ? s'enquit-elle, fronçant les sourcils.

Ses parents avaient, depuis des années, évoqué avec elle, dans le détail, leurs dispositions financières. Cependant, elle n'avait jamais vu ces documents auparavant.

— Vous avez hérité d'une propriété dans le Montana.

— Dans le *Montana* ? Mes parents n'ont jamais fait mention d'une propriété qu'ils posséderaient dans le Montana.

Le jeune notaire tenta de calmer l'agitation de ses mains tandis qu'il attendait qu'elle prenne connaissance des documents.

— Qui est Laura Beaumont ? demanda-t-elle après avoir lu le nom inscrit sur l'acte de propriété.

— Vous l'ignorez ?

— Je n'ai jamais entendu ce nom auparavant. Est-ce toute l'information dont vous disposez ?

— Apparemment, la propriété de Laura Beaumont était administrée en fidéicommis pour vous jusqu'au décès de vos parents, toutes les dépenses étant prises en charge. C'est tout ce que je peux vous dire.

Il se leva brusquement, lui signalant la fin de leur entretien. Dulcie ne bougea pas.

— Entendez-vous par là que c'est tout ce que vous savez ou tout ce que vous êtes autorisé à me révéler ?

— Si vous souhaitez en apprendre davantage, je vous suggérerais de vous faire représenter par votre propre notaire afin de creuser plus avant la question, lui répliqua-t-il, tapotant du bout des doigts sur son bureau tandis qu'il attendait avec une impatience non dissimulée qu'elle s'en aille. Ou de vous rendre en personne dans le Montana.

A l'entendre, cette dernière option apparaissait comme imprudente.

— Je vais peut-être faire cela, rétorqua-t-elle.

Elle se leva et mit les papiers dans son sac.

— Mes fonctions, en tant que notaire de vos parents, s'arrêtent là, reprit Herbert, visiblement soulagé d'en avoir terminé. Au revoir, mademoiselle Hugues.

Durant les quatre derniers mois, Dulcie avait pleuré la mort de ses parents mais elle ne s'était pas le moins du monde préoccupée des aspects financiers liés à leur disparition.

Elle sortit du bureau d'Herbert Brooks, songeuse.

En tant que l'unique héritière de Brad et Kathy Hughes, elle savait qu'elle hériterait d'une fortune conséquente. Non qu'elle en ait un quelconque besoin. A peine son diplôme universitaire obtenu, elle avait ouvert, avec son amie Renada, une boutique qui avait aussitôt pris son essor.

Après en avoir implanté plus d'une douzaine de répliques

à travers le pays, Renada et elle avaient vendu leur affaire six mois plus tôt. Elles en avaient retiré assez d'argent pour que Dulcie n'ait plus jamais à travailler si elle investissait ce capital de manière avisée, ce que, bien entendu, elle avait fait.

Elle s'efforçait de décider de ce qu'elle ferait ensuite lorsque son père, âgé de soixante-douze ans, était tombé malade. Sa mère, atteinte d'une défaillance cardiaque, n'avait jamais été vaillante. Mais les perdre tous deux en l'espace de quelques semaines avait été un véritable déchirement.

A présent, elle se sentait encore plus désemparée.

Alors qu'elle quittait l'étude du notaire, son téléphone se mit à sonner.

— Alors, ça y est, c'est terminé ? lui demanda d'une voix hésitante Renada.

Cette dernière avait voulu l'accompagner chez le notaire, sachant à quel point ce serait dur pour elle. Mais Dulcie avait insisté pour s'y rendre seule. Elle devait s'habituer à faire beaucoup de choses par elle-même.

— Tout est réglé, lui répondit-elle en tapotant les papiers qu'elle avait rangés dans son sac.

— Prête pour notre déjeuner alors ?

— Absolument ! Je meurs de faim.

Elle retrouva Renada au restaurant, et ce n'est que lorsqu'elles eurent mangé, et qu'elle se sentit mieux pour la première fois depuis des mois, qu'elle parla à son amie de son rendez-vous pour le moins étrange chez le notaire.

— C'est vraiment bizarre, dit-elle en sortant les documents que lui avait donnés ce dernier. Une femme nommée Laura Beaumont m'a légué une propriété dans le Montana.

— Sérieusement ? De quelle superficie ?

— Apparemment, quatre-vingts hectares à la périphérie de Whitehorse.

— Tu sais où ça se trouve ?

— Je n'en ai pas la moindre idée.

— Tu n'es pas curieuse d'en savoir plus sur cette Laura Beaumont ?

— Si, mais il est vraiment étrange que mes parents n'aient jamais fait mention de cette femme ni de cette propriété, même si Laura Beaumont me l'a léguée il y a des années.

— Tes parents ne sont même jamais allés dans le Montana pour voir ce dont tu avais hérité ?

— Apparemment non. Nous sommes allés au parc de Yellowstone un été. Ne crois-tu pas qu'ils auraient pu me parler de cette propriété ?

— Ou alors t'y emmener. A moins qu'elle ne soit située au milieu de nulle part et qu'elle n'ait pas présenté le moindre intérêt pour eux. Tu vas aller voir à quoi elle ressemble, n'est-ce pas ?

— Bien sûr. Veux-tu m'accompagner ?

Renada secoua la tête avec regret.

— J'adorerais mais je ne peux pas partir maintenant. Je viens d'accepter de donner des cours de stylisme à l'université locale.

— Je suis ravie pour toi ! s'exclama Dulcie avec enthousiasme.

Renada avait toujours parlé de faire quelque chose de ce genre lorsqu'elle en aurait le temps. Leur boutique les avait tellement accaparées qu'elle n'en avait jamais trouvé l'occasion. A présent, plus rien ne l'en empêchait.

— C'est curieux, reprit Dulcie tandis qu'elles quittaient ensemble le restaurant. L'attitude du notaire m'a donné le sentiment qu'il y avait quelque chose de singulier dans cet héritage.

— Comment cela, de singulier ?

— Il y avait une chose dont il ne pouvait pas, ou ne voulait pas, parler.

— Un secret ? chuchota Renada tout excitée. Peut-être ce terrain vaut-il une petite fortune. Ou alors Loïs et Clark ont gravé leur nom dans une roche sur le domaine.

Dulcie éclata de rire.

— N'y compte pas trop. Je suis sûre qu'il s'agit seulement

d'une propriété qui est tellement insignifiante que mes parents n'ont pas jugé bon de m'en parler.

— Quatre-vingts hectares dans le Montana, une propriété *insignifiante* ? Quoi qu'il en soit, cela paraît néanmoins bizarre que tu n'aies jamais entendu parler de cette Laura Beaumont. Alors, quand pars-tu pour le Montana ?

— Tout de suite.

En disant cela, elle eut la sensation que c'était une décision dont on l'avait privée longtemps auparavant.

Un vent brûlant et sec agitait doucement les rideaux tandis que la girouette sur le toit de la grange tournait sans relâche, grinçant et gémissant.

L'air à l'intérieur de la maison était si chaud que respirer en devenait douloureux. A l'extérieur de la vieille ferme, la terre brûlée, avec ses touffes d'herbe ocre desséchées, semblait mourir de soif, accablée par les vagues ondoyantes de chaleur qui parcourait la prairie à perte de vue.

Tout comme la terre, elle avait oublié l'odeur de la pluie, elle ne se rappelait pas l'avoir sentie abreuver sa peau. Elle se languissait du martèlement des gouttes de pluie sur le toit, du bruit des pneus dans les flaques de boue lorsqu'un pick-up les traversait.

Elle était étendue, nue, sur le lit de la chambre du haut, le vent chaud caressant son corps lascif, le laissant luisant de transpiration. Trop jeune et ardente pour être déjà veuve, elle aspirait à davantage qu'une brise fraîche pour caresser sa peau.

Le ronronnement du ventilateur brassant l'air de la chambre couvrit le craquement des marches sous les pas lents et déterminés. Quoiqu'elle n'entendît personne, elle dut percevoir un changement dans l'air ambiant lui indiquant qu'elle n'était plus seule dans la maison.

— C'est toi, mon ange ? demanda-t-elle en faisant l'économie de l'énergie que cela lui aurait coûté d'ouvrir les yeux. Je te croyais partie jouer au ruisseau avec ton petit camarade.

Pas de réponse.

Un frisson parcourut son corps, animant d'un frémissement sa peau sans défaut. Saisie d'effroi, elle ouvrit brusquement les yeux comme si elle avait entendu la lame transpercer la chaleur oppressante.

Le premier coup de couteau lui coupa le souffle. Elle tenta de se redresser mais le suivant la cloua sur le lit. Les coups se succédèrent alors plus rapidement, le métal contre la chair, contre l'os, s'enfonçant profondément tandis que des taches de sang maculaient les draps blancs tout propres, le sang coulant, aussi chaud que l'air irrespirable autour d'elle.

Lorsque le couteau s'immobilisa enfin, l'agresseur soufflant comme un bœuf sous l'effort dans la chaleur confinée de cette chambre du premier étage, elle reposait, la tête tournée vers la porte, le regard voilé par la mort, le visage de son meurtrier se reflétant de manière accusatrice dans ses pupilles sombres.

Les pages imprimées glissèrent des mains de Jolene Stevens qui laissa s'échapper le souffle qu'elle retenait depuis la lecture des premières phrases. Elle porta son regard au-delà du halo lumineux de sa lampe de bureau, vers la porte de l'école à classe unique de la vieille ville de Whitehorse.

Elle avait laissé la porte ouverte pour faire entrer la relative fraîcheur de l'air du soir en cette journée printanière. Comme dans le début de l'histoire qu'elle venait de lire, la chaleur était intense depuis des semaines. Il n'y avait pas un souffle d'air frais et peu de chance qu'il pleuve, si l'on en croyait le présentateur de la météo.

Jolene s'éventa à l'aide de son cahier de notes tout en regardant de nouveau les pages qu'elle venait de lire. Le vendredi précédent, elle avait donné à ses élèves un devoir consistant à commencer la rédaction d'une nouvelle qui serait composée de six parties. Elle avait ajouté qu'ils n'auraient pas à indiquer leur nom sur la copie, pensant que cela les désinhiberait.

Chaque élève avait rédigé son texte sur son ordinateur

personnel, avec un interligne double, donc toutes les copies se ressemblaient.

Bien qu'elle ait donné la consigne à ses élèves de commencer leur récit par une accroche captivante, avant d'introduire un personnage intéressant, voire un lieu ou un événement original, elle ne s'était attendue à rien d'aussi dérangeant.

Elle passa en revue dans sa tête chacun de ses cinq élèves : Amy Brooks, l'élève précoce de CE2, les deux tire-au-flanc de CM2, Thad Brooks et Luke Raines, la cow-girl de 6e, Codi Fox, et l'adolescent lunatique de 4e en passe de devenir un homme, Mace Carpenter.

Elle n'imaginait aucun d'eux écrivant cela. Reprenant les devoirs, elle les compta. Six ? Cinq élèves et voilà pourtant qu'elle avait ramassé *six* introductions de nouvelles. Etait-il possible que l'un d'entre eux lui ait rendu deux devoirs ?

Pour la première fois depuis qu'elle était arrivée dans la petite ville de Whitehorse afin d'enseigner dans l'école à classe unique, elle se sentit mal à l'aise. Elle avait été engagée à sa sortie de l'université d'Etat du Montana pour combler une vacance de poste lorsque la précédente enseignante était partie sans préavis pour se marier, juste avant la fin de l'année scolaire. Tout ceci était donc nouveau pour elle.

Elle se leva et s'approcha de la porte pour regarder dehors. Les bruits de la nuit étaient portés par la brise, et on entendait surtout les grillons qui chantaient dans les hautes herbes sèches du terrain vague séparant l'école du centre communautaire de Whitehorse. Aucun autre bruit ne troublait ce lundi soir étouffant, étant donné qu'il ne restait pas grand-chose, dans cette partie de la ville, hormis quelques bâtiments anciens.

Sa bicyclette était toujours là où elle l'avait laissée, appuyée contre le mur de l'école. Plus loin, elle distinguait l'équipement de la cour de récréation, dans l'obscurité, derrière les grilles.

Au-delà de la cour de récréation, l'arche surplombant le cimetière sur la colline semblait capter le clair de lune. On l'avait prévenue que d'étranges lueurs apparaissaient, tard le soir, dans le cimetière. La rumeur circulait que l'endroit était hanté.

Elle avait été emballée par cette idée. En fait, tout ce qui concernait cette pittoresque communauté rurale et son premier emploi l'enthousiasmait. Elle adorait la prairie vallonnée et même l'isolement de cet endroit. Elle était une lectrice avide, d'un naturel plutôt timide, et elle appréciait le calme et la tranquillité que lui offrait la vieille ville quasi fantôme de Whitehorse.

Mais l'introduction de cette nouvelle l'avait rendue nerveuse. Elle frissonna, alors même que la soirée était d'une chaleur intolérable. Rien ne bougeait dans l'obscurité qui entourait l'école. La seule lueur provenait de l'un de ces grands luminaires d'extérieur utilisés dans les ranchs qui éclairait la route près de la petite maison de fonction qui lui avait été attribuée avec son poste d'enseignante.

Elle referma la porte, la verrouilla puis resta un moment debout, étudiant les tables et chaises où s'asseyaient ses élèves. La lumière de la lampe se déversait sur le bureau, éclairant les premières scènes restantes qui attendaient d'être lues.

Le lendemain, ses élèves lui rendraient la deuxième partie de leur nouvelle, le devoir se prolongeant encore sur cinq jours dont le dernier serait le lundi suivant. L'étrange récit qu'elle venait de lire aurait-il une suite ?

Elle avait décidé, un peu plus tôt, de rester tard afin de lire ces premières parties sur place, là où elle pensait être plus au frais. Désormais, cette histoire de meurtre étant trop présente à son esprit, elle changea d'avis et, s'approchant du bureau, ramassa les copies pour les ranger dans son sac à dos.

Une chouette hulula de l'autre côté de la fenêtre ouverte et Jolene sursauta. Elle se mit à rire de sa propre bêtise. Elle avait été élevée à la campagne et, en véritable garçon manqué qu'elle était, rien ne l'effrayait. Alors pourquoi laissait-elle ce récit de fiction l'angoisser ?

Parce qu'elle ne pouvait croire que l'un de ses élèves ait écrit cela, se dit-elle tandis qu'elle faisait coulisser la fermeture

Eclair de son sac et qu'elle éteignait la lampe. Elle traversa la salle de classe obscure en direction de la porte et sortit.

La chaleur lui fit l'effet d'un coup de poing et, pendant un moment, elle eut du mal à reprendre son souffle. Le climat, ce printemps-là, ressemblait trop à celui de la nouvelle, songea-t-elle tandis qu'elle montait sur sa bicyclette pour dévaler la colline jusqu'à sa petite maison.

Une fois à l'intérieur, elle alluma toutes les lampes, se sentant idiote. Qu'y avait-il dont elle puisse avoir peur dans cette vieille ville presque déserte, située au milieu de nulle part ? Le meurtre décrit dans la nouvelle n'était jamais que l'œuvre de l'imagination débridée de quelqu'un. De son imagination débridée et macabre.

Elle se prépara un sandwich et s'assit pour lire le reste des nouvelles. Toutes correspondaient assez à ce qu'elle attendait de chacun de ses élèves, et elle attribua aisément chaque devoir à son auteur.

Comme elle l'avait soupçonné, aucun d'eux n'avait rédigé cette violente histoire de meurtre. Mais l'un d'entre eux avait dû la lui remettre. Pourquoi ?

La réponse lui parut évidente.

Quelqu'un voulait qu'elle en prenne connaissance.

2

Dulcie arrêta sa voiture de location devant une vieille ferme aux portes et fenêtres condamnées, située au milieu de nulle part.

Etait-ce cela, la mystérieuse propriété du Montana dont elle avait hérité ? Elle ne put s'empêcher d'être déçue.

Elle ne savait pas à quoi s'attendre lorsqu'elle avait atterri à Great Falls puis emprunté ce que l'on appelle « la Hi-Line » jusqu'à Whitehorse.

La petite ville de l'Ouest n'avait toutefois pas été une surprise ; elle venait d'en traverser toute une succession. Tout en suivant la voie ferrée jusqu'à Whitehorse, elle s'était fait la réflexion qu'elle comprenait pourquoi ses parents ne l'y avaient jamais emmenée. Il n'y avait pas grand-chose à voir à moins d'être amateur de cow-boys et de pick-up !

Quelques bars, cafés et magasins de vêtements plus loin, elle avait dû rebrousser chemin afin de trouver une agence immobilière où l'on puisse lui indiquer la route de sa propriété.

Une ravissante blonde nommée April lui avait fait un croquis en déclarant qu'elle ne pouvait pas la manquer. Evidemment, cela s'était révélé faux, étant donné que les terres ainsi que les vieilles fermes se ressemblaient toutes. Par chance, elle disposait des coordonnées G.P.S.

Par ailleurs, à la différence des autres, sa ferme avait apparemment été condamnée depuis des années. Les mauvaises herbes avaient poussé haut derrière la clôture en fil de fer barbelé. Rien, dans l'aspect de cette maison, ne lui parut le moins du monde engageant.

— Avez-vous peur des chauves-souris ? lui avait demandé April.

— Des chauves-souris ?

— Whitehorse est la destination la plus au nord pour la migration des petites chauves-souris brunes. Elles hibernent dans les Petites Rocheuses et, fin mai, elles arrivent à Whitehorse pour n'en repartir que début septembre. Elles viennent pour les moustiques. J'espère que quelqu'un vous a mise en garde concernant les moustiques. Ainsi que le vent.

— Ne vous inquiétez pas. Je ne resterai pas longtemps. Je suis simplement venue voir la propriété pour satisfaire ma curiosité avant de le mettre en vente.

— Vous pensez donc que vous n'allez pas tomber sous son charme et ne plus jamais vouloir repartir ? lui avait lancé April en riant.

Alors qu'elle traversait le nord de l'Etat, Dulcie n'avait cessé de s'étonner que quiconque sain d'esprit puisse y vivre.

— Je pensais voir des montagnes et des pins, avait-elle répondu.

— Les Petites Rocheuses sont à soixante kilomètres au sud. Là-bas, vous trouverez des pins. Des ponderosa. Votre propriété n'en est pas très éloignée. Je suppose que vous avez manqué le seul pin à la lisière de la ville ainsi que le panneau que quelqu'un y a accroché portant l'inscription « Forêt nationale du comté de Whitehorse ».

C'était amusant. Mais ce genre de chose était probablement tout ce que les habitants du coin trouvaient à faire pour se divertir, avait songé Dulcie tout en prenant la carte qu'avait tracée April et en la remerciant pour son aide, lui promettant de revenir vers elle pour la vente de la propriété.

Propriété qu'elle allait vendre au plus vite, se dit-elle en contemplant la maison délabrée qu'une inconnue lui avait léguée.

Elle saisit son téléphone portable, incapable d'attendre un instant de plus pour appeler Renada et lui donner les dernières nouvelles. Mais alors qu'elle l'ouvrait, elle entendit le grondement d'un moteur et, regardant dans le rétroviseur, elle découvrit un énorme engin agricole à vocation indéterminée qui fonçait sur elle.

Tentant de remettre le contact d'une main tremblante, elle laissa échapper un cri et s'apprêtait à encaisser l'inévitable collision lorsque sa voiture fut soudain enveloppée d'un nuage de poussière.

Sans doute avait-elle fermé les yeux dans l'attente de l'impact car, lorsqu'elle les rouvrit, elle découvrit une paire d'yeux très bleus et très en colère qui la fixait d'un air sévère.

Elle baissa sa vitre, étant donné que le cow-boy penché près de sa voiture semblait lui parler.

— Oui ? s'enquit-elle, son portable toujours à la main pour le cas où elle devrait appeler de l'aide. Y a-t-il un problème ?

L'homme haussa un sourcil.

— En dehors du fait que vous êtes garée au milieu de la route juste après une côte ? Non, c'est à peu près tout.

— Je suis désolée. Laissez-moi dégager la route afin que vous puissiez passer.

— Je crains qu'il ne faille plus que cela pour réussir à faire passer une moissonneuse-batteuse sur cette route étroite.

Une moissonneuse-batteuse. Intéressant.

— Vous êtes perdue ? lui demanda-t-il en repoussant son Stetson gris bosselé pour regarder la ferme par-dessus le toit de sa voiture avant de reporter les yeux sur elle.

Son regard direct était du bleu le plus limpide qu'elle ait jamais vu.

— Non.

Mais elle n'en dit pas plus. Ce qu'elle faisait là ne le regardait pas.

— Je pense que j'ai vu tout ce que je devais voir ici, je vais donc poursuivre mon chemin, ajouta-t-elle.

— La route se termine en cul-de-sac à environ deux kilomètres. Mais si c'est ce que vous voulez faire, je n'y vois aucun inconvénient.

— Dans ce cas, je crois que je vais me contenter de

m'arrêter à cette maison et vous laisser continuer votre route, dit-elle en s'apprêtant à ouvrir sa portière.

— Vous voulez de l'aide pour la barrière ? lui demanda-t-il avec une lueur d'amusement dans le regard tandis qu'il reculait pour la laisser se faufiler hors de la voiture.

— Je suis sûre que je m'en sortirai toute seule.

Elle se redressa de toute la hauteur de son mètre quatre-vingts — en comptant les sept centimètres de talon de ses bottes habillées — mais il la dominait toujours.

Lui tournant le dos, elle se dirigea vers la barrière de fil de fer barbelé tirée en travers de la route. Elle sentit qu'il l'observait, et elle regretta de ne pas porter quelque chose de plus approprié.

Renada lui avait conseillé en plaisantant de s'acheter une paire de bottes de cow-boy. Elle avait opté pour un jean de styliste, un chemisier et des bottes noires habillées… à talons. Tandis que l'un de ses talons s'enfonçait dans le sol meuble, elle regretta de ne pas avoir suivi le conseil de son amie. Elle remarqua à l'extrémité de la barrière une fermeture bizarre avec une boucle de fil de fer qui passait autour de son montant. Apparemment, tout ce qu'elle avait à faire pour ouvrir la barrière était d'enlever la boucle de fil de fer de ce montant.

Cependant, la barrière n'avait pas été ouverte depuis longtemps à en juger par la profondeur à laquelle le fil de fer s'était enfoncé dans le bois vermoulu. Elle tenta en vain de le faire glisser vers le haut.

— Vous devez la maintenir serrée, lui expliqua le cow-boy, la frôlant tandis qu'il se penchait pour passer un bras autour du montant de la barrière et l'autre autour du poteau de la clôture afin de les rapprocher.

Lorsqu'ils se rejoignirent, il souleva sans effort la boucle de fil de fer et la dégagea du montant de la barrière.

— Merci.

Elle se glissa sous ses bras et recula pour le regarder tirer la barrière en dehors du passage. Elle se rendit compte alors qu'il n'était pas seulement grand. Les muscles de ses épaules se bandèrent tandis qu'il ouvrait la barrière, tendant le tissu de sa chemise western sur ses larges épaules. Elle eut aussi un bon aperçu de ses fesses, qui, ma foi, n'était pas trop déplaisant.

Les seuls cow-boys qu'elle ait vus à Chicago étaient du type citadin. Aucun d'eux n'avait l'apparence de dur à cuire de cet homme. Et leur jean ne les avantageait pas comme le faisait le sien, ne put-elle s'empêcher de remarquer.

— A votre place, je ferais attention aux crotales, lui lança-t-il lorsqu'elle se retourna pour se diriger vers sa voiture.

Il essayait seulement de l'effrayer, se dit-elle. Mais elle prit soin de retourner à pas lents vers sa voiture, se précipitant à l'intérieur… au grand amusement de son chevalier servant.

Elle remit le moteur en marche et s'engagea sur le terrain de sa propriété, pressée d'être débarrassée de lui.

— Merci, lui dit-elle, en sortant de la voiture.

Il s'appuya contre la barrière pour l'étudier.

— Excusez-moi de vous le dire mais je ne pense pas que ce soit une bonne idée, lui fit-il remarquer. Je ne plaisantais pas concernant les crotales, en particulier aux alentours d'une vieille maison telle que celle-ci. Sans mentionner le fait que vous pénétrez illégalement sur une propriété privée, chose que les habitants du coin n'apprécient guère. Vous pourriez vous faire tirer dessus.

— J'en prends le risque.

Il haussa les épaules.

— Je ne vous aurais pas prise pour l'une de ces personnes.

— Je vous demande pardon ?

— L'une de ces personnes animées par une curiosité morbide.

Elle sentit quelque chose se tendre en elle.

— Je crains d'ignorer ce à quoi vous faites allusion, dit-elle.

— Une femme a été assassinée dans cette maison.

Oh Seigneur ! Cette fois, ce fut tout son corps qui se raidit.

— Vous avez changé d'avis quant au fait de rester ici ? demanda le cow-boy avec un petit sourire.

— N… non.

— Dans ce cas, je dois probablement vous avertir que si vous avez des ennuis ce téléphone portable que vous tenez serré dans votre main ne vous sera d'aucune utilité. Il n'y a pas de réseau ici.

Elle le défia du regard. Il ignorait de quoi il parlait. Elle n'avait jamais eu de difficulté à capter un signal avec son opérateur. Elle ouvrit d'un coup sec son téléphone. Bon sang, il avait raison.

Lorsqu'elle leva les yeux vers lui, il repartait vers sa moissonneuse-batteuse, en marmonnant entre ses dents :

— J'ai mieux à faire que de rester en pleine chaleur à discuter avec une stupide femme de la ville qui n'a pas une once de bon sens.

— Bonjour l'hospitalité de l'Ouest, marmonna-t-elle à son tour avant de se tourner vers la maison.

En dépit de la chaleur, elle fut saisie d'un frisson.

Jolene regarda l'horloge accrochée au mur de la classe. L'air chaud entrant par les fenêtres ouvertes ainsi que le chant des oiseaux et des grillons dans l'herbe distrayaient les élèves qui regardaient tous les cinq avec envie le ciel bleu sans nuages.

— Rendez-moi vos devoirs écrits et vous pourrez rentrer chez vous quelques minutes plus tôt, leur dit-elle, renonçant à lutter pour conserver leur attention. N'oubliez pas que vous devrez rédiger une autre partie de votre nouvelle ce soir. Demain nous parlerons de l'écriture de la partie centrale.

L'air était confiné à l'intérieur de l'école, la brise venant de la fenêtre ouverte aussi brûlante que le souffle d'un dragon sur sa nuque. On se serait cru en été. Elle souleva ses cheveux tandis qu'elle attendait que son élève de 6e, Codi Fox, rassemble tous les devoirs. Elle s'efforça de ne pas laisser deviner son angoisse à ses élèves, non qu'ils y aient prêté attention. Alors que Codi posait la pile de nouvelles sur le coin de son bureau, elle mit un point d'honneur à ne pas les regarder.

Au lieu de cela, elle regarda ses élèves prendre leur sac

à dos, répondit à leurs questions et leur souhaita à tous une bonne soirée. Aucun d'eux ne sembla le moins du monde intéressé par les devoirs qu'ils venaient de lui rendre.

Si l'un des élèves lui apportait la nouvelle supplémentaire, n'aurait-il pas la curiosité de voir sa réaction ? Apparemment non.

Après qu'ils furent tous repartis, elle rangea les chaises, éteignit les lumières et jeta un dernier coup d'œil à la salle de classe. Le petit bus scolaire au nez camus arriva et repartit, emmenant à son bord trois de ses élèves. Elle fit un signe de la main à la vieille dame qui le conduisait puis elle se tint debout à l'ombre du porche tandis que les parents de ses deux derniers élèves passaient les prendre.

Aussitôt que la poussière fut retombée, elle retourna dans la classe et se dirigea vers son bureau. Ses mains tremblaient lorsqu'elle ramassa les devoirs. Elle craignait que l'épisode suivant de l'histoire de meurtre ne se trouve dans la pile et, dans le même temps, elle craignait qu'il ne s'y trouve pas.

Elle compta rapidement les nouvelles. Six. Avec un soupir de soulagement et une certaine appréhension, elle les feuilleta jusqu'à ce qu'elle trouve celle relatant le meurtre.

C'était l'un de ces printemps secs où tous les fidèles du comté de Whitehorse priaient pour qu'il pleuve. La petite communauté agricole était tributaire des pluies printanières et, lorsqu'elles n'arrivaient pas, on pouvait sentir l'anxiété croître comme une impulsion électrique de basse fréquence qui parcourrait le comté, laissant tout le monde sur les nerfs.

Enfin, tout le monde, sauf elle. Elle ne s'inquiétait pas du temps ce jour-là tandis qu'elle étendait ses draps mouillés sur la corde à linge derrière la vieille ferme et qu'elle attendait… non pas la pluie mais le bruit de son pick-up s'engageant dans l'allée.

Jolene déglutit et leva les yeux, s'attendant à ce que quelqu'un franchisse la porte de la salle de classe pour lui faire des remontrances, cette lecture lui procurant une sorte de plaisir coupable. Mais elle était seule. Ramassant les devoirs, elle rangea le tout dans son sac et rentra chez elle à bicyclette.

Une fois arrivée, elle se versa un verre de limonade et, incapable d'attendre davantage, elle reprit la nouvelle.

La chaleur étouffante portée par le vent enroula sa longue jupe autour de ses jambes minces et souleva sa crinière foncée, découvrant sa nuque moite tandis qu'elle fixait la route de terre par-dessus la corde à linge, anticipant l'arrivée de son amant.

Elle avait envoyé sa fille jouer avec son nouvel ami qui vivait de l'autre côté du ruisseau. Un long après-midi de plaisir s'annonçait, et elle se languissait à la perspective d'être comblée par l'homme qui était aussi essentiel à sa survie que l'air qu'elle respirait.

Couvrant le bruit du ventilateur entraîné par le vent dans la grange et le claquement des draps qu'elle attachait à la corde, elle entendit enfin le moteur du véhicule.

Elle releva vivement la tête et elle sourit, soulagée, une pince à linge serrée entre ses dents blanches parfaites, ses bras parsemés de taches de rousseur s'agrippant à la corde comme pour s'y raccrocher, tandis qu'elle le regardait s'engager sur son terrain.

Un nuage de poussière s'éleva dans la clarté aveuglante de cette journée radieuse, le vent brûlant la soulevant et l'entraînant de l'autre côté de la route vers la prairie déserte.

Elle retira la pince à linge de sa bouche, se passant la langue sur les lèvres tandis qu'elle attachait le drap. Elle laissa le reste du linge mouillé dans le panier, s'essuya les mains sur sa jupe et se précipita au-devant de l'homme qui serait sa mort.

Jolene prit une profonde inspiration puis elle relut les pages. Elle n'avait pas plus d'indices quant à l'identité de leur auteur qu'elle n'en avait eu la première fois. Elle n'aurait pas davantage su dire pourquoi ce texte la bouleversait autant. N'était-ce pas, après tout, que de la fiction ?

Mais alors pourquoi la lui donner à lire ? Tout ce qu'elle pouvait imaginer était que l'un des parents de ses élèves avait toujours voulu écrire et qu'il ou elle recherchait des encouragements.

— Ma fille ne parle que de cette nouvelle que vous avez demandé aux élèves d'écrire, lui avait dit la mère d'Amy. Les autres élèves et leur famille en parlent eux aussi. Vous avez mis toute la communauté en effervescence. J'ai entendu dire que les nouvelles seraient ensuite reliées dans une brochure mise en vente au festival de printemps de l'année prochaine.

Visiblement, toute la ville en parlait. Etait-ce ainsi que l'auteur de cette histoire de meurtre avait eu connaissance du sujet du devoir ? Ce qui signifierait qu'il pourrait s'agir de n'importe qui, pas nécessairement de l'un des parents d'élèves. Mais l'un de ses élèves devait forcément l'apporter en classe.

Elle se leva et s'approcha de la fenêtre, espérant un souffle d'air frais. La chaleur s'élevait en vagues sur les herbes folles jaunies s'étendant en direction des Petites Rocheuses.

Qu'est-ce que l'auteur attendait qu'elle fasse de ceci ? Simplement qu'elle le lise ? Qu'elle le critique ? Qu'elle y croie ?

Elle frémit en prenant conscience que, dès les premières lignes de cette histoire, elle y avait effectivement cru. Et alors ? L'objectif de toute bonne fiction n'était-il pas de lever l'incrédulité du lecteur ?

Même si elle savait comment l'histoire se terminait, puisque le récit avait commencé par le meurtre, elle eut le sentiment que l'auteur était loin d'en avoir fini. Du moins l'espérait-elle. Elle ne pourrait supporter l'idée que celui ou celle qui lui envoyait ces textes puisse abandonner en plein milieu du récit et la laisser sur sa faim.

Elle attendait avec impatience de recevoir la prochaine partie de l'histoire, se refusant à penser qu'elle pourrait ne jamais savoir qui la lui avait donnée à lire et pourquoi. Aussi dérangeant que soit ce récit, elle se sentait flattée que l'auteur l'ait choisie pour le lire.

Tandis qu'elle regardait au-dehors, debout près de la fenêtre, une pensée lui traversa l'esprit. Un tel meurtre avait-il été commis dans cette communauté ? Les anciens habitants de la région racontaient des histoires remontant aux premiers colons. Si un meurtre aussi violent avait vraiment eu lieu dans les environs, elle était certaine que quelqu'un s'en souviendrait.

En particulier s'il impliquait une jeune veuve ayant une fille et vivant dans une vieille ferme par un printemps très chaud et sans pluie.

Elle reporta les yeux sur le centre communautaire de Whitehorse, situé un peu plus loin sur la route. Plusieurs pick-up et un S.U.V. étaient stationnés devant pour la réunion du cercle de couture de Whitehorse. Si quelqu'un avait entendu parler d'un meurtre, ce serait sans conteste l'une de ces femmes.

Dulcie attendit que la poussière soulevée par la moissonneuse-batteuse retombe avant de se retourner vers la maison. Son regard fut attiré par la fenêtre du premier étage et par les rideaux jaune pâle.

La couleur était passée au fil des années et elle ne pouvait distinguer le motif de l'imprimé à cette distance, mais quelque chose dans ces rideaux jaunes lui sembla étrangement familier.

Prenant soin de s'assurer qu'aucun crotale ne s'était approché sans bruit pendant qu'elle attendait, elle fit quelques pas hésitants en direction de la maison. Avait-elle vu cette maison aux rideaux jaunes sur une photographie ? Ses parents en avaient certainement une quelque part.

Des planches avaient été clouées en travers de la porte d'entrée et des fenêtres du rez-de-chaussée. Il lui serait impossible de pénétrer dans la maison sans outils. Mais voulait-elle vraiment aller à l'intérieur ?

Elle aperçut une portion de vitre visible sous les planches et elle s'avança avec précaution à travers les herbes hautes afin de mettre ses mains en conque pour regarder à l'intérieur.

Elle cligna les yeux, surprise. L'intérieur de la maison était recouvert de poussière, mais il donnait l'impression que la personne qui y vivait en était simplement partie, un jour, pour ne plus y revenir.

Les meubles paraissaient être restés à leur place exacte, à l'instar du livre posé sur une desserte et du verre à présent couvert de toiles d'araignées et de poussière, là où quelqu'un s'était assis et avait bu. Il y avait des traces indiquant que de petites bestioles s'étaient visiblement installées à demeure mais, en dehors de cela, l'endroit semblait ne pas avoir été dérangé depuis des années.

Depuis le meurtre ?

Elle fut saisie d'un frisson et elle se dit que le cow-boy avait peut-être inventé cela à seule fin de l'effrayer, de la même manière qu'il l'avait mise en garde contre les crotales.

Selon les documents que lui avait remis le notaire, elle avait hérité de la propriété vingt-quatre ans plus tôt. Elle était alors être âgée de… quatre ans !

Qui léguait une propriété à une enfant de quatre ans ?

Laura Beaumont apparemment.

Elle retournait à sa voiture lorsqu'elle entendit un étrange gémissement grinçant qui la fit se figer sur place.

Son cœur se mit à battre plus fort lorsqu'elle se rendit compte qu'elle avait déjà entendu exactement le même bruit… Mais quand ? Retrouvant l'usage de ses jambes, elle contourna la maison par le côté pour regarder dans la direction d'où venait lc bruit.

Au sommet de la grange, une girouette rouillée en forme de cheval était agitée par la brise, gémissant et grinçant sans relâche.

Elle resta immobile un long moment, figée, la regardant fixement. Ses yeux s'emplirent soudain de larmes. Elle s'était déjà trouvée en ce lieu. A cette pensée, un horrible sentiment de peur l'envahit.

3

Russell Corbett rejoignit l'endroit où il avait laissé son 4x4. Il regretta d'échanger le luxe de la cabine de la moissonneuse-batteuse avec son lecteur de C.D., sa radio satellite et sa climatisation pour le 4x4 bruyant et surchauffé.

De toute manière, il préférait de loin le cheval à tout véhicule.

Il se dirigea vers le Trails West Ranch, et alors qu'il approchait de l'ancienne ferme Beaumont, il lui fut impossible de ne pas penser à la femme dont il avait failli percuter plus tôt la voiture arrêtée au milieu de la route.

— Stupide fille de la ville, marmonna-t-il.

Il n'avait pas tellement prêté attention à elle. Il ne se rappelait même pas la couleur exacte de ses cheveux. Quelque chose entre le brun roux et l'acajou, mais cela lui avait été difficile à déterminer avec la lumière du soleil qui les illuminait de reflets dorés.

Il ignorait également quelle était leur longueur, étant donné la manière dont elle relevait la masse de ses cheveux pour les retenir tirés en arrière. Il se demanda vaguement s'ils tombaient au-delà de ses épaules lorsqu'ils se trouvaient libérés de la luxueuse barrette.

En revanche, il se rappelait sa taille, lorsqu'il s'était approché d'elle pour l'aider à ouvrir la barrière. Pas plus d'un mètre soixante-dix ou soixante-quinze sans ces talons hauts. Il se rappela également avoir eu l'impression que, bien que son corps soit mince, elle arborait des courbes épanouies aux endroits adéquats. Et il avait perçu chez elle une certaine force ou peut-être s'était-il seulement agi d'un entêtement en opposition avec sa stature et son évidente origine citadine.

Prenant conscience du chemin qu'avaient emprunté ses pensées, il les chassa de son esprit comme un chien mouillé qui s'ébroue chasse l'eau de son pelage. Il songea qu'il devait souffrir d'un coup de chaleur. Aucune femme, récemment, n'avait aussi longtemps monopolisé son attention.

Il se dit qu'il n'allait même pas regarder en passant pour voir si elle était toujours garée devant la vieille ferme. Il faisait trop chaud pour la protéger de quoi que ce soit, même si elle avait voulu de son aide.

Mais il regarda pourtant, cherchant à se convaincre que ce qu'il ressentait en constatant qu'elle était repartie n'était pas de la déception. Que c'était du soulagement de ne pas avoir à la sortir d'un mauvais pas où elle se serait trouvée.

Il ralentit en remarquant la barrière gisant par terre. Laissant échapper un juron, il s'arrêta et descendit pour la refermer. Cette femme avait beaucoup à apprendre sur la propriété privée et les barrières à ne pas laisser ouvertes !

Jetant un coup d'œil à la maison, il fut heureux de constater que rien ne semblait différent. Non que cette femme ait pu faire des dégâts. Pas avec ces ongles manucurés.

Il n'avait jamais prêté tellement attention à l'ancienne ferme Beaumont, bien qu'il soit assez souvent passé devant puisque les terres situées juste derrière étaient un champ de blé de la propriété Corbett.

Debout près de la barrière, il regarda fixement la vieille maison, se rappelant que quelqu'un lui avait dit qu'un meurtre y avait été commis, et que depuis la maison était condamnée. La rumeur se plaisait à rendre un tel endroit plus sinistre qu'il ne l'était en réalité. Il fut surpris qu'on ne l'ait pas prétendue hantée !

Mais, même si rien de maléfique n'était tapi derrière ces volets fermés, il se demanda ce que cette femme lui avait trouvé d'aussi intéressant puisque, à en croire son expression de surprise, elle n'était pas au courant du meurtre.

Peut-être, après tout, n'avait-elle jamais vu une vieille ferme auparavant.

Remontant dans son 4x4, il se dit qu'il ne comprendrait jamais rien aux femmes. Il fut toutefois rassuré qu'il ne lui soit rien arrivé de catastrophique. Si tout ce qu'elle avait fait se résumait à avoir laissé la barrière ouverte, il en conclut qu'il n'y avait là rien de mal. De toute façon, elle devait déjà être à des kilomètres de là.

Néanmoins, il ne put s'empêcher de se demander ce qui avait pu, à l'origine, l'amener dans ce coin du Montana. Elle était, à l'évidence, hors de son élément, se dit-il avec un petit rire tandis qu'il retournait au ranch.

Le cercle de couture de Whitehorse était une institution dans le comté. Jolene avait remarqué que lorsque les femmes qui passaient plusieurs jours par semaine à confectionner des patchworks au centre étaient mentionnées, c'était toujours avec révérence. Peut-être aussi avec une certaine crainte.

Ces femmes détenaient clairement le pouvoir dans la communauté. Nombre de décisions devaient être prises entre deux points de couture, et beaucoup d'informations échangées par-dessus le tissu des patchworks.

Ce fut donc avec appréhension qu'elle se rendit au centre et qu'elle ouvrit la porte. Elle y était déjà entrée à plusieurs reprises pour des fêtes depuis qu'elle avait été engagée comme enseignante par la communauté. Dans cet endroit se tenaient toutes les réceptions de mariage, les fêtes d'anniversaire, les festivals et les buffets de funérailles.

Les parquets étaient usés par les bottes qui avaient dansé dessus depuis des décennies, et il était aisé d'imaginer que des cœurs avaient été conquis et perdus dans cette vaste salle. De nombreux événements de la vie de ces personnes s'y étaient déroulés, de la naissance à la mort, en passant par toutes les étapes intermédiaires. Si seulement ces murs pouvaient parler, songea Jolene, se demandant quels récits ils feraient.

Lorsque la porte s'ouvrit, la lumière du soleil inonda le sol, et les femmes regardèrent toutes dans sa direction. Elles étaient réunies dans le fond, autour d'un métier à quilter. Le patchwork était destiné à un bébé, nota Jolene tandis qu'elle laissait la porte se refermer derrière elle.

— Bonjour ! lui lança Pearl Cavanaugh en lui souriant de son sourire légèrement de travers.

Pearl avait eu une attaque, quelque temps auparavant, et Jolene avait entendu dire qu'elle n'était pas encore tout à fait remise. Selon les dires de leurs concitoyens, la mère de Pearl avait créé le cercle de couture de Whitehorse des années plus tôt.

— Bonjour. Je me suis dit que j'allais passer voir ce que vous faisiez, dit Jolene sans grande conviction.

Comment diable allait-elle s'acquitter de la mission qu'elle s'était assignée en entrant dans cette salle ?

Elle savait qu'elle devrait se montrer prudente. Craignant que l'histoire ne s'interrompe, elle voulait éviter que son auteur ne découvre qu'elle se renseignait sur le meurtre.

— Je vous en prie, joignez-vous à nous, lui proposa Pearl.

La femme lui parut redoutable avec son regard acéré, mais son expression était plutôt amicale. Jolene approcha une chaise du cercle et elle observa un instant les mains usées et tordues de rhumatismes faisant les points les plus minuscules et les plus parfaits qu'elle ait jamais vus.

— Ce patchwork est magnifique, s'exclama-t-elle, brisant le silence.

— Merci.

Pearl était manifestement le porte-parole du groupe. Son mari, Titus, faisait plus ou moins office de maire, prêchait au centre le dimanche, s'assurait que le cimetière était entretenu et supervisait le recrutement des professeurs.

— Vous connaissez toutes notre nouvelle enseignante, Jolene Stevens, lança Pearl à la cantonade. Elle nous arrive directement de l'université d'Etat du Montana.

— Ainsi, c'est votre premier poste d'enseignante, enchaîna

une petite femme aux cheveux blancs et aux yeux bleus. Je suis Alice White.

— Je me rappelle votre fête d'anniversaire, lui répondit Jolene. Quatre-vingt-douze ans, je crois ?

Alice émit un petit rire.

— Tout le monde doit penser que je vais casser ma pipe sous peu car mes concitoyens sont déterminés à célébrer désormais mon anniversaire chaque année.

Elle fit un clin d'œil à Jolene et ajouta :

— Ce qu'ils ignorent, c'est que je vais être centenaire.

Au milieu des rires qui suivirent cette déclaration, Jolene s'efforça de se détendre.

— Cette région est tellement intéressante, dit-elle. J'apprécie tout particulièrement son histoire.

— Je suis sûre que tout le monde vous a parlé des célèbres hors-la-loi qui se cachaient dans cette région, à la fin du XVIIIe siècle, intervint une femme imposante au visage angélique.

Ella Cavanaugh, une parente éloignée de Pearl et Titus, se rappela Jolene. A Whitehorse, tout le monde semblait être apparenté d'une manière ou d'une autre.

— Butch Cassidy et Sundance Kid ainsi que Kid Curry, précisa un autre membre du groupe, une dame âgée du nom de Mabel Brown. La loi n'avait alors aucune emprise sur cette région de l'Etat.

— Elle est visiblement devenue assez paisible à présent, déclara Jolene. Pourtant j'ai entendu quelque chose à propos du meurtre d'une jeune veuve qui avait une petite fille, c'est bien cela ?

Elle aurait pu entendre une mouche voler. Plusieurs des couturières furent manifestement décontenancées mais elles se ressaisirent aussitôt.

— Ce fut une regrettable affaire, reprit Ella en lançant un regard apeuré à Pearl.

— Quand cela s'est-il produit ? demanda Jolene.

— Cela fera vingt-quatre ans ce mois-ci, lui répondit

Alice, secouant la tête. C'est une chose qu'aucune de nous n'aime à se remémorer.

— Son meurtrier a-t-il été interpellé ? s'enquit Jolene.

L'expression de leur visage lui apporta la réponse.

— Jolene, est-ce que vous cousez ? demanda Pearl, lui signifiant que le sujet était clos. Nous aurions grand besoin d'une nouvelle recrue habile de ses doigts et possédant une bonne vue.

— Je crains que non.

— Nous serions ravies de vous apprendre, proposa Pearl. Nous confectionnons un patchwork pour chaque bébé qui naît dans les environs et ce, depuis des années. C'est une tradition à Whitehorse.

— Une très jolie tradition, convint Jolene.

Elle aurait aimé poser d'autres questions sur le meurtre mais elle vit que les femmes étaient de nouveau absorbées par leur ouvrage. Visiblement, elle n'en apprendrait pas plus.

— Bien, je ferais mieux de vous laisser à votre travail, déclara-t-elle en se levant pour partir.

— Eh bien, si jamais vous changez d'avis, lui dit Pearl en posant sur elle un regard inquisiteur.

Pearl paraissait troublée, constata Jolene. Sans doute se demandait-elle où une jeune femme nouvellement arrivée en ville avait eu connaissance d'un meurtre non élucidé, survenu vingt-quatre ans plus tôt et pourquoi elle pouvait s'y intéresser.

En partant, elle jeta un regard en arrière. Seule, Pearl Cavanaugh la regardait.

Dulcie revint en ville, plus intriguée encore par son héritage. Elle retourna à l'agence immobilière pour y découvrir qu'April arbitrait un match à l'ancien gymnase du lycée.

Elle s'y rendit aussitôt. Par chance, le match n'avait pas encore commencé, et elle trouva April en uniforme sur la touche.

— Je suis désolée de vous ennuyer de nouveau, s'excusa-t-elle. A qui pourrais-je m'adresser pour connaître l'histoire de la propriété ?

April s'accorda un moment de réflexion.

— Voyons… Interrogez Roselee, au musée. Elle est très âgée mais elle a l'esprit vif. C'est notre historienne locale.

Le petit musée se trouvait à la périphérie de la ville et il retraçait toute l'histoire de cette région du Montana. Roselee était une femme aux cheveux blancs d'un âge indéterminé. Elle sourit lorsque Dulcie franchit la porte, et l'accueillit chaleureusement.

— En fait, je suis surtout intéressée par l'histoire d'une propriété située au sud d'ici, précisa Dulcie. On m'a indiqué que vous pourriez sans doute m'aider.

Roselee sembla enchantée.

— Eh bien, je suis probablement la plus ancienne habitante de ces lieux, répondit-elle avec un grand sourire. Mon père était l'un des colons à l'origine de la vieille ville de Whitehorse. De quelle propriété parlons-nous ?

— Celle de Laura Beaumont.

Roselee pinça les lèvres, et toute amabilité disparut de sa voix lorsqu'elle jeta :

— Si vous êtes l'une de ces journalistes faisant un nouveau reportage sur le meurtre…

— Ce n'est pas le cas, l'interrompit Dulcie. Mais j'ai besoin de savoir. La victime était-elle Laura Beaumont ?

— Si vous n'êtes pas journaliste, alors quel est votre intérêt dans tout ceci ?

— J'ai hérité de la propriété.

Les yeux de la vieille dame s'agrandirent. Elle chercha à tâtons la chaise derrière elle et s'y laissa tomber lourdement.

Dulcie frémit en voyant l'expression qu'affichait Roselee.

— Qu'y a-t-il ? lui demanda-t-elle, effrayée par la manière dont la vieille dame la dévisageait… comme si elle avait vu un fantôme.

Roselee secoua la tête et se releva péniblement.

— Je suis désolée. Je ne me sens pas bien.

Elle prit la canne appuyée contre le comptoir et se dirigea vers l'arrière du musée, appelant une certaine « Cara ».

— Préférez-vous que je revienne à un autre moment ? lui demanda Dulcie.

Mais Roselee ne lui répondit pas.

Elle se demanda ce que cela pouvait bien signifier lorsqu'une femme beaucoup plus jeune que Roselee s'approcha pour lui demander si elle pouvait lui être utile.

— Avez-vu entendu parler d'une femme nommée Laura Beaumont ? lui demanda Dulcie.

Cara, qui avait à peu près le même âge qu'elle, secoua la tête.

— Le devrais-je ?

— Je l'ignore. Avez-vous une société historique ?

— Vous venez d'en rencontrer la présidente, Roselee. N'a-t-elle pas été en mesure de vous aider ?

— Non. Y a-t-il quelqu'un d'autre dans les parages à qui je puisse parler ?

Elle baissa la voix pour le cas où Roselee serait à l'arrière, les écoutant, et précisa :

— Quelqu'un d'assez âgé qui saurait tout ce qui s'est passé ici, et qui ne craindrait pas d'en parler ?

Une lueur de compréhension anima le regard de Cara, et elle aussi chuchota :

— Il y a une personne qui devrait pouvoir vous aider. Son nom est Arlene Evans. Elle est… loquace.

Jolene consulta sa montre tandis qu'elle quittait le centre communautaire. Si elle se hâtait, elle pourrait arriver à Whitehorse avant que le bureau du journal ne ferme.

A présent qu'elle savait qu'il y avait eu un meurtre, elle était impatiente de consulter les archives du *Milk River Examiner* afin d'y découvrir toute l'information disponible sur ce qui s'était réellement passé, vingt-quatre ans auparavant, et qui semblait toujours mettre la population en émoi — tout au moins les femmes du cercle de couture.

De retour à l'école, elle alla droit à son bureau et elle ouvrit le tiroir où elle avait rangé les nouvelles. Elles y étaient toutes les six. Il lui en restait cinq à lire, elle les mit donc toutes dans son sac à dos.

Se retournant pour quitter la classe, elle sursauta en découvrant une silhouette sombre qui s'encadrait dans l'embrasure de la porte.

— Désolé, je n'avais pas l'intention de vous effrayer, dit Ben Carpenter en entrant dans la pièce.

C'était un homme de grande taille, qui mettait toujours Jolene un peu mal à l'aise. Elle soupçonnait que c'était dû au fait qu'il souriait rarement. Ben approchait de la cinquantaine et il était le père de Mace, son lunatique élève de 4e. L'adolescent ressemblait à son père, imposant et corpulent. Jolene n'avait vu sa mère, Ronda, qu'une fois. Elle se rappelait une femme menue et réservée.

— Je terminais ma journée, dit-elle. Que puis-je pour vous ?

— Je me suis arrêté pour savoir comment Mace s'en sort. Je le lui ai demandé mais il ne dit pas grand-chose. Vous n'avez pas de problèmes avec lui, dites-moi ? Si c'est le cas, faites-le-moi savoir et je m'en occuperai personnellement.

Jolene n'apprécia pas la menace qu'elle perçut dans le ton de Ben.

— Votre fils s'en sort très bien et non, je n'ai pas le moindre problème avec lui.

— Bien. Je suis heureux de l'entendre. Sa mère a exigé de moi que je me renseigne.

Jolene en douta. Ronda Carpenter semblait être une femme qui exigeait peu de son époux et qui devait en obtenir encore moins.

— Eh bien, vous pouvez absolument la rassurer, dit-elle en souriant. Mace se comporte bien.

Ben hocha la tête. Il sembla vouloir ajouter quelque chose mais il changea d'avis et quitta la salle sans un mot.

Jolene fut soulagée d'entendre son pick-up s'éloigner — Ben semblait toujours sur le point de perdre son calme. Elle se sentit un peu secouée par sa visite. Sa visite avait semblé… préméditée. Etait-il venu pour une autre raison et avait-il ensuite changé d'avis ?

Etait-il possible que ce soit lui, l'auteur de la sixième nouvelle ? Cela lui semblait peu probable, bien que certaines personnes écrivent mieux qu'elles ne parlent.

Fermant la porte à clé derrière elle, elle retourna à bicyclette jusqu'à sa petite maison. Puis, les épisodes de l'histoire de meurtre dans son sac à dos, elle monta dans sa voiture et prit la direction de Whitehorse.

Elle emprunta la route de terre menant à la ville. La vieille ville de Whitehorse avait été la première colonie appelée « Whitehorse ». Elle était plus proche du fleuve Missouri et des Breaks. C'était à l'époque où le ravitaillement se faisait par bateau.

Une fois le chemin de fer installé, à dix kilomètres au nord, la ville avait migré vers la voie ferrée, emportant avec elle le nom de « Whitehorse ».

Tandis que Jolene conduisait, elle se repassa mentalement la conversation avec les femmes du cercle de couture et elle s'interrogea avec encore plus de curiosité sur la raison de leur réticence à parler du meurtre.

Russell trouva son père qui l'attendait lorsqu'il revint au ranch. Grayson Corbett était un homme d'une stature imposante, aux cheveux grisonnants, au sourire et à l'attitude décontractés. Il avait élevé seul ses cinq fils après la mort de sa femme — Russell était encore petit —, et il avait fait de l'excellent travail. En fait, il y avait peu de choses que son père ne soit capable de faire.

Mais depuis quelque temps des rides creusées par l'inquiétude marquaient son visage toujours séduisant et semblaient rendre plus pâle encore le bleu de ses yeux.

Russell sut de quel sujet il voulait l'entretenir dès l'instant où il le vit, et il sentit son estomac se contracter.

— Nous avons pris une décision, annonça Grayson sans préambule. Nous ne pouvons la repousser plus longtemps.

— Tu connais déjà mon sentiment. En ce qui me concerne, je considère que c'est une idiotie et un gaspillage d'argent. Qu'ont dit les autres cultivateurs et propriétaires de ranch à la réunion ?

— Certains sont d'accord avec toi. Mais plus nombreux sont ceux qui sont prêts à tenter n'importe quoi s'il existe une chance de sauver leurs récoltes.

Russell ne répondit pas. Il avait donné son avis sur la question, mais il n'était pas tout seul à décider.

— En ce qui concerne certains d'entre eux, s'il ne pleut pas bientôt, ils perdront tout, poursuivit son père. Je ne pense pas que nous ayons le choix.

— Que leur as-tu dit ?

— Je leur ai répondu que je devais en parler à mon fils. Ce ranch est autant le tien que le mien, plus encore en fait. Le dernier mot t'appartient.

Russell vit que son père s'inquiétait pour les autres, qui avaient le plus à perdre.

— Quel choix avons-nous ? demanda-t-il.

Si son père et lui ne se rangeaient pas à l'avis des autres, il doutait que les quinze mille dollars requis pour engager le faiseur de pluie puissent être rassemblés.

— Je me rangerai à la décision que vous prendrez, dit-il, comme son père ne répondait pas.

Ce dernier parut soulagé bien que l'expression soucieuse ne s'efface pas de son visage. Russell restait persuadé qu'ils jetaient l'argent par les fenêtres, mais si les propriétaires de ranch et les cultivateurs avaient envie de croire qu'un homme pouvait faire pleuvoir, il ne tenterait pas de les en dissuader.

— Merci, fils. Du moins, en engageant un faiseur de pluie, ont-ils le sentiment de faire quelque chose pour éviter la catastrophe.

*
**

The Milk River Examiner était le seul journal à des lieues à la ronde. Ses bureaux étaient situés dans un petit bâtiment de la rue principale, face aux voies ferrées.

Andi Blake, l'unique journaliste, une femme amicale et séduisante s'exprimant avec un accent du Sud, se déclara ravie d'aider Jolene.

— Quelle date cherchez-vous ? lui demanda-t-elle.

Jolene lui expliqua que l'événement aurait eu lieu le même mois, vingt-quatre ans plus tôt.

— Je ne suis pas certaine de la date exacte, précisa-t-elle.

— Je n'étais pas présente à l'époque mais je vous invite à regarder. Tout est sur microfiches. Vous savez comment procéder ?

Jolene en avait déjà consulté lorsqu'elle était étudiante. Elle remercia Andi puis elle s'assit au fond du bureau et, tandis que les articles du mois de mai d'il y a vingt-quatre ans commençaient à s'afficher sur l'écran, elle entreprit de les faire défiler.

Elle ralentit aux récits concernant les conditions de sécheresse, les craintes des propriétaires de ranch et des cultivateurs, les discussions quant à la question de faire venir en ville un faiseur de pluie. Quelques éditions plus loin, il y avait un petit article disant qu'un faiseur de pluie venait en ville et expliquant comment les propriétaires de ranch levaient des fonds afin de le rétribuer pour qu'il fasse tomber la pluie.

Saisie d'un frisson, Jolene songea à l'histoire du meurtre, et elle eut le sentiment que les conditions climatiques étaient beaucoup trop semblables à celles de l'année en cours. Le gros titre de l'édition suivante lui glaça le sang.

UNE FEMME SAUVAGEMENT ASSASSINÉE

Le corps sans vie d'une habitante de la vieille ville de Whitehorse a été retrouvé hier soir à son domicile.

La gorge serrée, Jolene poursuivit sa lecture puis elle revint en arrière en prenant conscience que l'article ne précisait pas qui avait découvert le corps.

Le shérif demandait à toute personne possédant des informations en relation avec le meurtre de Laura Beaumont de prendre contact avec lui.

Si cette Laura Beaumont était la même femme que celle qu'évoquait l'auteur de sa mystérieuse nouvelle, elle avait au moins un amant.

Il y avait forcément eu de l'A.D.N. dans la maison. Mais la police avait-elle connaissance des tests A.D.N., vingt-quatre ans plus tôt ? Ils ne devaient pas être d'un usage très répandu. En tout cas, pas à Whitehorse.

Jolene reprit sa lecture, butant sur le paragraphe suivant.

La victime a été découverte à l'étage, sur son lit. Elle a été poignardée à de nombreuses reprises.

Son amant l'avait-il découverte ? Ou alors…

Les adjoints du shérif recherchent la fillette de la jeune femme, depuis disparue.

Disparue ?

Angel Beaumont est âgée d'environ quatre ou cinq ans, elle a les yeux et les cheveux bruns. Nul ne sait ce qu'elle portait au moment de sa disparition.

Jolene passa rapidement à l'hebdomadaire suivant et elle chercha du regard un article traitant du meurtre. La fillette était-elle toujours portée disparue ?

L'équipe de recherches passe au peigne fin le ruisseau coulant derrière la ferme mais n'y a trouvé aucun signe du corps de l'enfant. Quiconque ayant des informations sur le lieu où se trouverait la fillette ou sur le meurtre est prié de s'adresser sans délai au bureau du shérif. Tout informateur verra son anonymat préservé.

Quelques éditions plus tard, Jolene trouva l'article de presse consacré à la fille de Laura Beaumont.

*
* *

Dulcie avala un morceau dans un petit café du centre-ville et elle se demanda si elle ferait mieux d'appeler cette Arlene Evans ou de se rendre jusque chez elle. Elle choisit de s'y présenter sans s'annoncer et de lui parler directement.

Alors qu'elle quittait le café, l'esprit occupé par ce qu'elle dirait une fois arrivée sur place, elle percuta une jeune femme qui sortait d'un bâtiment.

— Pardon, s'excusa-t-elle tandis que la jeune femme, mince, brune et jolie, laissait tomber la chemise qu'elle tenait.

Des papiers volèrent sur le trottoir.

— Je suis vraiment désolée, répéta Dulcie.

Elle se précipita pour l'aider à rassembler les feuillets épars, remarquant au passage qu'il s'agissait de photocopies d'articles de journal. Un gros titre attira son regard.

« *L'ENQUÊTE SUR L'AFFAIRE DE MEURTRE SE POURSUIT* »

— Merci.

Visiblement bouleversée, la jeune femme rangea précipitamment les photocopies dans la pochette et se rua vers sa voiture garée le long du trottoir.

Un meurtre ? Dulcie se demanda combien de meurtres avaient été commis dans une ville telle que Whitehorse et quelles étaient les chances que cet article se réfère à l'assassinat de Laura Beaumont. Elle se dit que, lorsqu'elle aurait plus de temps et de renseignements, elle reviendrait jeter un coup d'œil aux vieux articles de presse.

En remontant dans sa voiture, elle chassa l'incident de son esprit et prit la direction du sud pour se rendre chez Arlene Evans, aux abords de la vieille ville.

Comme partout dans cette région du Montana, les maisons étaient rares et très espacées, séparées par des prairies, de nombreux ravins et de vastes étendues d'armoise.

Il était tard, et Dulcie se demandait toujours comment elle allait présenter sa visite lorsqu'elle frappa à la porte de la ferme.

— Arlene Evans ? demanda-t-elle à la femme grande et mince qui lui ouvrit.

— Oui ?

— Je cherche des informations et j'espérais que vous pourriez m'aider.

— Certainement, je vais m'y employer. Entrez, je viens de préparer de la limonade. En voulez-vous un verre ?

Dulcie fut surprise de la facilité avec laquelle cette femme l'avait laissée entrer chez elle. Si cela avait eu lieu à Chicago et qu'une étrangère avait frappé à sa porte, elle n'aurait pas ouvert et elle l'aurait encore moins invitée à entrer boire une limonade !

Elle remarqua au mur des photographies de jeunes gens qui devaient apparemment être les enfants d'Arlene. La plus âgée, une femme plutôt mal fagotée, semblait avoir dans les trente ans. Une autre femme d'un peu plus de vingt ans posait avec un bébé dans les bras. Un homme jeune, son mari sans doute, se tenait à côté d'elle. Ils paraissaient être fous l'un de l'autre. La troisième photographie était celle d'un jeune homme séduisant mais avec quelque chose de sournois dans le regard.

— Est-ce que cela concerne mon service de rencontres rurales en ligne ? lui lança Arlene depuis la cuisine. Asseyez-vous, ajouta-t-elle en lui désignant le salon contigu tandis qu'elle la rejoignait, un grand verre de limonade à la main.

Celle-ci lui sembla tellement tentante que Dulcie en but une gorgée avant de prendre place.

— Elle est délicieuse, déclara-t-elle en se passant la langue sur les lèvres.

Arlene Evans sourit et s'assit en face d'elle. La maison était étonnamment fraîche, considérant la chaleur suffocante qui régnait au-dehors.

— Un service de rencontres rurales en ligne ? Cela semble intéressant mais je suis ici pour autre chose, reprit Dulcie. Je vais être franche avec vous. Je suis venue ici pour trouver des renseignements sur une propriété.

— Une propriété ?

— J'essaie de découvrir son histoire. J'ai cru comprendre que vous aviez vécu ici toute votre vie et que vous pourriez être en mesure de m'aider.

— Eh bien, comme je vous le disais, je vais m'y employer.

Dulcie remarqua la bague au doigt d'Arlene lorsqu'elle posa son verre de limonade sur le dessous-de-verre protégeant la table basse.

— C'est une bague magnifique, fit-elle remarquer.

— Merci. Je me marie dans quelques mois. Un mariage de Noël.

— Félicitations.

Le diamant était extraordinaire, et Dulcie se demanda si Arlene épousait un riche propriétaire de ranch des environs.

— Alors, où se trouve cette propriété ? demanda Arlene.

— Elle se trouve à la périphérie de la vieille ville de Whitehorse. Je crois que la dernière occupante des lieux s'appelait Laura Beaumont.

— Oh mon Dieu !

L'expression d'Arlene lui confirma qu'elle avait trouvé le bon filon.

— Connaissiez-vous Laura ?

— Pas personnellement. Je savais qu'elle était veuve. Elle n'était pas originaire des environs et elle vivait ici depuis peu. J'ai entendu dire que le terrain appartenait à la famille de son mari et que c'était tout ce qu'elle possédait. Elle n'avait donc pas eu d'autre choix que de vivre ici après son décès. Elle louait toutes les terres arables. Cultiver la terre ou vivre à la campagne ne l'intéressait manifestement pas.

Arlene esquissa un rapide sourire et ajouta :

— Je ne devrais rien dire car je ne la connaissais pas. Vous savez comment naissent les rumeurs.

Apparemment, elle s'efforçait de faire oublier sa réputation de commère.

— Savez-vous d'où venait Laura ? lui demanda Dulcie.

— De Californie. Autre raison pour laquelle c'était

bizarre. Beaucoup de Californiens viennent vivre dans le Montana, seulement pas dans cette région, si vous voyez ce que je veux dire.

Dulcie voyait, en effet. Mais quel rapport avec la Californie ? Ce n'était pas la région de Chicago. Comment se faisait-il que ses parents aient connu cette femme ?

— Pouvez-vous me dire ce qui lui est arrivé ?

— Vous l'ignorez ?

— Je vous en prie, j'ai vraiment besoin que vous soyez franche avec moi. J'ai entendu dire qu'il se pourrait qu'elle ait été tuée ?

— Eh bien, ce n'était pas comme si je colportais des ragots. Tout le monde est au courant. Elle a été assassinée dans l'une des chambres à l'étage, il y aura vingt… oh, Seigneur, vingt-quatre ans ce mois-ci !

Cela expliquait-il pourquoi Roselee, au musée, avait été tellement bouleversée ?

— Les meurtres doivent être rares dans cette région, fit remarquer Dulcie, songeant à la femme qu'elle avait heurtée un peu plus tôt et qui transportait des coupures de journaux relatives à un meurtre.

— Ils sont rares, mais ce meurtre…

Arlene secoua la tête, et son regard se perdit un instant dans le vide.

— Ce meurtre était vraiment haineux, reprit-elle. Elle a été poignardée à mort de plus d'une douzaine de coups de couteau et le meurtrier n'a jamais été attrapé.

Dulcie tentait de digérer toute cette information quand Arlene ajouta :

— Ce qui a rendu tout cela encore plus horrible, c'est la petite.

— La petite ?

— Sa fille. Elle n'était encore qu'un petit bout de chou de quatre ou cinq ans, si je me rappelle bien. Ils ont découvert ses empreintes de pieds ensanglantées dans la chambre où elle était entrée. Elle avait dû voir sa mère étendue là et s'enfuir.

4

Au cours du souper, Kate Corbett vit immédiatement que Russell n'était pas lui-même. Le plus tranquille des cinq frères était également celui qui était le mieux dans sa peau.

Lorsque Grayson avait vendu ses terres au Texas puis déménagé dans le Montana, ses fils avaient été choqués et lui en avaient tenu rigueur. Seul, Russell s'était lancé dans l'exploitation du ranch aux côtés de son père dès sa sortie de l'université, et Kate lui en était reconnaissante car Grayson n'aurait pu s'en sortir sans Russell pour gérer le ranch.

Plus tard, lorsque Grayson avait demandé à ses autres fils de venir s'installer dans le Montana pour réunir la famille, ces derniers avaient accepté mais sans grand enthousiasme. Et, peu à peu, les choses avaient évolué.

Lantry, le cadet, était un avocat spécialiste du divorce. Et, bien qu'il soit encore au ranch, Kate ne s'attendait pas à ce qu'il y reste.

Shane était un Texas Ranger en congé maladie. Kate savait que, s'il n'était pas tombé amoureux d'une fille des environs, il serait retourné au Texas. Au lieu de cela, il s'était fait recruter par le bureau du shérif de Whitehorse comme adjoint. Maddie Cavanaugh et lui s'étaient unis récemment au cours d'une triple cérémonie célébrant également les mariages de Jud et Dalton, les jumeaux, petits derniers de la fratrie.

Kate n'avait absolument rien vu venir mais elle n'aurait pu être plus heureuse de constater le bonheur des fils de Grayson.

Maddie et elle avait encore quelques petites choses à mettre au point, mais elles avaient le temps.

Jud était plus jeune, mais seulement de quelques minutes, que son jumeau, Dalton. Jud avait travaillé comme cascadeur à Hollywood mais il était tombé amoureux de Faith Bailey en tournant un film dans le Montana. Ensemble, ils avaient monté une école de *stunt riding* sur son ranch, non loin du Trails West Ranch.

Dalton s'était entiché de la propriétaire de la boutique de tricots locale, Georgia Michaels. Cette fois, cela n'avait pas été une surprise pour Kate, et Grayson et elle n'auraient pu être plus enchantés.

Bien que les trois garçons se soient mariés, ils vivaient au ranch avec leur épouse en attendant que leur maison soit achevée. C'était merveilleux d'avoir une telle assemblée à table, et Juanita, la cuisinière que Grayson avait persuadée d'emménager dans le Montana, adorait cela.

Oui, bien des choses avaient changé, songea Kate, tandis qu'elle contemplait la grande famille dans laquelle elle était entrée en se mariant.

Durant les années qui suivirent le décès de sa femme Rebecca, le laissant seul avec cinq fils à élever, personne ne se serait attendu à ce que Grayson se remarie.

Kate et Rebecca avaient été les meilleures des amies. Elles avaient grandi ensemble au Trails West Ranch dans le Montana jusqu'à ce que le père de Kate tombe malade et décède, perdant le ranch.

Kate avait également perdu de vue son amie Rebecca qui avait épousé Grayson Corbett et déménagé au Texas. Elle fut très éprouvée par son décès, et c'est en retrouvant quelques vieilles photographies de Rebecca qu'elle avait décidé de rendre visite à Grayson, au Texas.

Il y avait eu une étincelle entre eux dès leur première rencontre. Emportés dans le tourbillon d'une histoire d'amour passionnée, ils s'étaient mariés, et Grayson lui avait fait la surprise d'acheter pour elle le Trails West Ranch et de venir s'installer avec armes et bagages à Whitehorse. Ce fut pour elle le plus beau des cadeaux de mariage.

En s'occupant du déménagement, Grayson avait découvert des lettres que Rebecca avait écrites avant de mourir.

Dans celles qu'elle avait écrites à ses cinq fils, une pour chacun, elle disait que son dernier souhait était que ses fils se marient avant trente-cinq ans… et qu'ils épousent une femme du Montana.

Kate connaissait bien les frères. Lorsqu'elle avait entendu dire qu'ils avaient tiré à la courte paille pour savoir qui comblerait le premier les vœux de leur mère, elle avait compris qu'ils tenteraient de se soustraire à ce pacte. Mais, étonnamment, elle avait vu les vœux de Rebecca se réaliser pour trois de ses fils.

Bien que Lantry n'ait pas la moindre intention de se marier un jour, il n'avait pas quitté le ranch.

Quant à Russell, eh bien, elle croyait qu'il ne rencontrerait jamais une femme qui l'intéresserait suffisamment pour qu'il la courtise !

C'était la raison pour laquelle l'attitude de Russell, ce soir, l'intriguait.

— Comment s'est passée ta journée ? lui demanda-t-elle, curieuse.

Il avait affiché un sourire béat durant tout le repas — fait exceptionnel ! Normalement, il mangeait en vitesse puis retournait travailler, s'excusant en disant qu'il avait trop à faire pour rester assis.

Mais là il semblait perdu dans ses pensées, distrait, alors que son père ainsi que le reste des propriétaires de ranch et des cultivateurs se faisaient un sang d'encre en raison du manque de pluie ce printemps-là.

— Bien, répondit-il.

Il parut soudain embarrassé. Tout comme son père et ses frères, Russell était un homme très séduisant. Il avait hérité des cheveux foncés de Grayson et des yeux d'un bleu intense de Rebecca.

— Il ne s'est rien passé d'inhabituel ? insista Kate.

Russell se rendit compte que tout le monde le regardait fixement, attendant qu'il réponde.

— Rien d'important, non. J'ai seulement failli tuer une citadine égarée aujourd'hui.

— Pardon ? s'exclama Kate.

— Ne t'inquiète pas, elle est indemne.

Répondant aux questions de chacun, il expliqua qu'il arrivait au sommet d'une côte avec la moissonneuse-batteuse et qu'il ne s'attendait pas à trouver quelqu'un sur la route, puisque plus personne n'habitait la ferme Beaumont depuis des années et que cette route se terminait par un cul-de-sac.

— Elle était assise dans sa luxueuse voiture, arrêtée au beau milieu de la route, et elle discutait dans son téléphone portable, déclara-t-il, ponctuant ses propos des mimiques appropriées.

Kate vit qu'il était gêné, n'ayant pas l'habitude d'être le centre d'attention de la famille.

— D'où venait-elle ? lui demanda Grayson.

— Du Midwest, d'après son accent, mais assurément d'une grande ville. Vous auriez dû voir les chaussures qu'elle portait ! Et quand elle a essayé d'ouvrir la barrière…

— D'ouvrir quelle barrière ? voulut savoir Shane.

— Celle de l'ancienne ferme Beaumont, c'est bien ainsi que s'appelle cet endroit ?

— Pourquoi voudrait-elle y entrer ? s'étonna Grayson.

— Est-ce que je sais ? C'était ce qu'elle voulait, j'ai donc ouvert la barrière pour elle. Je l'ai avertie que c'était une propriété privée, mais elle a paru s'en moquer totalement. J'ai même eu l'impression qu'elle a cru que je plaisantais quand je lui ai parlé des crotales.

— Oh ! J'espère qu'elle n'a pas eu de problème, s'inquiéta Kate. Tu l'as laissée seule là-bas ?

Russell se mit à rire, semblant se détendre et même peut-être s'en amuser.

— Bien sûr ! Ce n'est pas comme si j'avais trouvé un chien perdu que j'aurais ramené à la maison.

— Mais si elle était aussi peu dans son élément que tu le dis, elle pourrait s'attirer des ennuis.

— Je suis sûr qu'elle le fera, mais crois-moi, elle ne voulait pas de mon aide. Ni de mes conseils.

Non, songea Kate, à l'évidence cette femme n'en avait pas voulu mais, citadine ou pas, elle avait visiblement fait une forte impression sur Russell… Chose qui n'était pas aisée.

Dulcie frissonna aux mots d'Arlene. La petite fille de Laura Beaumont avait découvert son corps ? Pauvre enfant.

L'horrible appréhension qu'elle avait ressentie plus tôt, à la ferme, l'envahit de nouveau.

Non, elle n'était pas cette petite fille…

Bien sûr qu'elle n'était pas la fille de Laura Beaumont ! Pourquoi avait-elle pensé une telle chose ?

En raison de sa réaction lorsqu'elle avait aperçu les rideaux jaunes et la girouette qui grinçait ? Parce qu'elle ne pouvait se départir de ce sentiment d'appréhension, de peur ?

Elle s'éclaircit la gorge et regarda Arlene avec le plus de calme possible.

— Quel âge avez-vous dit qu'avait cette petite fille ? demanda-t-elle.

— Quatre ou cinq ans, je crois. Je ne suis pas certaine que quiconque l'ait su exactement.

Quatre ou cinq ans, cela impliquerait que l'enfant avait environ vingt-huit ou vingt-neuf ans à ce jour. Dulcie venait de fêter ses vingt-huit ans.

— Comment s'appelait-elle ?

— Angel.

Angel… Dulcie éprouva un soulagement soudain qui ne dura cependant qu'un instant. Le prénom de la petite fille aurait très bien pu être changé si elle avait été adoptée. Il arrivait que ses camarades, à l'école, lui demandent si elle avait été adoptée tant ses parents étaient plus âgés que les leurs. Et puis ce prénom, Angel, c'était celui qu'elle avait donné à son amie imaginaire. Simple coïncidence. Sa mère l'appelait souvent « mon ange ».

De toute façon, si elle avait été adoptée, ses parents le lui auraient dit. Ils ne lui auraient pas dissimulé une telle chose.

Ils lui avaient pourtant dissimulé cette propriété dans le Montana…

Son cœur se mit à battre violemment à l'évocation de ses parents âgés, des années qu'ils avaient passées à tenter d'avoir un enfant, sans succès, de sa mère qui l'avait eue à un âge si avancé. Miracle ? Ou mensonge ?

— Qu'est-il arrivé à la petite fille ?

Il fallait qu'elle sache.

Arlene soupira.

— Elle s'est noyée.

Dulcie sentit une onde de choc parcourir son corps.

— Son corps a été retrouvé dans le ruisseau, sous des broussailles. Elle est enterrée au cimetière de la vieille ville de Whitehorse, près de sa mère.

Dulcie fut si stupéfaite qu'il lui fallut un moment avant de pouvoir parler.

— Elle est morte ?

Donc elle ne pouvait pas être Angel Beaumont.

Arlene hocha la tête avec gravité.

— Ce fut une horrible tragédie, la fille et la mère, toutes deux mortes.

— Soupçonne-t-on le meurtrier de sa mère ?

— Non, lui répondit vivement Arlene. Le shérif a conclu qu'elle était tombée, s'était cogné la tête et qu'elle s'était noyée. Le ruisseau n'était pas très profond, ce printemps-là. Il faisait très chaud et sec.

Dulcie se sentit ébranlée. La mère assassinée, la fille tuée dans un accident improbable. Cela n'expliquait toujours pas pourquoi elle avait hérité de la propriété. Ni pourquoi elle avait réagi de cette manière en voyant les rideaux jaunes à la fenêtre du premier et en entendant le son torturé de la girouette.

Soudain épuisée, elle but d'une traite le verre qu'elle tenait à la main.

— Merci pour la limonade. Elle était délicieuse.

— Alors, allez-vous acheter la propriété ? lui demanda Arlene tandis que Dulcie se levait pour prendre congé.

Elle vit qu'Arlene était curieuse de connaître la véritable raison de son intérêt pour Laura Beaumont et pour sa fille. Et, peut-être davantage encore, de savoir pourquoi elle pouvait vouloir cette propriété.

— J'espère ne pas vous avoir dissuadée, ajouta-t-elle.

— Pas du tout, la rassura Dulcie. Je vais m'accorder une bonne nuit de sommeil. Je serais incapable de prendre une décision, fatiguée comme je le suis.

Elle laissa Arlene et reprit la direction de Whitehorse.

Le soir était tombé, le ciel, passant d'un gris ardoise à un noir d'encre, dépourvu de lune ou d'étoiles comme si la chaleur les avait fait fondre. Se laissant rafraîchir par la climatisation, elle s'efforça de ne pas penser, mais son esprit se mit néanmoins à vagabonder.

Elle n'était pas Angel Beaumont, c'était un fait. Mais cela ne l'apaisait pas pour autant. Laura Beaumont assassinée, sa fille, Angel, noyée dans le ruisseau, la propriété qui lui avait été léguée alors qu'elle n'était qu'une enfant à l'époque. Quelque chose dans tout ceci n'était pas normal.

Alors qu'elle traversait la ville, elle aperçut l'affichage électronique au fronton de la banque qui indiquait 29°. Une nuit affreusement pénible s'annonçait.

Elle choisit le premier motel qu'elle rencontra en périphérie de la ville. Une fois dans sa chambre, elle prit une douche, mit la climatisation en marche et s'allongea sur le lit.

Elle songea à appeler Renada mais elle ne s'en sentit pas le courage bien qu'elle ait reçu un message de son amie. Elle l'appellerait demain, quand elle ne se sentirait plus aussi exténuée, aussi déprimée. Si elle l'appelait maintenant, Renada percevrait combien elle était découragée et elle insisterait pour venir la rejoindre. De toute manière, il était trop tard pour appeler étant donné le décalage horaire avec Chicago.

Fatiguée comme elle l'était, elle s'attendait à sombrer dans un profond sommeil quasi instantanément. Mais quand elle ferma les yeux, elle vit bouger les rideaux jaunes dans la chambre de l'étage et elle entendit le grincement de la girouette sur la grange dans le vent chaud et sec…

Tout ce à quoi elle pouvait penser, c'était à cette petite fille qui s'était noyée.

Jolene s'éveilla en sursaut et se redressa, découvrant qu'elle s'était endormie dans le fauteuil de son salon. Il faisait nuit.

Les pages de la nouvelle qu'elle lisait avant de s'endormir tombèrent tandis qu'elle tendait la main pour allumer la lampe posée près du fauteuil afin de regarder l'heure.

Minuit largement passé. Elle devait être plus fatiguée qu'elle ne le pensait. Elle mit sa lassitude sur le compte de la chaleur implacable qui avait sapé son énergie et l'avait lessivée.

Même à cette heure tardive, l'air dans la petite maison était étouffant. Elle alla relever le store de la fenêtre. Cela ne réussit qu'à faire entrer une bouffée d'air chaud, mais même l'air chaud était préférable à pas d'air du tout.

Alors qu'elle se penchait pour ramasser les nouvelles, elle repensa soudain à ce qu'elle avait appris dans les archives du journal local. Laura Beaumont avait été assassinée vingt-quatre ans plus tôt et, tout comme la femme dans l'histoire de meurtre supposée être une fiction, la jeune veuve avait une petite fille.

Une fille qui avait été retrouvée noyée dans le ruisseau.

La nouvelle devait forcément faire allusion à cette femme et à son enfant. Forcément.

Elle rangea les épisodes agrémentés de critiques dans son sac à dos, bien qu'elle n'ait pas l'intention de les rendre tant que la nouvelle n'aurait pas été achevée et notée.

Elle voulait éviter d'étouffer la créativité de ses élèves avec ses remarques sur leurs devoirs précédents — même si les commentaires en question étaient tous très élogieux. L'idée était de les encourager à écrire librement.

Tout en refermant son sac, elle posa les yeux sur la nouvelle de l'auteur mystérieux qu'elle avait laissée sur le bureau. Pour l'instant, elle la cacherait dans sa maison. Elle ne voulait pas prendre le risque que quelqu'un la trouve à l'école et la lise.

Elle sourit en songeant que l'auteur de cette histoire de meurtre était son meilleur élève. Non seulement il était parvenu à la toucher, mais elle était impatiente de lire la suite. Le seul problème, c'est qu'elle se sentait à présent personnellement impliquée.

Lisant les copies de lundi et de mardi dans l'ordre, elle avait cherché un indice menant à l'identité de l'auteur. Etait-il simplement une personne pourvue d'une imagination fertile ? Ou alors une commère locale qui pensait savoir ce qui était arrivé cet été-là, si effectivement ce récit faisait allusion à Laura Beaumont et à sa fille ?

Il n'y avait rien, dans cette histoire, qui lui donnait à penser qu'elle avait été écrite par l'assassin.

Par conséquent, pourquoi les détails de ce récit la rendaient-ils tellement nerveuse ? Parce que, si elle avait raison, l'auteur avait connu cette femme. Parce qu'il avait observé attentivement cette femme gisant, morte, sur son lit. Tout comme il pourrait bien épier en cet instant sa réaction à elle, songea-t-elle avec un frisson tandis qu'elle éteignait vivement la lumière.

Dulcie se réveilla le mercredi matin après avoir dormi plus tard que cela ne lui était arrivé depuis des années. Elle s'en étonna étant donné la difficulté qu'elle avait eue à s'endormir la veille au soir.

Elle avait dit la vérité à Arlene Evans. Une nuit de sommeil lui avait permis de prendre une décision concernant ce qu'elle allait faire de la propriété.

La raison lui avait dicté de la faire mettre en vente par

l'agent immobilier qu'elle avait rencontré, puis de retourner à Chicago afin de commencer sérieusement à chercher dans quelle nouvelle entreprise elle allait se lancer.

Mais, tout en se disant cela, elle sut qu'elle ne pourrait repartir sans être entrée dans cette maison. Ces rideaux jaunes, cette girouette… Il fallait qu'elle sache.

Il lui faudrait acheter des vêtements appropriés pour cette exploration ainsi que des gants, une torche et des outils pour enlever les planches qui condamnaient la porte et les fenêtres. Elle fit une liste et se rendit à la quincaillerie où une certaine Kayla l'écouta non sans un certain étonnement.

— Vous dites que vous allez enlever des planches clouées sur une porte et des fenêtres ? lui demanda cette dernière. Vous aurez besoin, à coup sûr, d'un marteau et d'un pied-de-biche, mais peut-être aussi d'une visseuse-dévisseuse à batterie. Ces grandes planches sont-elles clouées ou vissées ?

Lorsque Dulcie quitta la quincaillerie, elle eut l'impression d'être équipée pour une expédition en Antarctique ! Kayla lui avait suggéré de prendre des gants de protection, un pantalon de toile et une veste ainsi que des bottes.

De retour au motel, elle se changea et, déposant tout son équipement dans le coffre, elle roula en direction du sud. Au moment où la ferme arriva en vue, elle sentit cette impression désormais familière d'appréhension et de peur la submerger.

Elle faillit changer d'avis et faire demi-tour, d'autant plus qu'elle vit que quelqu'un avait refermé cette maudite barrière.

Jolene observa Thad Brooks, l'un de ses élèves de CM2, tandis que ce dernier ramassait les devoirs. Elle s'était sentie nerveuse toute la matinée, attendant l'épisode suivant de l'histoire de meurtre, craignant que ce ne soit le jour où le récit s'interromprait aussi mystérieusement qu'il avait commencé.

Par la fenêtre ouverte, elle entendait le bruissement des herbes sèches dans le vent chaud, et elle s'éventa tandis que Thad déposait la pile de devoirs sur le coin de son bureau.

— Comment avancent vos nouvelles ? demanda-t-elle.

Sa question suscita des plaintes variées allant de la panne d'écriture au fait de s'ennuyer ferme.

— A ce stade, je veux que vous écriviez dix choses qui pourraient arriver ensuite, dit-elle. Si vous êtes bloqués et que vous ne trouvez plus rien à écrire concernant votre personnage, cela vous aidera de faire ce que l'on appelle du brainstorming. Laissez votre imagination vagabonder et écrivez toutes les choses qui pourraient arriver à votre héros ou héroïne.

— Et si on pense à rien ? geignit Luke Raines, son autre élève de CM2.

— Dans ce cas, vous devez vous obliger à réfléchir. Concentrez-vous. Réfléchissez à vos personnages. Pensez au temps qu'il fait. Pensez au stade où vous en êtes de l'histoire. Les parties centrales sont les plus difficiles car vous devez assurer la progression du récit. Cela vous aidera si quelque chose de captivant se produit qui change la direction de votre intrigue. Quelle est la pire chose qui pourrait arriver à vos personnages ? Quelle est la plus grande peur de votre héros ou de votre héroïne ? Par exemple, et s'il y avait une terrible tempête ? Si jamais votre personnage se retrouvait piégé par elle ? Et si quelqu'un d'étranger arrivait en ville ? Si un vieil ennemi arrivait en ville ? Et si votre personnage découvrait un secret ?

Jolene vit Mace Carpenter se mettre à écrire frénétiquement. Amy Brooks s'y mit aussi. Thad et Luke échangeaient des grimaces. Codi Fox fixait le plafond mais Jolene vit que son esprit était à l'œuvre.

— Il me faut la partie suivante de vos nouvelles pour demain, donc ne relâchez pas votre effort.

— Est-ce que nous devons vraiment écrire quelque chose chaque soir de cette semaine ? demanda Thad.

— Oui… et ce week-end vous rédigerez la fin que vous me rendrez lundi, soit un total de six parties de votre nouvelle.

Thad et Luke se mirent à râler.

— C'est la raison pour laquelle vous devez vous creuser les

méninges, afin de trouver d'autres idées, reprit-elle. Ouvrez votre esprit à de nouvelles possibilités. Quel genre de problèmes votre personnage peut-il rencontrer ? A présent, faites une liste. Je veux au moins *dix* choses susceptibles d'arriver avant que vous ne repartiez tout à l'heure. Allez ! Au travail !

Elle attendit que ses élèves aient noté au moins dix pistes avant de les laisser sortir en récréation. Elle n'avait prévu de ne lire aucun des récits avant d'être rentrée chez elle. Mais il fallait qu'elle voie si l'histoire de meurtre se trouvait dans la pile.

Elle la feuilleta précipitamment, tâchant de garder un œil sur la porte pour le cas où l'un des parents passerait lui rendre visite. La veille, la visite de Ben Carpenter l'avait effrayée. Et aussi le fait de s'être rendu compte que l'auteur de la nouvelle gardait probablement un œil sur elle tout comme il l'avait fait avec Laura Beaumont, vingt-quatre ans plus tôt.

Elle essayait d'imaginer Ben écrivant cette histoire lorsque, avec un sursaut, elle se rendit compte que le nouvel épisode de l'histoire du meurtre ne se trouvait pas dans la pile. Fébrile, elle feuilleta de nouveau les documents, plus lentement cette fois. A son grand soulagement, elle le découvrit, pris en sandwich entre les devoirs respectifs de ses élèves de 6ᵉ et de 4ᵉ, Codi Fox et Mace Carpenter.

Son cœur s'emballa. Mace l'avait-il rendu avec le sien ? Elle se rappela alors que Luke Raines avait ramassé les devoirs et qu'il en avait mis certains sur le dessus de la pile et d'autres en dessous.

Elle songea à ramasser elle-même les devoirs le lendemain. Non. Cela pourrait alerter l'élève qui apportait l'épisode supplémentaire. Or elle ne voulait pas attirer l'attention en changeant la procédure. Néanmoins, elle prêterait davantage attention, le lendemain, lorsque l'élève désigné ramasserait les nouvelles.

Elle sortit l'histoire du meurtre, jetant un coup d'œil en direction de la porte avant de lire le nouvel épisode, furtivement, avec un sentiment de culpabilité.

Le crépuscule était tombé sur les terres mais la chaleur accablante persistait alors que son amant quittait furtivement la vieille ferme, persuadé qu'elle l'aimait et qu'elle n'aimait que lui.

Debout à la fenêtre, elle le regarda partir, mais il ne s'était pas tellement éloigné sur la route que déjà un sentiment d'impatience s'empara d'elle.

Elle resserra le peignoir jaune léger autour d'elle. Le jaune, sa couleur favorite. Elle l'aimait parce qu'elle disait qu'elle la faisait se sentir bien.

Les couleurs affectaient ses humeurs, disait-elle. Le vert la calmait. Le bleu la rendait nostalgique. Le rouge… eh bien, le rouge la rendait amoureuse. Comme si elle avait besoin d'encouragements pour cela.

Il n'était pas reparti depuis longtemps lorsqu'elle se fit couler un bain, l'air étant suffocant, la chaleur irradiant de la terre desséchée, cuite par le soleil.

Elle se glissa dans la grande baignoire sur pieds remplie d'eau fraîche et elle ferma les yeux. Elle fit jouer ses doigts dans l'eau autour de son corps tout en rêvant à une autre vie, loin de cette ferme étouffante et poussiéreuse.

Dans la pièce voisine, sa fille jouait en silence, ignorant le bruit du véhicule qui s'arrêta devant la maison, les pas pesants sur les marches de l'escalier, le craquement de la porte de la salle de bains lorsqu'elle s'ouvrit puis se referma.

Tandis que des voix s'élevaient derrière la porte de la salle de bains, où une dispute avait éclaté, la petite fille se couvrit les oreilles et elle chanta une chanson que lui avait apprise sa mère jusqu'à ce qu'elle entende la porte de la salle de bains s'ouvrir brusquement, puis de nouveau les pas furieux sur les marches et enfin les pleurs étouffés de sa mère, de l'autre côté du couloir.

Russell Corbett ne put en croire ses yeux. La voiture de cette femme de la ville était de nouveau garée devant l'ancienne propriété Beaumont.

Mais ce n'était pas ce qui l'avait amené à écraser la pédale du frein avant de s'arrêter.

La femme tenait un pied-de-biche dans ses mains protégées par des gants et elle semblait essayer de retirer les planches qui condamnaient la porte.

— Que diable faites-vous là ? lui lança-t-il en passant à grandes enjambées devant la barrière qui gisait sur l'herbe sèche. Dites-moi que vous n'avez pas sectionné les barbelés de cette barrière pour entrer sur la propriété !

Elle se tourna lentement vers lui et lui jeta un sourire moqueur, sans répondre.

Irrité, il ôta son Stetson gris et le claqua contre sa cuisse.

— Vous ne pouvez pas vous balader dans les environs en découpant les barrières des habitants et en vandalisant leur propriété, même si elle est abandonnée, laissa-t-il tomber d'un ton sec.

Elle pencha la tête comme si elle le voyait pour la première fois. Il commençait à perdre patience lorsqu'elle répliqua d'un ton calme :

— Si, je peux. Cette propriété est à moi.

— Pardon ?

Elle hocha la tête en souriant. Elle semblait apprécier le fait qu'il soit surpris et que cela le laisse sans voix. Ou, plus exactement, elle se fichait carrément de lui.

— Vous avez acheté cette propriété ?

Elle mit les mains sur ses hanches, le pied-de-biche coincé dans sa main droite.

— Excusez-moi, mais j'ai manqué la partie où vous expliquiez en quoi cela vous regarde, dit-elle.

Bien. Cette femme n'avait pas la langue dans sa poche, songea-t-il, laissant errer son regard sur ses lèvres bien dessinées, roses et charnues. Ses propres lèvres tressaillirent lorsqu'il pensa à l'effet que cela ferait d'embrasser cette bouche…

Levant les mains, il se rendit à ses raisons.

— Dans ce cas, je ne vous ennuie pas davantage.

Il fit demi-tour, avec l'intention de regagner d'un pas digne son 4x4, jurant entre ses dents.

— Attendez ! lança-t-elle. Je suis désolée. Mais il fait trop chaud et je ne m'en sors pas avec ces planches.

Elle soupira et ajouta :

— Puisque vous êtes là, est-ce que cela vous ennuierait d'enlever cette dernière planche qui me donne du fil à retordre ?

Il s'arrêta dans son élan. Le ton suave et séducteur de la jeune femme le tirait en arrière comme un lasso, mais il s'intima l'ordre de continuer à marcher. S'il faisait demi-tour, il le regretterait. Cette femme était les ennuis personnifiés.

Se retournant lentement, il l'observa par-dessous le bord de son chapeau, à la manière dont il aurait regardé un crotale sur le point de frapper. Son changement de ton ne lui inspirait pas confiance. Elle ne parvenait pas à enlever la dernière planche, donc elle recourait à ses charmes en espérant qu'ils agiraient sur lui ?

— Je ne voudrais pas me mêler de vos affaires, dit-il avec un sourire narquois.

Les lèvres magnifiques de la jeune femme esquissèrent un sourire nonchalant. Une main toujours posée sur ses hanches sculpturales, elle l'invita de l'autre à la rejoindre, lui tendant le pied-de-biche.

— Je vous ai dit que j'étais désolée.

Il se sentit faiblir en dépit de son instinct qui le poussait à se tenir à distance de cette femme. Mais il était né et il avait été élevé au Texas, où tout homme vient en aide à une dame.

— Je vous en serais vraiment reconnaissante, insista-t-elle du même ton enjôleur. Cette dernière planche ne veut pas céder.

Il poussa un profond soupir tandis qu'il s'avançait vers elle pour lui prendre, sans un mot, le pied-de-biche des mains et enlever la planche dans un crissement de clous arrachés.

Il la jeta sur le côté, là où étaient entassées les autres et il rendit le pied-de-biche à sa propriétaire. Il s'apprêtait à s'éclipser sans un regard en arrière, lorsque la jeune femme enleva son gant et lui tendit une main parfaitement manucurée.

— Dulcie Hughes.

Il essuya posément sa main sur son jean et la lui tendit à

contrecœur en se disant qu'il ne la laisserait pas le mettre à contribution pour autre chose. Après tout, cette femme pouvait mentir en prétendant posséder cette propriété. Peut-être même venait-il de l'aider à commettre un délit.

La main de la jeune femme, lorsqu'elle disparut dans la sienne, lui sembla aussi froide et lisse que de la porcelaine.

— Russell Corbett.

Les yeux couleur caramel de la jeune femme croisèrent les siens. Leur brun chaleureux semblait pétiller de malice.

— Merci, Russell Corbett. Excusez-moi encore pour tout à l'heure. Je déteste ne pas réussir à faire une chose par moi-même. Cela me rend irritable.

Il hocha la tête. Ce sentiment lui était familier.

— Alors, que faites-vous dans le Montana ? lui demanda-t-elle en souriant.

Il se dit qu'il avait du travail qui l'attendait et qu'il n'avait pas le temps de rester debout dans cette chaleur à bavarder, mais jamais il ne se montrerait grossier envers une femme.

— Je suis venu du Texas pour diriger le Trails West Ranch.

Il fit un signe de tête en direction de l'ouest, se demandant pourquoi il ne lui avait pas dit qu'il était copropriétaire du ranch familial. Sans doute parce que cela ne la regardait pas.

— Si je comprends bien, il s'agit du ranch voisin, plus loin sur cette route ? lui demanda-t-elle avec un sourire. Tout, dans cette région, semble être situé un peu plus loin sur la route.

Il n'aurait su dire si elle riait à ses dépens ou non. Quoi qu'il en soit, cela semblait l'amuser, et il se dit qu'elle lui plaisait assez quand elle ne montait pas sur ses grands chevaux.

Elle passa une main sur son front, et laissa une trace sale au-dessus de l'un de ses sourcils délicatement sculpté. Ce détail la fit paraître un peu moins guindée, ce qui n'était pas si désagréable, songea-t-il.

— Cela vous ennuie si je vous demande ce que vous comptez faire ici ? ds'enquit-il en lui désignant la maison.

— Je vais seulement y jeter un coup d'œil, par simple

curiosité, avant de la mettre en vente. J'en ai hérité sans l'avoir jamais vue.

— Vous en avez hérité ? Votre famille est-elle originaire des environs ?

— Non. Seriez-vous intéressé par le rachat de la propriété ?

Il remarqua la manière dont elle avait rapidement changé de sujet. Mais c'était son problème à elle, pas le sien.

— Cela se pourrait, répondit-il. Donc, vous n'êtes pas une parente des Beaumont ?

— Connaissiez-vous la femme qui vivait ici ? Celle qui a été assassinée ?

— Non.

Il commençait à en avoir assez qu'elle ne réponde pas à ses questions, mais après tout, qui était-il pour l'interroger ? Il était sur le point de partir mais il ne put s'empêcher d'ajouter :

— Si vous êtes déterminée à entrer là-dedans, vous devez savoir que les planchers sont sans doute complètement vermoulus, que des crotales y ont probablement fait leur nid, sans parler des chauves-souris, des souris et de tous les rongeurs possibles et imaginables.

Elle l'étudia en inclinant la tête.

— Cela vous plaît de me faire peur, n'est-ce pas ?

— J'essaie seulement de vous donner un conseil amical dont, manifestement, vous ne tiendrez aucun compte.

Il fit un pas en arrière, se disant que, quoi qu'elle fasse, il s'en lavait les mains. Il n'était pas responsable d'elle.

— Merci pour le conseil ! lança Dulcie tandis que Russell Corbett s'éloignait.

Le spectacle n'était pas déplaisant. Pour la première fois, elle comprit le sens de l'expression « démarche de cow-boy ».

Cet homme avait été gâté par la nature. Non seulement il était séduisant mais, qui plus est, il était doté d'un physique époustouflant : des épaules larges et puissantes, des hanches minces et de longues jambes. Et sa tenue de cow-boy ne lui seyait-elle pas à merveille ?

Elle ne put se retenir de sourire quand elle le vit frapper du bout de sa botte dans une petite pierre, l'envoyant voler à plusieurs mètres. Sous sourire s'élargit lorsqu'elle l'entendit marmonner entre ses dents tout comme il l'avait fait la fois précédente.

— Revenez quand vous voulez ! ajouta-t-elle.

Souriant toujours, elle le vit remonter dans son 4x4, mettre le moteur en marche et s'éloigner dans un crissement de pneus et un nuage de poussière sans lui répondre ou lui jeter un regard.

Une pensée étrange lui traversa l'esprit. Elle aurait bien aimé voir Russell Corbett à cheval avant de quitter la ville. L'homme était l'archétype même du cow-boy. Que diable faisait-il en 4x4 ? Elle secoua la tête, déçue de voir anéanties ses illusions concernant l'Ouest et les véritables cow-boys.

Le lendemain à cette même heure, elle se trouverait dans l'avion à destination de Chicago. Russell Corbett ne serait plus qu'un souvenir, le seul souvenir agréable qu'elle emporterait du Montana.

Non sans une certaine appréhension, elle revint vers la maison et la tâche qui l'attendait.

Russell Corbett avait tort. Ce n'était pas une forme de curiosité morbide qui la motivait. Elle espéra seulement qu'il avait également tort concernant les planchers vermoulus et les bestioles qui vivaient là !

Au milieu des documents que lui avait remis le notaire de ses parents, elle avait trouvé une clé. Sans doute celle de la porte d'entrée. La sortant de la poche de son pantalon de toile tout neuf, elle l'introduisit dans la serrure. La clé tourna comme si elle avait encore servi la veille… et non vingt-quatre ans plus tôt.

Un silence oppressant s'était imposé avec la chaleur. Pendant un moment, elle ne prêta attention qu'aux battements accélérés de son cœur. Puis, saisissant la poignée, elle l'abaissa lentement et poussa la porte.

5

— Que sais-tu à propos de l'ancienne propriété Beaumont ? demanda Russell à son père, lorsqu'ils se retrouvèrent seuls, tous les deux.

Pendant un moment, Grayson parut distrait, puis il s'arracha à la contemplation du ciel sans nuages.

— Pas grand-chose. Pourquoi me demandes-tu ça ?

— Je viens de rencontrer la propriétaire. Du moins c'est ce qu'elle prétend. Elle m'a dit qu'elle pourrait mettre la propriété en vente.

Grayson l'étudia un instant.

— Elle ? Ne s'agirait-il pas de cette fille de la ville dont tu nous as parlé ?

— En personne. Elle s'y trouve actuellement, occupée à explorer la maison.

Grayson parut inquiet.

— Toute seule ? Fils, crois-tu que ce soit sage ?

Russell émit un grognement méprisant.

— Je pense que c'est pure folie. Mais cette femme n'apprécie guère de recevoir des conseils.

Son père se mit à rire.

— Quelle femme l'apprécie ? On ne doit pas avoir l'art et la manière de les leur donner. Cela dit, si cette femme envisage sérieusement de vendre la propriété, je pense vraiment que nous devrions lui faire une offre. Le terrain est contigu au nôtre et il est resté en jachère toutes ces années. Je pense que nous pourrions y faire une assez bonne récolte de blé, sans parler du fait que la propriété est irriguée. Tu devrais te renseigner sur le prix qu'elle en demande.

Russell ne répondit pas et étudia un moment le visage de son père, à la lumière avare de la grange. Ce dernier semblait préoccupé.

— As-tu parlé aux autres propriétaires de ranch et aux cultivateurs ? demanda-t-il.

— Oui. Et nous continuons à penser qu'il nous faut absolument de la pluie. Il semble faire chaque jour plus chaud et plus sec. S'il ne pleut pas bientôt…

Engager un faiseur de pluie était une mesure de dernier recours et tous deux le savaient. Russell se rappelait avoir vu de prétendus faiseurs de pluie être chassés de la ville après avoir échoué à faire pleuvoir et en arriver à un affrontement violent avec les habitants.

— Ils ont suggéré un faiseur de pluie qui est déjà intervenu ici, reprit Grayson en sortant un morceau de papier de sa poche. J'ai ici son nom et son numéro.

— Je l'appellerai.

Il perçut l'expression de soulagement de son père tandis qu'il lui donnait les informations.

Un centimètre de pluie valait un million de dollars, dans cette région du pays. Quinze mille dollars pour faire pleuvoir, c'était bon marché. Si ce Finnegan Amberst pouvait faire tomber la pluie, alors il justifierait chaque cent dépensé.

— Et renseigne-toi auprès de cette femme, lui rappela Grayson en s'éloignant. Fais-lui une offre qu'elle ne pourra refuser, ajouta-t-il avec un clin d'œil.

Dulcie poussa la porte de la vieille maison jusqu'à l'ouvrir totalement, et elle fut aussitôt assaillie par une bouffée d'air vicié et putride. Elle eut un mouvement de recul. Etait-il vraiment nécessaire qu'elle entre dans cette maison ? Que pouvait-elle espérer apprendre de plus concernant l'ancienne propriétaire et sa fille dans une maison qui était restée inhabitée pendant les vingt-quatre dernières années ?

Elle l'ignorait, mais elle voulait découvrir le lien l'unissant à Laura Beaumont. Si la réponse se trouvait dans cette maison, elle devait aller y jeter un œil. Cette maison était désormais la sienne, après tout.

Rassemblant son courage, elle risqua un pas hésitant à l'intérieur, et fut instantanément aussi fascinée que lorsqu'elle avait regardé par la fenêtre, la veille. La maison semblait avoir été figée dans le temps. Rien ne détonnait. A l'évidence, les techniciens de la police scientifique n'avaient pas mis la maison sens dessus dessous comme elle croyait qu'ils le faisaient toujours sur le lieu d'une scène de crime.

Elle s'avança avec précaution, testant la résistance du plancher en se remémorant les propos de Russell Corbett. Elle esquissa une grimace à cette pensée. Cet homme était exaspérant mais il lui avait permis d'entrer dans la maison ; alors elle lui pardonnait son arrogance tellement machiste.

Le plancher poussiéreux et usé craqua et gémit un peu, mais il lui parut assez solide lorsqu'elle entra dans la pièce. Elle laissa la porte ouverte pour permettre à l'air de se renouveler. Même l'air chaud de l'extérieur était préférable à cette odeur de renfermé. Par ailleurs, la lumière de l'extérieur lui permettait de mieux voir. Cela faisait deux bonnes raisons bien que la vérité soit… qu'elle voulait laisser la porte grande ouverte pour le cas où elle devrait s'enfuir à toutes jambes.

Le salon était tel qu'il lui était apparu à travers la vitre. Elle se déplaça lentement dans la pièce, essayant d'imaginer la femme qui avait vécu là, assise dans ce fauteuil, ce verre et ce livre posés non loin d'elle, sur la table.

Comment était-il possible qu'elle ait hérité de cette propriété et qu'elle ne sache rien de Laura Beaumont et de sa fille ? Ses parents avaient dû être amis avec cette femme. Peut-être lui avaient-ils porté assistance par le biais de quelque association. On ne laissait pas une maison en héritage à une gamine de quatre ans sans raison valable.

Sachant combien ses parents étaient bienveillants et généreux, elle se convainquit qu'ils avaient dû aider cette femme et qu'elle leur en avait été reconnaissante. Et puis ils avaient dû venir ici après le meurtre et l'emmener. Cela expliquerait ces étranges vagues réminiscences qu'elle continuait d'avoir.

Oui. Laura Beaumont, désireuse de s'acquitter de sa dette envers les Hughes, leur avait légué tout ce qu'elle avait en ce monde. C'était un excellent scénario, à l'exception d'un détail : Laura Beaumont n'avait pas légué tous ses biens matériels aux Hugues. Elle avait légué cette maison et ce terrain à elle, Dulcie.

C'était ce détail qui la tracassait. Personne ne lègue ses biens à une enfant de quatre ans, à moins d'en être le parent. Mais la fille de Laura était morte. Donc, il y avait une autre raison. Une raison qu'elle allait trouver.

Arrivée à la porte de la cuisine, elle s'arrêta, choquée par ce qu'elle y vit. La vaisselle toujours posée sur la table. Un bol et une cuillère devant une chaise. Une boîte de céréales renversée et les traces trahissant la présence de ces bestioles dont lui avait parlé Russell Corbett.

Devant l'autre chaise se trouvaient une petite assiette, un couteau posé à côté et une tasse à café. Dulcie imagina deux silhouettes assises à cette table, une petite fille mangeant ses céréales, et sa mère prenant un toast et un café. Aucune d'elles n'ayant la moindre idée de la manière horrible dont cette journée se terminerait.

Dulcie cligna les yeux et battit en retraite.

Elle avait craint que cette maison ne lui paraisse familière, qu'elle ne se rappelle y avoir été présente.

Mais, tandis qu'elle se tenait là, debout, elle se rendit compte qu'elle ne ressentait rien. Elle ne s'était pas trouvée à l'intérieur de cette maison. Du moins pas dans cette partie de la maison.

Revenant sur ses pas, elle s'avança vers l'escalier et leva les yeux vers l'étage. Avec les volets fermés au premier, il faisait beaucoup plus sombre, là-haut. Et puis c'était là que…

Son cœur battit un peu plus vite. Elle avait la réputation d'être intrépide et audacieuse en raison de son succès professionnel, mais dans ce genre de situation elle était loin d'être téméraire. Elle était au contraire terrifiée.

Malheureusement, elle jouissait également d'un naturel obstiné. Et ce trait de caractère, qui l'avait à plusieurs reprises aidée à affronter les difficultés, lui interdisait à présent de quitter les lieux avant d'avoir visité l'étage. Elle ferait donc aussi bien d'en finir tout de suite.

Elle agrippa la rampe puis la lâcha aussitôt, grimaçant tandis qu'elle essuyait sa main couverte de toiles d'araignées sur son pantalon. Testant chacune des marches d'un pas hésitant, elle les gravit dans la pénombre.

Quelques-uns des habitants étaient venus rendre visite à Jolene juste après qu'elle avait été engagée pour finir le trimestre. Ils lui avaient apporté du pain fait maison, des roulés à la cannelle ainsi que des conserves de leur réserve personnelle.

Ces visites et ces présents l'avaient aidée à se sentir la bienvenue.

Mais, en cet instant, en voyant Midge Atkinson s'arrêter devant chez elle, elle eut envie de se cacher et de feindre d'être absente.

Malheureusement, Midge l'avait certainement vue revenir de l'école à bicyclette, quelques instants plus tôt à peine, et elle se résigna à l'accueillir le plus poliment possible.

Par la fenêtre, elle l'observa qui descendait de son S.U.V. en surveillant les alentours comme si elle avait peur d'être attaquée par un chien. Ou que quelqu'un ne l'épie. Tenant un panier en osier à la main, elle frappa à la porte.

Jolene s'assura que l'histoire du meurtre était soigneusement dissimulée dans le tiroir du bas d'un meuble et que la maison était suffisamment en ordre pour recevoir des visiteurs puis elle alla ouvrir.

— Bonjour, Midge.

On l'avait mise en garde contre Midge Atkinson.

John, son mari, possédait la moitié des commerces de la ville et Midge dépensait l'argent qu'il gagnait. Tel était le portrait qu'on lui en avait fait.

— Personne ne s'oppose aux Atkinson, lui avait-on dit. Midge aime exercer son pouvoir. J'imagine que je n'ai pas besoin de vous dire qui porte la culotte dans le ménage.

Jolene avait hoché la tête sans répondre, se gardant de tout commentaire.

— Je vous ai apporté un petit quelque chose, annonça Midge en entrant sans attendre d'y être invitée.

Alors que Jolene refermait la porte, elle remarqua que Midge inspectait les lieux. Son regard se posa sur la table où elle avait laissé les nouvelles de ses élèves qu'il lui restait à lire.

— Laissez-moi vous débarrasser, dit-elle vivement en prenant le panier des mains de Midge.

Elle le déposa sur la table et rangea promptement les nouvelles dans son sac dont elle fit glisser la fermeture Eclair.

— Asseyez-vous, je vous en prie. Que puis-je vous offrir à boire ?

— Je ne peux pas rester longtemps, précisa Midge en prenant un siège près de la fenêtre, à côté du ventilateur. Mais je ne dirais pas non à quelque chose de frais.

— J'ai du thé glacé. Prendrez-vous du sucre ou du citron ?

— Du citron.

Jolene se rendit dans la petite cuisine et, tandis qu'elle prenait le thé ainsi qu'un citron dans le réfrigérateur, elle entendit grincer le fauteuil sur lequel Midge était assise. Elle se retourna à temps pour la voir traverser la pièce.

Elle remplit deux verres et posa sur chacun une rondelle de citron avant de revenir dans le salon. Midge était assise à la table.

— Ce ventilateur est trop bruyant, se plaignit-elle. Je suis mieux ici.

Jolene posa le verre de thé devant son invitée et s'installa à son tour, s'efforçant de ne pas regarder de nouveau en direction de son sac à dos… ouvert.

Elle l'avait pourtant refermé. Mais pourquoi Midge l'ouvrirait-elle ? Une seule personne à part elle pourrait avoir connaissance de l'histoire de meurtre… L'auteur. Et l'élève qui la lui apportait. D'autres, peut-être ?

— Vous n'êtes pas curieuse de savoir ce que je vous ai apporté ? lui demanda Midge, l'air perturbé.

Perturbé parce qu'elle ne l'avait pas encore remerciée ? Ou parce qu'elle n'avait pas trouvé ce qu'elle cherchait dans le sac ?

Tirant le panier vers elle, Jolene vit qu'il était rempli de muffins achetés à l'épicerie. Dans cette région du Montana, offrir quoi que soit qui ne soit pas fait maison était quasiment une insulte.

— Quelle charmante attention, Midge. Merci.

Midge haussa légèrement les épaules.

— Je n'ai pas eu l'occasion de vous souhaiter la bienvenue depuis que vous avez été engagée. Comment cela se passe-t-il ?

— Très bien. Pas de problèmes.

Midge but une gorgée de thé et fit la grimace.

— Il est amer, dit-elle. Je pense que vous l'avez laissé trop longtemps infuser. J'en ai bu assez de toute manière.

Elle repoussa le verre presque plein et se leva.

Jolene se leva également pour la raccompagner, mais avant de se diriger vers la porte Midge se retourna vers elle et lança d'une traite :

— J'ai entendu dire que vous posiez des questions sur une affaire déplaisante survenue il y a des années. Vous ne devriez pas vous préoccuper de ce genre de choses. Nous apprécions que nos enseignants se concentrent sur l'élaboration d'un environnement pédagogique agréable pour nos enfants. Je suggérerais que vous restreigniez vos projets de recherche à la partie de notre histoire dont nous sommes fiers, comme l'établissement de nos premiers colons.

Jolene fut tellement choquée qu'elle fut incapable de répondre sur l'instant, puis elle dut se mordre la langue pour se retenir de dire à Midge Atkinson ce qu'elle pensait de sa suggestion.

— Oh ! Et je voudrais récupérer mon panier lorsque vous aurez terminé les muffins, ajouta Midge.

— Bien sûr.

Tandis que l'agaçante matrone s'éloignait, Jolene ferma la porte et s'appuya contre le battant, se demandant qui, au sein du cercle de couture de Whitehorse, l'avait dénoncée.

Dulcie s'arrêta au sommet de l'escalier. Au premier étage de la ferme, l'air lui sembla encore plus fétide qu'au rez-de-chaussée. Elle examina le couloir menant vers l'avant de la maison. Quatre portes étaient entrebâillées.

Derrière la plus proche, elle aperçut un placard à balais contenant un très vieil aspirateur posé contre un mur ainsi qu'un balai miteux.

S'avançant avec précaution, elle se dirigea vers la porte suivante. La pièce était presque vide à l'exception d'une ancienne machine à coudre à pédale installée contre un mur.

Elle s'approcha de la troisième porte et regarda à l'intérieur de la pièce. La chambre d'une petite fille. Quelqu'un avait peint au plafond un ciel bleu et blanc parsemé de nuages. Sur les murs entourant le lit étaient représentés une demi-douzaine d'anges aux doux visages de chérubins.

Tandis qu'elle entrait dans la chambre, elle vit que l'artiste avait signé de son nom au bas d'un mur, dans l'un des coins de la pièce. M. Atkinson.

Ce nom ne lui évoqua rien. Elle regarda de nouveau la fresque. Une pièce remplie d'anges pour une petite fille prénommée Angel. Elle tenta de s'imaginer la petite fille qui avait vécu là. Garçon manqué ou petite princesse jouant à la poupée ?

Rien dans cette chambre ne lui parut familier. Avec un soupir de soulagement, elle se dit qu'elle ne l'avait jamais vue. Si elle était venue à Whitehorse avec ses parents, pour quelque raison que ce soit, elle devait être restée à l'extérieur de cette maison. A l'extérieur où elle avait pu voir les rideaux jaunes de la fenêtre de la chambre au premier et entendre la girouette, sur le toit de la grange.

Une petite commode, autrefois blanche, était posée dans un coin. Elle ouvrit un tiroir. Vide. Puis un autre. Vide lui aussi. Il était assez étrange que tout, dans cette maison, semble être resté tel que cela avait été vingt-quatre ans plus tôt à l'exception des vêtements d'Angel, qui avaient disparu. Pourquoi emporter les vêtements d'une enfant décédée ?

Russell appela le numéro que son père lui avait donné et fut surpris d'entendre une voix féminine lui répondre. Pendant un instant, il crut avoir composé un mauvais numéro.

— Pourrais-je parler à un certain Finnegan Amberst, je vous prie ?

— Ne quittez pas. Je vous passe mon grand-père.

La ligne resta silencieuse pendant quelques instants, puis une voix rauque et caverneuse demanda qui appelait.

— Russell Corbett, du Trails West Ranch à Whitehorse dans le Montana.

Il entendit un petit rire sardonique.

— Je me demandais quand vous me contacteriez.

— Dans ce cas, vous devez connaître la raison pour laquelle je vous appelle, répliqua Russell, espérant que son père et les autres n'étaient pas sur le point de jeter leur argent par les fenêtres.

Le faiseur de pluie avait vraiment la voix d'un grand-père, d'un très vieux grand-père.

— Vous avez besoin d'un faiseur de pluie, reprit Finnegan Amberst.

— Nous avons besoin de pluie.

L'homme se mit de nouveau à rire.

— Etes-vous intéressé ? demanda Russell qui ne ressentait vraiment aucune sympathie pour cet homme.

— Laissez-moi réfléchir. Si je décide de venir, je serai présent demain. Dans le cas contraire, je vous appellerai.

— Dites-moi au moins si vous pensez être intéressé.

Russell jura. L'homme avait raccroché.

— Tant qu'à perdre son temps…, marmonna-t-il en se dirigeant vers son pick-up, je vais aller négocier avec cette Dulcie Hughes.

Dans la salle de bains, Dulcie distingua une antique baignoire sur pieds contre le mur du fond.

Puis elle s'avança prudemment vers la dernière pièce, la chambre de Laura Beaumont. Par la porte entrebâillée, elle vit les rideaux d'un jaune passé ondulant dans l'air brûlant qui s'infiltrait par la vitre brisée.

Il y avait un fauteuil près de la fenêtre. Un livre gisait, sur ses pages ouvertes, par terre. Comme tout le reste dans cette maison, il était couvert de poussière.

Arrivée sur le seuil de la chambre, elle hésita. Posant sa main sur la porte, elle l'ouvrit complètement. Rien n'en sortit en trottinant mais elle entendit le bruit de petites pattes au-dessus de sa tête.

En entrant, elle vit le papier peint et elle eut un choc. Elle connaissait ce motif désuet à minuscules fleurs jaunes… Il lui parut tellement familier que ses genoux menacèrent de se dérober sous elle tandis qu'elle s'efforçait de lutter contre le mélange d'appréhension et de terreur qui la submergeait.

Elle était déjà venue dans cette chambre. Cette chambre où Laura Beaumont avait été assassinée. Ses parents ne l'y auraient jamais amenée. Alors, comment était-ce possible ?

Se sentant mal, elle s'agrippa au montant de porte pendant un moment, attendant que le vertige se dissipe.

Elle avait pris soin de ne pas fixer son regard sur le grand lit haut au cadre de fer ancien. Mais soudain, elle ne put s'empêcher de poser les yeux sur le matelas souillé. Avec un mouvement de recul, elle détourna le regard vers une imposante commode contre le mur.

Comme une somnambule, elle traversa la chambre et, ouvrant le tiroir du haut, le trouva rempli de sous-vêtements féminins. Le deuxième tiroir en regorgeait, lui aussi. Les troisième et quatrième contenaient des T-shirts et des chemisiers, des jeans et des pantalons.

Quelqu'un aurait emporté les vêtements de la fillette mais laissé ceux de la mère ?

Elle ouvrit le placard. Des robes couvertes de poussière pendaient mollement à des cintres métalliques. Des chaussures étaient éparpillées sur le sol. Le placard abondait en talons hauts et en jolies robes. Le jaune avait dû être sa couleur préférée.

Dulcie referma la porte du placard, prête à fuir, déstabilisée et souhaitant n'être jamais venue dans cette chambre.

Elle perçut un mouvement de l'autre côté de la chambre et poussa un cri. Elle se calma aussitôt en comprenant ce qu'elle venait de voir : son propre reflet dans le miroir terni d'une coiffeuse.

La coiffeuse était encombrée d'une collection de flacons et de pots, tous recouverts d'une épaisse couche de poussière, d'une brosse.

Elle eut soudain besoin d'air frais, même s'il était d'une chaleur intolérable. En sortant, elle se cogna dans la commode. Quelque chose glissa jusqu'au sol.

Elle recula, prête à crier mais s'interrompit en voyant ce qui était tombé.

S'accroupissant, elle ramassa avec précaution ce qui lui sembla être une photographie.

Elle la prit d'une main tremblante et vit le visage d'une petite fille. Un visage ressemblant tellement au sien qu'il aurait pu être celui de sa jumelle.

6

Dulcie entendit, provenant du rez-de-chaussée, un bruit sourd, comme si quelque chose avait été renversé.

Elle sursauta et, fourrant la photographie dans sa poche, regarda autour d'elle, en quête d'un objet qu'elle puisse utiliser pour se défendre.

Songeant aux bestioles qui avaient élu domicile dans la maison, elle s'avança sans bruit dans le couloir, en direction de l'escalier. Elle saisit le vieux balai entreposé dans le petit placard et se positionna sur l'un des côtés de l'escalier, prête à affronter ce qui le gravissait.

Une marche craqua sous le poids d'un lourd talon de botte. Ce devait être une bestiole de belle taille, songea-t-elle. Russell Corbett ? Etait-il revenu voir si elle avait besoin de protection ? Ou peut-être lui donner de nouveaux conseils ?

Alors que les pas approchaient, elle agrippa le balai à deux mains, projetant de l'utiliser comme une batte de base-ball si nécessaire. Elle s'approcha lentement de l'escalier, armée et prête à se défendre, espérant voir le visage séduisant de Russell Corbett levé vers elle.

Elle n'eut pas cette chance. L'homme était corpulent, son visage rond et charnu, son expression meurtrière. Elle réprima un cri, resserrant sa prise sur le manche du balai, prête à frapper.

— Que diable croyez-vous faire ? lui jeta l'homme, s'arrêtant à mi-chemin dans l'escalier. Vous n'avez rien à faire dans cette maison. Vous êtes sur une propriété privée et vous avez beaucoup de chance que je n'aie pas appelé le shérif.

— Vous montez encore une marche et je ne répondrai pas de ce que je vais faire avec ce balai.

Tous deux sursautèrent en entendant des pas résonner en bas.

— Ben, que faites-vous ici ? lança Russell Corbett du pied de l'escalier, regardant tour à tour le gros homme furieux et Dulcie armée de son balai.

— C'est précisément ce que je demandais à cette intruse, rétorqua le dénommé Ben en décochant à Dulcie un regard méprisant. Je m'apprêtais à lui prendre ce balai.

— A votre place, je reconsidérerais cette décision car vous menacez la propriétaire de ces lieux et vous pourriez vous retrouver vous-même en prison, lui indiqua Russell.

Dulcie, toujours armée de son balai, planta son regard dans celui de l'homme qui redescendit sans un mot. Au bout d'un moment, elle le suivit et retrouva les deux hommes debout dans le salon.

— Il dit que vous possédez cette propriété ? s'enquit Ben en se tournant vers elle. Vous avez une preuve de cela ?

— Absolument.

Il fallut quelques instants pour que l'homme prenne conscience qu'elle n'avait aucunement l'intention de lui montrer cette preuve.

— Et vous êtes… ? lui demanda-t-elle.

— Ben Carpenter. Je passais seulement dans les environs. Vous avez l'intention d'emménager ici ? ajouta-t-il en lui jetant un regard mauvais.

Cette question était tellement saugrenue que même Russell Corbett sembla avoir du mal à garder son sérieux.

— Je l'ignore encore, lui répondit-elle.

Ben secoua la tête.

— Réfléchissez bien. Les gens de votre espèce ne font pas long feu ici, marmonna-t-il.

De son *espèce* ?

— Je pense que vous en avez bien assez dit, Ben, intervint Russell d'un ton sec.

— Ah oui ?

L'homme donna l'impression qu'il pourrait s'énerver, voire donner quelques coups de poing mais, apparemment, il se ravisa.

— Je pense que je vais vous laisser finir ce que vous avez à faire tous les deux, quoi que ce puisse être, déclara-t-il avec un rictus mauvais avant de sortir d'un pas lourd pour regagner un vieux pick-up arrêté sur la route.

— Vous ne manquez jamais de vous faire des amis, où que vous alliez, mademoiselle Hugues, lui lança Russell en repoussant son chapeau avec un sourire.

— C'est un don. Qui est-ce ?

— L'un de nos voisins. Il dirige un ranch situé quelques kilomètres plus loin sur la route dans l'autre direction.

— Il ne faisait donc pas que passer dans les environs.

— Non, reconnut Russell, se caressant la mâchoire d'un air songeur en suivant Ben du regard.

Alors qu'il se retournait vers elle, elle ajouta en souriant :

— Il ne faisait donc probablement pas que passer *comme c'est votre cas*.

Il sourit et jeta un coup d'œil autour de lui.

— Avez-vous trouvé ce que vous cherchiez ?

— Qui a dit que je cherchais quelque chose ?

Il la regarda en souriant.

— Avez-vous dîné ou plutôt, comme on le dit ici, soupé ? demanda-t-il.

— Non. La cuisine est un peu en désordre.

— Je connais un endroit en ville, où le steak n'est pas mauvais. A moins, évidemment, que vous ne soyez l'une de ces végétariennes.

— Ai-je l'air d'une femme qu'une pièce de bœuf effraie ?

— Certainement pas ! Vous semblez être une femme qui ne craint pas grand-chose. Mais que projetiez-vous de faire exactement avec ce balai ?

*
**

Jolene fut étonnée et enchantée lorsque Tinker Horton l'appela pour l'inviter à sortir. Elle ne s'attendait pas à ce qu'il revienne avant le week-end.

— Je sais que c'est une invitation de dernière minute, mais je suis en ville et j'espérais vraiment que tu accepterais de souper avec moi, dit-il.

Jolene sourit. Cette perspective illumina instantanément sa journée qui, jusque-là, avait été exécrable. D'ailleurs, manger à l'extérieur était toujours un plaisir.

— J'en serais ravie, lui répondit-elle en riant tandis qu'elle rangeait de nouveau les nouvelles non lues dans son sac à dos.

Au train où allaient les choses, elle ne pourrait les lire et les noter que tard dans la soirée.

— Cela t'ennuie si nous nous retrouvons en ville ? demanda Tinker. J'ai tellement conduit aujourd'hui que je ne me sens pas le courage de reprendre le volant. Je me rattraperai en t'emmenant aux Lumières du Nord.

— Marché conclu ! A quelle heure ?

Ils convinrent d'une heure à laquelle se retrouver, et elle alla prendre une douche et se préparer.

Elle avait rencontré Thomas « Tinker » Horton lors de sa première semaine à Whitehorse. Ils avaient fait connaissance par hasard au centre communautaire de Whitehorse lorsqu'il l'avait invitée à danser. Tinker écumait les rodéos pour y monter des taureaux. Elle avait le sentiment qu'il ne gagnait pas beaucoup d'argent mais qu'il se délectait de sa notoriété. Il était en effet célèbre dans cette région de l'Etat.

Il semblait revenir plus souvent chez lui, à Whitehorse, depuis qu'ils s'étaient rencontrés, songea-t-elle avec un sourire.

Tinker avait trente-trois ans, quatre ans de plus qu'elle, mais il ne les paraissait pas. Elle ne voyait pas en lui un petit ami potentiel ; ils s'entendaient bien et semblaient apprécier la compagnie l'un de l'autre. Mais quand il était absent, il ne lui manquait pas, et elle soupçonnait qu'il en était de même pour lui.

Néanmoins, elle décida ce soir-là de porter sa plus jolie

robe. Elle était trop habillée, même pour les Lumières du Nord, mais elle était si contente d'échapper à tous ses tracas pour la soirée qu'elle sortit le grand jeu.

La robe avait la couleur des feuilles d'automne et rehaussait les reflets roux de sa chevelure foncée. Elle se regarda dans le miroir, satisfaite. Rien ne pourrait ruiner cette soirée.

Alors qu'elle s'approchait de sa voiture, elle remarqua que quelque chose avait été coincé sous le balai de l'essuie-glace du côté du conducteur. Elle en retira une petite feuille de papier blanc pliée. L'éclairage extérieur était juste suffisant pour lire la note manuscrite sommaire.

« Prends garde. »

— Vous avez fière allure, déclara Russell lorsqu'il passa prendre Dulcie à son motel. Mais les toiles d'araignées ne vous allaient pas si mal.

Elle sourit.

— Je pourrais en dire autant de vous, lui répondit-elle.

Il portait un Stetson gris pâle, une chemise western écossaise rouge, un jean et des bottes. Bien qu'il soit en grande partie vêtu comme la première fois qu'elle l'avait vu, il y avait vraiment quelque chose de différent chez lui, ce soir-là.

Il lui parut intimidé et mal à l'aise. Elle pensa qu'il ne devait pas souvent inviter une femme à sortir et elle trouva cela charmant. Dans ce cas, quelle raison l'avait amené à l'inviter à sortir ? se demanda-t-elle, amusée.

Il lui ouvrit la portière de son pick-up, côté passager, avant de s'installer au volant. Quelle galanterie ! Elle eut l'impression qu'elle se rendait à son premier bal de promo. Cela lui procura un sentiment un peu suranné.

Une musique country passait à la radio lorsqu'il démarra, et elle fut déçue lorsqu'il l'éteignit.

La fête battait son plein à Whitehorse ce soir-là et le restaurant des Lumières du Nord ne faisait pas exception à la règle. Dulcie dénombra deux douzaines de pick-up garés le long de la rue principale. Elle entendit de nouveau de la musique country provenant de l'un des bars de la rue tandis que Russell et elle entraient dans le restaurant bondé.

Elle fut un peu surprise en prenant conscience qu'il avait réservé une table pour eux. Mais Russell Corbett semblait être un homme qui ne laissait pas grand-chose au hasard.

— Alors, voulez-vous me dire quel est le véritable objet de cette invitation ? lui demanda-t-elle, une fois qu'ils furent assis et que la serveuse eut pris leur commande, deux grands steaks dans l'aloyau.

— J'avais envie d'un steak ?

Elle sourit et secoua la tête.

— Je voulais mieux vous connaître ? avança-t-il.

Cela la fit rire.

— Et si je vous disais que je vous ai invitée sur l'impulsion du moment et que je l'ai aussitôt regretté ?

Cette fois, elle éclata de rire.

— Voilà qui est plus convaincant.

Il parut se détendre.

— Mais je vous assure que vous m'intriguez vraiment, précisa-t-il.

— Comment cela ?

— Je ne parviens pas à vous cerner. Vous êtes manifestement une fille de la ville, et pourtant vous avez du cran. Je n'en croyais pas mes yeux lorsque je vous ai vue avec ce pied-de-biche. Peu de femmes seraient entrées dans cette maison.

— Vous voulez entendre une confession ? Je n'en avais pas envie. J'ai failli renoncer.

— Dans ce cas, pourquoi vous l'imposer ? On constate aisément en voyant cette maison qu'elle n'a pas une grande valeur. Tout le potentiel est dans le terrain.

— Je n'étais pas venue faire son estimation, dit-elle, contemplant son visage ouvert, chaleureux et séduisant. C'est compliqué à expliquer.

Il s'adossa à sa chaise comme s'il avait toute la nuit.

Il y avait quelque chose chez lui, une quiétude, une force, une honnêteté et une intégrité qui inspiraient la confiance.

— Comme je vous l'ai dit, j'ai hérité cette propriété, commença-t-elle. Là où se situe le problème, c'est que mes parents, qui étaient âgés, ont insisté, au cours des années qui ont précédé leur décès, pour que je sache tout de leurs biens. Ils ont voulu me rendre les choses les moins douloureuses possible en me donnant autant qu'ils le pouvaient au fil des années.

— Ils semblent avoir été des parents très aimants et responsables.

— Exactement. Donc, imaginez ma surprise quand cette propriété du Montana m'est arrivée du champ gauche.

— Vous aimez le base-ball ?

Elle le regarda sans comprendre.

— L'analogie avec le base-ball ! précisa-t-il. Je me disais que vous seriez peut-être supporter des Cubs ?

Elle se mit à rire.

— Oh ! oui. Je le suis. Mon père m'a emmenée à nombre de leurs matchs.

Russell lui sourit, et elle se dit qu'il l'appréciait un peu plus. Suffisait-il pour cela de partager son enthousiasme de supporter pour les Cubs ?

— Désolé, je n'avais pas l'intention de vous interrompre, dit-il.

— J'avais terminé. Il n'y a pas grand-chose de plus à en dire. Apparemment, j'ai hérité cette propriété de Laura Beaumont, via mes parents. Je n'avais jamais entendu parler d'elle. Par la suite, j'ai découvert qu'elle avait été assassinée et qu'elle avait une fille. Ce qui a soulevé des questions évidentes. Pourquoi sa fille n'a-t-elle pas hérité de la propriété ? A moins qu'elle ne soit décédée… ou alors…

— Ou alors, vous pourriez être cette fille.

Elle hocha la tête, contente qu'il suive le fil de ses pensées.

— Est-ce possible ? demanda-t-il.

— Apparemment non, puisque la petite Angel Beaumont

a été retrouvée noyée dans le ruisseau après sa disparition à la suite du meurtre de sa mère. Alors comment expliquer que j'aie hérité, à l'âge de quatre ans, la propriété d'une femme dont je n'ai jamais entendu parler ? Et pourquoi mes parents n'en ont-ils jamais fait mention ? Tout ce que je peux en déduire, c'est qu'il existe un lien entre Laura Beaumont et moi. Mais quel est-il et pourquoi mes parents m'ont-ils dissimulé tout ceci ?

Il secoua la tête et attendit qu'elle poursuive.

Elle hésita, puis sortit la photographie qu'elle avait trouvée dans la chambre de Laura Beaumont et la lui tendit.

— Et pour ne rien arranger, j'ai trouvé ceci dans la maison aujourd'hui, ajouta-t-elle. Cette enfant est mon portrait craché au même âge.

Il les étudia à tour de rôle, la photographie et elle, puis il la lui rendit.

— Est-il possible que cette petite fille et vous soyez parentes ?

Elle haussa les épaules.

— Enfant, j'avais une amie imaginaire, avoua-t-elle. Je disais à tout le monde qu'elle était ma petite sœur. Je l'appelais Angel. Mais ce n'est qu'une…

Elle leva les yeux vers Russell et, lorsque leurs regards se croisèrent, elle sentit un frisson parcourir son corps.

— Ce n'est sûrement qu'une simple coïncidence, conclut-elle. Ou alors ma vie entière est un mensonge.

Jolene s'efforça d'oublier le stupide mot qu'elle avait trouvé sur sa voiture. C'était probablement Midge qui l'y avait mis.

Excepté que le ton lui semblait bien… menaçant. Mais pourquoi le trouverait-elle menaçant si elle ne croyait pas en secret à cette histoire de meurtre ?

Midge l'avait avertie de ne pas chercher à en apprendre davantage sur le meurtre de Laura Beaumont. Pourquoi cela l'ennuierait-il, s'il n'y avait rien à découvrir ? Et en quoi cela concernait-il Midge si, malgré ce conseil, elle continuait ses recherches sur ce meurtre ?

Elle se remémora sa tentative pour interroger les membres du cercle de couture de Whitehorse, se rappelant la manière dont Ella Cavanaugh avait regardé Pearl, comme si elle avait craint de trop parler.

Tout en se dirigeant vers Whitehorse, elle eut du mal à admettre la conclusion qui s'imposait à elle : la communauté entière s'était peut-être liguée pour garder le secret sur ce meurtre. Les habitants des environs savaient-ils qui avait tué Laura Beaumont ? Protégeaient-ils cette personne depuis vingt-quatre ans ?

Cela semblait improbable. Peut-être s'agissait-il seulement, comme le lui avait dit Midge, d'une parenthèse déplaisante de l'histoire de la région que la communauté ne souhaitait pas évoquer. Peut-être, en effet. Mais pourquoi ne parvenait-elle pas à y croire ?

Comme dans les livres qu'elle adorait lire, elle reconnaissait un bon mystère quand elle en découvrait un. Elle comprenait également que, dans tout bon mystère, certains indices demandaient à être mis en lumière. Dans ce cas, découvrir ces indices impliquaient de creuser plus avant sur ce meurtre.

La rumeur selon laquelle elle se renseignait sur le meurtre s'était répandue beaucoup trop rapidement, dans cette petite communauté isolée. Quoi qu'elle fasse désormais, elle serait surveillée, et cela mettrait peut-être son poste en danger.

Mais, tandis qu'elle arrivait aux abords de Whitehorse, elle pensa à la prochaine partie de la nouvelle… et elle envisagea de ramasser elle-même les devoirs le jeudi dans l'espoir de découvrir d'où provenait l'histoire du meurtre.

Ce qui l'inquiétait le plus était que quelqu'un l'avait choisie comme destinataire de son récit, qu'il soit ou non véridique. Elle ne pouvait se départir du sentiment que l'auteur lui fournissait ces informations sur le meurtre pour une raison autre que pour avoir son opinion sur ses talents littéraires.

Mais si l'auteur savait quelque chose, pourquoi ne pas

transmettre ces renseignements au shérif ? A moins que ce récit ne soit en fait une confession…

Une autre pensée lui vint à l'esprit. Et si l'auteur en avait assez de participer à cette conspiration et qu'il ou elle avait décidé de dire la vérité à une personne étrangère, cette personne étrangère étant quelqu'un de sûr et de digne de confiance tel que, par exemple, l'enseignante de l'école locale fraîchement débarquée ?

Elle avait désespérément envie de parler à quelqu'un de cette histoire de meurtre et de lui soumettre ses théories. Mais, dès l'instant où elle vit le visage de Tinker, elle sut que ce n'est pas à lui qu'elle en parlerait.

— Bonjour ma beauté, dit-il en effleurant sa joue d'un baiser. Tu es à croquer.

Elle sourit.

— J'en déduis que les rodéos ont été un succès.

Il était toujours de bonne humeur lorsqu'il remportait les prix importants.

— Assez pour t'offrir le meilleur repas de ce côté de Miles City !

— Je te prends au mot, grand dépensier, dit-elle en saisissant son bras pour le laisser l'emmener jusqu'au restaurant.

Dulcie fut surprise lorsque Russell posa sa main sur la sienne.

— Je comprends que cela vous bouleverse, dit-il. Mais ne tirez-vous pas de conclusions hâtives sans réel fondement ? Beaucoup d'enfants se ressemblent sans être pour autant apparentés.

— Les femmes ont un don inné pour tirer des conclusions hâtives sans le moindre fondement. C'est dans leurs gènes, plaisanta-t-elle, dissimulant à quel point tout ceci était pour elle important.

— Pas dans les vôtres.

— Et sur quoi vous basez-vous pour décréter cela ?

— Sur le fait de vous avoir côtoyée pendant en tout… cinq minutes.

Elle sourit.

— En principe, vous auriez raison, avoua-t-elle. Mais dans le cas présent, étant donné les sentiments que je ne peux m'empêcher d'éprouver…

Elle avala sa salive pour dissiper la boule qui s'était formée dans sa gorge. C'était une chose de laisser son esprit divaguer dans cette direction, mais c'en était une autre de formuler ses soupçons.

— Quels sentiments ? lui demanda-t-il comme s'il se rendait compte à quel point elle était ébranlée.

— Quand j'ai vu la maison pour la première fois, ou plutôt quand j'ai vu les rideaux jaunes à la fenêtre de l'étage, j'ai eu le sentiment d'être déjà venue dans cet endroit. Dans d'autres pièces de la maison, j'ai éprouvé une terrible appréhension.

Il ne la quittait pas du regard, attendant qu'elle lui en dise plus.

— J'ai entendu dire qu'il était possible que la fille de Laura Beaumont ait découvert son corps, poursuivit-elle, poussée par le besoin désespéré d'énoncer ses pires craintes. Et si elle avait vu l'assassin ?

Elle but une gorgée de vin pour se ressaisir. Elle n'avait même pas parlé de cela à Renada, sa meilleure amie, et voilà qu'elle dévoilait son âme à ce cow-boy qu'elle venait de rencontrer.

— Cela fait beaucoup de « si », fit-il remarquer.

— Des indices ont dû être relevés sur la scène de crime, reprit-elle au bout d'un moment. S'il y a des échantillons d'A.D.N. à comparer…

— Vous pensez être Angel Beaumont ?

— Cela paraît fou car la fillette s'est noyée, mais c'est la seule conclusion logique à laquelle je suis arrivée. Vous comprenez à présent pourquoi je dois découvrir la vérité, d'une manière ou d'une autre ?

Il serra doucement sa main.

— Je comprends, en effet. Mais si tel est le cas, alors je suis certain que vos parents avaient une bonne raison de ne pas vous en parler et qu'ils l'ont fait par amour.

Sa gentillesse fit monter les larmes aux yeux de Dulcie, et elle dut détourner le regard pour ne pas pleurer. Un jeune couple venait de faire son apparition dans le restaurant. L'homme était un séduisant cow-boy, dans le genre m'as-tu-vu. Mais ce fut la femme qui retint l'attention de Dulcie. Elle était grande et ravissante, avec sa crinière de cheveux châtains. Quelque chose chez elle lui parut familier…

— Il doit y avoir une explication toute simple à cette affaire, reprit Russell.

— Merci.

Elle se retourna vers lui et lui sourit.

— J'avais seulement besoin de formuler tout cela à voix haute, dit-elle. Je me sens mieux.

— Heureux d'avoir pu vous aider.

Leurs salades arrivèrent à cet instant, et ils s'absorbèrent dans leur repas, parlant d'autre chose. Elle l'interrogea sur le Texas et sur Whitehorse. Il la questionna sur Chicago et sur les matchs des Cubs.

La soirée se déroula agréablement, mêlant bonne cuisine et bonne compagnie. Les atouts de Russell Corbett allaient bien au-delà de son seul physique, et cela en disait long sur son pouvoir de séduction.

Alors qu'ils quittaient le restaurant, elle remarqua de nouveau le couple qui avait attiré son attention tout à l'heure. Tandis qu'elle passait devant leur table, la jeune femme releva la tête vers elle.

Dulcie l'identifia aussitôt. C'était elle qu'elle avait percutée devant les bureaux du journal, et qui avait laissé tomber les photocopies de l'article relatif à une enquête sur un meurtre.

Ce qui surprit Dulcie, ce fut la peur qu'elle lut sur le visage de la jeune femme lorsque celle-ci la reconnut.

7

Russell remarqua le changement qui s'opéra chez Dulcie tandis qu'ils quittaient le restaurant.

— Un problème ?

— Ce couple devant lequel nous sommes passés en sortant, vous le connaissez ?

— C'est Tinker. Vous ne suivez probablement pas le rodéo. Thomas « Tinker » Horton est plutôt célèbre dans la région, il monte les taureaux.

— J'étais plutôt intéressée par la femme qui l'accompagnait.

Russell lui jeta un regard surpris. La plupart des femmes se seraient davantage intéressées à Tinker.

— C'est la nouvelle enseignante de la vieille ville de Whitehorse, Jolene Stevens.

— Cette minuscule école que j'ai aperçue près du centre communautaire ?

Tout en lui ouvrant la portière du pick-up, il sourit de sa stupéfaction manifeste.

— Il s'agit pourtant de notre école à classe unique, d'un autre âge, c'est vrai. J'ai cru comprendre qu'elle avait cinq élèves cette année, de la classe de CE2 à la 4e.

— Je pensais que les écoles à classe unique appartenaient au passé, fit remarquer Dulcie quand il se fut installé au volant. Donc elle fait la navette pour venir à Whitehorse tous les jours ?

— La communauté lui fournit un logement dans la vieille ville. Il s'agit de cette jolie petite maison blanche située après le centre-ville en direction des collines. Pourquoi toutes ces questions sur notre enseignante locale ?

Elle haussa les épaules.

— Je l'ai bousculée sans faire exprès, l'autre jour à Whitehorse. J'étais simplement curieuse de savoir qui elle était.

Il l'observa un instant sans rien dire, certain qu'il y avait plus que cela.

— Que pourrait-il y avoir d'autre ? lança-t-elle d'un air innocent.

C'était exactement ce qu'il se demandait, mais il abandonna la discussion.

Tandis qu'ils se dirigeaient vers son motel, Dulcie contempla le paysage par sa vitre, manifestement décidée à ne pas lui révéler la véritable raison de son intérêt pour Jolene Stevens.

— Vous ne m'avez toujours pas dit ce que vous faisiez, reprit-il en se garant devant sa chambre de motel.

— Ce que je fais ?

— Comme travail. Je suppose que vous avez un travail, non ?

— Pourquoi ? Vous me croyez tellement riche que je n'aie pas à travailler ?

— Ce sont des choses qui arrivent.

Grâce à la fortune des Corbett, il n'avait jamais eu à travailler de sa vie pour des raisons financières, mais il était convaincu que tout le monde avait besoin d'un travail, d'un but.

— Je possédais une affaire avec une amie, répondit-elle. Nous venons de la vendre. Je cherche quelque chose d'autre qui puisse m'occuper.

— Ce n'est pas une mince affaire, dit-il en allant lui ouvrir la portière. J'ai apprécié ce dîner, en particulier en vous voyant manger ce steak. Vous êtes une femme comme je les aime, ajouta-t-il tandis qu'elle descendait du pick-up.

— Vraiment ?

Elle inclina la tête en souriant.

— Vous ne flirteriez pas avec moi, n'est-ce pas ?

— Serait-ce si mal ?

Non. A moins qu'il ne soit assez stupide pour donner son cœur à cette fille de la ville. Mais il n'y avait aucun risque. En particulier s'il ne commettait pas l'erreur de l'embrasser sous le ciel étoilé.

Bon sang, c'était pourtant ce qu'elle attendait de lui.

Tinker raccompagna Jolene à sa voiture, redevenu brusquement silencieux. Il adorait parler de lui, et elle n'avait pas pu placer un mot durant tout le dîner.

Mais la soirée touchant à sa fin, elle pensa que ce pourrait être le parfait moment parfait pour lui demander s'il se souvenait du meurtre.

— Tu as vécu à Whitehorse toute ta vie ?

— Je préfère ne pas y penser, plaisanta Tinker en s'appuyant contre la voiture de Jolene avec un grand sourire. Je rentre à présent à la maison uniquement pour te voir.

— Tu n'as pas de famille ici ? lui demanda-t-elle, surprise.

— Ma mère, si. Elle s'est remariée lorsque j'étais encore gamin. Mon beau-père et moi, nous ne nous entendons pas. Mais elle aime ce salaud, donc…

Il se redressa, visiblement peu désireux d'évoquer le sujet.

— Te rappelles-tu un meurtre qui a eu lieu il y a vingt-quatre ans à la périphérie de la vieille ville de Whitehorse ? enchaîna-t-elle.

Tinker parut surpris puis agacé.

— Pourquoi me demandes-tu ça ?

Elle regretta de l'avoir fait. Pour une raison qu'elle ignorait, sa question avait gâché la bonne humeur de Tinker.

— C'est sans importance. Il s'agit seulement d'une chose qui a éveillé ma curiosité.

— C'est une curiosité plutôt malsaine, laissa-t-il tomber, visiblement furieux.

— Je pensais simplement que tu aurais pu connaître la petite fille, Angel Beaumont. Elle devait être plus jeune que toi, et par…

— Quelqu'un t'a-t-il dit que je la connaissais ? la coupa-t-il sèchement.

— Non, c'est seulement…

— Seulement que tu as entendu dire que mon beau-père dirigeait le ranch Atkinson, de l'autre côté du ruisseau. Eh bien oui, il a été licencié à cause de Laura Beaumont, d'accord ? Nous avons dû déménager dans une vieille maison délabrée et ma mère…

Il secoua la tête, visiblement agité à présent.

— J'ignore ce que certains fouineurs t'ont raconté, marmonna-t-il.

— Personne ne m'a rien dit.

— Alors pourquoi cherches-tu à déterrer cette vieille histoire, après tout ce temps ?

Elle secoua la tête, ne sachant que dire puisqu'elle ne pouvait pas lui parler de l'histoire de meurtre, en particulier à présent.

— Je suis désolée, je…

— Oh ! C'est vrai, tu as Mace dans ta classe.

— Mace Carpenter ?

Elle le regarda sans comprendre.

— Attends une minute, Ben Carpenter est ton beau-père ? voulut-elle savoir.

— Comme si tu ne le savais pas.

— Je l'ignorais. Je te le jure.

Ronda Carpenter était la mère de Tinker ?

Il détourna les yeux un instant, et quand il la regarda de nouveau, ce fut avec une certaine froideur.

— Je connaissais Angel, d'accord ? jeta-t-il. Elle me faisait de la peine. Sa mère était une traînée qui ne faisait pas attention à elle. J'avais déjà traversé l'épreuve du divorce de ma mère et de son remariage avec Ben. Je pouvais comprendre, j'ai donc essayé de veiller sur elle.

Elle ne sut que dire. Tinker était donc le petit camarade mentionné dans l'histoire du meurtre…

— Angel était une petite fille adorable, poursuivit-il. Mais elle n'avait pas la moindre chance. Je n'ai pas été surpris quand sa mère a été assassinée et que la gamine…

Il secoua de nouveau la tête.

— Je n'aime pas parler de tout ça.

— Je suis désolée, Tinker. Je ne savais pas.

Elle aurait pourtant dû le savoir, étant donné la taille restreinte de leur communauté.

Il consulta sa montre.

— Je dois partir.

— Merci pour le souper.

— Pas de quoi.

Il commença à s'éloigner mais il fit demi-tour.

— Si j'étais toi, je ne parlerais de ceci à personne d'autre, dit-il. Les gens des environs n'aiment guère que l'on déterre les mauvais souvenirs.

Elle le regarda s'éloigner, horriblement mal d'avoir gâché leur fin de soirée.

Mais du moins pour l'instant elle en savait un peu plus. Tinker était forcément l'ami mentionné dans la nouvelle. Pourquoi sinon aurait-il été si bouleversé ? Il devait avoir neuf ans, Angel, quatre ou cinq.

Savait-il quelque chose sur ce meurtre ?

Elle frissonna et ne put s'empêcher d'éprouver un sentiment étrange du fait que Tinker lui ait recommandé de n'en parler à personne d'autre.

D'abord, le cercle de couture de Whitehorse, ensuite, Midge, et à présent, Tinker. Sa théorie de la conspiration pointait de nouveau le bout de son nez hideux. Qui s'efforçaient-ils tous de protéger ?

Russell raccompagna Dulcie jusqu'à la porte de sa chambre de motel sous une voûte étoilée avec juste un mince croissant de lune. Les alentours étaient déserts, la nuit semblait retenir son souffle.

Elle fit l'erreur de lever les yeux vers lui. Leurs regards se perdirent l'un dans l'autre.

— Merci, Russell, pour…

Saisissant à pleines mains sa crinière indomptable, il l'attira à lui. Il eut à peine le temps de voir les yeux bruns de Dulcie s'embraser d'une passion qu'il n'avait plus rencontrée depuis longtemps… ni éprouvée depuis plus longtemps encore.

Les lèvres de la jeune femme s'entrouvrirent. Il posa sa bouche sur la sienne, sentant les doux vestiges d'un sourire s'évanouir tandis qu'il l'embrassait…

Comme elle répondait avec ardeur à son baiser, il l'entoura de ses bras, la retenant contre lui alors que leur baiser prenait fin. Lentement, il s'écarta pour la regarder dans les yeux. Le regard de Dulcie était sombre comme la nuit, et éveilla en lui un brûlant désir, ranimant une ardeur restée en sommeil pendant trop longtemps.

Si seulement cela avait été avec une autre femme… n'importe quelle autre femme…

Il la relâcha et allait parler lorsqu'elle lui lança, avec un sourire qu'il ne sut définir :

— Si vous dites que vous êtes désolé de m'avoir embrassée, je vous frappe.

Il éclata de rire car c'était exactement ce qu'il s'apprêtait à faire. De son pouce, il repoussa une mèche de cheveux sur sa joue.

— Qu'allez-vous faire à présent ? demanda-t-il.

— Me mettre au lit.

— Non, je voulais dire…

— Je sais ce que vous vouliez dire.

Elle leva les yeux vers le ciel.

— Je ne prends jamais de décision le soir, en particulier après un énorme steak et… un stupéfiant baiser, précisa-t-elle en posant de nouveau les yeux sur lui. On ne peut se fier à son jugement en de pareils moments.

Il sourit.

— Vous êtes une femme intelligente.

— Vous trouvez aussi, n'est-ce pas ? Bonne nuit, Russell. Faites de beaux rêves.

Elle se retourna et disparut dans sa chambre.

Il la regarda s'éloigner en souriant puis regagna son pick-up. Ce ne fut qu'une fois presque arrivé au ranch qu'il se rendit compte qu'il ne lui avait pas fait d'offre pour ses terres. Il n'avait même pas abordé le sujet.

Mais, après tout, il n'était pas bon de prendre une décision après un énorme steak et un stupéfiant baiser, non ?

Lorsque Jolene s'engagea sur le chemin de l'école, le lendemain matin, elle remarqua un pick-up stationné devant le bâtiment et elle craignit qu'il n'y ait un problème avec l'un de ses élèves. La porte était maintenue ouverte. Tandis qu'elle s'en approchait, elle se demanda qui, en dehors d'elle, avait une clé.

Titus Cavanaugh était assis derrière son bureau, penché en arrière, les yeux fermés. Pendant un moment, elle crut qu'il était endormi.

Titus, un homme imposant, aux cheveux blancs, pourvu d'une voix de stentor et d'une poignée de main robuste, gérait à peu près tout dans la vieille ville de Whitehorse.

Il ouvrit les yeux tandis qu'elle s'avançait.

— Bonjour, dit-il avec un large sourire. Je suis venu avant que la classe ne commence afin de voir comment vous alliez.

— Bien, je pense, lui répondit-elle en se glissant sur la chaise de l'un de ses élèves.

— Tant mieux.

Il croisa les bras et se pencha sur le bureau pour la regarder.

— Pas de problème avec le petit Carpenter ?

— Devrais-je avoir des problèmes avec lui ?

Titus se mit à rire.

— L'enseignante précédente le trouvait… lunatique.

Jolene s'interrogea un instant sur l'étendue de ce qu'elle pouvait confier à Titus. Mais maintenant qu'elle savait que

Tinker était le demi-frère de Mace Carpenter et qu'il avait connu Angel Beaumont, peut-être que…

— Je me demande toutefois s'il n'aurait pas des soucis chez lui, avança-t-elle.

— Effectivement, répondit Titus en hochant la tête. Qu'en est-il de son père ? L'enseignante précédente avait également des problèmes avec lui.

— Ben est passé hier pour me demander comment son fils travaillait en classe. Je lui ai répondu que Mace s'en sortait bien.

— Parfait !

Titus se leva, apparemment satisfait de sa petite enquête.

— Je vous laisse, dit-il. Je voulais simplement m'assurer que vous n'aviez pas de difficultés. Ben se conduit parfois comme un ours. S'il vous cause des ennuis, faites-le-moi savoir.

Ses yeux bleus brillèrent tandis qu'il lui souriait.

— Il semblerait que vous fassiez de l'excellent travail, ajouta-t-il. Oh ! Au fait, la porte était ouverte quand je suis arrivé.

— Je l'ai pourtant fermée à clé hier soir. Du moins aurais-je juré l'avoir fait.

Avait-elle été distraite au point de ne pas l'avoir fermée à clé ?

— Je suppose que des clés ayant appartenu aux anciennes enseignantes peuvent circuler, fit-il remarquer. Ne vous inquiétez pas. Il n'y a pas de mal. Ce n'est pas comme s'il y avait des choses à voler.

Elle le raccompagna jusqu'à la porte. De retour à son bureau, elle remarqua que l'un des tiroirs était partiellement ouvert. L'avait-elle laissé ainsi ?

Ouvrant le tiroir, elle jeta un coup d'œil aux devoirs qu'elle avait déjà lus et notés. Quelqu'un avait feuilleté la pile de copies.

Lorsque Dulcie ouvrit la porte de sa chambre de motel, le lendemain matin, elle découvrit Russell qui l'attendait, appuyé contre son pick-up. Elle se remémora aussitôt leur baiser, et sentit une agréable chaleur parcourir ses veines.

— Un petit déjeuner vous tenterait-il ? lui lança-t-il.

Elle sourit, surprise de la joie qu'elle éprouvait à le revoir. Il ne lui restait plus que quelques jours à passer à Whitehorse et, malgré tous ces mystères et ces angoisses qui entouraient la maison dont elle avait hérité, elle voulait qu'ils soient agréables. Et Russell Corbett avait tout ce qu'il fallait pour les rendre agréables.

— Je suis partante pour le petit déjeuner.

— Tant mieux car j'ai une faim de loup à force d'avoir attendu ici, dit-il en lui ouvrant la portière.

— Vous auriez pu simplement frapper à la porte, lui répondit-elle en se glissant sur le siège passager.

— Et troubler votre sommeil ? Je m'en serais bien gardé ! Je ne pouvais prendre le risque que vous soyez l'une de ces personnes qui se révèle grincheuse si elle n'a pas assez dormi, décréta-t-il, un petit sourire en coin, en mettant le moteur en marche.

Elle sourit tout en l'étudiant du coin de l'œil. Avec ses grandes mains posées sur le volant et son assurance presque arrogante, il était… tout à fait attirant.

— Bien, déclara-t-elle, un peu plus tard, après avoir avalé une épaisse tranche de jambon, deux œufs, des galettes de pomme de terre et un toast. Je vous écoute.

— Que suis-je censé vous dire ?

— Deux repas, des compliments et toute cette galanterie ? Qu'est-ce que tout cela cache ?

— Je ne vois pas ce que vous voulez dire.

— Bien sûr que si. Ce n'est pas votre manière habituelle d'occuper vos matinées et vos soirées, je présume.

Lui prenant la main, elle la retourna, exposant les callosités durcies.

— Sans moi, à cette heure de la matinée, vous seriez en train de travailler, ajouta-t-elle. Alors pourquoi n'est-ce pas le cas ? J'ai remarqué l'expression de votre visage. Vous étiez contrarié en voyant la façon dont j'étais habillée ce matin. Si c'est un moyen de me garder éloignée de la maison, je dois vous dire que vous avez perdu votre temps.

— A présent que vous le dites, lui répondit-il, fronçant les sourcils tandis qu'il retirait sa main, je n'aime pas l'idée que vous y retourniez seule.

— Je suis très touchée, mais que dit votre patron du fait que vous manquiez le travail pour faire du baby-sitting ?

Il hésita juste un peu trop longtemps.

— Qu'y a-t-il ? insista-t-elle.

— Je n'ai pas été totalement honnête avec vous concernant mon travail. Le Trails West Ranch est une exploitation familiale.

— Et vous êtes l'un des membres de la famille qui le possède ?

Elle ne pouvait être fâchée contre lui étant donné qu'elle-même ne lui avait pas vraiment parlé de ses affaires plus que florissantes.

— Nous serions intéressés par l'achat de votre propriété si vous décidiez de la vendre, dit-il enfin.

— Oh. C'était donc cela…

Qu'avait-elle imaginé ? Qu'il aurait pu être intéressé par elle ?

— Pas seulement, précisa-t-il. Il ne faut pas que…

Mais déjà elle s'était levée et ne l'écoutait plus.

— Votre offre sera tout à fait la bienvenue lorsque je vendrai, déclara-t-elle. Je vous en aviserai. Merci pour le petit déjeuner. Non, je vous en prie, restez et dégustez votre café. Je préfère marcher.

— Dulcie…

Elle s'éloigna sans un regard un arrière.

— Pauvre idiote, marmonna-t-elle entre ses dents, furieuse contre elle-même d'avoir montré aussi visiblement combien cela l'avait blessée.

*
* *

Jolene ramassa les devoirs elle-même, les comptant au fur et à mesure. Elle n'avait pas beaucoup dormi la nuit précédente. Ses pensées n'avaient cessé de s'égarer en direction de sa théorie d'une conspiration autour du meurtre de Laura Beaumont.

Cela n'avait pas non plus arrangé les choses de trouver Titus qui l'attendait ce matin, après que quelqu'un fut entré dans l'école et eut fouillé le tiroir où se trouvaient les nouvelles.

Sur le chemin du retour vers la vieille ville de Whitehorse, la veille au soir, elle avait repensé au mot qu'elle avait trouvé sur son pare-brise. Elle avait fait le tour de sa petite maison, contrôlant toutes les portes et fenêtres afin de s'assurer qu'elles étaient verrouillées et vérifiant que les placards n'abritaient pas d'intrus.

Cela paraissait idiot, mais elle ne pouvait se défaire du sentiment qu'il y avait derrière cela davantage que le souhait d'un écrivain en herbe d'obtenir d'elle une critique gratuite de son œuvre.

Le matin même, elle avait fini par reconnaître sa pire crainte : que l'assassin de Laura Beaumont ait refait surface, si toutefois il avait vraiment disparu, et que, à présent, il écrive son histoire exclusivement à son intention.

Soudain, elle s'arrêta au milieu de la classe et elle compta les devoirs qu'elle avait ramassés. Il n'y en avait que cinq.

Elle les compta de nouveau. Tout comme elle l'avait craint, l'histoire du meurtre ne se trouvait pas parmi eux.

— Vous ne voulez pas celui-ci ? lui demanda son élève de CE2, Amy Brooks.

Elle se retourna et regarda la fillette. Amy lui désignait du doigt le coin d'une table, dans le fond de la classe, où était posée, à l'envers, une liasse de feuilles agrafées.

— Quelqu'un sait-il qui a laissé cela ici ? demanda-t-elle à la classe, regardant chacun de ses élèves à tour de rôle.

Mais tous semblaient l'ignorer.

— Ce devoir s'est-il trouvé là chaque fois que vous avez ramassé les copies ? insista-t-elle.

Amy hocha la tête.

— Il ne vient pas de votre autre élève ? demanda-t-elle.

— Mon autre élève ? répéta Jolene.

— Vous n'avez pas un élève qui ne peut pas venir en classe et qui envoie des choses ? Vous savez, comme un élève en ligne.

— Un élève fantôme, s'exclama en riant son frère Thad, l'élève de CM2.

— C'est ça, ouhhhhh, renchérit Luke. Des fantômes…

— Très bien, ça suffit, les coupa Jolene. Nous sommes jeudi, ce qui signifie qu'il nous reste une journée pour écrire le milieu de la nouvelle et vous aurez ensuite le week-end pour terminer la rédaction.

Un grognement s'éleva de la gorge des deux CM2.

— Vous êtes sur le point de conclure votre récit, les encouragea-t-elle. Qu'avez-vous d'autre à raconter à votre lecteur avant la fin ? C'est ce à quoi vous devrez penser lorsque vous écrirez ce soir.

Elle ramassa les pages sur le petit bureau du fond et les retourna. La suite de l'histoire du meurtre. Elle sentit son pouls s'accélérer sous l'effet à la fois du soulagement… et de l'appréhension. Le lundi suivant, tout ceci prendrait fin.

Mais comment ?

Le vent brûlant soufflait, tel un démon, sur la terre sans vie. La météo ne prévoyant pas de pluie, la tension était à son comble. Tout le monde attendait, sachant que ce n'était qu'une question de temps avant que quelque chose n'arrive subitement.

Un sentiment croissant de panique se développait parmi les propriétaires de ranch et les cultivateurs. Les hommes discutaient entre eux, habités par un désespoir muet. Les femmes tâchaient d'empêcher les enfants d'agacer leur père.

Une peur non formulée s'était étendue sur la région. S'il ne pleuvait pas rapidement, il n'y aurait ni récolte ni argent. Ils avaient tous déjà traversé des moments difficiles, mais cela risquait de mettre le feu aux poudres.

Tandis qu'elle s'éventait, qu'elle surveillait la route et qu'elle s'acquittait des tâches ménagères qu'elle ne pouvait remettre à plus tard, le reste de la communauté retenait son souffle, priait, pestait et s'inquiétait.

Non qu'elle soit insensible à la tension grandissante qui s'était emparée du pays et des personnes qui l'entouraient. Elle en faisait partie. Elle ressentait cette pression qui pousse certains à des extrémités car elle devenait morose et agitée. Son amant devait le sentir car il avait changé, ces derniers temps.

La journée était la plus torride de ce printemps. Elle leva la tête, comme humant l'air. Un vieux pick-up s'avança sur la route en cliquetant, les conduits métalliques qu'il transportait sur son plateau produisant une mélopée similaire au chant d'une sirène. L'aperçut-il debout à la fenêtre de sa chambre, qui relevait ses longs cheveux brillants, dégageant son cou gracile ?

Ou alors la vit-il pour la première fois sur sa terrasse, légèrement vêtue, en quête d'une brise rafraîchissante ?

Au cours des jours suivants, alors qu'il s'efforçait de pratiquer son art dans la prairie près de la ferme, il observa à la fois le ciel et elle.

Les choses auraient pu être différentes si le faiseur de pluie lui avait résisté. Ou si la pluie n'était pas venue trop tard.

Quelle chance toutefois que la petite fille ait un ami qu'elle puisse retrouver au ruisseau. Il était plus âgé. C'était l'une de ces âmes perdues qui avait vu trop de choses au cours de sa jeune existence et qui s'attendait à voir pire avant qu'elle ne soit terminée.

Il aimait la fillette et éprouvait le besoin de la protéger. Il surveillait la ferme et il savait ce qui s'y passait. Ce fut la raison pour laquelle, en cette journée horriblement torride, il avait entraîné l'enfant loin de la maison. Pas pour aider l'auteur du meurtre, mais pour sauver son amie.

Si seulement il avait pu l'empêcher de retourner chez elle, de trouver sa mère dans cet état, de voir la personne qui l'avait tuée… et d'être vue d'elle.

*
* *

— Dois-je conclure que tu n'as pas eu plus de chance ce matin que tu n'en avais eu hier soir ? demanda Grayson à son fils lorsque ce dernier entra d'un pas raide dans la maison, l'air renfrogné.

— Cette femme est impossible, marmonna-t-il en se servant un café.

Kate lui sourit.

— Comment s'est passé le souper aux Lumières du Nord ?

— Bien.

Il ne souhaitait pas parler de ce rendez-vous.

— Elle retourne à la maison aujourd'hui, enchaîna-t-il. Si cette idiote ne se brise pas le cou avant, peut-être irai-je essayer de lui insuffler un peu de bon sens.

— Peut-être devrais-tu t'en tenir strictement au plan des affaires, lui suggéra son père.

— Ou peut-être l'inviter de nouveau à sortir, renchérit Kate.

Russell secoua la tête.

— Je doute que l'un ou l'autre me réussisse. Je devrais peut-être simplement te laisser t'en charger, dit-il en se tournant vers son père. Tu pourrais avoir plus de chance avec elle.

— Pas sûr. Kate a probablement raison. Une femme aime être courtisée… même en affaires.

— Les fleurs sont toujours un geste apprécié, observa Kate.

Russell haussa les épaules. Il n'avait déjà que trop courtisé Dulcie Hughes quand il l'avait embrassée, la veille au soir, devant sa chambre de motel.

Pas étonnant qu'elle se soit emportée, ce matin au petit déjeuner. Elle avait pensé que ce baiser était destiné à obtenir ses terres. Si elle avait su que sa propriété était le cadet de ses soucis !

— Je dois aller travailler, déclara-t-il. Je me rendrai ensuite à l'ancienne ferme Beaumont afin de voir ce que je peux faire pour arranger les choses.

— Ce n'est pas grave si nous n'obtenons pas la propriété, le rassura son père. Je comprendrais que tu préfères oublier cela.

C'était plus précisément Dulcie Hughes qu'il préférerait oublier.

— Des nouvelles du faiseur de pluie ? demanda son père.

— Non. Il a dit qu'il viendrait ou qu'il appellerait. Il n'a pas appelé. Je le recontacterai.

Russell tenta de joindre le faiseur de pluie mais il tomba sur sa messagerie vocale. Il lui laissa un message.

Un peu plus tard, en passant devant la propriété des Atkinson, il pensa soudain à John Atkinson, qui possédait la propriété qui se trouvait derrière celle de Laura Beaumont, à l'époque du meurtre. S'il pouvait découvrir quelque chose d'utile à Dulcie, il pourrait l'aider à élucider ce mystère de manière à ce qu'elle puisse retourner à Chicago et à ce qu'il puisse, lui, se consacrer de nouveau à son travail et chasser cette femme de son esprit.

Dulcie décida d'aller faire quelques recherches dans les archives du journal local. Un détail la tracassait.

Il ne lui fallut pas longtemps pour découvrir quelle année Jolene Stevens avait consultée et en déduire de quel meurtre elle avait photocopié les articles. Pourquoi une enseignante s'intéresserait-elle au meurtre de Laura Beaumont ?

Tandis qu'elle parcourait les mêmes articles qu'avait lus Jolene, elle remarqua une chose étrange. Le père d'Angel n'était mentionné nulle part. Il n'y avait pas non plus de nécrologie citant le nom de jeune fille de Laura, ni aucun renseignement sur son passé.

Après avoir quitté le journal, elle s'éloigna de la ville, encore plus convaincue que quelque chose dans tout cela était très étrange.

Des feuilles mortes voltigeaient dans la rue poussiéreuse, poussées par le vent torride et sec. La matinée commençait à peine et pourtant la température atteignait déjà les 20°.

Elle s'arrêta pour prendre du carburant en sortant de la ville, mal à l'aise. C'était comme si la tension de la petite ville l'enveloppait. Comme si une étincelle pouvait déclencher une émeute chez les habitants aussi rapidement qu'elle pourrait embraser l'herbe sèche comme de l'amadou à l'extérieur.

Partout on ne parlait que de la pluie qui faisait défaut.

Tendue et nerveuse, elle observa le ciel, à l'affût du moindre signe de soulagement, et pria en silence pour que les cieux s'entrouvrent et les inondent d'une fraîcheur revigorante qui sauverait non seulement les récoltes mais apaiserait aussi les esprits.

Le sentiment qu'elle était assise sur un baril de poudre prêt à exploser s'intensifia alors qu'elle passait devant sa barrière de fil barbelé qui gisait, sectionnée, sur l'herbe sèche, pour se garer devant la vieille ferme.

Cette empathie qu'elle ressentait pour les propriétaires de ranch et les cultivateurs la surprit. Ayant grandi à Chicago, elle ne connaissait rien au monde rural, ni ses joies ni ses inquiétudes. Toutefois, ici à Whitehorse, elle avait l'impression de faire partie des terres qui l'entouraient. Ou d'en avoir fait partie.

— Tu n'es pas Angel Beaumont, murmura-t-elle tout en levant les yeux vers la fenêtre du premier étage où s'agitaient les rideaux jaunes.

Un semblant de souvenir titilla sa mémoire mais refusa de se préciser. Elle faisait partie intégrante de quelque chose à Whitehorse et elle entendait bien découvrir ce que c'était.

Ouvrant la portière, elle descendit de voiture et s'avança vers la maison. Restant toutefois vigilante pour le cas où y ramperaient des crotales.

Elle gravit à la hâte les marches, rassurée d'être là où elle pouvait voir ce qui se trouvait près d'elle. Toutefois, lorsqu'elle atteignit la porte d'entrée, elle marqua une pause.

La veille, elle avait fermé cette porte à clé. Elle se rappelait avoir vérifié. La porte était bel et bien fermée.

Et maintenant, elle était légèrement entrebâillée…

En dépit de la chaleur accablante, elle eut la chair de poule. Son cœur se mit à battre un peu plus fort. L'agaçante girouette tournait sans relâche dans le vent torride, comme pour se moquer d'elle, ou la mettre en garde.

Un nouveau bruit lui mit les nerfs à vif. Un tintement régulier de métal contre du métal, provenant de derrière la maison.

Elle s'avança jusqu'à l'extrémité de la terrasse et regarda en direction du ruisseau et de la propriété située derrière la sienne. A travers les branches des peupliers, elle aperçut un homme, muni d'une masse, qui enfonçait ce qui lui sembla être un tuyau dans le sol, de l'autre côté du ruisseau.

Il s'interrompit, comme s'il sentait qu'elle l'observait, et il regarda dans sa direction. Elle ne put distinguer son visage sous le chapeau qu'il portait, mais elle put sentir ses yeux durs qui la dévisageaient, son regard plus brûlant que cette journée de printemps.

Elle recula vivement, se sentant singulièrement violée. Comment était-il possible qu'elle puisse sentir à la fois la haine et le désir, la peur, le choc et la douleur dans un regard ?

Elle savait ce que lui répondrait Renada. Que ce lieu faisait galoper son imagination. Elle secoua la tête, consciente de sa propre extravagance, mais elle fut soulagée lorsque l'homme cessa son tapage.

Le fait de penser à Renada ne lui fit prendre que trop conscience qu'elle n'avait pas appelé son amie. Pas plus qu'elle n'avait répondu aux messages que cette dernière lui avait laissés. Elle se promit qu'elle l'appellerait le soir même, ne serait-ce que pour lui faire savoir qu'elle allait bien.

Elle savait pourquoi elle n'avait pas appelé pour lui dire ce qui se passait. Renada aurait pris le prochain avion et rien n'aurait pu faire davantage plaisir à Dulcie. Mais cela impliquerait d'arracher son amie à ses cours de stylisme, activité à laquelle elle désirait se consacrer depuis bien trop longtemps.

Elle inspira puis, retenant son souffle, elle ouvrit brusquement la porte. Il lui fut impossible de dire s'il y avait de nouvelles traces dans la poussière.

Elle entra, laissant la porte ouverte, et se dirigea avec

précaution vers la cuisine, à l'arrière. Elle n'avait pas fait deux pas lorsque la porte d'entrée se referma en claquant.

Elle poussa un cri, son cœur battant la chamade. Quelque chose agita l'air autour d'elle. Un souffle semblant provenir d'un haut-fourneau. Se déplaçant pour en trouver l'origine, elle trouva la porte de derrière grande ouverte. N'avait-elle pas été condamnée, comme la porte d'entrée ? Elle ne l'avait jamais vérifié.

Elle la referma et poussa le verrou. Puis elle se tint immobile, tendant l'oreille. Aucun bruit à l'étage. Mais elle ne pourrait se convaincre qu'elle était seule dans la maison tant qu'elle ne serait pas montée pour s'en assurer.

Elle tendit de nouveau l'oreille, tranquillisée d'entendre l'homme qu'elle avait vu enfoncer ses tuyaux toujours occupé à travailler. En écoutant très attentivement, elle entendit également la girouette grincer et gémir, mais elle ne perçut aucun bruit provenant de l'intérieur de la maison.

Qu'était-elle venue faire ici ? Qu'espérait-elle découvrir de plus ? se demanda-t-elle, tout en gravissant prudemment l'escalier.

Arrivée au seuil de la chambre de Laura Beaumont, elle observa les rideaux jaunes entraînés par le vent qui allaient et venaient à travers la fenêtre. Elle sentit un parfum dans l'air, léger mais tellement ensorcelant qu'il l'attira à l'intérieur. Son regard se posa sur la collection de flacons couverts de poussière, posés sur la coiffeuse. Elle tressaillit. Quelqu'un les avait déplacés, laissant des traces dans la poussière. Evitant de regarder le miroir terni, elle remarqua un flacon de parfum dont la poussière avait été essuyée.

Délicatement, elle le prit dans sa main, séduite par la fragrance légère qu'elle avait sentie un peu plus tôt. Ouvrant le flacon, elle le huma. Sa gorge se serra brusquement, et elle reposa vivement le parfum sur la coiffeuse, les larmes aux yeux. Reculant précipitamment, elle plaqua une main sur sa bouche pour réprimer un cri d'effroi.

Elle quitta la chambre en courant.

Alors que les rideaux jaunes et le grincement de la girouette dans le vent lui avaient évoqué de très vagues souvenirs, le parfum de Laura Beaumont avait trouvé en elle une résonance si intime qu'elle eut l'impression que le plancher se dérobait sous ses pieds.

Glissant le long du mur, elle se laissa tomber sur le sol poussiéreux du couloir et enfouit son visage dans ses mains, son cœur cognant violemment dans sa poitrine tandis qu'elle tentait de reprendre sa respiration.

8

Le froid de l'air conditionné frappa Russell de plein fouet lorsque John Atkinson ouvrit la porte de sa maison.

— Russell ?

John sembla surpris de le voir. John Atkinson appartenait à la même génération que Grayson. C'était un homme corpulent, d'un peu plus de soixante ans, aux cheveux poivre et sel et au visage buriné.

— Désolé de passer sans vous avoir prévenu, John.

— Pas de problème, entre. Midge vient de faire du café.

C'était une coutume du Montana rural qu'une cafetière soit toujours prête pour accueillir les visiteurs arrivant à l'improviste.

La maison avait été récemment remodelée et meublée d'une manière dont Russell soupçonna qu'elle avait davantage à voir avec les goûts de Midge qu'avec ceux de John, en particulier quand il vit les frises fleuries décorant chaque pièce.

John l'emmena dans la vaste cuisine et lui offrit une chaise. Tandis qu'il versait du café dans deux tasses, Russell contempla par la fenêtre les Larb Hills qui se détachaient sur la ligne d'horizon.

John et Midge possédaient plusieurs ranchs plus au sud, mais ils s'étaient rapprochés de la ville, ces dernières années. A la différence d'autres propriétaires de ranch qui transmettaient la propriété à leurs fils devenus adultes ou à leurs filles et leurs gendres, John et Midge n'avaient jamais eu d'enfants, aussi leurs ranchs étaient-ils en location.

— J'ai entendu dire que vous aviez fait appel à un faiseur

de pluie, dit John en lui tendant l'une des tasses avant de le rejoindre à la table.

— Finnegan Amberst, oui.

John leva brusquement la tête, et laissa échapper un juron, chose inhabituelle pour lui.

— C'était déjà à ses services que la ville avait eu recours il y a une vingtaine d'années, précisa Russell. Il avait réussi à faire pleuvoir, n'est-ce pas ?

— Plus ou moins. Je suis surpris qu'il soit encore en vie.

C'était une réflexion étrange, de la part de John, étant donné que le faiseur de pluie était sans doute plus jeune que lui.

— Etait-il en mauvaise santé ? s'enquit Russell.

— Non, non. Je pensais seulement que depuis quelqu'un l'aurait abattu. Ou pendu.

Russell, perplexe, regarda John, attendant qu'il s'explique. Mais ce dernier se contenta de siroter son café comme s'il en avait déjà trop dit.

— A cause de ses manières avec les femmes, les femmes des autres hommes, reprit-il soudain.

— Finnegan, un homme à femmes ? s'étonna Russell, se rappelant la voix grave et rauque de l'homme. Je doute qu'il le soit encore. Au téléphone, il m'a semblé avoir quatre-vingt-dix ans.

— Vraiment ? Je dirais plutôt qu'il approche de la cinquantaine. Il faut croire que faire pleuvoir vous amène à vieillir prématurément.

Les sarcasmes et l'aversion manifeste de John pour le faiseur de pluie troublèrent Russell. Etait-il possible que Finnegan Amberst ait poursuivi Midge de ses assiduités ?

Cette idée lui parut risible. Midge Atkinson n'était pas le genre de femme qui attirait les hommes. Il y avait chez elle quelque chose d'austère. Pour tout dire, cette femme était purement et simplement une garce.

— Alors, quand vient-il ? demanda John.

— Bonne question. J'attends de ses nouvelles.

Il but une gorgée de café et reprit :

— J’ignore si vous êtes au courant, mais la propriétaire de l’ancienne propriété Beaumont est en ville. Elle est intéressée par le meurtre et elle cherche à en apprendre davantage.

John pâlit brusquement et lâcha sa tasse qui retomba avec fracas sur la table, le café se renversant partout.

Il repoussa sa chaise et se rua dans la cuisine pour y prendre de l’essuie-tout.

— J’en déduis que vous vous rappelez le meurtre, fit remarquer Russell. Je supposais que ce serait le cas puisque vous possédez le ranch situé derrière cette propriété, ajouta-t-il tandis que John épongeait le café. Vous avez connu Laura Beaumont, à l’époque ?

Russell ne prit conscience de la présence de Midge Atkinson dans la cuisine qu’en entendant un cri étouffé derrière lui. Se retournant, il fut frappé de voir le visage livide de Midge ainsi que la manière dont elle regardait son mari.

— J’ai renversé un peu de café, ce n’est rien, la rassura John tandis qu’elle se précipitait pour lui arracher les feuilles d’essuie-tout trempées, visiblement furieuse.

Mais était-ce en raison du café renversé ou de ce qu’elle avait entendu en entrant dans la pièce ?

— Je me renseignais sur Laura Beaumont, lui expliqua Russell.

— J’ai entendu, répliqua-t-elle d’un ton cassant. N’avez-vous pas tous deux du travail qui vous attend ?

Russell finit rapidement son café tandis qu’elle tendait la main pour reprendre sa tasse. S’en saisissant, elle retourna dans la cuisine et elle fit couler l’eau dans l’évier.

Russell lui jeta un regard intrigué et remarqua qu’elle s’agrippait au bord de l’évier comme si sa vie en dépendait.

— Je dois passer prendre des choses en ville, lui lança John avant de faire signe à Russell de le suivre à l’extérieur. Elle n’aime pas parler de la mort de Laura, ajouta-t-il une fois qu’ils furent sortis. J’apprécierais donc que tu oublies le sujet.

— Bien sûr, lui répondit Russell, se demandant si le problème se résumait à cela.

Mais avant qu'il ne puisse l'interroger davantage, John mit fin à la conversation en se dirigeant vers son pick-up.

Dulcie prit lentement conscience de ce qui l'entourait. Lorsqu'elle releva la tête, son corps entier se raidit. Tendant l'oreille, elle entendit… le silence. Le bruit de l'autre côté du ruisseau avait cessé. Le vent était-il également retombé ? Elle n'entendait plus la girouette.

Son regard fut attiré par la fenêtre et les rideaux jaunes qui y pendaient mollement. Pas de vent. Aucun bruit. C'était comme si elle était soudain devenue sourde.

« Sors de cette maison ! Maintenant ! »

Un sentiment de panique irrationnel s'empara d'elle. Elle se releva d'un bond, chancelant un instant au sommet des marches tandis qu'elle sondait du regard l'abîme sombre qui s'ouvrait devant elle. Elle hésita, mais seulement quelques secondes, avant de dévaler l'escalier.

Il ne lui restait plus que deux marches. Elle les avait déjà descendues mentalement, elle se voyait déjà saisir la poignée, la baisser, ouvrir la porte en grand et sortir en trombe pour retrouver la chaleur et la lumière du soleil.

L'homme se matérialisa au pied de l'escalier comme s'il était sorti de nulle part.

Poussant un cri, elle s'accrocha à la rampe pour éviter de le heurter de plein fouet. Ses doigts glissèrent sur le bois poussiéreux et, n'ayant aucune prise, elle dégringola les deux dernières marches avant de le heurter.

Il lui parut si fragile qu'elle crut qu'ils allaient tous deux tomber par terre. Grand et mince, entièrement vêtu de noir, jusqu'à son chapeau en feutre, il lui sembla néanmoins étonnamment solide et fort lorsque ses doigts s'enfoncèrent dans ses épaules alors qu'il la rattrapait. Elle lutta pour se dégager et elle l'entendit jurer tandis qu'il la dévisageait.

Elle ne baissa pas les yeux pour autant, tressaillant devant ce qu'elle vit sous le bord mou de son chapeau cabossé…

Un visage émacié, anguleux, et des yeux sombres où brillait quelque chose de tellement noir qu'elle eut l'impression de sombrer dans un gouffre sans fond.

Elle eut un brusque mouvement de recul avant de retrouver sa voix.

— Que faites-vous dans ma maison ? lui jeta-t-elle d'un ton sec.

— *Votre* maison ?

La voix de l'inconnu la surprit autant que son physique, une voix rauque, caverneuse et terriblement froide.

— Ma maison, oui, répéta-t-elle, faisant appel à tout son courage. Vous vous êtes introduit sur une propriété privée et vous connaissez le sort que l'on réserve ici aux intrus.

Le rire de l'homme sonna creux, son regard brilla d'une lueur hypnotique.

— Sortez ! lui ordonna-t-elle, sa voix montant dans l'aigu sous l'emprise de la peur. Sortez ou j'appelle la police.

Il se contenta de lui sourire, et elle découvrit des dents blanches incroyablement régulières. Pendant un instant, elle se représenta l'homme qu'il avait dû être dans sa jeunesse. Un homme tout à fait séduisant.

Reculant en titubant, elle leva la main comme pour le repousser. Il tendit brusquement la sienne, effleurant sa manche. Elle poussa un cri perçant.

— Dulcie ! Dulcie !

Russell franchit brusquement la porte d'entrée, s'arrêtant net en voyant la jeune femme s'éloigner d'un homme grand et mince, tout de noir vêtu, pour venir se jeter dans ses bras.

Il la serra contre lui.

— Qui êtes-vous ? demanda-t-il à l'homme.

— Je crains de l'avoir effrayée, fit remarquer celui-ci d'une voix rauque et caverneuse que Russell reconnut immédiatement.

L'homme en noir se tourna vers lui et lui adressa un léger salut sans toutefois enlever son chapeau.

— Finnegan Amberst, à votre service. Et vous êtes… ?

— Russel Corbett.

— Ah, le propriétaire de ranch qui m'a appelé pour faire appel à mes talents. J'ai déjà commencé le travail.

Ainsi, il était vraiment venu.

— J'espère que vous n'envisagez pas de faire pleuvoir à l'intérieur de cette maison, rétorqua Russell.

Le petit rire qu'émit le faiseur de pluie lui évoqua une envolée de feuilles mortes.

Il sentit Dulcie trembler contre lui et s'en étonna. Il en fallait beaucoup pour effrayer la jeune femme. Qu'avait pu lui faire cet homme ?

— Je vous le répète, je suis désolé de vous avoir effrayée, mademoiselle, reprit Finnegan Amberst.

Il salua Dulcie en soulevant son chapeau.

— Je me suis installé de l'autre côté du ruisseau, précisa-t-il. A l'endroit même où j'ai eu du succès la dernière fois.

Il laissa errer son regard sur Dulcie, la faisant frissonner de nouveau, avant de les laisser en refermant la porte derrière lui.

— Vous allez bien ? demanda Russell, plongeant son regard dans celui de Dulcie.

Elle hocha la tête, son regard rivé au sien. Mais ses yeux s'emplirent de larmes.

— Vous en êtes certaine ? murmura-t-il en promenant son pouce sur sa lèvre tremblante.

Elle entrouvrit les lèvres, effleurant du bout de sa langue sa peau rugueuse.

En entendant son gémissement, Dulcie pressa son corps contre celui de Russell. Il l'attira aussitôt plus près de lui, et posa sa bouche sur la sienne. Elle retint sa respiration en sentant sa langue titiller ses lèvres.

Srerrée contre son torse puissant, elle sentit ses seins se durcir. Elle enroula ses bras autour du cou de Russell, et se laissa faire tandis qu'il la soulevait de terre.

Elle s'accrocha à lui. Ses lèvres toujours soudées aux siennes, Russell la plaqua contre le mur, au pied de l'escalier, et commença à déboutonner son chemisier, se glissant à l'intérieur pour cueillir dans sa paume chaude son sein rond et généreux.

Elle poussa un petit cri, renversant la tête tandis que le pouce de Russell trouvait son mamelon durci. Relâchant son étreinte, elle agrippa sa chemise western et l'ouvrit, révélant sa peau douce et hâlée ainsi que la toison de poils foncés qui disparaissait en s'amenuisant dans la taille de son jean.

— Dulcie…, dit-il dans un râle.

Elle ferma les yeux lorsqu'elle sentit qu'il dénudait sa poitrine, et se tortilla contre lui, le désirant comme elle n'avait jamais désiré aucun homme.

Elle rouvrit les yeux et elle porta les mains à sa ceinture. Il posa de nouveau sa bouche sur la sienne tout en la soulevant afin de baisser son pantalon de toile. Elle sentit l'ardeur et l'urgence de son désir, et rien au monde n'aurait pu l'empêcher d'y répondre. Il s'écarta alors pour la regarder dans les yeux.

Elle l'attira à elle, ondulant contre ses hanches, tandis qu'il la menait au bord de l'orgasme, et même plus loin, avant d'assouvir son propre désir.

Russell la maintint contre le mur et s'efforça de reprendre son souffle. Ils étaient tous deux couverts de sueur, essoufflés. Il la reposa doucement sur le sol.

— Je suis désolé. Ce n'était pas la manière dont…

Sa voix s'érailla lorsqu'il prit conscience de ce qu'il était sur le point de dire.

« Ce n'était pas la manière dont j'envisageais de te faire l'amour. »

Elle se mit à rire doucement.

— Oh ! Et qu'avais-tu prévu ?

Il ne put réprimer un sourire.

— Un lit ?

Elle secoua la tête tandis qu'elle commençait à reboutonner lentement son chemisier, ses yeux bruns rivés aux siens.

— Je n'aurais pas voulu que notre première fois soit différente, dit-elle. J'avais envie de toi autant que toi de moi.

— J'en doute.

Leur *première* fois ? Il se dit qu'il n'y en aurait pas de seconde. Elle n'envisageait pas les choses aussi sérieusement que lui. Bon sang, cette femme prenait les événements trop à la légère. Le simple fait de se trouver dans cette maison représentait pour elle un danger ; enquêter sur un meurtre non élucidé pourrait lui être fatal. Alors, avoir une liaison avec elle…

— Je sais que tu es venu ici pour me réprimander, reprit-elle en se rhabillant.

Il ne put s'empêcher de se pencher vers elle pour l'embrasser tendrement.

— Je veux te garder saine et sauve.

— Je le sais.

Elle prit son visage entre ses mains et déposa un baiser léger sur ses lèvres avant de le lâcher.

Il recula, déterminé à ce que, s'il devait un jour faire de nouveau l'amour avec elle, ce ne soit pas dans cette vieille maison, contre un mur et que ce ne soit pas en réaction à la peur.

Il entendit le faiseur de pluie qui enfonçait de nouveau ses tuyaux dans le sol, et s'aperçut que Dulcie l'écoutait, elle aussi.

— Que te voulait cet homme ?

— Rien, lui répondit-elle en serrant ses bras autour d'elle. Rien du tout.

— Il devait pourtant vouloir quelque chose. J'ai vu l'expression de ton visage. Dulcie, si tu…

— Je vais bien. Je suis désolée de t'avoir fait peur.

— De m'avoir fait peur ? C'est pour toi que je m'inquiète. Cet homme va continuer à travailler de l'autre côté du ruisseau. S'il t'a touchée ou s'il t'a menacée, tu dois…

— Je te l'ai dit, il ne m'a absolument rien fait. Il m'a seulement… surprise, c'est tout. Et ma réaction a été exagérée.

Elle mentait et il était incapable d'imaginer pourquoi. Que serait-il advenu s'il n'était pas arrivé ? La veille, cela avait été Ben Carpenter. Aujourd'hui, ce maudit faiseur de pluie.

Pour ne rien arranger, il lui avait fait l'amour, ce qui compliquait encore les choses. Il eut envie de traverser le ruisseau pour faire avouer la vérité à Amberst, mais il savait qu'il obtiendrait de lui la même réponse.

— Cet homme, poursuivit-elle. Quel genre de travail fait-il, de l'autre côté du ruisseau ?

— C'est un faiseur de pluie. La ville vient de l'appeler.

— Il a été engagé pour faire *pleuvoir* ?

Il n'était pas d'humeur à en débattre et il proposa de quitter la maison.

Mais elle n'était pas du genre à laisser tomber…

— Il a dit qu'il était déjà venu, reprit-elle alors qu'ils sortaient.

Il l'étudia pendant un long moment avant de répondre :

— Oui. C'était il y a vingt-quatre ans.

Elle pâlit, et il comprit la signification pour elle de cette information.

La dernière visite du faiseur de pluie avait-elle coïncidé avec ce printemps torride au cours duquel Laura Beaumont avait été assassinée ?

A l'école, la journée semblait traîner en longueur. Pendant la récréation, Jolene s'assit à l'ombre pour lire les nouvelles mais son esprit s'égara.

Lorsqu'arriva l'heure de libérer ses élèves, elle se sentit soulagée. Le lundi suivant marquerait la fin du trimestre. Etant donné qu'elle avait été également engagée pour l'année scolaire à venir, elle serait autorisée à rester dans sa petite maison pendant l'été. Ce qui l'arrangeait bien.

Elle avait attendu avec impatience le moment où elle pourrait lire et explorer la région. Mais la chaleur de ce printemps avait réfréné son enthousiasme. Cela et l'histoire de meurtre.

Il ne restait plus aux élèves qu'à rendre une autre partie de la nouvelle. Puis la fin, lundi. Trouverait-elle l'épisode du vendredi l'attendant sur le coin de ce bureau défraîchi, le lendemain matin, en ouvrant la classe ?

Ou serait-ce l'assassin qui l'attendrait ?

Elle frémit à cette idée.

— A demain matin, tout le monde ! N'oubliez pas, ajouta-t-elle en regardant les élèves se préparer bruyamment à partir. Continuez à travailler sur vos nouvelles.

Elle les observa de la fenêtre tandis qu'ils montaient dans le bus ou dans les pick-up et S.U.V. qui les attendaient, puis elle commença à rassembler ses affaires, impatiente de rentrer chez elle.

Entendant un bruit de pas, elle leva la tête et découvrit une jeune femme, debout dans l'embrasure de la porte, qui regardait autour d'elle comme si elle n'avait encore jamais vu une salle de classe de campagne.

— Puis-je vous aider ? lui demanda-t-elle.

La jeune femme étudiait le tableau des anniversaires où chacun, y compris elle, avait affiché la date de son anniversaire accompagnée d'une photographie. Lorsqu'elle se retourna, Jolene la reconnut. C'était l'étrangère qu'elle avait heurtée dans la rue à la sortie des bureaux du journal. Cette même femme qu'elle avait revue aux Lumières du Nord.

— Jolene Stevens ? s'enquit la visiteuse. Je m'appelle Dulcie Hughes. Auriez-vous un instant ?

En serrant la main de Jolene, Dulcie la trouva glacée, chose étonnante compte tenu de la chaleur qui régnait dehors.

— C'est à quel sujet ? lui demanda Jolene.

— Le meurtre de Laura Beaumont. Ne cherchez pas à me dire que vous ignorez ce à quoi je fais allusion, ajouta-t-elle, devant le regard surpris de Jolene. J'ai vu les photocopies d'articles de presse que vous avez laissé tomber dans la rue, l'autre jour. J'ai vérifié auprès du journal et j'ai découvert quels articles vous avez photocopiés.

— Je ne vois pas en quoi…

— J'ai récemment hérité de la maison de Laura Beaumont. Y a-t-il un endroit où nous pourrions parler de ceci en privé ?

Jolene parut hésiter, mais un instant seulement.

— Allons chez moi, proposa-t-elle, en lui montrant un ravissant cottage situé un peu plus loin sur la route de terre. Laissez-moi simplement le temps de fermer l'école.

Dulcie l'attendit dans la voiture. Après le départ de Russell, elle avait tenté de recouvrer ses esprits. Il s'était emporté et elle ne pouvait l'en blâmer. Ils avaient partagé une intimité qu'un homme tel que lui ne prenait pas à la légère. Pas plus qu'elle d'ailleurs, bien qu'elle lui ait laissé croire le contraire.

Bien sûr elle ne regrettait pas ce qui était arrivé, mais elle ne pouvait pas non plus laisser une telle chose se reproduire. Elle était devenue trop proche de Russell Corbett. Beaucoup trop.

Lui aussi en avait pris conscience, et c'était l'une des raisons pour lesquelles il était tellement fâché contre elle. Il savait qu'elle lui dissimulait des choses. Mais lui expliquer ce qui s'était passé entre le faiseur de pluie et elle avant qu'il ne fasse irruption dans la maison lui était impossible.

Elle ne le comprenait pas elle-même.

Après son départ, elle avait envisagé de retourner à l'étage afin de poursuivre ses recherches. Elle avait déjà trouvé une photographie. Il devait y avoir d'autres choses puisque rien ne semblait avoir été emporté à l'exception des vêtements d'Angel. Peut-être y avait-il des vieilles lettres ? Des photos ? N'importe quoi qui puisse lui fournir les réponses dont elle avait si désespérément besoin ?

Russell parti, elle s'était donc engagée dans l'escalier, les jambes encore flageolantes, le cœur battant toujours à se rompre, mais le bruit de la masse du faiseur de pluie frappant sur les conduits avait résonné à l'intérieur de son crâne, et elle avait dû quitter la maison.

Elle chassa de son esprit ces pensées et se concentra sur ce qu'elle allait dire à Jolene Stevens. Cette dernière avait enquêté sur le meurtre de Laura Beaumont et, apparemment, elle ne souhaitait pas que cela se sache. Dulcie mourait d'impatience de lui en demander la raison.

Jolene sortit de l'école et vérifia par deux fois que la porte était bien fermée à clé. Dulcie se revit faire de même en quittant la ferme. Jolene était-elle tracassée par le fait que quelqu'un s'y soit introduit, comme elle l'avait été, elle, tout à l'heure ? Qu'avaient-elles d'autre en commun ? se demanda-t-elle en suivant l'enseignante jusque chez elle.

— Je dois avoir du thé glacé, annonça Jolene en rangeant sa bicyclette contre le mur latéral de la maison avant d'ouvrir la porte d'entrée.

— J'en prendrai volontiers.

Les ventilateurs tournaient, faisant circuler l'air chaud.

— Désolée, je n'ai pas la climatisation. Installez-vous où vous voulez, lui lança Jolene de la cuisine.

Dulcie resta debout jusqu'au retour de son hôtesse. Elle prit le grand verre glacé qu'elle lui tendait et but une gorgée de thé.

— Il est délicieux. Merci.

Jolene hocha la tête, l'air nerveux.

— Je ne sais vraiment rien sur…

— Asseyons-nous, dit Dulcie en prenant place en face d'elle. Pourquoi faites-vous des recherches sur la mort de Laura Beaumont ?

— Par simple curiosité.

— Pourquoi vous intéresseriez-vous à son meurtre ? Je sais que vous n'êtes pas originaire de la région. Ce que je pense, c'est que vous avez appris quelque chose concernant sa mort qui a éveillé votre curiosité.

— Si vous avez hérité de la maison, alors vous devez en savoir davantage que moi.

— J'ai entendu parler de Laura Beaumont pour la première fois après le décès de mes parents, en apprenant que j'avais hérité d'une propriété située dans le Montana, lui expliqua

Dulcie. J'ignorais même qu'il y avait une maison sur ces terres, sans parler du fait que la femme qui me l'avait léguée avait été assassinée… ou qu'elle avait une petite fille.

Jolene but une gorgée de thé, et Dulcie vit que ses mains tremblaient.

— Jolene, des choses très étranges se sont produites dès la première fois où j'ai posé les yeux sur cette maison. Si vous savez quelque chose, je vous en prie, aidez-moi.

— Quel genre de choses étranges ?

Dulcie s'enfonça dans son siège, tenant son verre à deux mains comme si elle pouvait en absorber la fraîcheur. Elle commença par le début, évoquant ses parents âgés, les difficultés de sa mère à concevoir, le choc reçu en apprenant qu'elle héritait de cette propriété dans le Montana, sa crainte d'être en réalité Angel Beaumont.

— Quand j'ai vu ces rideaux jaunes… Je sais que cela peut paraître insensé mais j'ai su que j'étais déjà venue là. Et il n'y eut pas que cela. C'était aussi dû à ce bruit…

Sa voix se brisa.

— Vous avez eu l'impression de vous être déjà trouvée là auparavant ? demanda Jolene.

— J'en ai eu l'intime conviction. Sinon, comment pourrais-je expliquer ces impressions de déjà-vu ? J'ai besoin de trouver le lien. Pourquoi choisir de me léguer cette propriété ?

Jolene reposa son verre.

— Vous ne pouvez pas être Angel Beaumont, dit-elle. Elle a été retrouvée, noyée, dans le ruisseau. Elle est enterrée sur la colline. J'ai prévu de m'y rendre.

— Et si elle ne s'était pas noyée dans le ruisseau ? Voyons, avez-vous vu à quel point il est peu profond en ce moment ? Et le printemps, cette année, est exactement semblable à celui d'il y a vingt-quatre ans. Il n'y avait pas assez d'eau dans le ruisseau pour qu'elle se noie.

Dulcie soupira avant de préciser :

— J'imagine que je veux croire qu'elle est vivante parce que cela expliquerait pourquoi j'ai hérité de cette propriété.

— Mais cela voudrait dire…

— Que je suis Angel Beaumont. Mes parents devaient avoir une raison de garder le secret sur cette propriété. J'ai le sentiment que c'était une chose dont ils ne pouvaient se résoudre à me parler. Une chose qu'ils devaient me laisser découvrir par moi-même. Je sais que cela peut paraître étrange.

— Pas vraiment.

— C'est comme s'ils avaient eu… honte d'en parler. Vous voyez ? C'est insensé.

— Peut-être pas aussi insensé que ça.

Dulcie étudia Jolene par-dessus le bord de son verre. Cette dernière en savait plus qu'elle ne le disait. S'il y avait une chose que Dulcie avait apprise dans les affaires, c'était à se montrer patiente. De laisser la personne en face combler le silence.

— Cette fois, c'est vous qui allez me trouver insensée, finit par dire Jolene avec un rire nerveux.

— Etonnez-moi.

— J'ai le sentiment que la communauté sait quelque chose à propos de ce meurtre, que ses membres ont conclu le pacte secret de ne pas le révéler.

— Une conspiration ?

Cela ne paraissait pas du tout insensé, au contraire.

— Oui, répondit Jolene. Et si la petite fille avait découvert le corps de sa mère et qu'elle avait vu l'assassin ? Le meurtrier n'a jamais été appréhendé, il vit peut-être toujours ici, et la communauté pourrait le protéger.

— Ou protéger Angel Beaumont. Ne serait-il pas concevable que la communauté ait simulé sa mort afin que le meurtrier ne découvre pas qu'elle avait survécu ?

Jolene frissonna et elle posa son verre.

— L'assassin pourrait être une femme, dit-elle.

— Qu'est-ce qui vous incite à penser cela ?

— C'est une éventualité.

Jolene reprit son verre de thé, évitant soigneusement de croiser son regard.

Elle avait vu juste, se dit Dulcie. La jeune femme savait

quelque chose. C'était la raison qui l'avait amenée à faire des recherches sur le meurtre au journal.

— Vous ne m'avez toujours pas dit ce qui a motivé votre intérêt pour cette affaire de meurtre, Jolene.

Levant lentement les yeux, Jolene croisa son regard.

— Qu'est-ce qui m'assure que je peux vous faire confiance ?

— Pour une raison que j'ignore, vous paraissez terrifiée, lui répondit Dulcie. Et je le suis, moi aussi.

Jolene l'étudia ouvertement pendant un moment. Puis elle se leva et alla ouvrir un tiroir. Elle en sortit des documents et, les tenant contre sa poitrine, revint s'asseoir.

— J'ai donné à mes élèves un devoir consistant en l'écriture d'une nouvelle, expliqua-t-elle. La rédaction se poursuit pendant six jours, avec une petite partie à me rendre chaque jour, jusqu'à la fin du récit.

Elle baissa les yeux sur les feuillets qu'elle tenait serrés contre sa poitrine.

— Le premier jour, j'ai récupéré un devoir supplémentaire. La nouvelle relate le meurtre d'une jeune veuve, mère d'une petite fille.

Dulcie n'aurait su dire à quoi elle s'attendait mais ce n'était certainement pas à cela.

— Laura Beaumont ? demanda-t-elle.

— C'est ce que j'aurais tendance à croire.

— Qui vous fait parvenir ce devoir ?

— Je n'en ai pas la moindre idée. On dépose les feuilles sur une table au fond de la classe. Apparemment, certains des habitants ont la clé de l'école. Ce pourrait donc être n'importe qui.

— Ce récit n'est vraiment pas une fiction ?

— Non. Il est assez réel. Il se déroule durant un printemps torride, exactement comme celui-ci. Il donne l'impression d'avoir été écrit par une personne qui connaissait la victime du meurtre, une personne qui observait Laura Beaumont et sa fille.

Dulcie sentit son pouls s'accélérer.

— Une personne qui saurait peut-être qui l'a tuée ? avança-t-elle.

— C'est possible.

— Pourquoi cette personne vous a-t-elle choisie pour être la destinataire de son récit ?

— Au début, j'ai seulement cru qu'elle voulait que je le lise et que j'en fasse la critique.

— Et à présent ?

— A présent, je crains que ce ne soit une confession.

— Puis-je le lire ?

Jolene parut hésiter un instant avant de le lui donner.

— Il n'y a que les quatre premières parties. Je dois encore en recevoir deux. L'une demain et l'autre lundi. Du moins, j'espère qu'il y aura une fin.

— Nous connaissons déjà la fin, murmura Dulcie d'un air absent, contemplant les feuillets qu'elle avait entre les mains.

— Vraiment ? Je n'en suis pas tout à fait certaine, moi.

9

Russell passa le reste de l'après-midi à s'assurer que Finnegan Amberst ne retournerait pas à la ferme de Dulcie.

Observer le faiseur de pluie à l'œuvre acheva de le convaincre que les autres propriétaires de ranch et cultivateurs venaient de gaspiller quinze mille dollars.

— Où avez-vous appris à faire ceci ? avait-il demandé à Finnegan.

— J'ai rencontré un vieil Indien qui pouvait faire tomber la pluie. Il m'a appris tout ce qu'il savait.

Finnegan avait enfoncé une série de conduits métalliques près de l'eau, le long du ruisseau. De temps à autre, il s'interrompait, tendait l'oreille pendant un long moment, puis il retirait l'un des conduits pour aller l'enfoncer ailleurs.

— Et quel est le rôle des conduits métalliques ?

— Ils servent d'antenne pour rediriger le flux d'énergie. Je ne fais pas pleuvoir, monsieur Corbett, avait-il précisé devant son air dubitatif. Seul Dieu fait pleuvoir. J'exerce une influence sur le climat. La terre est notre mère.

Il avait levé les bras et tourné son visage vers le ciel avant d'ajouter :

— J'entre en contact avec elle afin de rediriger le courant-jet. La prière est efficace, elle aussi.

— Vous est-il arrivé de ne pas faire pleuvoir ?

Le faiseur de pluie lui avait adressé un sourire en coin, ses yeux sombres brillant d'une lueur ironique.

— Les propriétaires de ranch sont réputés pour pendre

les hommes qui ne parviennent pas à faire pleuvoir. Or je suis toujours en vie, non ?

Russell était reparti, le laissant à ses tuyaux magiques et ses prières. Il était repassé en fin de journée devant la ferme pour prendre des nouvelles de Dulcie.

Mais cette dernière n'était pas là.

Il oscilla entre la déception et l'inquiétude. Qu'allait-elle faire ensuite ? Peut-être avait-elle renoncé à cette quête d'informations sur Laura Beaumont pour retourner à Chicago. C'était le plus sage. Mais… sans lui dire au revoir ?

Cette pensée lui procura un terrible sentiment de vide, ce qui était totalement ridicule vu qu'il ne connaissait cette femme que depuis moins de quarante-huit heures. Mais il fallait reconnaître qu'une femme telle que Dulcie Hughes rendrait immédiatement n'importe quel homme amoureux fou.

Il se dit qu'elle ne partirait pas sans lui dire au revoir, mais il n'en fut pas totalement convaincu. Il était en revanche certain qu'elle n'était pas du genre à abandonner facilement, et il savait qu'elle ne résoudrait pas le mystère du meurtre après avoir passé l'après-midi dans la vieille ferme.

Alors qu'il approchait du Trails West Ranch, il songea qu'il avait dû faire sortir la jeune femme de son imagination car un véhicule ressemblant à sa voiture de location s'avançait droit vers lui.

Mais pourquoi venait-elle de la vieille ville de Whitehorse ?

Il ralentit, se garant sur le côté pour la laisser passer.

Elle ralentit elle aussi et s'arrêta, visiblement à contrecœur, à côté de son pick-up. Elle baissa sa vitre et il lui sourit.

— Tu sembles fatiguée dit-il.

Elle ne le nia pas, lui confirmant qu'elle était épuisée. La tension de sa quête, sans aucun doute.

— As-tu mangé quelque chose? demanda-t-il.

— Un petit déjeuner, répondit-elle avec une moue. Un peu lourd à digérer.

— Je ne pense pas que cela venait de la nourriture. Gare

ta voiture et viens avec moi. Et pour une fois dans ta vie, ne discute pas.

A ces mots, elle sourit et, chose surprenante, elle ne protesta pas et alla se garer dans un petit chemin, un peu plus loin. Il ouvrit la portière côté passager et attendit qu'elle le rejoigne, heureux comme si elle avait accepté de l'accompagner au bal de la promo.

Tandis qu'il roulait en direction du ranch, elle se laissa aller contre le siège et ferma les yeux.

— Où m'emmènes-tu ? lui demanda-t-elle, donnant l'impression que cela lui était totalement indifférent.

— Tu le verras bien. Comment s'est passée ta journée ?

— Bien.

Elle rouvrit les yeux et elle les posa sur lui.

— Je ne veux pas en parler, d'accord ?

En voyant son expression, il acquiesça.

— Entendu.

Elle ferma de nouveau les yeux, et ils roulèrent dans un silence complice jusqu'à ce qu'il ralentisse pour emprunter l'embranchement menant au ranch.

Elle se redressa.

— Le Trails West Ranch ? Ton ranch ? Es-tu sûr que ce soit une bonne idée ?

C'était une idée effrayante pour bon nombre de raisons, songea-t-il.

— Je me suis dit que tu aimerais rencontrer ma famille, répondit-il.

— Si cela a un rapport avec la vente de ma propriété, tu…

— Cela a un rapport avec le fait de t'offrir un bon repas, la coupa-t-il. Rien de plus.

Elle le regarda intensément tandis qu'il se garait devant la maison.

— J'espère que tu aimes les margaritas, ajouta-t-il en descendant du pick-up.

*
**

Dulcie entra dans la maison fraîche et accueillante et elle fut attirée par un bruit de voix et de rires étouffés. Une odeur alléchante de cuisine mexicaine lui donna l'eau à la bouche, et elle sentit presque le goût du sel sur le rebord d'un verre de margarita lorsque Russell lui prit le bras et lança :

— J'ai amené une amie pour le souper.

Elle faillit repartir en courant quand elle vit tous les regards se poser sur elle. Elle ne s'attendait pas à voir autant de monde ! Russell fit de rapides présentations, et la soirée se déroula agréablement, mêlant bonne cuisine et bonne compagnie. Les frères Corbett étaient séduisants et charmants, et ils aimaient visiblement beaucoup Kate, leur belle-mère. Dulcie complimenta Juanita sur ses fabuleux chefs-d'œuvre culinaires, et remercia Kate et Grayson pour l'avoir accueillie aussi gentiment chez eux.

— Tu aurais dû me prévenir, dit-elle à Russell tandis qu'il la ramenait jusqu'à sa voiture.

— Serais-tu venue avec moi si je t'avais avertie que nous allions rejoindre ma famille ?

— Je ne faisais pas allusion à ta famille, répliqua-t-elle, la voix teintée d'humour. Tu es l'un de ces riches propriétaires de ranch dont j'ai entendu parler.

— Oui. Mais je travaille.

— Je sais que tu travailles, dit-elle, prenant sa main droite sur le volant et laissant courir le bout de ses doigts sur les callosités. C'est l'une des choses que j'aime chez toi.

— *L'une* des choses ?

— Cesse d'aller à la pêche aux compliments, répliqua-t-elle en riant. Je n'ai pas non plus été parfaitement honnête avec toi concernant mon travail, ajouta-t-elle, reprenant son sérieux.

Elle lui parla de Renada, de la boutique qu'elles avaient montée et qui était devenue une entreprise au succès foudroyant.

— Que comptes-tu faire à présent ? lui demanda-t-il.

— Je l'ignore. Je ne vais pas rester à ne rien faire, cela ne me ressemble pas. Mais, pour tout dire, je suis à court d'idées en ce moment. Toute cette histoire avec cette maison…

— J'ai rendu visite ce matin aux personnes qui possédaient la propriété située derrière la tienne, près du ruisseau.

— Là où travaille ton faiseur de pluie ?

— Oui. Les Atkinson. Ils ont emménagé en ville après le meurtre, je pense. J'espérais obtenir des réponses pour toi, mais…

— Mais ces personnes ont refusé d'en parler, n'est-ce pas ?

— En effet.

— Ce qui veut dire ?

— Ce qui veut dire que les gens n'aiment pas évoquer le meurtre violent d'une jeune femme qu'ils connaissaient et qui vivait près de chez eux. J'ai eu l'impression que Midge Atkinson était l'une de ses amies.

Dulcie tressaillit.

— Midge Atkinson ?

Ce nom lui paraissait familier… Une certaine M. Atkinson avait peint les anges dans la chambre d'Angel Beaumont.

— Sais-tu si Midge Atkinson peint ? demanda-t-elle.

— C'est possible. Il y avait des frises peintes partout dans sa maison. Mais si elle était l'amie de Laura Beaumont, alors cela pourrait expliquer pourquoi certaines personnes refusent de parler du meurtre. Même John, le mari de Midge, n'a rien voulu me dire.

— Peut-être refusent-elles d'en parler parce que le meurtrier n'a jamais été appréhendé… et que c'est quelqu'un faisant partie de cette communauté que tous les autres membres couvrent.

Russell lui décocha un regard surpris.

— Est-ce vraiment ce que tu penses ?

— Je ne suis pas la seule à penser cela.

— Qui d'autre pense comme toi ?

Russell venait d'arriver à l'endroit où elle s'était garée tout à l'heure, et s'arrêta.

— Je suis désolée d'avoir dit ça, se contenta-t-elle de répondre.

— Mais tu as appris quelque chose de nouveau.

Il l'observa avec attention.

— Dulcie, tu me fais peur. Si tu as des informations concernant cette histoire, tu dois aller voir le shérif. Ou alors parles-en à mon frère Shane. Tu l'as rencontré ce soir. Il est adjoint au shérif. Il t'aidera.

— Je ne sais absolument rien, c'est là le problème. C'est de la pure spéculation.

Il l'étudia ouvertement à la lueur du tableau de bord.

— Tu ne lâcheras pas l'affaire, n'est-ce pas ? Alors laisse-moi t'aider. Je ne veux pas que tu aies à affronter cela toute seule.

— Merci. Pour la proposition. Pour le repas. Pour m'avoir accueillie ce soir dans ta famille.

— Je suis sérieux quand je propose de t'aider, Dulcie.

Dulcie fut tentée d'accepter son aide. Mais que pourrait-il faire ? Les habitants de Whitehorse se confieraient-ils plus facilement à lui ? Il ne vivait pas là depuis assez longtemps pour connaître les secrets de la communauté. Peut-être fallait-il pour cela que vos origines remontent à cinq générations.

— Je sais que ta proposition de m'aider est sérieuse et je l'apprécie, répondit-elle. Je ne vois simplement pas comment tu peux m'aider dans l'immédiat.

— Tu retournes à la ferme demain ?

Elle hocha la tête. C'était la seule piste qu'elle avait.

— Dans ce cas, laisse-moi t'accompagner, lui proposa-t-il. Je ferai fuir les serpents et je t'aiderai dans tout ce qui te sera utile.

— Tu t'assureras que le faiseur de pluie ne reviendra pas ?

— Cela aussi, oui.

Cela ne l'arrangeait pas. Elle avait prévu d'aller lui parler. Ayant lu l'histoire du meurtre que lui avait confiée Jolene, elle disposait d'un moyen de pression sur lui. Et elle ne pourrait pas l'amener à lui parler si Russell était dans les parages.

— Si j'ai besoin de toi, je te le ferai savoir, dit-elle.

Elle ouvrit sa portière et ajouta en souriant :

— Ta famille est très sympathique.

— Eh bien, c'est seulement parce qu'elle s'est montrée sous son meilleur jour ce soir.

— Et pourquoi ce soir ?

— C'est embarrassant.

— Ils ont cru que j'étais ta petite amie, c'est ça ?

Comme il hochait la tête, elle se mit à rire.

— Ils ont dû être horrifiés, fit-elle remarquer. Toi et une *stupide fille de la ville.* J'ai entendu ce que tu marmonnais entre tes dents, le jour de notre rencontre.

Ce fut au tour de Russell de rire.

— A présent, je suis *vraiment* embarrassé, dit-il.

— Non, tu ne l'es pas. De toute façon, c'est la vérité. Je suis une stupide fille de la ville, perdue ici dans les étendues sauvages du Montana.

Elle détourna un moment les yeux.

— J'ignore ce que je suis venue faire ici, avoua-t-elle.

— Chercher des réponses.

— C'est ce que je ne cesse de me dire. Mais je ne suis pas sûre de vouloir connaître les réponses.

— Dans ce cas, pourquoi persister à les chercher ? Tu peux abandonner dès à présent.

L'incongruité de cette suggestion lui arracha un petit rire.

— Je suis sérieux.

— Je le sais, mais rien ne pourrait me faire renoncer maintenant. J'ai le sentiment que la raison pour laquelle mes parents ne m'ont pas parlé de cette propriété était qu'il s'agissait d'une chose que je devais accomplir par moi-même.

— Tu ne l'accompliras pas en t'intéressant à une femme assassinée et à sa fille morte.

Il lui parut furieux, tout à coup.

— Tu n'as pas connu mes parents.

— Et toi, les connaissais-tu ? rétorqua-t-il.

Cette fois, elle en avait assez entendu. Ce qu'elle voulait faire ou ne pas faire ne le regardait pas. Elle s'apprêtait à descendre du pick-up lorsqu'il la retint.

— Je suis désolé. Tu as raison. Je n'ai pas connu tes parents. Je devrais garder mes opinions pour moi.

Elle le fixa sans rien dire. Elle n'avait pas envie de se fâcher avec lui. Il avait été présent pour elle lorsqu'elle avait eu besoin de lui, et… ils avaient fait l'amour dans cette maison.

Mais il ne pouvait pas l'aider, même s'il semblait sincèrement le souhaiter.

— Merci encore pour cette soirée, dit-elle. Je ne saurais te dire à quel point j'en avais besoin, mais je pense que tu le savais, n'est-ce pas ?

— Tu m'accordes trop de crédit.

— Je ne crois pas, non.

Elle envisagea un instant de l'embrasser. Mais elle savait quel danger cela représenterait. Recréer cette intimité entre eux n'était pas une bonne idée.

Au lieu de cela, elle lui sourit et descendit du pick-up.

Il attendit, exactement comme elle l'avait prévu, qu'elle ait fait démarrer sa voiture et qu'elle se soit engagée sur la route avant d'effectuer un demi-tour et de reprendre le chemin du ranch.

Elle ne s'autorisa à repenser aux feuillets relatant l'histoire du meurtre que lui avait donnés Jolene, non sans lui recommander une extrême prudence, que lorsque ses feux arrière eurent disparu de son rétroviseur.

S'agissait-il d'une simple fiction ? Ou alors Jolene avait-elle vu juste en pensant à une confession ? Mais pourquoi l'écrire à son intention ? Elle venait juste d'arriver en ville.

Les phares surgirent de nulle part. Un moment plus tôt, il n'y avait personne derrière elle. L'instant d'après, un pick-up collait à son pare-chocs, l'aveuglant de la lueur vive de ses phares.

Elle ralentit un peu, se serrant sur le côté afin de laisser passer le conducteur impatient.

Le pick-up la dépassa en trombe puis se rabattit brusquement et se colla à sa voiture. Un horrible crissement de métal emplit l'habitacle tandis qu'elle était projetée contre la portière. Sa voiture dévia vers la droite. Elle lutta pour la maintenir sur la route tandis qu'elle faisait une embardée.

Elle pensa d'abord que le pick-up l'avait heurtée accidentellement jusqu'à ce que le conducteur la percute de nouveau.

Devant elle, la route se rétrécissait, cernée de part et d'autre par le vide. Le pick-up s'écarta d'elle après l'impact, mais elle le vit se rabattre de nouveau sur elle.

Elle accéléra, consciente que sa seule chance était de distancer le conducteur.

Derrière elle, le pick-up céda du terrain. La route montait et descendait, et elle sentit sa voiture s'envoler au sommet d'une côte et retomber violemment.

Derrière elle, le pick-up fit de même. Il roulait tellement vite que, durant un bref instant, elle crut qu'il allait s'écraser sur elle.

Mais il retomba juste derrière, soulevant un nuage de poussière. Il percuta l'arrière de sa voiture, la projetant en avant, mais presque aussitôt il dérapa dans le gravier bordant la route récemment refaite.

Dans son rétroviseur extérieur, elle le vit quitter la route et défoncer une clôture de fil de fer barbelé avant de s'immobiliser dans un nuage de poussière, évoquant un champignon atomique, au milieu d'un champ de blé.

Elle accéléra, regagnant la ville à toute allure. Dans son rétroviseur, elle vit les phares du pick-up balayer le champ tandis que le conducteur regagnait la route.

Submergée par la peur, elle agrippa le volant et garda un œil dans son rétroviseur. Elle conduisit aussi vite que cela lui était possible sans quitter elle-même la route, craignant de voir à tout moment les phares du pick-up apparaître de nouveau au sommet d'une côte.

Mais quelques virages plus tard, lorsqu'elle regarda derrière elle, elle ne vit rien d'autre que l'obscurité. Soit le pick-up n'avait pas réussi à s'extraire du champ de blé, soit celui qui avait tenté de lui faire quitter la route avait abandonné, étant parvenu à faire passer son message.

Elle ne ralentit pas avant d'avoir atteint les abords de la ville.

Son cœur battait toujours à se rompre lorsqu'elle s'engagea dans la rue principale, cherchant le bureau du shérif.

Ses locaux étaient situés dans un petit bâtiment de brique. Se ruant à l'intérieur, elle fut contente de tomber sur Shane Corbett.

— Que se passe-t-il ? lui demanda-t-il en voyant l'expression de son visage.

— Quelqu'un vient d'essayer de me faire quitter la route.

Elle fit un geste en direction de sa voiture stationnée sur le parking.

— Je vais jeter un coup d'œil. Restez ici, lui dit-il en se précipitant à l'extérieur.

Il revint quelques instants plus tard.

— Entrez dans mon bureau. Je vais prendre votre déposition.

Il lui porta un verre d'eau, et peu à peu elle cessa de trembler et put lui rapporter ses mésaventures.

— Le pick-up était de couleur sombre.

Elle comprit, à son air, que cette description ne lui serait pas d'une grande aide.

— Il y a beaucoup de pick-up de couleur sombre dans les environs, n'est-ce pas ?

— Oui, mais le conducteur a laissé de la peinture sur votre voiture. Le pick-up était marron et j'imagine que votre voiture aura laissé de la peinture rouge vif dessus. Nous allons le rechercher et demander au carrossier d'ouvrir l'œil.

Elle lui jeta un regard dubitatif. Il faudrait que le conducteur soit idiot pour continuer à rouler avec.

— Voyez-vous une raison pour laquelle quelqu'un pourrait vouloir vous faire sortir de la route ?

— Non.

Enfin, sauf les personnes qui savaient qu'elle enquêtait sur le meurtre de Laura Beaumont…

— Le conducteur semblait-il ivre ? poursuivit Shane.

— Pas vraiment.

— En fait, ce que je vous demande c'est si vous conduisiez

trop lentement ou si vous occupiez toute la route, poursuivit-il, l'air embarrassé.

— Vous voulez dire, comme le ferait une femme de la ville ? Non, je roulais à une vitesse normale et je me suis même rabattue pour le laisser passer.

Shane lui sourit d'un air gêné.

— Je n'avais pas l'intention de vous insulter, s'excusa-t-il. J'essaie simplement de comprendre pourquoi quelqu'un voudrait vous faire sortir de la route.

— Je ne suis pas ici depuis assez longtemps pour m'être fait des ennemis, mais j'ai effectué des recherches sur le meurtre de Laura Beaumont.

Il hocha lentement la tête.

— Russell m'en a parlé, en effet. Vous savez…

— Vous n'allez pas me dire que je pourrais me mettre en danger en faisant cela, n'est-ce pas ?

Shane sourit. Les frères Corbett étaient décidément très séduisants…

— Il se pourrait que j'aie songé à vous avertir que parfois les habitants de la région ne voient pas d'un bon œil qu'une nouvelle venue s'immisce dans leurs affaires, dit-il.

— C'est ce que je pensais. Mais vous ne croyez pas plutôt que, puisque le meurtre n'a jamais été élucidé, je pourrais rendre quelqu'un nerveux ?

— Un meurtre remontant à vingt-quatre ans ? Dont l'auteur aurait vécu tout ce temps en liberté ? Il me semble qu'il serait stupide de sa part de tenter de vous faire quitter la route et de se trahir alors que vous ne disposez d'aucune preuve contre lui, vous ne trouvez pas ?

Là, il marquait un point.

— C'est vrai. Pour l'instant, je n'ai aucune preuve, reconnut-elle.

— C'est d'ailleurs ce qui m'inquiète. Vous n'êtes pas du genre à abandonner, je me trompe ? Que comptez-vous faire exactement pour trouver cette preuve ?

— Je vais simplement creuser un peu plus.

Il haussa un sourcil.

— Croyez-vous que ce soit une bonne idée ?

— Quelqu'un essaie de m'effrayer. Cela signifie qu'il y a quelque chose à trouver, et l'on ne m'effraie pas aussi facilement.

— Je commence à comprendre pourquoi vous plaisez tellement à mon frère… et aussi pourquoi il s'inquiète autant.

— Je plais à votre frère ?

— Si vous le lui répétez, je nierai tout en bloc, répliqua-t-il avec un petit sourire en coin. Sérieusement, nous sommes une petite unité. Je n'ai pas les moyens de vous protéger.

— Mais vous pourriez m'aider. Vous pourriez me laisser consulter le dossier de Laura Beaumont.

Sans regarder où elle allait, elle sortit en courant de la chambre de sa mère, laissant derrière elle des empreintes de pas ensanglantées. L'assassin se lança à sa poursuite, l'appelant par son nom, tandis qu'elle dévalait l'escalier avant de franchir la porte d'entrée.

Alors que l'obscurité les avalait tous deux, elle entendit ses pas derrière elle. Ce ne fut qu'en atteignant la route qu'elle se rendit compte qu'elle s'était enfuie dans la mauvaise direction.

Si elle avait couru vers le ruisseau, elle aurait pu se cacher dans les arbres. Ou appeler son ami à l'aide. Il serait venu à son secours.

Mais, au lieu de cela, elle avait couru en direction de la route.

Elle regarda derrière elle, entendant les pas se rapprocher, comprenant alors qu'elle n'avait aucune chance d'en réchapper. L'assassin avait presque rejoint la barrière ouverte. Sur la route, il n'aurait aucune difficulté à l'attraper.

Des phares apparurent au sommet de la petite colline, l'aveuglant. Fermant les yeux, elle entendit le crissement des freins et du gravier projeté alors que le véhicule dérapait avant de s'arrêter brusquement. Elle se trouva piégée dans la lueur des phares comme un chevreuil sur le point d'être fauché par une voiture.

La portière s'ouvrit.

— Angel ? Mon Dieu, Angel, est-ce du sang que je vois sur toi ? Où est ta maman ? Dis-moi où est ta maman, ma petite. Cesse de pleurer et de te débattre. Je ne te veux pas de mal. Dis-moi ce qui s'est passé. Arrête et dis-moi ce que ta maman a fait.

Il plut le jour des funérailles d'Angel Beaumont. Elle fut inhumée sur la colline surplombant la vieille ville de Whitehorse. Tout le comté était présent, les ouailles rassemblées sous une marée de parapluies noirs tandis que Titus Cavanaugh lisait des textes extraits de la Bible et priait pour la pauvre enfant sans défense.

Pendant la cérémonie, le faiseur de pluie passa aux abords du cimetière dans son tas de ferraille, ses tuyaux magiques chantant au contact les uns des autres. L'assemblée endeuillée se dispersa peu après. Quelques jours plus tard, la communauté se rassembla de nouveau afin d'enterrer cette fois la mère auprès de sa petite fille, tout comme elle choisit d'enterrer la vérité.

Le cœur battant, Jolene leva les yeux sur la classe de ce vendredi. Toutes les têtes étaient penchées sur le devoir de maths qu'elle venait de distribuer, à l'exception d'une. Son élève de CM2 indiscipliné, Thad Brooks, mâchouillait le bout de son crayon, rêvassant tout en regardant par la fenêtre.

Elle se racla la gorge, captant son attention. Il baissa la tête et se remit au travail. Elle relut les pages.

La nuit précédente, elle s'était tournée et retournée dans son lit pendant des heures, craignant d'avoir fait une erreur en donnant à Dulcie les premières pages de l'histoire du meurtre. Ce matin, elle avait été impatiente de recevoir le devoir suivant et tout aussi effrayée à l'idée que l'auteur n'ait découvert ce qu'elle avait fait et qu'il ne renonce à le lui transmettre.

Mais elle avait reçu une nouvelle pièce du puzzle et elle mourait d'impatience de savoir ce que Dulcie en penserait.

Quand ses élèves eurent fini leur devoir et qu'ils le lui eurent rendu, elle leur dit :

— Lundi sera la dernière journée de votre projet d'écriture, ce qui signifie que vous allez devoir conclure votre récit. Aujourd'hui, nous parlerons des dénouements. Quelqu'un peut-il me dire ce qu'il nous faut pour rédiger un dénouement satisfaisant ?

— Et si on ne peut pas finir ? demanda Mace Carpenter. Parce que ça n'a pas de fin ?

— Pour ce devoir, vous devrez obligatoirement donner une fin à votre histoire. Celle-ci devra répondre à toutes les questions que le lecteur pourrait se poser. Par exemple, la personne qui la lira pourra vouloir savoir ce qui est arrivé à votre personnage. Et pourquoi cela lui est arrivé. Et également, être rassurée sur le fait que tout se passera bien, pour lui, à l'avenir.

— C'est ce que l'on appelle « une fin heureuse », intervint Codi. Ce qui veut dire que le personnage ne peut pas mourir, n'est ce pas, mademoiselle Stevens ?

— Pour ce devoir, je pense qu'il est mieux, en effet, que votre personnage reste en vie.

Elle n'était pas certaine de savoir pourquoi elle venait de leur dire que les nouvelles devaient avoir un dénouement heureux. Ce n'était pas obligatoire. Peut-être espérait-elle que le mystère de l'histoire de meurtre trouverait une fin heureuse.

Au moment de la récréation, elle prit une décision. Elle composa le numéro de portable que lui avait donné Dulcie dans l'intention de lui laisser un message. Elle fut surprise lorsque cette dernière lui répondit.

— Je suis en ville, lui apprit Dulcie. J'ai dû attendre que ma nouvelle voiture de location me soit remise. C'est une longue histoire. Avez-vous reçu une nouvelle partie de l'histoire de meurtre ?

— Oui.

Elle regarda autour d'elle afin de s'assurer que personne ne l'écoutait puis elle lui lut le récit à voix basse.

— La fillette est en vie ! s'écria Dulcie. Je ne crois pas à sa mort.

— Nous n'en savons rien. La personne qui l'a retrouvée n'était certainement pas très compatissante.

— Que dites-vous là ? Vous pensez que la personne qui conduisait la voiture l'a tuée ? Que l'assassin avait un complice ?

— Peut-être. Je l'ignore. J'imagine que cela dépend de qui l'a trouvée ce soir-là et de la raison pour laquelle cette personne ne s'est pas montrée très gentille avec elle, si l'on en croit l'auteur.

Dulcie demeura silencieuse pendant un moment avant de reprendre :

— Je continue à penser que vous avez raison. Il n'est pas fait mention de ce qui est arrivé à l'assassin. Je me demande ce que l'auteur de cette nouvelle essaie de nous dire.

De *nous* dire ? Jolene frissonna. L'auteur essayait de *lui* dire quelque chose, mais elle ne parvenait pas à déterminer exactement quoi.

— Si Angel a survécu, alors cela expliquerait pourquoi personne ne veut parler de ce qui lui est arrivé, poursuivit Dulcie. Elle a vu l'assassin. Elle pourrait l'identifier.

— Dans ce cas, pourquoi ne l'a-t-elle pas identifié ?

Cette fois Dulcie garda le silence beaucoup plus longtemps.

— Je n'avais pas pensé à cela, reconnut-elle. Elle était assez grande pour identifier le meurtrier. A moins qu'elle ne l'ait pas reconnu. Mais elle aurait pu le décrire. Sauf si elle était trop secouée pour être en mesure de le faire.

Jolene comprit où Dulcie voulait en venir.

— Donc, vous pensez que la communauté l'a mise en lieu sûr pour éviter que le meurtrier ne la retrouve, avança-t-elle.

— Ou alors afin qu'elle ne puisse pas l'identifier.

Jolene frémit à cette pensée.

— Ils ont trouvé quelqu'un pour l'adopter, reprit Dulcie. Apparemment, Laura Beaumont n'avait aucune famille. Cela paraît logique.

C'était parfaitement logique, songea Jolene. Et c'était ce qui l'effrayait.

Dès l'instant où Russell vit arriver Shane, il sut qu'il était arrivé quelque chose, et il craignit que cela n'ait un rapport avec Dulcie. Il aurait aimé oublier tout ce qui était en rapport avec elle, mais il ne semblait pas y avoir tellement de chances que cela se produise. A présent, il était convaincu qu'il y avait vraiment lieu de s'inquiéter.

— Je reviens dans un instant, dit-il aux ouvriers du ranch avec qui il travaillait sur la nouvelle portion de clôture avant de se précipiter vers la voiture de police d'où émergeait son frère.

— Qu'a-t-elle encore fait ? lança-t-il sans même laisser à Shane l'occasion de s'exprimer.

— Elle a eu un petit accrochage en rentrant hier soir, lui répondit Shane, comprenant d'emblée à qui il faisait allusion. Elle n'a pas été blessée, ajouta-t-il aussitôt.

— Un accrochage ?

— Un pick-up a tenté de lui faire quitter la route.

Russell jura.

— Pourquoi quelqu'un voudrait-il…

Il laissa sa phrase en suspens, prenant conscience que son frère n'avait pas fait tout ce chemin pour lui dire cela.

— Nous avons trouvé un pick-up correspondant à la description qu'elle nous a faite, lui apprit Shane. Des traces de peinture provenant de sa voiture ont été relevées sur le côté du pick-up.

— Qui est-ce ? As-tu arrêté ce salaud ?

— C'est un peu plus compliqué que cela. Le pick-up est un tas de ferraille que John Atkinson a remisé dans la grange de son ancien ranch.

— Laisse-moi deviner. Il t'a dit qu'il laissait la clé sur le contact ? lui demanda Russell d'un ton sarcastique.

— Sur le plancher. Il jure qu'il n'a pas utilisé ce pick-up

depuis des mois et qu'il ignorait qu'il avait disparu lorsqu'il l'a retrouvé dans le fossé avec un pneu à plat.

— Et tu l'as cru ?

— Oui. Le pick-up empestait l'alcool. Si John avait essayé de s'en servir pour faire sortir quelqu'un de la route, il aurait été stupide de sa part de se contenter de l'abandonner dans un fossé étant donné qu'il fallait moins de cinq minutes pour remonter jusqu'à lui.

Russell jura de nouveau.

— Dois-je comprendre que, selon toi, des adolescents ivres auraient emprunté le pick-up pour faire une virée ? demanda-t-il.

— Cela y ressemble.

— Je parie que Dulcie ne voit pas les choses de cette manière.

Shane soupira.

— Non. Elle pense que quelqu'un tente de la dissuader d'enquêter sur le meurtre de Laura Beaumont. Elle m'a même demandé à consulter le dossier.

— Tu l'y as autorisée ?

— Tu sais que c'est impossible dans le cas d'une affaire non résolue. En revanche, moi, je l'ai épluché. Meurtre avec violence. La femme a été poignardée à treize reprises.

— Un crime passionnel ?

— Apparemment, elle avait plusieurs amants.

— John Atkinson ?

— Il a été interrogé, à l'époque. Il avait un alibi pour l'heure du meurtre. Il était avec sa femme.

— Midge ?

Russell songea à sa visite aux Atkinson. A présent, leur réaction prenait un tout autre sens.

— T'est-il arrivé de penser que Dulcie pourrait savoir de quoi elle parle ? Et que le meurtrier pourrait toujours être dans les parages ? demanda-t-il.

— Je ne le nie pas. Simplement, au vu des indices, je ne crois pas que cela ait un rapport avec ce qui s'est passé hier soir.

Russell eut envie de poursuivre le débat, mais il ne voulait pas avoir l'impression de dire à Shane ce qu'il avait à faire. Son frère était un excellent officier de police et connaissait son boulot.

— Dis-moi une chose, demanda-t-il toutefois. Ben Carpenter faisait-il partie des hommes qui ont été interrogés durant l'enquête sur le meurtre ?

— Non. Aurait-il dû l'être ?

— Peut-être.

Russell vit que son frère hésitait. Il savait quelque chose et se demandait s'il devait ou non le lui révéler.

— Qu'as-tu trouvé d'autre dans le dossier ? insista-t-il.

Shane détourna les yeux un instant avant de laisser tomber :

— Le dossier a été scellé par un juge local.

— Scellé ? s'exclama Russell, surpris. Dans une affaire de meurtre non résolue ? Je pensais que l'on ne faisait cela que lorsqu'un mineur était impliqué ?

— J'imagine que cela a été fait à cause de la fillette.

— Angel Beaumont. Mais elle est morte.

Shane ne répondit pas.

— Elle est morte, n'est-ce pas ? répéta Russell.

— Son acte de décès a été signé par le même juge. Mais ne tire pas de conclusions hâtives. A cette époque, le juge faisait probablement aussi office de médecin légiste.

— Je t'en prie. Tu penses que quelque chose ne colle pas dans cette affaire, sinon tu ne m'aurais pas parlé de ça.

Penchant la tête, Shane l'observa un instant avant de demander :

— Jusqu'à quel point es-tu impliqué avec cette femme ?

Il pesta en déchiffrant l'expression de Russell.

— Bon sang, Russell !

— Ce n'est pas comme si j'étais tombé amoureux d'elle. D'ailleurs, elle va bientôt repartir à Chicago.

Shane le fixa, les sourcils froncés, hésitant visiblement à poursuivre.

— Ecoute, reprit-il enfin. J'ai découvert quelque chose dans le dossier. Je suis certain que Dulcie en prendra connaissance tôt ou tard. Peut-être vaudrait-il mieux qu'elle l'apprenne assez tôt et de la bouche de quelqu'un qui lui porte de l'intérêt.

— Arrête de parler pour ne rien dire !

— Le nom de jeune fille de Laura Beaumont était « Hughes ». Elle était la fille de Brad et Kathy Hughes, de Chicago… et la mère de *deux* petites filles. Angel était l'aînée.

10

Après avoir pris ses dispositions pour retrouver Jolene un peu plus tard, Dulcie appela Renada.

— Chérie, tu sembles épuisée. Mets cette propriété en vente et quitte cet endroit, lui suggéra Renada.

— Ce n'est pas si simple.

Elle n'avait pas encore parlé à son amie du meurtre de Laura et d'Angel Beaumont, et elle hésita un instant à tout lui raconter. Mais elle ne voulait pas le faire par téléphone.

— J'ignore encore pourquoi elle m'a été léguée et, tant que je ne l'aurais pas découvert, je ne pourrai pas repartir, se contenta-t-elle de répondre.

— Comment ai-je deviné que tu allais dire cela ? lança Renada en soupirant. As-tu au moins rencontré un séduisant cow-boy ?

— En fait…

Renada éclata de rire.

— Compris ! Je suis impatiente que tu me racontes tout cela. Tu es sûre de ne pas avoir besoin que je vienne te rejoindre ?

— Absolument. Comment se passent tes cours de stylisme ?

— Merveilleusement bien ! Je m'amuse tellement. Je te raconterai tout quand tu rentreras. Tu rentres bientôt, d'accord ?

— D'accord.

Dulcie raccrocha, et elle eut soudain envie de pleurer. Son amie lui manquait mais elle savait qu'il y avait plus que cela. Elle avait peur. Elle avait peur depuis qu'elle avait appris que cette propriété dans le Montana lui avait été léguée.

Et cette peur n'avait fait qu'empirer une fois arrivée sur

place, lorsqu'elle avait découvert ce qui était arrivé à Laura Beaumont et à sa fille.

Elle était convaincue d'être Angel Beaumont. C'était la seule conclusion logique, se dit-elle tandis qu'elle roulait en direction de la ferme. Et s'il y avait une personne susceptible de lui dire la vérité, c'était le faiseur de pluie.

Elle avait vu son expression de stupeur, la veille, dans l'escalier. Pendant un moment, elle aurait juré qu'il l'avait prise pour Laura Beaumont. Etait-il possible qu'elle ressemble à cette femme ?

Si l'on en croyait la nouvelle, le faiseur de pluie avait intimement connu Laura. Il avait forcément vu sa fille.

Dulcie se guida au bruit de sa masse, l'entendant ralentir à son approche, puis s'interrompre. Le faiseur de pluie leva la tête comme s'il l'avait sentie, plus qu'il ne l'avait vue arriver.

D'une main sale, il repoussa son chapeau et posa son regard sombre sur elle.

— Que voulez-vous ? lui demanda-t-il, d'une voix rauque et grinçante.

— Vous avez connu Laura Beaumont.

Son expression ne changea pas, et il ne répondit pas.

— Je sais que vous étiez son amant.

Il resta silencieux, se contentant de la dévisager.

— J'ai besoin de savoir des choses sur elle et sur sa fille, insista-t-elle.

A ces mots, il se mit à rire, d'un rire sec, éraillé.

— Vous avez surtout besoin de vous mêler de ce qui vous regarde, laissa-t-il tomber.

— Cela me concerne directement. Si vous savez qui l'a tuée…

— Si je le savais, il serait mort.

Sa phrase cingla l'air comme un coup de fouet.

Dulcie déglutit, ne doutant pas un instant qu'il soit sérieux.

— J'ai vu votre expression, hier, lorsque vous m'avez regardée descendre l'escalier, reprit-elle. Est-ce que je ressemble à Laura ?

— J'ai du travail qui m'attend.

Il reprit sa masse.

Elle agrippa son bras. Il était aussi dur et résistant que l'acier qu'il enfonçait dans le sol.

— Je vous en prie, il faut que je sache pourquoi vous avez cru que j'étais Laura Beaumont.

— Ce n'est pas le cas.

Il dégagea son bras.

— Je pourrais être sa fille, Angel.

Les yeux sombres la toisèrent.

— Ce n'est pas non plus le cas.

— Comment le savez-vous ?

Un sourire mince et froid se dessina sur ses lèvres.

— J'en suis sûr. Rentrez chez vous avant de vous faire mal.

— Est-ce une menace ?

— Fichez-moi la paix.

Elle dut se reculer vivement lorsqu'il brandit la masse. Il l'abattit violemment sur le sommet du conduit métallique. Le bruit résonna dans ses oreilles longtemps après qu'elle soit repartie.

Ce matin-là, Russell ne prit pas la direction de la clôture pour prêter main-forte aux ouvriers, mais celle de l'ancienne propriété Beaumont, et il choisit d'y aller à cheval. Il avait besoin de prendre l'air. Les nouvelles que lui avait communiquées son frère n'avaient réussi qu'à l'inquiéter davantage au sujet de Dulcie.

Le fait que Dulcie ait vu juste à propos d'une possible conspiration pour couvrir le meurtrier l'angoissait terriblement. A présent, la question de savoir si Angel Beaumont était vraiment morte se posait avec une acuité renouvelée. Si la fillette avait vu le meurtrier, cela expliquerait pourquoi le dossier du meurtre de sa mère avait été scellé. Et quelqu'un avait voulu faire croire aux habitants de la ville qu'Angel était morte.

Mais l'était-elle vraiment ?

C'était pure spéculation de sa part, et il se garda bien de tirer trop de conclusions à ce stade.

Ou alors la décision d'avoir scellé le dossier était-elle destinée à protéger la seconde fille de Laura, afin qu'elle ne subisse pas le même sort qu'Angel ?

Tandis qu'il passait devant la propriété des Atkinson, il aperçut John, debout près de sa grange. Mû par une impulsion, il le rejoignit.

John s'abrita les yeux de sa main et, le voyant, laissa échapper un juron.

— Voyons ce vieux pick-up dont m'a parlé mon frère, dit Russell en mettant pied à terre.

— De quoi tu te mêles ? lui jeta John. Cela n'a rien à voir avec toi.

— Il semble pourtant que cela ait quelque chose à voir avec Dulcie Hughes, non ?

— J'ai dit à ton frère…

— Je sais ce que vous avez dit à mon frère et je sais ce que vous m'avez dit hier. Et si vous me disiez la vérité ?

— Bon sang, je n'ai rien à voir avec cette femme que l'on a forcée à sortir de la route hier soir !

— Mais vous avez quelque chose à voir avec Laura Beaumont.

— Je suppose que ton frère t'a déjà dit que j'avais une liaison avec Laura.

— En fait, je l'ai découvert tout seul.

— Midge est au courant de tout.

— Est-ce la raison pour laquelle elle vous a fourni un alibi pour le jour du meurtre ?

John lui jeta un regard noir.

— Je n'ai pas tué Laura, marmonna-t-il. Je l'aimais. J'avais projeté de quitter Midge pour elle si…

— Si quoi ?

— Si elle ne m'avait pas plaqué pour quelqu'un d'autre, ça te va ?

— Pour qui ?

John détourna les yeux, la mâchoire contractée et, pendant un moment, Russell pensa qu'il n'allait pas lui répondre.

— Ben Carpenter. Du moins, est-ce lui que j'ai vu entrer chez elle juste après mon départ.

— Vous avez dû être assez furieux pour la tuer.

John jura et il commença à s'éloigner. Mais il s'arrêta et se retourna.

— Je l'aimais, avoua-t-il. Je ne lui aurais jamais fait le moindre mal. J'aurais fait n'importe quoi pour elle.

— Et pour ce qui est de Midge ?

— Eh bien quoi, Midge ?

— Si elle a découvert votre liaison, peut-être…

— Elle était au courant depuis des mois. C'est elle qui m'a dit qu'il y avait d'autres hommes. J'ai refusé de la croire jusqu'à ce que je le voie de mes propres yeux.

— Et vous n'avez rien fait ?

John laissa échapper un rire sans joie.

— Faux, j'ai fait quelque chose. Je suis revenu en rampant vers ma femme et je lui ai demandé pardon.

— Est-ce à ce moment que vous avez emménagé dans l'autre ranch ?

John acquiesça, l'air honteux.

— Et avant que vous ne me posiez la question, je débarrassais l'une des chambres pour y installer nos affaires lorsque Laura a été tuée. Apprendre sa mort a failli me tuer. Je ne m'en suis jamais remis. Je ne m'en remettrai jamais.

— Dites-moi ce que vous savez à propos de Laura et de ses deux filles.

Dulcie avait fouillé la maison pendant des heures. Elle venait de sortir prendre l'air lorsqu'elle vit un cavalier gravissant la colline, de l'autre côté de la route. Russell.

Elle s'était demandé si Shane lui rapporterait l'incident

du pick-up, et elle avait été surprise de ne pas le voir arriver, furieux, inquiet, avec une liste de conseils à lui donner.

Il lui suffit cependant d'un regard sur son visage pour comprendre qu'il venait seulement de l'apprendre.

Elle s'appuya contre le mur de la maison, à l'ombre, et elle le regarda pénétrer dans sa propriété, chevauchant un imposant cheval isabelle. Il sauta au bas de sa monture comme un homme aussi à l'aise en selle que dans un 4x4 ou aux commandes d'une moissonneuse-batteuse.

Le cow-boy solitaire, volant à son secours sur son fidèle destrier, songea-t-elle avec un sourire.

— Quelque chose d'amusant ? s'enquit-il en la rejoignant.

— J'admirais seulement ta prestance à cheval.

Elle comprit à son expression qu'il n'était pas venu là pour lui faire de nouveau l'amour.

— Mon frère t'a dit qu'il avait retrouvé le pick-up qui t'a poussée hors de la route ? demanda-t-il. Il pense que des jeunes l'ont pris dans une vieille grange, qu'ils ont acheté de l'alcool et qu'ils sont partis faire une virée.

Elle posa sur lui un regard inquisiteur.

— Et toi, qu'en penses-tu ?

— Je pense que toute personne qui connaît John est au courant pour ce pick-up. Ils ont probablement vu ta voiture là où nous l'avons laissée garée hier soir et ils auront simplement attendu à distance que tu viennes la reprendre.

— Donc, tu penses toi aussi qu'il s'agissait d'un avertissement ?

— Une note clouée sur ta porte aurait été un avertissement.

Elle pensa au mot que Jolene avait trouvé sous son balai d'essuie-glace.

« Prends garde. »

Elle hocha la tête, plongeant son regard dans le sien.

Il détourna les yeux.

— Tu as l'air en forme, reprit-il.

— Tu parles, après avoir passé la journée dans cette maison à fouiller chacun recoin sale que j'aie pu trouver.

— J'en déduis que tu n'as rien découvert ?

— Rien.

— Tu as fouillé la maison en entier ?

Elle hocha la tête.

— Dans ce cas, peut-être est-il temps pour toi de repartir à Chicago.

— Au moment où l'on commence vraiment à s'amuser ? lança-t-elle, s'efforçant de le prendre à la légère. Sûrement pas !

— J'ai cessé de trouver cela drôle lorsque quelqu'un a tenté de s'en prendre à toi, décréta-t-il, posant sur elle son regard d'un bleu incroyable.

Elle dut avaler sa salive pour dissiper la boule qui s'était formée dans sa gorge en constatant qu'il ne plaisantait plus. Il était des plus sérieux.

— Dulcie, il y a une chose que je dois te dire…

Elle sentit son cœur se serrer. A l'expression de son visage, elle comprit qu'il était sur le point de lui apprendre une nouvelle accablante.

— Puisque tu cherches à connaître le passé de Laura Beaumont… le nom de jeune fille de Laura était « Hughes », reprit-il en hésitant. Elle était la fille de Brad et Kathy Hughes, de Chicago. Elle avait deux filles.

Dulcie agrippa la rambarde de la terrasse tandis que le monde autour d'elle se mettait à tanguer furieusement.

Russell se précipita vers elle et la prit dans ses bras.

Elle s'était raidie, et il vit, à son regard fixe, qu'elle accusait le choc. Apprendre que la femme assassinée qui avait vécu dans cette maison était sa mère et la petite fille décédée, sa sœur, était une sacrée nouvelle.

Dulcie était forte, plus forte que toutes les femmes qu'il avait rencontrées jusqu'alors. Mais était-elle assez forte pour surmonter cela ?

La voix de Dulcie ne s'éleva pas au-delà d'un murmure :

— Deux filles ? Quel était leur nom ?

— L'aînée s'appelait Angel Lee.

— Et la cadette ?

— Dulcie Ann.

— Je ne comprends pas.

— John Atkinson m'a dit que Laura s'était attiré beaucoup d'ennuis, étant jeune. Elle s'était enfuie et elle avait épousé Darrell Beaumont contre l'avis de tes grands-parents. Ils l'ont reniée.

Sentant Dulcie se raidir, il attendit un moment avant de poursuivre :

— Laura a aussitôt eu deux filles, l'une après l'autre. Lorsque Darrell a été tué dans un accident de moto, elle a repris contact avec ses parents pour leur demander de l'aide. Elle vivait ici, dans cette ferme. La famille de Darrell lui apportait son aide, mais Laura se sentait seule et perdue. Es-tu sûre de vouloir entendre cela ?

Elle hocha la tête.

— Tes grands-parents sont venus à Whitehorse, poursuivit-il. Laura pensait vraisemblablement qu'ils la ramèneraient à Chicago, mais lorsqu'elle a pris conscience que ce serait à leurs conditions, elle les a éconduits. Ils ont vu la manière dont elle vivait ici et ils ont insisté pour t'emmener puisque tu étais la plus jeune, seulement trois ans à l'époque. Apparemment, ils t'ont élevée comme si tu étais leur fille.

Dulcie secoua la tête et elle se dégagea de son étreinte pour se réfugier à l'autre bout de la terrasse.

— Je ne peux pas croire qu'ils aient fait cela, murmura-t-elle d'une voix rauque.

— Ce n'est jamais que la version de Laura rapportée par une autre personne. Angel a refusé de les accompagner. Elle a dit qu'elle devait rester prendre soin de sa mère. Je suis sûr que tes grands-parents n'ont pas su comment te l'avouer après tout ce qui s'était passé.

Elle se retourna vivement vers lui. Son visage était encore pâle mais ses yeux étincelaient de fureur.

— En effet, comment auraient-ils pu expliquer ce qu'ils avaient fait ? lança-t-elle sèchement. M'arracher à ma mère, m'emmener et abandonner ma sœur à…

Elle se tut un instant avant de reprendre :

— Puis ne rien me dire pendant toutes ces années, me laisser m'engager sur ce champ de mines.

— Tous les parents font des erreurs.

— Ne t'avise même pas de les défendre !

— Dulcie…

— Tout s'explique à présent, n'est-ce pas ? conclut-elle avec un rire amer. Le fait que j'aie hérité cette propriété. Je savais qu'il devait y avoir un lien mais je n'aurais jamais imaginé…

— Je suis désolé que tu aies dû le découvrir de cette manière. John m'a expliqué que Laura portait un médaillon autour du cou avec ta photographie à l'intérieur. Elle ne l'enlevait jamais. Il m'a dit que le fait de t'avoir perdue lui avait brisé le cœur.

Dulcie sentit ses yeux s'emplir de larmes. Elle se détourna rapidement.

Il fit un pas dans sa direction mais il s'interrompit aussitôt, lui accordant l'espace dont elle avait besoin.

— John a ajouté qu'elle craignait qu'ils ne reviennent lui prendre aussi Angel, poursuivit-il. Il pense que c'était la raison pour laquelle elle voulait se remarier mais uniquement avec quelqu'un qu'elle aimerait comme elle avait aimé ton père.

— Donc ils ont laissé Angel, puis Laura a été assassinée et Angel…

Elle se retourna.

— Qu'est-il arrivé à Angel ?

— Elle est morte, Dulcie. C'était toi, l'enfant que tout le monde tentait de protéger.

— Non, je ne peux pas le croire…

Elle jeta un coup d'œil à sa montre et ajouta :

— Je dois partir.

— Partir ? Dulcie…

— Tout ira bien.

Elle s'approcha de lui et posa la main sur sa joue.

— Merci de m'avoir dit la vérité, Russell. Je sais à quel point cela a dû être difficile pour toi. Je savais que ce serait quelque chose dans ce genre. Mais je pensais que j'étais Angel.

Elle secoua la tête et descendit les marches de la terrasse comme si elle devait se rendre quelque part en toute hâte.

Inquiet pour elle, Russell faillit la rappeler.

Elle s'arrêta à sa voiture, le regarda et lui sourit.

— Je voudrais bien monter à cheval avant de quitter le Montana, lui lança-t-elle. Tu m'en fais la promesse ?

Il hocha la tête tandis qu'elle s'engouffrait dans sa voiture, et il la regarda partir en se disant qu'elle devait avoir besoin de se retrouver seule un moment pour digérer tout cela.

Mais, alors qu'il la regardait s'éloigner, il comprit que rien, désormais, ne pourrait l'empêcher de chercher à démasquer le meurtrier de sa mère et de sa sœur.

Dulcie chercha à se convaincre que rien n'avait changé. Elle était toujours la même personne, mais elle se mentait. Tout comme tout le monde lui avait menti.

Elle ignorait qui elle était et elle n'était pas certaine de pouvoir surmonter cela. Sa vie entière avait été bâtie sur un semblant de fondations solides, à présent réduites en poussière, et elle avait l'impression de s'enliser dans un bourbier de mensonges.

Tandis qu'elle roulait, son esprit se mit à vagabonder. Une mère et un père qu'elle n'avait jamais connus. Ses parents… ou plutôt grands-parents, les deux personnes en qui elle avait le plus confiance. Elle revit leurs visages, leur expression inquiète pour autant qu'elle puisse se le rappeler. Ses parents, tellement plus âgés que ceux de ses camarades de classe.

— Pourquoi ne m'avez-vous pas dit la vérité ? s'écria-t-elle en abattant son poing sur le volant. Parce que vous avez été lâches ? Parce que…

La réponse lui apparut comme tombant du ciel sans nuages au-dessus de sa tête.

— Parce que vous ne vouliez pas que je sache qui était ma mère et comment elle était morte.

Les paroles s'échappèrent de ses lèvres dans un murmure étouffé. Sa mère. Cette femme aux mœurs dissolues. Cette femme qui avait laissé partir sa petite fille.

Mais pourquoi ses grands-parents n'avaient-ils pas emmené les deux sœurs ? Pourquoi avaient-ils laissé Angel ?

Tout en enfonçant la pédale de frein afin de négocier un virage, elle se rendit compte qu'elle roulait trop vite. La voiture chassa violemment. Un bruit de terre et de gravier frottant sous la voiture couvrit tout, à l'exception des battements désordonnés de son cœur. Elle n'allait tout de même pas saccager une autre voiture de location.

Elle reprit le contrôle du véhicule et ralentit, tremblant de tout son corps. Soudain, les larmes fusèrent, un déluge de larmes qui la contraignit à s'arrêter. Elle s'affala sur le volant et elle pleura pour la mère, le père et la sœur qu'elle n'avait jamais connus, pour le couple qui l'avait élevée, pour elle-même.

Lorsque les sanglots s'apaisèrent enfin, elle se ressaisit. Elle ignorait peut-être qui elle était… mais elle savait ce qu'elle avait à faire. Elle se redressa et remit le moteur en marche se disant qu'elle avait toujours été forte. A présent, plus que jamais, elle avait besoin de cette force pour affronter ce qui était à venir.

Elle sentit un petit frisson de peur lui parcourir l'échine en voyant surgir devant elle le cimetière de la vieille ville de Whitehorse.

Après la classe, Jolene attendit que tous les élèves soient repartis avant de se diriger vers le cimetière sur la colline afin d'y retrouver Dulcie. Le soleil de l'après-midi était bas dans le ciel après cette nouvelle journée de chaleur atroce.

Elle s'arrêta pour reprendre son souffle, et cueillit quelques-unes des fleurs sauvages qui poussaient au bord de la route. Tandis que, son bouquet à la main, elle passait sous l'arche de fer forgé portant l'inscription « Cimetière de Whitehorse » pour gravir la colline, elle sentit son cœur se serrer, son souffle se faire plus rare.

Le silence alentour était sinistre. Une brise agita un bouquet de fleurs en plastique sur une tombe. L'air qui effleura son visage était brûlant comme une peau enfiévrée. Elle recula instinctivement et s'arrêta un instant, tentant de reprendre sa respiration.

Elle devait éviter de se laisser emporter par son imagination. Il n'y avait pas de fantômes dans ce cimetière. Les histoires de lueurs nocturnes n'étaient rien de plus que des légendes rurales.

Mais, quand elle aperçut la voiture de Dulcie stationnée à l'arrière du cimetière, la peur qu'elle ressentit fut bien réelle. L'attendait-elle dans sa voiture ? Ou alors avait-elle déjà trouvé la tombe d'Angel et de Laura Beaumont ?

Elle regretta d'avoir accepté de la rencontrer dans cet endroit. D'ordinaire, elle trouvait les cimetières intéressants ; elle aimait les pierres tombales, l'histoire, l'impression de paix qui se dégageait de ces lieux.

Mais aujourd'hui elle était nerveuse.

Dulcie leva les yeux à son approche. Quelque chose, dans l'expression de son visage, la rendit plus nerveuse encore. Dulcie avait fait une découverte. Laquelle ?

Toutes ses craintes l'assaillirent en bloc, l'emplissant de terreur. La sueur perla à son front. Elle l'essuya et se força à rejoindre Dulcie.

Des larmes lui brûlèrent soudain les yeux tandis que Dulcie s'avançait vers elle.

— Pourquoi me regardez-vous ainsi ? s'enquit Jolene dans un murmure rauque. Qu'est-il arrivé ?

Dulcie sourit, et Jolene la vit essuyer furtivement ses propres larmes.

— Je dois vous demander quelque chose, Jolene. Comment avez-vous obtenu ce poste d'enseignante à Whitehorse ?

— Quelqu'un qui cherchait une enseignante a appelé l'université. Pourquoi ?

— Vous n'aviez pas auparavant posé votre candidature à ce poste ?

— Non, je…

— Avez-vous été adoptée ?

Jolene fit un pas en arrière, son cœur battant à tout rompre dans sa poitrine.

— Dites-moi ce qui se passe, exigea-t-elle.

— Vous avez été adoptée ?

— Oui. Ma mère était une adolescente. Elle ne pouvait pas me garder. Pourquoi toutes ces questions ?

— Parce que je ne cesse de me demander pourquoi quelqu'un vous envoie cette histoire de meurtre.

— Je sais que cela n'a aucun sens.

— Cela n'en avait pas… jusqu'à ce que je prenne conscience que la personne qui l'écrit a attendu que j'hérite de la propriété de Laura Beaumont, que je revienne dans le Montana et que je retrouve Angel Beaumont.

Jolene la dévisagea, les yeux écarquillés.

— Vous… vous êtes Angel Beaumont ? demanda-t-elle dans un murmure.

— Non. C'est toi.

Jolene eut du mal à saisir le sens de ces paroles et regarda Dulcie, les yeux écarquillés. Cette dernière la conduisit devant une pierre tombale. Un ange avait été sculpté dans le granit, le nom de la fillette inscrit sur ses ailes : Angel Beaumont.

Mais ce fut le texte gravé au bas qui lui donna un coup au cœur.

5 juin 1980 — 11 mai 1985

5 juin 1980. Sa date de naissance.

11

Jolene fixa l'inscription un long moment sans la voir. Tout ceci était tellement irréel.

Elle secoua la tête.

— Non, vous avez tort, murmura-t-elle.

Elle sentit ses jambes se dérober sous elle ; la chaleur, sans doute. Dulcie la prit par le bras et l'emmena à l'ombre d'un grand arbre.

— Jolene, je suis désolée que tu doives l'apprendre de cette manière. J'en suis désolée pour nous deux. Mais Laura Beaumont avait deux filles, poursuivit-elle en prenant ses deux mains dans les siennes. Tu m'entends ? *Deux* filles ! Dulcie Ann, née en 1981, et Angel Lee, née en 1980. Nous sommes sœurs.

Jolene la dévisagea. Elle avait entendu les mots mais elle n'en avait pas saisi le sens. Dulcie et elle étaient sœurs ? C'était bien ce qu'elle venait de lui dire ? Cette femme — que trois jours avant elle ne connaissait pas — et elle avaient la même mère ?

— Ce n'est pas possible, laissa-t-elle échapper dans un souffle.

— Je sais que c'est difficile à croire. Ça l'est tout autant pour moi. Mais c'est la vérité.

Dulcie enchaîna, parlant d'un médaillon, de grands-parents, de secrets. Jolene l'écouta mais elle ne se sentit aucun lien avec les personnes dont elle lui parlait.

— Jolene, tu es Angel, conclut Dulcie lorsqu'elle eut terminé.

Elle serait Angel Beaumont ? La fille de Laura Beaumont ?

La petite fille qui avait assisté au meurtre de sa mère ? La petite fille que quelqu'un avait secourue ?

Elle secoua la tête et elle dégagea ses mains.

— Il y a eu une erreur.

Dulcie l'étudia pendant un moment avant de reprendre :

— Il existe un moyen de le prouver. Nous pouvons demander au frère de Russell, au bureau du shérif, de procéder à des tests A.D.N. Me croiras-tu alors ?

Elle hocha la tête sans répondre. Plus tôt elles en auraient le cœur net, mieux cela vaudrait, songea Jolene, désireuse de quitter le cimetière et de rentrer chez elle. Depuis qu'elle était petite, elle s'était toujours réfugiée dans la lecture et c'était ce qu'elle voulait faire à cet instant : se pelotonner avec un livre et oublier tout cela.

— Ne vois-tu pas que c'est la raison pour laquelle tu reçois cette histoire de meurtre ? reprit Dulcie. Quelqu'un connaît ta véritable identité. Sans doute le meurtrier.

Jolene se sentit refaire surface comme si elle remontait à la nage du fond d'un étang sombre et profond.

— Il a tort.

Mais, pour la première fois, elle éprouva un sentiment de panique.

— Si le meurtrier pense que je suis Angel…, murmura-t-elle.

— Ne t'inquiète pas. J'empêcherai qu'il t'arrive quoi que ce soit, lui assura Dulcie.

Elle lui sourit et ajouta :

— J'ai toujours voulu avoir une sœur. J'avais une amie imaginaire, du moins mes parents prétendaient-ils qu'elle l'était. Son nom était Angel. C'est évident, non ? Je me souviens de toi.

Jolene essuya les larmes qui lui brouillaient les yeux.

— Ce n'est pas que je ne te croie pas…

— Pas de problème, la rassura Dulcie en passant son bras autour de ses épaules. Est-ce que ça va aller ?

Jolene hocha la tête, bien qu'elle n'en soit pas du tout certaine.

— Si ce que tu dis est vrai, pourquoi est-ce que je ne me

rappelle rien ? murmura-t-elle dans un souffle. Pourquoi rien de tout cela ne me semble-t-il pas familier comme cela a été le cas pour toi ?

— Je suppose que tu l'as refoulé parce que tu n'as pas supporté ce que tu as vu. Tu étais si jeune.

Des larmes emplirent de nouveau ses yeux.

Elle avait donc vraiment vu sa mère morte sur son lit, comme le laissait penser l'auteur de la nouvelle, et enfoui ce souvenir depuis vingt-quatre ans ?

— Tu penses que c'est la raison pour laquelle je suis revenue ici ? demanda-t-elle. Pour laquelle j'ai pris ce travail ?

— Peut-être.

Elle observa Dulcie avec attention. Sa sœur…

— Et si le meurtrier était l'instigateur de mon retour ? reprit-elle.

— Ne tirons pas de conclusions hâtives.

— Des conclusions *hâtives* ! Tu me dis que tu es Angel, puis l'instant suivant tu prétends que c'est moi. Tu voudrais que…

Elle se tut et laissa flotter son regard au loin.

Sa vie avait toujours été monotone. Des parents âgés qui l'aimaient, certes, mais qui étaient très occupés par leur travail. Ni frères ni sœurs. Ses seuls amis dans la ferme isolée où elle vivait étaient les animaux et les personnages des nombreux livres qu'elle lisait. Et aujourd'hui…

— Tout se passera bien, reprit Dulcie, la ramenant à l'instant présent.

Mais elle n'en fut pas tout à fait convaincue.

Dulcie était quelque peu déçue de la réaction de Jolene. Elle avait espéré que cette dernière serait aussi heureuse qu'elle d'avoir une sœur. Mais non. Peut-être lui avait-elle présenté la chose un peu abruptement. Elle, elle avait commencé à y voir plus clair dès l'instant où elle avait appris que Laura avait deux filles. Et la pierre tombale portant la date de naissance de Jolene l'avait confortée dans ses suppositions. Angel Beaumont était vivante, elle était revenue à Whitehorse et quelqu'un lui faisait parvenir l'histoire du meurtre. Mais qui et pourquoi ?

C'était ce qu'elle devait trouver au plus tôt.

Après s'être rendues en ville, au bureau du shérif, où Shane leur avait prélevé un peu d'A.D.N., leur promettant d'obtenir les résultats en urgence, Jolene lui avait proposé de venir chez elle, prendre un thé glacé. Elle avait accepté, ne voulant pas la laisser seule après ce qu'elle venait d'apprendre.

Pendant que Jolene s'occupait du thé, elle se garda bien de revenir sur leur discussion, et se contenta de quelques remarques anodines, auxquelles Jolene répondit par pure politesse.

Elle était bien trop calme, et Dulcie s'inquiéta. Comprenait-elle à quel point elle était en danger ? A moins qu'elle soit persuadée qu'elle n'était pas Angel, ce qui était compréhensible : durant vingt-quatre ans, elle avait été Jolene Stevens.

Bien sûr elle comprenait que Jolene ait éprouvé le besoin d'enfouir dans son subconscient le souvenir de ses quatre premières années passées à Whitehorse, ainsi que celui du meurtre de leur mère. Mais aujourd'hui la vérité venait d'éclater, et il ne servait à rien de faire l'autruche.

— Peut-être devrais-tu parler à quelqu'un, suggéra-t-elle. Un professionnel qui aurait déjà traité ce genre de chose.

Jolene la fixa un instant comme si elle avait oublié sa présence.

— Un psychiatre ? précisa-t-elle. Attendons les résultats du test A.D.N., d'accord ? Parce que tu as tort.

Malheureusement, les résultats pourraient ne pas arriver assez rapidement, songea Dulcie. Qui d'autre savait qu'Angel était en vie ? Shane Corbett, Russell Corbett, la personne qui avait secouru Angel, ce soir-là sur la route, celle qui avait simulé sa mort, celle qui avait organisé en toute discrétion son adoption illégale afin de la soustraire au meurtrier, et le meurtrier ?

De nombreuses personnes savaient qu'Angel Beaumont

était vivante. Mais combien savaient que Jolene Stevens était Angel ?

— Tu ne peux pas rester ici, reprit Dulcie. C'est trop dangereux.

Jolene lui tendit un verre de thé, puis elle se laissa tomber sur le canapé devant le ventilateur. L'air chaud fit voleter les cheveux brun roux qui s'étaient échappés de sa queue-de-cheval.

— Non. Je dois absolument rester ici. Si je pars, le meurtrier ne me fournira pas la fin de l'histoire.

— Mais tu connais déjà la fin ! s'écria Dulcie.

— Non, je ne la connais pas. Il y a tant de choses que j'ignore. Si je suis celle que tu prétends, j'ignore pourquoi Laura Beaumont a été tuée. J'ignore qui m'a secourue. J'ignore de qui je dois avoir peur.

Dulcie n'en crut pas ses oreilles.

— Tu penses que le meurtrier a l'intention de te confesser tout cela ? demanda-t-elle.

— Evidemment. Pourquoi, sinon, me faire parvenir les autres parties de la nouvelle ? Il, ou elle, veut que je comprenne.

— C'est trop dangereux. Le meurtrier ne pourra pas te laisser en vie une fois que tu connaîtras la vérité.

— Ma décision est prise. Il n'agira pas avant d'avoir terminé son récit. Jusque-là, je n'ai rien à craindre.

— Il y a pourtant une faille dans ton raisonnement. Et s'il n'était pas l'auteur de la nouvelle ?

— Il l'est. Personne, en dehors de lui, ne sait ce qui est arrivé ce jour-là.

« En dehors du meurtrier, et de toi », songea Dulcie avec un frisson. Mais elle comprit que sa sœur ne changerait pas d'avis, et se garda de tout commentaire. Du moins Jolene ne niait-elle pas totalement être Angel et semblait-elle s'être ressaisie.

— Tu es vraiment aussi têtue qu'…

— Que toi ? la coupa Jolene.

Elle regarda fixement Jolene pendant un instant puis elle éclata de rire.

— Nous sommes sœurs, tu le vois bien, dit-elle. C'est pourquoi tu ne peux t'attendre à ce que je reste les bras croisés, à attendre, tout le week-end.

— Je ne l'espérais pas non plus, même si je ne te connais pas depuis très longtemps.

— Nous devons démasquer le meurtrier avant que tu ne reçoives la fin de la nouvelle, décréta Dulcie avec une détermination renouvelée.

Elle sortit un bloc-notes et un stylo de son sac à main, et entreprit de faire la liste des choses qu'elles savaient.

— Midge Atkinson s'est liée d'amitié avec Laura. Puis son mari, John, a eu une liaison avec Laura. Tous deux présentent le profil idéal du suspect. Midge devait également connaître l'identité du petit camarade avec qui Angel jouait au ruisseau. Le faiseur de pluie ainsi qu'un homme nommé Ben Carpenter étaient aussi des amants de Laura.

Elle leva les yeux. Jolene affichait une expression singulière.

— Un problème ?

— Non, répondit Jolene d'une voix étrange.

— Ce n'est pas grand-chose mais, au moins, c'est un début.

— Je persiste à croire que la réponse se trouve dans l'histoire du meurtre.

— Nous l'avons toutes deux relue une dizaine de fois.

— Je vais la lire de nouveau. Il doit y avoir quelque chose qui désigne le meurtrier.

— Si tu es tellement certaine que la personne qui écrit l'histoire et le meurtrier ne font qu'un, alors peut-être devrions-nous donner la nouvelle à lire au shérif ?

Jolene secoua la tête.

— Non. Le récit n'est pas terminé. Le meurtrier n'y mettra un point final que si nous avons la patience d'attendre.

— Peut-être, mais de quelle manière ?

— Lundi, je recevrai le dénouement de l'histoire. En attendant…

Jolene jeta un coup d'œil en direction de la table.

— Je dois rendre ce panier à Midge Atkinson, dit-elle.

Peut-être pourrions-nous le faire demain ? Je suis vraiment fatiguée et je veux relire la nouvelle avec attention. Je ne crains rien, ici. Et j'ai besoin de me retrouver seule, tu comprends ?

Dulcie comprit surtout qu'elle n'avait guère le choix. Jolene était déterminée à penser que le meurtrier voulait qu'elle lise le dénouement et qu'il la laisserait en paix jusque-là.

Elle espérait simplement que Jolene avait raison et qu'il leur restait jusqu'au lundi matin pour démasquer l'assassin sans se mettre en danger.

— J'ai besoin de ton aide.

Russell ne put en croire ses oreilles. Il avait passé un horrible après-midi à s'inquiéter pour Dulcie, et le simple fait d'entendre sa voix au téléphone le fit se sentir le cœur léger comme s'il était gonflé à l'hélium.

— Tu sais que mon aide t'est acquise, répondit-il. Que puis-je faire ? A part te dire que je suis heureux de t'entendre, bien sûr.

Le rire de Dulcie résonna à l'autre bout de la ligne.

— Tu me retrouves au motel ?

— J'y serai dans un quart d'heure, dix minutes si tu as besoin de moi plus tôt.

— Un quart d'heure, ce sera parfait.

L'état d'esprit de Russell oscilla entre le soulagement qu'elle ait enfin sollicité son aide… et l'inquiétude. Si elle l'appelait, cela ne devait pas être pour l'inviter à prendre le thé.

Son appel avait un rapport avec le meurtrier de Laura Beaumont, il en était persuadé. Ce dernier était resté tapi dans l'ombre pendant vingt-quatre ans. Dulcie pensait-elle vraiment pouvoir le débusquer ?

Bien sûr, elle en était convaincue. Et elle y parviendrait, s'il était humainement possible de le faire, quelles que soient les conséquences. C'était en fait ce qui le terrifiait. Elle se mettait en danger, et… il ne pouvait supporter l'idée de la perdre.

Ce qui était tout à fait risible. Il la perdrait pour Chicago même s'il réussissait à lui éviter de se faire tuer à Whitehorse. Ce n'était qu'une question de temps avant que Dulcie ne reparte. Après tout, elle était une citadine.

Il sentait déjà le vide qu'elle laisserait dans sa vie…

Il était incroyable qu'il se soit à ce point épris d'elle. Et en si peu de temps. Au cours des dernières années, il était à peine sorti avec des femmes. Il en avait rencontré, bien sûr, mais aucune n'avait retenu son attention. Mais il est vrai qu'aucune n'était Dulcie Hughes.

Et si le meurtrier vivait toujours dans les parages ? Et, pire, si on l'avait aidé à dissimuler son crime ? Peut-être pas la communauté entière, comme le soupçonnait Dulcie, mais une personne proche de lui ? Une personne aussi déterminée que lui à garder le secret.

Tandis qu'il se garait devant le motel, un quart d'heure plus tard, Dulcie sortit de sa chambre et se glissa sur le siège passager de son pick-up.

— Merci d'être venu, dit-elle en lui souriant.

Rien qu'en la voyant son cœur exécuta un pas de *Texas Two Step.*

— Comment vas-tu ? demanda-t-il.

— Bien.

Mais ces mots se figèrent sur ses lèvres. Elle avait peur, il le voyait très bien.

— J'ai une chose à te dire, poursuivit-elle. Angel Beaumont n'est pas morte.

Abasourdi, il l'écouta lui faire part de sa découverte concernant Jolene Stevens. Elle lui tendit une copie de la nouvelle que Jolene lui avait faite, en précisant que cette dernière pensait que le meurtrier l'avait écrite à son intention

— Tu dois la remettre à Shane, décréta-t-il lorsqu'il eut terminé de la lire.

— Non. Et toi non plus. Je l'ai promis à Jolene. Shane est au courant pour Angel. C'est lui qui s'occupe des tests A.D.N que Jolene et moi avons faits.

— Te rends-tu compte à quel point c'est dangereux, non seulement pour toi mais aussi pour ta sœur ?

Voyant le regard qu'elle lui lança, il leva les mains en signe de capitulation.

— Entendu ! Entendu. Mais tu as besoin d'aide.

Elle lui sourit.

— C'est la raison pour laquelle je t'ai appelé. Je sais que tu ne vis pas ici depuis longtemps, mais tu connais davantage de monde que moi. Je dois démasquer le meurtrier avant lundi matin. M'aideras-tu ?

Quelle question ! Il remuerait ciel et terre pour elle.

— As-tu quelque chose en tête ? demanda-t-il.

— Nous devons découvrir qui Laura Beaumont avait dans sa vie.

— D'accord. Le problème est que personne ne consentira à me parler de cela, même si je suis ici depuis plus longtemps que toi. Sans oublier que je suis le frère de l'adjoint du shérif.

Il n'était d'ailleurs pas certain que quiconque consente à lui parler tout court, mais il ne pouvait pas la laisser tomber.

Jolene s'assit dans l'intention de relire l'histoire du meurtre, mais elle fut incapable de se concentrer et finalement elle l'abandonna pour aller contempler le paysage à la fenêtre. Le soleil de la fin d'après-midi se couchait à l'horizon, parant les herbes sèches de sa lumière dorée.

La prairie vallonnée, délimitée au loin par le rempart solide et sombre des Petites Rocheuses, lui procura un sentiment d'apaisement. Comment pouvait-elle se sentir apaisée, étant donné l'horreur de ce qu'elle avait dû voir lorsqu'elle vivait ici ?

Et pourquoi les souvenirs ne commençaient-ils pas à lui revenir ? La vérité était-elle si profondément enfouie que même son retour sur place n'avait pu la faire resurgir ?

Elle secoua la tête, se rappelant qu'elle ne croyait pas être Angel Beaumont. Ou alors le croyait-elle ?

Dulcie en était convaincue et le meurtrier aussi, apparemment. Mais pourquoi cette nouvelle ? Craignait-il que la mémoire ne finisse par lui revenir et avait-il décidé, en prenant connaissance du sujet du devoir, de lui donner sa version de l'histoire ?

Etait-il possible que, pendant vingt-quatre ans, les membres de cette communauté aient vécu avec un meurtrier parmi eux ? Avaient-ils protégé l'assassin de la manière dont ils l'avaient protégée elle, des années plus tôt ? Qui l'avait secourue ce jour-là ? Qui l'avait, non seulement secourue, mais lui avait également trouvé un couple désireux de l'adopter… illégalement ?

Ses parents lui avaient expliqué qu'ils ne pouvaient adopter par les voies légales en raison de leur âge avancé.

Tout comme les parents de Dulcie, ils étaient eux aussi décédés.

Elle avait d'abord perdu son père, quatre ans plus tôt, puis sa mère s'était éteinte peu après. Elle n'obtiendrait d'eux aucune réponse.

Néanmoins, quelqu'un, au sein de cette communauté, connaissait la vérité. Tandis que son regard se posait sur les véhicules stationnés devant le centre communautaire, elle se dit que, cette fois, l'une des femmes du cercle de couture de Whitehorse devrait la lui révéler.

A son arrivée en ville, Russell avait fait la connaissance de Briger et Laci Duvall. Ils étaient les propriétaires du restaurant Les Lumières du Nord, et ils venaient d'avoir un petit garçon.

Laci était née et elle avait été élevée à Whitehorse. Russell espéra donc tomber sur elle lorsqu'il se gara devant le restaurant.

Il savait que l'un des Duvall serait sur place, préparant le souper pour les clients du soir, et il eut la chance de trouver Laci, occupée à enfourner ses fameux gâteaux au chocolat sans farine.

— Russell ! s'exclama-t-elle avant de déposer un baiser sur sa joue. Je vois que tu as échappé au mariage.

— De justesse, reconnut-il en souriant.

Trois de ses frères s'étaient récemment mariés lors d'une cérémonie triple que l'on n'oublierait pas de sitôt à Whitehorse. C'était Briger et Laci qui avaient organisé la réception.

— Plus que deux Corbett célibataires, dit-elle avec un soupir exagéré.

— Ne commence pas, la prévint-il sur le ton de la plaisanterie, avant de lui présenter Dulcie et de lui expliquer ce qui les amenait.

— Je sais comment sont les gens d'ici, concernant leurs secrets, en particulier dans la vieille ville de Whitehorse, leur apprit Laci. Cela ne va pas être facile.

Elle réfléchit un moment puis elle afficha un large sourire.

— Je connais la personne qu'il vous faut ! Son nom est Nina Mae Cross, et vous pourrez la trouver à la maison de retraite. Mais je dois vous avertir. Elle est un peu *irascible*.

Jolene poussa la porte du centre communautaire de Whitehorse et pénétra dans la pièce. Il faisait plus frais dans cette vaste salle peu éclairée. Toutes les couturières se tournèrent afin de voir qui était entré… exactement comme elles l'avaient fait la fois précédente.

Mais cette fois aucune ne parut contente de la voir.

Elle s'avança vers le fond, où elles étaient réunies autour du même petit patchwork que la dernière fois. Elle n'y avait pas alors prêté grande attention mais elle se rappelait les petits carrés de couleurs vives. Cette fois, les femmes semblaient broder de minuscules fleurs le long des bords du patchwork pour bébé…

— Avez-vous changé d'avis ? Voulez-vous apprendre à confectionner des patchworks ? lui demanda Pearl Cavanaugh.

— Non, lui répondit Jolene. J'ai changé d'avis sur le fait de vous laisser vous en tirer sans me parler de Laura Beaumont. Je veux savoir ce qui est vraiment arrivé à sa fille.

La salle fut plongée brusquement dans un silence de mort.

Pearl reposa son fil et son aiguille.

Jolene vit que ses mains tremblaient lorsqu'elle prit sa canne.

— Voulez-vous visiter notre cuisine ? demanda-t-elle en se levant. Vous verrez, elle est très bien équipée.

Jolene la suivit. Enfin elle allait en savoir plus.

— Fermez la porte derrière vous, lança Pearl par-dessus son épaule, une fois qu'elles furent entrées.

Jolene obéit, remarquant que les autres femmes les avaient suivies du regard mais sans qu'aucune ait bougé.

Soudain, Pearl se retourna pour lui faire face, et Jolene constata qu'elle était furieuse.

— Qu'est ce qui vous a pris de venir ici exiger…

— C'est mon droit le plus strict si je suis Angel Beaumont, la coupa Jolene.

Elle vit Pearl pâlir et la regarder d'un air effrayé.

— C'est moi, n'est-ce pas ? insista-t-elle. Pearl, ça va ?

Pearl s'appuya sur sa canne, chancelant légèrement. Elle fit un pas en direction de l'une des chaises installées près d'une petite table et s'y laissa tomber.

Alors que Jolene la regardait fixement, elle pensa au patchwork de bébé que les femmes cousaient… et aux minuscules fleurs brodées le long des bords…

— Je possède un patchwork ressemblant à celui que vous confectionnez à côté, murmura-t-elle en s'asseyant à son tour, les jambes flageolantes.

Le cercle de couture de Whitehorse lui avait-il fait un patchwork lorsqu'elle était bébé ? Ou lorsqu'elle avait été éloignée en secret et adoptée par ses parents à Seattle ?

— Vous ignoriez, lorsque j'ai obtenu ce poste d'enseignante que j'étais Angel ? reprit-elle.

Pearl hocha la tête.

— Les gens qui vous ont adoptée s'appelaient Thompson.

Pourquoi Jolene n'y avait-il pas pensé ? Son père adoptif était décédé alors qu'elle avait six ans. Sa mère, Marie Thompson, s'était remariée avec Larry Stevens, qui l'avait adoptée, et elle avait changé de nom.

Le regard de Pearl croisa le sien et elle lut de la compassion dans ses yeux bleu pâle. Elle sentit les larmes lui monter aux yeux.

— Vous ne pouvez pas rester ici, reprit Pearl. Ce n'est pas un endroit sûr.

— Cela n'a jamais été un endroit sûr puisque j'ai la conviction que c'est le meurtrier qui m'a fait revenir ici.

Elle sécha ses larmes, furieuse que tellement de personnes lui aient menti. Elle n'avait pas besoin d'un test A.D.N. Elle avait lu la vérité sur le visage de Pearl.

— Protégez-vous le meurtrier de ma mère ? demanda-t-elle.

— Bien sûr que non ! répliqua Pearl d'un ton cassant.

— Vous avez dû avoir des soupçons quant à l'identité de l'assassin, il y a de cela vingt-quatre ans. Ou peut-être vous l'ai-je, à l'époque, révélée.

— Vous… ne parliez pas. Suite à cela, vous n'avez plus parlé pendant des mois. J'ignore qui a commis ce meurtre, et je ne me risquerais certainement pas à vouloir le savoir.

— Mais vous savez qui m'a retrouvée ce soir-là sur la route ?

Les yeux de Pearl s'agrandirent de surprise.

— Vous vous souvenez que l'on vous a retrouvée sur cette route… Si la mémoire vous revient…

— Dites-moi simplement *qui* m'a retrouvée.

Nina Mae Cross était une femme menue aux cheveux gris. Des yeux bleus pétillants éclairaient son visage creusé de fossettes.

Russell avait été prévenu que Nina Mae était coriace et qu'elle ne mâchait pas ses mots, mais il ne s'était pas attendu à trouver une vieille dame aussi frêle.

— Nina Mae Cross ?

— Qui la demande ? s'enquit la petite femme maigre, campée, une main sur la hanche, au milieu de sa chambre.

— Je m'appelle Russell Corbett.

— Je n'ai jamais entendu parler de vous.

Elle commença à s'éloigner de lui.

— Mais vous avez entendu parler de Laura Beaumont, précisa-t-il.

La vieille dame s'arrêta et elle se retourna vers lui, plissant les yeux.

— Tout le monde a entendu parler de cette créature, laissa-t-elle tomber avec mépris.

— Cela vous ennuie si je m'assois ? Je vous présente mon amie, Dulcie Hughes.

— Je n'ai jamais entendu parler d'elle non plus, décréta Nina Mae tout en leur désignant néanmoins deux chaises.

Elle s'installa sur le bord de son lit, et son regard perçant alla de Dulcie à lui.

— Une *amie* ? lança-t-elle avec un petit rire. Je ne suis pas dupe.

— Pouvez-vous nous parler de Laura Beaumont ? demanda Dulcie.

— Qu'y a-t-il à en dire ? Elle est morte.

— Nous essayons de découvrir qui l'a tuée, précisa Russell. Vous auriez une idée ?

— Des tas d'idées. Ce pouvait être une épouse jalouse. Ce pouvait être un amant jaloux.

— Tel que John Atkinson ? suggéra Dulcie en baissant la voix.

Nina Mae hocha la tête en souriant.

— Ainsi, vous êtes au courant pour John, dit-elle. Mais vous n'en tirerez rien. Il fera tout ce que lui dira Midge jusqu'au jour de sa mort.

Elle secoua la tête comme si elle ne pouvait imaginer pire sort.

— Et pour ce qui est de Ben Carpenter ? demanda Russell. Faisait-il partie des amants de Laura ?

— John le pensait. Il a renvoyé Ben et il l'a chassé du ranch. Cela n'aurait pu arriver à un pire moment avec Ronda qui était enceinte et, ensuite, quand elle a perdu le bébé…

Nina Mae secoua la tête d'un air compatissant.

— Ben voulait tellement cet enfant, reprit-elle. Cela l'a beaucoup choqué que Ronda perde le bébé. Ronda avait un fils de son premier mariage, Tinker, mais Ben et Tinker ne se sont jamais entendus.

— J'ai cru comprendre que la petite fille de Laura jouait avec un camarade au ruisseau. Etait-ce Tinker ? demanda Dulcie, la gorge serrée.

Nina Mae hocha la tête.

Tinker, le petit camarade d'Angel. Le jeune garçon qui avait tenté de la protéger. Et le cow-boy que Dulcie avait aperçu en compagnie de Jolene au restaurant. Savait-il que Jolene était Angel ? Etait-ce la raison pour laquelle il l'avait invitée à sortir ?

— Tinker a très mal supporté la mort de la fillette, reprit Nina Mae. Avant ce drame, il était vraiment un gentil garçon, mais après il n'a cessé de s'attirer des ennuis. Au départ, il idolâtrait Ben. Mais après la mort d'Angel…

Elle secoua la tête.

— Il y eut une époque où je pensais qu'ils finiraient par s'entretuer, précisa-t-elle.

— Cela a dû être affreux pour Ronda, la mère de Tinker, fit remarquer Dulcie.

— Ronda adorait Ben et elle est restée avec lui, chose que je n'aurais pas faite, décréta Nina Mae.

— On nous a laissé entendre que Laura serait tombée amoureuse et qu'elle aurait rompu avec les autres hommes, reprit Dulcie.

Les yeux perçants de Nina Mae se mirent à briller.

— C'est bizarre que vous disiez cela. J'ai entendu dire qu'il s'agissait de John mais j'ai toujours pensé que c'était Ben. Et cela s'est passé durant ce printemps sec et torride, il y avait donc aussi ce faiseur de pluie…

— Ça suffit ! lança d'un ton cinglant une voix de femme derrière eux.

Dulcie se retourna et vit une femme d'un certain âge, sur le seuil de la porte, qui s'appuyait sur une canne. Elle avait sans doute eu une attaque, car l'un des côtés de son visage était plus bas que l'autre.

— Vous en avez assez dit, ma chère, poursuivit la nouvelle venue en s'adressant d'un ton plus aimable à Nina Mae. Peut-être aimeriez-vous descendre prendre un jus de fruits dans la salle commune ?

— Un *jus de fruits* ? lança Nina Mae, dédaigneuse. Je préférerais une bière.

Elle se leva toutefois et quitta la chambre.

— Elle aura oublié ce qu'elle est partie faire avant d'atteindre le poste des infirmières. Je suis Pearl Cavanaugh, annonça la femme comme si son nom devait signifier quelque chose pour eux.

Manifestement, quelqu'un, à la maison de retraite, l'avait alertée de la compagnie que recevait Nina Mae, et elle avait dû se ruer sur place afin de s'assurer que Nina Mae ne vende pas la mèche.

— Vous êtes l'un des frères Corbett, déclara Pearl, hochant la tête. J'ai entendu dire que vous étiez tous séduisants mais c'était visiblement un euphémisme. Qu'espérez-vous obtenir de Nina Mae ? Personne ne vous a dit qu'elle était atteinte de la maladie d'Alzheimer ? Vous ne pouvez pas croire un mot de ce qu'elle dit.

— Vraiment ? lança Dulcie.

Pearl se tourna pour la détailler de la tête aux pieds.

— Et vous, vous êtes sûrement la femme qui a acheté l'ancienne propriété Beaumont ?

Dulcie la fixa un instant sans répondre. Elle avait entendu parler, par Jolene, de Pearl et Titus Cavanaugh, qui régnaient en maîtres sur la vieille ville de Whitehorse, dirigeant tout de l'école au cercle de couture. Si quelqu'un connaissait la vérité sur le meurtre de Laura Beaumont, c'était cette femme.

— En fait j'ai *hérité* de la propriété Beaumont, répondit-elle enfin. Je suis Dulcie Hughes. Mais je pense que vous savez cela, et bien plus encore.

12

Midge Atkinson ouvrit la porte et parut surprise de voir que Jolene n'était pas seule.

— Je vous ai rapporté votre panier, dit Jolene alors que Midge ne faisait pas le moindre mouvement pour les inviter à entrer, Dulcie et elle. J'ai également amené une amie.

— Je vois.

Midge les dévisagea tour à tour et soupira.

— Eh bien, entrez, dit-elle.

Elle prit le panier, s'effaçant pour les laisser passer avec un agacement manifeste.

Dulcie et Jolene la suivirent jusque dans la cuisine. Après son entrevue de la veille avec Pearl Cavanaugh, Dulcie ne s'attendait pas à ce que Midge Atkinson se montre plus disposée à lui parler que ne l'avait été Pearl.

— J'aime beaucoup vos frises, déclara Dulcie. Les avez-vous peintes vous-même ?

— Oui, lui répondit Midge en déposant le panier en osier sur l'étagère du haut avant de se tourner vers ses visiteuses. Mais vous n'êtes pas venues ici pour me rendre ce panier ou me complimenter sur mes frises. Que voulez-vous ?

A l'évidence, la rumeur concernant les sœurs Beaumont s'était propagée.

— Nous sommes venues vous interroger sur Laura Beaumont, lui répondit Dulcie.

Midge reporta son regard sur Jolene.

— Je vous ai mise en garde contre le fait de vous mêler

de ce qui ne vous concerne pas, lui dit-elle, l'air mauvais. Si vous tenez à votre poste d'enseignante, vous…

— En fait, cela nous concerne et je pense que vous le savez, l'interrompit Dulcie. Nous savons que vous avez peint la chambre d'Angel Beaumont, et que Laura Beaumont et vous étiez amies.

— Je veux que vous quittiez toutes deux cette maison sur-le-champ.

Midge fit un pas en direction du téléphone comme pour appeler de l'aide.

— Vous êtes la personne qui a secouru Angel cette nuit-là, intervint Jolene.

Surprise, Dulcie se tourna pour regarder Jolene. Pourquoi ne lui avait-elle pas dit cela ?

Midge vacilla, faillit perdre l'équilibre, et elle dut s'agripper au plan de travail pour éviter de tomber. Elle s'avança en chancelant vers la table et s'assit lourdement sur l'une des chaises.

— Qui vous a dit que j'…

— Qu'importe, coupa Jolene, l'air parfaitement calme tandis qu'elle prenait un siège.

Midge la regardait fixement, comme si elle avait du mal à imaginer que Jolene était en réalité Angel. Mais peut-être après tout l'ignorait-elle, se dit Dulcie en s'asseyant à son tour.

— Midge, êtes-vous également responsable du fait que je sois revenue ici ? lui demanda Jolene.

— Non. Le recrutement a été organisé par un comité de parents, expliqua Midge. J'ignore qui a suggéré de vous engager. Je ne sais pas…

— Pourquoi vous trouviez-vous sur cette route, la nuit du meurtre ? interrogea Dulcie.

— Je… je cherchais John, répondit Midge d'une petite voix. Je croyais qu'il était chez Laura.

— Vous avez dû voir le meurtrier.

Midge secoua la tête.

— Non. Tout ce que j'ai vu, c'était Angel. Je ne pouvais pas la laisser dans cet état. Je voyais que quelque chose d'horrible était arrivé. Elle était couverte de sang.

Sa voix se brisa.

— Je suis repartie sans avoir vu Laura, reprit-elle. J'ai emmené la petite et je suis rentrée à la maison. John s'y trouvait. Il y était resté tout ce temps, occupé à nettoyer afin que nous puissions emménager.

— Il ne revenait pas de chez Laura ? lui demanda Dulcie.

— Il ne s'était pas approché de chez elle. J'ai contrôlé son véhicule. Le moteur était froid. Il m'a dit qu'elle avait rompu avec lui, qu'elle lui avait dit être tombée amoureuse.

— De Ben Carpenter ?

— C'est ce que j'ai entendu dire.

— C'est vous qui avez déposé ce mot sur ma voiture, n'est-ce pas ? s'enquit Jolene.

Midge parut embarrassée.

— Je m'efforçais de vous protéger, murmura-t-elle.

— Ou de vous protéger vous-même, intervint Dulcie.

Jolene se leva pour prendre congé.

— Merci, dit-elle à Midge avant de se diriger vers la porte.

— C'est tout ? s'étonna Dulcie lorsqu'elle rattrapa sa sœur dehors, après avoir pris congé de Midge.

— Je suis désolée de ne pas t'avoir dit ce que je m'étais rappelé, s'excusa Jolene. Midge m'a découverte. Elle a emmené Angel… enfin, elle m'a emmenée chez des personnes qui avaient trouvé un couple qui était intéressé pour m'adopter illégalement. Je suis encore sous le choc et il me faudra un moment pour…

— Pas de problème, l'interrompit Dulcie, la comprenant parfaitement.

Elles étaient des étrangères, après tout. Des sœurs mais des étrangères. Avec le temps, peut-être…

Elles se retournèrent en entendant Midge leur lancer :

— Vous voulez savoir qui a tué Laura ?

Elle paraissait furieuse.

— Demandez à Ronda Carpenter, poursuivit-elle. Mais

ne vous en laissez pas conter par son apparente timidité. Cette femme est capable de meurtre. Laura et elle étaient les meilleures amies du monde jusqu'à ce qu'elle perde son bébé. J'ai entendu Ronda et Ben se disputer ce jour-là. Nous étions voisins, à l'époque. Dieu seul sait si Ben l'a bousculée ou si elle est tombée, comme elle l'a plus tard juré, mais elle a perdu son bébé, et avant la fin de la soirée Laura Beaumont était morte. Alors, selon vous, qui a tué Laura ?

Là-dessus, elle rentra dans la maison en claquant la porte derrière elle.

— Tu vas bien ? demanda Dulcie.

— Je t'en prie, arrête de me demander ça, lui répondit Jolene tandis que Dulcie les emmenait loin du ranch Atkinson. Je sais que je suis Angel Beaumont mais c'est tout de même comme si tout le monde me parlait d'une autre personne.

— Je te demande cela seulement parce que c'est dur pour moi d'entendre dire toutes ces choses de notre mère, expliqua Dulcie, le regard fixé sur la route. Je pensais que ce devait l'être pour toi aussi.

Jolene contempla le paysage par la vitre.

— Je veux aller voir sa maison, dit-elle.

Dulcie lui jeta un regard perplexe.

— Je ne pense pas que ce soit une bonne idée.

— Il faut que je la voie. Tu as dit toi-même que nous devions démasquer le meurtrier. Si je l'ai vu ce jour-là, me rendre dans cette maison pourrait raviver ma mémoire.

— Tu ignores quel genre de réaction tu pourrais avoir.

— Si tu ne m'y emmènes pas, j'irai seule.

— Bien. On y va.

Elles roulèrent en silence jusqu'à la vieille ferme. En se garant devant la maison, Dulcie laissa échapper un juron.

— J'avais fermé cette porte à clé, dit-elle en coupant le moteur. Quelqu'un s'évertue à la laisser ouverte. Et ne t'avise pas de me dire qu'il s'agit d'un fantôme.

Jolene n'en avait pas l'intention, mais s'il devait y avoir des fantômes, ce serait assurément dans cette maison, se dit-elle en descendant de voiture.

La maison se dressait, menaçante, devant elle. Elle resta sur place, attendant d'éprouver quelque chose, d'être frappée de plein fouet par le sentiment d'être déjà venue en ce lieu, attendant le détail qui lui rendrait la mémoire.

Elle sentit le regard de Dulcie posé sur elle tandis qu'elle s'avançait vers la maison. Arrivée à la porte d'entrée, elle hésita, le courage commençant à lui faire défaut.

— Tu n'as pas à faire cela, lui dit Dulcie, debout près d'elle.

Jolene entra et l'odeur la fit grimacer. Mais elle était déterminée à ne pas laisser Dulcie voir combien elle était effrayée.

Elle traversa le salon en direction de l'arrière de la maison, s'attendant à voir à tout moment quelque chose qui lui causerait un choc.

Elle entra dans la cuisine. Sur la table étaient posés un bol et une cuillère ainsi qu'une petite assiette et un couteau à beurre. Son dernier repas en compagnie de sa mère ?

Elle tenta de s'imaginer assise là. D'imaginer la femme assise en face d'elle. Sa mère.

— Jolene ?

Elle tressaillit en entendant la voix de Dulcie.

Elle secoua la tête et s'éloigna de la table pour gravir l'escalier. Autant en finir au plus vite.

— Chérie, je ne suis pas sûre…

Jolene n'attendit pas de savoir ce que Dulcie avait à lui dire. Elle devait aller à l'étage. Une part d'elle priait pour qu'elle se rappelle. Elle aurait voulu que ces personnes signifient quelque chose pour elle. Laura Beaumont. Angel Beaumont. Dulcie, la sœur dont elle ignorait jusqu'alors l'existence.

Elle monta l'escalier, son cœur battant à se rompre dans sa poitrine, Dulcie sur ses talons.

Arrivée en haut des marches, elle s'arrêta. Tous ses sens étaient en alerte lorsqu'elle tourna la tête. L'une des chambres attira son regard. Une chambre d'enfant. Des anges étaient peints sur les murs. Ils étaient aussi saisissants que le lui avait dit Dulcie.

Elle s'avança vers la chambre comme une somnambule. La chambre d'Angel Beaumont. *Sa* chambre. Elle s'arrêta sur le seuil et fut surprise de fondre en larmes. Elle sentit la main de Dulcie se poser sur son épaule.

— Jolene ? Tu te rappelles ?

— Il y a tant de tristesse dans cette pièce… Tant de solitude… Ne les sens-tu pas ?

— Oui. Mais si tu veux…

— Où se trouve sa chambre ?

— Par ici.

Jolene s'approcha de la porte ouverte d'une autre chambre. Elle vit une partie d'un rideau jaune passé ondulant dans le vent brûlant.

Elle dut se forcer pour entrer. La coiffeuse adossée au mur… La commode… Elle se figea en apercevant le lit taché. Le déroulement du meurtre, qu'elle avait lu et relu, s'imposa violemment à son esprit et elle vit la femme étendue sur le lit, le meurtrier se tenant au-dessus d'elle, la lame du couteau étincelant dans la lumière…

Oh mon Dieu, c'était si… réel. Mais elle n'éprouva rien. Même lorsqu'elle se dit que sa mère avait trouvé la mort dans cette chambre. Elle ne se rappelait pas cette mère, elle ne se rappelait rien de cette vie.

Au bout d'un moment, sa respiration reprit un rythme normal. Elle sentit le regard de Dulcie posé sur elle, un regard empli de crainte, d'interrogation… et d'espoir.

— Désolée, dit-elle en faisant demi-tour pour quitter la chambre.

— Tu ne te souviens de rien ? lui demanda Dulcie alors qu'elles descendaient l'escalier.

— Rien du tout.

Jolene fut surprise de constater à quel point elle se sentait soulagée. Elle avait été terrifiée à la perspective de ce qu'ell pourrait se rappeler et de la réaction que cela provoquerait chez elle.

Tandis que Dulcie et elle quittaient la maison, elle éprouva simplement une sensation de vide.

De retour à la voiture, elle entendit un bruit qui l'amena à se retourner pour regarder en arrière. Sur le toit de la grange, une girouette gémissait dans le vent. Tout comme celle que son père adoptif avait sur sa grange… avant qu'il ne l'enlève.

— Je pense que nous ferions mieux d'aller voir Ronda Carpenter, dit-elle brusquement.

— Fils ?

Arraché à ses pensées, Russell se retourna et vit son père debout à l'extrémité de la terrasse. Il était occupé à se faire des reproches et il ne l'avait pas entendu approcher.

Après avoir vu Nina Mae, la veille, Dulcie avait été bouleversée. Il avait fait tout son possible pour la persuader de venir s'installer au ranch mais elle avait refusé.

— J'ai besoin de rester un peu seule, lui avait-elle dit. Sincèrement, j'ai du mal à réfléchir quand tu es dans les parages.

Elle lui avait décoché ce sourire incroyable qui lui faisait chaque fois battre le cœur et elle l'avait embrassé avant de le pousser vers la porte.

Il avait compris que c'était la meilleure chose à faire. S'il était resté avec elle dans la chambre du motel…

— J'avais espéré que nous pourrions parler avant le souper, dit Grayson, prenant place sur l'un des fauteuils de la terrasse.

Russell vit les rides qui marquaient le visage de son père et il ressentit une pointe de culpabilité. Evidemment, son père était contrarié. Il s'était rangé à l'avis des autres propriétaires de ranch et des cultivateurs, qui avait été d'engager le faiseur de pluie. Et à présent…

— Je suis désolé, papa. J'avais dit que je parlerais au faiseur de pluie…

Russell jura. Il avait été tellement occupé avec Dulcie qu'il n'avait pas accordé une pensée à Finnegan Amberst.

— Les gars commencent à perdre patience, annonça Grayson. Si ce faiseur de pluie n'obtient pas bientôt des résultats, je m'inquiète de ce qui pourrait lui arriver. Mais ce n'est pas de ça dont je veux te parler.

— Se passe-t-il quelque chose que je devrais savoir ?

— Je te retourne la question.

— Je suis désolé. J'ai été très occupé à aider Dulcie, la femme que j'ai amenée chez nous l'autre soir. Elle a découvert qu'elle était l'une des filles de Laura Beaumont. A présent, elle est plus que jamais déterminée à démasquer la personne qui a tué sa mère.

— C'est une femme charmante, intelligente et déterminée. Je peux comprendre que tu t'inquiètes pour elle. Je suis persuadé que ton frère mène l'enquête.

— Shane fait de son mieux, en l'absence du shérif, mais la piste remonte à vingt-quatre ans, et la communauté n'est pas loquace.

Son père haussa un sourcil.

— Tu penses que la communauté protège l'assassin ? demanda-t-il.

— Peut-être. Quelqu'un a tenté de faire sortir la voiture de Dulcie de la route. Shane ne pense pas qu'il y ait un lien.

— Mais toi si.

Russell acquiesça.

— J'ai essayé de la raisonner.

Son père se mit à rire puis il reprit son sérieux.

— Cette femme compte beaucoup pour toi, fils, je me trompe ?

Russell prit soudain conscience de ce qui tracassait son père.

— Je ne quitterai jamais le ranch, dit-il.

— L'amour fait faire à un homme des choses qu'il avait juré ne jamais faire.

— Tu m'imagines vivant à Chicago ? Quoi que j'éprouve pour elle, rien ne m'éloignera du Trails West Ranch.

Au moment même où il prononçait ces paroles, il se rendit compte que Dulcie l'avait *déjà* éloigné du ranch. Depuis des jours, ses pensées étaient tournées vers elle et uniquement vers elle.

Arrivée devant la boîte aux lettres portant le nom « Carpenter » inscrit en caractères grossiers sur le côté du métal rouillé, Dulcie s'engagea sur le chemin de terre et se gara dans la cour de la ferme délabrée.

Deux corniauds chargèrent en aboyant férocement.

La porte d'entrée de la maison s'ouvrit brusquement, et Ronda Carpenter rappela les chiens. Elle fronça les sourcils en voyant Jolene descendre de voiture, et se rembrunit davantage encore en apercevant Dulcie.

Ronda était une femme menue approchant de la cinquantaine, au physique décati. Jolene ne l'avait rencontrée qu'une fois auparavant, lors de son entretien d'embauche pour le poste d'enseignante. Ronda faisait partie du comité de parents qui avait recommandé son recrutement.

— Si c'est à propos de Mace, il n'est pas ici, leur lança Ronda. Son père et lui sont allés à Havre. A-t-il des problèmes ?

— Non, lui répondit Jolene. Mace se comporte très bien.

Ronda sembla soulagée mais pas totalement.

— Si vous venez demander de l'argent pour l'école ou autre chose…

— Ce n'est pas le cas. Pouvons-nous entrer et échapper quelques instants à cette chaleur ?

Ronda parut contrariée mais hocha la tête. Elle les fit entrer et les conduisit jusque dans la cuisine.

— Je dois préparer le souper, dit-elle. Ben et Mace seront bientôt de retour.

Jolene observa un moment les mains tremblantes de Ronda tandis qu'elle mettait l'eau à bouillir, prenait un grand paquet de macaronis, une boîte de velouté de champignons et deux autres de thon. Dulcie, elle, jeta un coup d'œil autour d'elle, remarquant, Jolene n'en douta pas, les meubles en piteux état.

— J'ai des questions à vous poser concernant Laura Beaumont, annonça Jolene.

Ronda se figea. Lentement, elle reposa l'ouvre-boîtes qu'elle utilisait pour les boîtes de thon.

— J'ai entendu dire qu'elle était votre amie, poursuivit Jolene. J'espérais que vous pourriez m'en dire un peu plus sur elle.

Ronda ne se retourna pas.

— C'était il y a tellement longtemps, dit-elle. Pourquoi seriez-vous intéressée ?

— C'est important. Sinon nous ne serions pas venues ici vous poser des questions susceptibles de vous bouleverser, lui répondit Jolene. Nous devons savoir quelle était la nature de la relation de Ben avec Laura.

— Pardon ?

Ronda s'agrippa au bord du plan de travail.

— Ce qu'elle vous demande, c'est si Ben avait une liaison avec Laura, précisa Dulcie, haussant les épaules face au regard réprobateur que lui décocha Jolene.

— Non. Ben ? Non.

Ronda se retourna.

— Qui êtes-vous ? demanda-t-elle en fixant Dulcie.

— Pardon, s'excusa Jolene. Je vous présente Dulcie Hughes Elle possède l'ancienne propriété Beaumont.

Ronda reporta les yeux sur Dulcie, manifestement surprise

— Je suis désolée mais nous devons vous poser ces questions, enchaîna Jolene. Midge Atkinson nous a dit que son mar avait renvoyé Ben parce qu'il avait une liaison avec Laura.

— John avait tort. C'est lui qui…

Ronda agrippa à deux mains le tablier noué autour de s taille.

— Ben n'a jamais été l'amant de Laura, affirma-t-elle Elle était mon amie. Vous avez tout faux.

— Dans ce cas, aidez-nous, insista Jolene.

Ronda secoua la tête, le regard éteint, empreint de douleur.

— Je vous en prie, vous devez partir toutes les deux, maintenant.

— Je sais que Tinker a essayé de protéger Angel Beaumont, le jour où sa mère est morte, reprit Jolene.

— Tinker ?

Le regard de Ronda s'anima. Ses yeux se mirent à étinceler de colère.

— Laissez mon Tinker en paix, vous m'entendez ?

Elle ramassa l'ouvre-boîtes sur le plan de travail et elle s'avança vers elles comme si elle avait l'intention de les agresser.

— Sortez et ne vous risquez pas à revenir, dit-elle. Si Ben vous surprend ici…

Jolene recula d'un pas et Dulcie s'avançait déjà vers la porte lorsqu'elles entendirent un véhicule approcher sur la route.

— Partez ! s'écria Ronda. Si Ben vous trouve ici, il pensera que vous êtes venues pour Mace. Il ne veut pas que Mace prenne le même chemin que son demi-frère.

Dulcie ouvrit la porte et elles sortirent toutes deux sur la terrasse au moment où un pick-up passait devant la maison sans s'arrêter.

Ronda les avait suivies et, juste avant qu'elle ne referme brutalement la porte, Jolene vit le regard haineux qu'elle leur décocha.

Aussitôt, Jolene crut entendre quelqu'un sangloter de l'autre côté. De gros sanglots qui lui brisèrent le cœur. Combien de vies Laura Beaumont avait-elle détruites avant de perdre la sienne ?

— Que déduis-tu de cela ? lui demanda Dulcie, une fois qu'elles furent montées dans la voiture et qu'elles se furent suffisamment éloignées pour ne pas risquer de tomber sur Ben Carpenter.

— Je pense que Ronda a peur de son mari, répondit Jolene.

— Dans ce cas, pourquoi est-elle toujours avec lui après tout ce qu'il lui a fait ? Je t'ai dit ce que Nina Mae Cross nous a rapporté concernant la dispute qui a opposé Ronda et Ben, et le fait que Ronda ait perdu le bébé suite à une chute. Tu sais que ce salaud l'a bousculée, tout comme tu sais qu'il avait une liaison avec Laura.

— Peut-être l'histoire ne s'arrête-t-elle pas là. Nous le saurons demain matin, conclut-elle avec un soupir.

Dulcie la regarda, surprise.

— Tu ne comptes tout de même pas encore recevoir la fin de la nouvelle ? Jolene, si le meurtrier en est l'auteur, alors il sait ce que nous complotons. Tu ne persistes pas à croire…

— Le meurtrier ira jusqu'au bout parce qu'il veut que je sache pourquoi il a tué Laura.

— Pourquoi irait-il se confesser ? Nous ne sommes pas plus près de découvrir qui a tué Laura que lorsque nous sommes toutes deux arrivées en ville. Le meurtrier, ou la meurtrière, n'a pas de raison de se trahir. Pas après vingt-quatre ans. Il n'y aura pas de dénouement. Tu dois accepter le fait que nous puissions ne jamais connaître la vérité.

Russell sourit à Dulcie qui s'approchait de sa table, au restaurant des Lumières du Nord. Lorsqu'il l'avait appelée un peu plus tôt pour l'inviter à dîner, elle lui avait paru découragée. A présent qu'elle s'avançait vers lui, son expression confirma cette impression.

— Mauvaise journée ? lui demanda-t-il en se levant pour l'aider à s'installer.

Des cernes sombres soulignaient ses yeux et elle semblait porter toute la misère du monde sur ses épaules.

— J'ai l'impression de me cogner la tête contre un mur, avoua-t-elle.

Elle lui rapporta leurs conversations avec Midge Atkinson et Ronda Carpenter ainsi que ce que Jolene avait découvert.

— Je pense que Ronda Carpenter est dans le déni le plus total, mais après avoir rencontré Ben je ne peux imaginer que ma mère soit tombée amoureuse de lui.

— Nina Mae nous a expliqué qu'il avait changé après la

perte de son bébé, lui rappela Russell. Si ta mère et lui étaient réellement amoureux, sa mort a également dû le changer.

— Bien sûr, il y a toujours la possibilité que Midge mente, que ma mère ait été amoureuse de John et qu'elle ait rompu avec Ben.

— Je vois pourquoi tu as la sensation de te cogner la tête contre un mur.

— C'est exactement cela. J'ignore totalement qui ment et qui dit la vérité. Et pour couronner le tout, le fils de Ben, Mace, est l'un des élèves de Jolene et elle est sortie avec le beau-fils de Ben, Tinker. Quel imbroglio.

— Le quotidien d'une petite ville du Montana, ironisa Russell.

— Crois-tu que Tinker sache qui est vraiment Jolene ?

Il haussa les épaules.

— Quoi qu'il en soit, je ne m'en inquiéterais pas. N'a-t-il pas tenté de la protéger lorsqu'ils étaient enfants ?

— En effet.

Elle se massa les tempes et soupira.

— Donne-moi de bonnes nouvelles, dit-elle. Qu'as-tu découvert concernant le médaillon de ma mère ?

— D'après le rapport du médecin légiste, le médaillon n'était pas sur le corps.

— Le meurtrier l'aurait pris ?

— Ou alors il a pu être égaré durant l'enquête. Je suis désolé. Et Shane a reçu le résultat des tests A.D.N. Jolene et toi êtes sœurs.

— Est-ce que Jolene…

— Elle le sait. Shane vient de m'en informer. Il m'a dit qu'elle avait bien pris la nouvelle. Il semblerait qu'elle accepte au moins cette partie.

— Je n'aime pas la savoir seule chez elle. Je voulais rester avec elle. Je lui ai même proposé de prendre une chambre au motel où je suis descendue. Elle a refusé. Je m'inquiète pour elle.

— Et moi je m'inquiète pour toi.

Il plongea son regard dans le sien. Il n'avait qu'une envie, la prendre dans ses bras et la réconforter. Ils n'avaient pas fait l'amour depuis cette seule et unique fois dans la vieille ferme et cela ne correspondait pas à sa vision des conditions idéales pour faire l'amour à Dulcie.

Il voulait l'emmener dans un lit digne de ce nom et lui faire l'amour comme elle le méritait. Il se pencha vers elle et le lui dit.

Elle lui adressa un large sourire, ses yeux brillant d'une lueur de défi.

— Qu'est-ce qui t'en empêche donc ?

— Je veux toute ton attention.

Il voulait davantage que cela mais il eut l'intelligence de ne pas le lui dire. Peut-être ne souhaitait-elle qu'une aventure d'un soir. Or lui, il ne s'adonnait pas à ce type de liaison.

Elle reprit son sérieux et regarda en direction de la rangée de fenêtres.

— Je ne peux pas te donner ce que tu veux pour l'instant, Russell.

— Je le sais. Alors, et maintenant ?

— Nous attendons de voir si le meurtrier termine la nouvelle. Ou voulais-tu parler de toi et moi ?

Après que Dulcie eut quitté Russell sur le parking près du restaurant, en ne lui accordant pas beaucoup plus qu'un rapide baiser, elle se sentit nerveuse. Elle avait espéré qu'il aurait changé d'avis et qu'il l'aurait accompagnée à son motel.

Mais elle comprit ce qu'il éprouvait. Il était le genre d'homme qui, lorsqu'il s'éprenait d'une femme, ne faisait pas les choses à moitié. Or, comme elle le lui avait dit, elle ne pouvait lui donner plus pour l'instant.

Elle savait qu'elle ne parviendrait pas à dormir. Elle penserait au meurtre de sa mère. A ce qu'avaient fait ses grands-parents.

Et à Russell Corbett. Ce qu'elle voulait éviter.

De retour à son motel, elle pensa à la porte de ferme qu'elle avait trouvée ouverte. Il n'y avait pas eu effraction, ce qui signifiait que quelqu'un possédait une clé.

Laura Beaumont aurait donné la clé de chez elle à quelqu'un ? A l'homme dont elle était tombée amoureuse, sûrement.

Cela paraissait évident si ce que l'auteur de la nouvelle et Midge leur avaient dit était vrai. Laura était tombée amoureuse. Elle avait rompu avec les autres hommes, ce qui expliquait la scène de la nouvelle où l'un des hommes se disputait avec elle dans la salle de bains. John Atkinson ? Ben Carpenter ? Le faiseur de pluie ? Ou y en avait-il eu d'autres dont le narrateur n'avait pas eu connaissance ?

Excitée à l'idée qu'elle aurait pu tomber sur quelque chose, elle se changea en prévision d'une longue nuit. Equipée d'une lampe torche, d'un spray au poivre et d'une bouteille d'eau, elle reprit sa voiture et se dirigea vers la ferme. Elle comptait mettre cette nuit à profit pour découvrir à qui Laura avait donné une clé. Et apprendre, par la même occasion, qui était l'homme dont elle était tombée amoureuse.

Elle misait sur Ben Carpenter. C'était la raison pour laquelle elle avait emporté le spray au poivre. L'homme lui faisait peur.

En arrivant à la ferme, elle se demanda si elle devait appeler Russell. Mais il n'y avait pas de réseau.

Elle se gara plus loin sur la route puis elle marcha, se persuadant que tous les crotales étaient repartis se tapir sous leurs rochers pour la nuit. Arrivée à la maison, elle trouva un endroit où elle pourrait se cacher pour attendre et elle s'installa.

Une heure plus tard, elle commençait à se demander si sa théorie était aussi ridicule que son idée de s'être cachée près de la maison lorsqu'elle entendit un bruit provenant de la pénombre. Quelqu'un foulait les hautes herbes sèches, s'avançant dans sa direction.

13

Une silhouette sombre émergea de l'obscurité. Dulcie ne distingua pas son visage mais seulement une forme humaine imposante qui passa à moins d'un mètre d'elle. Un homme. Elle se plaqua contre le mur, osant à peine respirer jusqu'à ce que l'homme contourne la maison.

Elle entendit le claquement de ses bottes sur les marches, puis sur la terrasse avant que l'homme, utilisant une clé, n'ouvre la porte.

Tout comme elle l'avait supposé, il avait sa propre clé.

Mais qui était-il ? Elle s'approcha avec d'infinies précautions. Il avait laissé la porte grande ouverte. Elle l'entendit monter l'escalier d'un pas lourd.

Elle patienta jusqu'à ce qu'elle n'entende plus rien puis elle gravit doucement les quelques marches de la terrasse et elle jeta un coup d'œil à l'intérieur où régnait une obscurité totale.

Allait-elle vraiment s'aventurer plus avant ?

Une lumière s'alluma soudain dans la chambre de Laura, la faisant sursauter. La lueur diffuse transparaissait à travers le rideau jaune.

Que faisait-il dans la chambre de Laura ? Se contentait-il de toucher ses effets personnels, de se remémorer le passé ? Ou bien cherchait-il quelque chose ? Un indice qu'elle n'aurait pas repéré ?

Elle s'interrogea sur ce qu'elle devait faire, consciente de ce que Russell penserait de sa présence ici. Prenant le taureau par les cornes, elle entra dans la maison. Elle n'osa pas utiliser sa torche, mais elle s'assura que celle-ci, ainsi que son spray au poivre, se trouvaient toujours dans les poches de sa veste. Ce qui était le cas.

A l'intérieur, l'obscurité était totale. Elle ferma les yeux, se représentant la place de chaque chose tandis qu'elle s'avançait à pas de loup vers le pied de l'escalier, les bras tendus comme une somnambule.

Elle s'efforça de ne pas penser à ce qu'elle ferait si ses doigts rencontraient un être de chair et de sang. Tendant l'oreille et n'entendant rien, elle commença à gravir l'escalier.

Cinq marches, s'arrêter et écouter, puis cinq autres marches. Parvenue en haut, elle trébucha et se figea sur place, craignant que sa maladresse ne l'ait trahie.

Un bruit étrange provenait de la chambre de Laura. Un gémissement aigu comme le râle d'un animal blessé. Son sang se glaça dans ses veines.

Etait-ce l'homme ? Qui d'autre ? Nul autre que lui n'était entré dans la maison et elle ne croyait pas aux fantômes, en principe.

Elle trouva le mur à tâtons et elle le longea avec précaution. Le gémissement s'était mué en quelque chose de presque plus effrayant encore, un horrible bruit de sanglots étouffés.

Elle s'avança vers la lumière diffuse et le bruit, déterminée à jeter un coup d'œil à cet homme avant de prendre ses jambes à son cou et de déguerpir aussi vite qu'elle le pouvait.

En arrivant sur le seuil, elle vit l'homme agenouillé près du lit. Sa torche était posée dessus, son rayon de lumière illuminant la pièce.

Il était penché au-dessus du lit, tenant quelque chose dans sa main droite, son corps secoué convulsivement par des sanglots.

Elle fut fascinée par cette vision. Elle observa l'homme, ses poings crispés, son corps ébranlé par des sanglots qu'il semblait puiser tout au fond de lui-même.

Soudain, ses doigts s'ouvrirent, et à la lumière de la torche posée sur le lit, elle vit ce qu'il tenait. Un médaillon en or au bout d'une chaîne.

Son cœur cessa de battre. Le souffle lui manqua. Le temps parut se figer.

L'homme fit volte-face tellement vivement qu'elle ne vit pas le coup arriver. Son poing l'atteignit sur le côté de la tête, la projetant contre le mur. Elle vit la lumière scintiller alors qu'elle glissait le long du mur et qu'elle tombait, sombrant dans l'obscurité la plus complète.

Russell s'éveilla en sursaut d'un mauvais rêve, se demandant pendant un moment où il se trouvait. Il lui fallut quelques instants pour prendre conscience de ce qui l'avait réveillé. Le téléphone.

Il décrocha.

— Allô ?

— C'est Shane. Je ne voulais pas réveiller papa mais je me suis dit que tu devrais savoir. Je viens d'arrêter Finnegan Amberst.

— Le faiseur de pluie ?

Russell se redressa et s'efforça de dissiper les vestiges de son rêve. Il avait rêvé de Dulcie. Elle était en difficulté.

— Pourquoi voudrais-tu arrêter…

— Je pense que tu pourrais vouloir nous rejoindre, le coupa son frère. J'ai demandé à l'autre adjoint de service d'emmener Dulcie Hughes à l'hôpital pour…

— Quoi ?

A présent, il était tout à fait réveillé, et son cœur battait comme un fou dans sa poitrine.

— Uniquement pour la mettre en observation, le rassura Shane. Je voulais qu'un médecin l'examine afin de s'assurer qu'elle n'ait pas une commotion cérébrale.

— Enfin qu'est-ce que…

Russell jura tout en allumant la lumière pour chercher ses vêtements.

— Elle va bien, tu m'entends ? Elle a juste eu un différend avec Finnegan Amberst.

— Je vais descendre ce salaud !

— Calme-toi, Russ. Il est derrière les barreaux et il y restera. Nous l'avons appréhendé alors qu'il quittait la ville.

— Il quittait la ville ! Quel lâche !

— Je savais que tu voudrais être tenu au courant pour Dulcie. Il semblerait qu'elle ait démasqué l'assassin de Laura Beaumont.

— Le faiseur de pluie ? Une fois que j'aurai pris des nouvelles de Dulcie, je veux le voir.

— Il n'en est pas question.

— Où est le shérif ? Je vais m'adresser à lui.

— Le shérif est absent. Mais il ne te laisserait pas non plus voir Finnegan Amberst.

— Je ne vais pas le tuer. Je veux seulement lui parler.

— Si tu penses lui extorquer des aveux, oublie. De toute façon, il jure qu'il n'a pas tué Laura.

— Il jurait aussi qu'il pouvait faire pleuvoir.

Levant les yeux, Dulcie vit Russell franchir le seuil de sa chambre d'hôpital et elle sentit son cœur bondir de joie. Ses yeux s'emplirent de larmes. Elle les essuya d'un geste furtif.

— Tu vas bien ? lui demanda Russell d'une voix tendue.

Il lui parut à la fois angoissé, soulagé… et furieux.

Et elle savait très bien pourquoi.

— Je vais bien. C'est seulement une légère commotion.

Elle lui sourit et grimaça aussitôt ; sa mâchoire la faisait souffrir.

Russell jura et s'approcha d'elle, lui tournant délicatement la tête du bout des doigts pour examiner l'ecchymose sombre qui lui couvrait le visage, de la pommette au menton.

— Cela paraît pire que ça ne l'est en réalité, le rassura-t-elle.

Elle le vit contracter les mâchoires.

— Bon sang, mais comment…

— En fait, c'est plutôt drôle, le coupa-t-elle. Je n'arrivais pas à dormir, donc j'ai décidé d'aller surveiller la maison.

Je savais que quelqu'un y venait la nuit et j'avais dans l'idée que, puisque cette personne avait une clé, Laura devait la lui avoir donnée. Ce qui impliquait qu'il devait s'agir de l'homme dont elle était tombée amoureuse et pour qui elle avait rompu avec ses autres amants.

— Viens-en à la partie censée être drôle, l'interrompit-il d'un ton sec.

— Cet homme était le faiseur de pluie. Il s'est servi de sa clé pour entrer dans la maison. Je l'ai suivi jusqu'à l'étage. Je l'y ai trouvé près du lit de Laura. Il pleurait et j'ai vu qu'il tenait un objet serré dans sa main. C'était le médaillon de Laura.

Russell sursauta.

— Le médaillon de ta mère, avec la photographie à l'intérieur, qui avait disparu ?

— Quand il s'est rendu compte que j'étais derrière lui, il a fait volte-face et…

— Il t'a frappée.

— J'ai perdu connaissance pendant quelques minutes. Quand je suis revenue à moi, j'ai entendu son pick-up s'éloigner. J'ai repris ma voiture et je me suis rendue chez Arlene Evans pour lui demander d'appeler le bureau du shérif. Ensuite, Arlene m'a emmenée voir Shane qui a insisté pour que je vienne ici. Fin de l'histoire.

Russell la fusilla du regard.

— Tu t'es rendue, toute seule dans cette maison, au milieu de la nuit, pour y chercher un assassin.

— En fait, je cherchais l'homme que Laura aimait, pas son assassin.

— Comment as-tu pu faire quelque chose d'aussi inconscient ? D'aussi irrationnel ? D'aussi dangereux et stupide ?

Mais de quel droit lui parlait-il ainsi ?

— C'était imprudent d'accord, et ça s'est révélé dangereux mais cela n'avait rien d'irrationnel ni de stupide ! rétorqua-t-elle, sentant la colère la gagner. J'avais emporté un spray au poivre et je savais ce que je faisais.

— Ah vraiment ?

Il posa les yeux sur son visage contusionné et elle vit son expression se radoucir.

— Bon sang, Dulcie.

Il se pencha vers elle et l'attira dans ses bras.

Elle posa sa joue contre l'étoffe douce et chaude de sa chemise et respira son odeur. Il avait raison, elle s'était montrée inconsciente, imprudente et un peu insensée. A l'image, en un sens, de ses sentiments pour lui.

— Tu viens t'installer à la maison avec moi jusqu'à ce que tu doives repartir pour Chicago, décréta-t-il.

— Le meurtrier est derrière les barreaux.

Russell s'écarta pour la regarder dans les yeux.

— Exactement, et je dispose de toute ton attention durant quelques jours avant que tu retournes à Chicago, n'est-ce pas ?

Elle lui sourit.

— Ma foi, pourquoi pas ? répondit-elle. Je te rappelle que tu m'as promis une balade à cheval. Par ailleurs, quelques jours de repos ne me feraient pas de mal.

Elle lui caressa la joue.

— Es-tu sûr de vouloir faire cela, Russ ?

Il hocha la tête et se pencha pour déposer un baiser léger sur ses lèvres.

Tandis qu'il s'éloignait, leurs regards se croisèrent et elle se rendit compte à quel point ce serait périlleux. Pour la première fois de sa vie, elle eut la sensation d'être complètement dépassée par les événements.

Jolene s'était réveillée tard le dimanche au terme d'une nuit agitée. Elle était entrée dans la salle de bains d'un pas hésitant pour prendre sa douche et elle était restée un long moment à étudier son visage dans le miroir.

Elle était Angel Beaumont. Elle avait attendu que ce nom lui évoque un souvenir. Rien. Tout comme sa visite à la maison. Puis à la prison, à la suite de l'appel de Dulcie.

Elle avait regardé le faiseur de pluie. Mais elle n'avait rien vu d'autre qu'un homme qui avait considérablement vieilli au cours des vingt-quatre dernières années. Et cela n'avait pas éveillé en elle la moindre réminiscence.

La nouvelle de l'arrestation avait fait le tour du comté. Jolene aurait voulu ressentir quelque chose. Du soulagement. De la colère. N'importe quoi. Mais au lieu de cela elle s'était seulement sentie un peu triste. Avec le faiseur de pluie en prison, elle ne recevrait jamais la fin de la nouvelle.

Le shérif adjoint Shane Corbett l'avait appelée pour lui communiquer le résultat des tests A.D.N. Dulcie et elle étaient sœurs. L'A.D.N. prélevé sur la scène du crime prouvait qu'elles étaient les filles de Laura Beaumont.

Jusque-là, rien qu'elle ne sache déjà. Néanmoins, elle avait pensé que lorsqu'elle obtiendrait les résultats des tests A.D.N., elle ressentirait ce lien l'unissant à Dulcie qu'étaient censées éprouver des sœurs. Sans y parvenir.

Peut-être était-ce tout simplement dû au fait qu'elle refusait d'être Angel, qu'elle refusait de se rappeler ces cinq premières années de sa vie ou le meurtre de sa mère, ou ce qu'elle avait dû voir. Ou peut-être avait-elle été séparée de Dulcie trop longtemps.

Elle soupira, anxieuse de pouvoir cesser de penser à tout cela. Elle avait passé la majeure partie de cet après-midi cruellement torride à lire, mais même un bon livre n'avait pu la distraire de ses pensées.

Reposant son livre, elle s'avança vers la fenêtre, surprise que le soir tombe déjà. Elle se sentit nerveuse, songea à se rendre en ville, mais elle n'en eut pas l'énergie. Ni de raison de le faire. Il faisait toujours une chaleur intolérable, mais désormais la brise entrant par la fenêtre ouverte était chaude et humide.

Elle appréhendait la journée du lendemain. Il n'y aurait pas de dénouement à l'histoire du meurtre. Elle noterait les devoirs de ses élèves puis elle les leur rendrait à tous, gardant des copies pour l'anthologie promise. Elle libérerait la classe de bonne heure pour ce dernier jour de l'année. Et tout serait terminé.

Et pourtant, ce ne serait pas terminé pour elle tant qu'elle n'aurait pas retrouvé la mémoire.

Elle ne pouvait supporter l'idée de passer le long été torride qui s'annonçait à Whitehorse. Mais où irait-elle ? Dulcie avait évoqué la possibilité de l'emmener à Chicago, mais elle ne se sentait pas prête pour cela.

Elle se détourna de la fenêtre. Il faisait une chaleur insupportable dans la maison. Peut-être devrait-elle prendre une douche froide. Elle entra d'un pas nonchalant dans la salle de bains et elle se dévêtit. Alors qu'elle s'avançait sous le jet d'eau glacée, elle songea à Tinker et elle sentit son estomac se contracter. Il était le petit garçon avec qui elle jouait près du ruisseau, l'ami qui, d'après l'auteur de l'histoire, avait tenté de la secourir, le soir où sa mère avait été assassinée.

Alors qu'elle se lavait les cheveux, elle se demanda si Tinker savait qui elle était, s'il l'avait su depuis la première fois où il l'avait invitée à danser, au centre communautaire de Whitehorse.

Cette pensée lui procura un frisson. Elle fit couler l'eau chaude et elle attendit quelques instants.

Tinker savait-il que son père rendait visite en cachette à Laura ? Il avait neuf ans, il était tout à fait en âge de comprendre ce qui se passait. Ou alors Ronda aurait-elle dit la vérité ? Ben n'avait jamais été l'amant de Laura.

Coupant l'eau de la douche, elle se massa les tempes, sentant poindre un mal de tête. Elle devait arrêter de se torturer ainsi l'esprit. Non. Elle devait avant tout savoir qui avait écrit cette histoire de meurtre.

Tout en enfilant un débardeur, un short et des sandales, elle retourna dans le salon et regarda l'ordinateur posé sur le bureau d'angle.

Elle ne l'avait même pas allumé puisque celui de l'école était plus récent et connecté à internet. Mais Titus Cavanaugh n'avait-il pas mentionné le fait que les deux ordinateurs étaient en réseau ?

S'approchant du bureau, elle resta un moment debout à le regarder, songeant à l'histoire du meurtre et à ce qui la tracassait…

— Faites que j'aie tort, murmura-t-elle.

Lentement, elle s'assit et appuya sur la touche de mise sous tension. Il fallut un moment à la machine pour démarrer.

Elle eut un brusque mouvement de recul tandis que le texte de la nouvelle s'affichait à l'écran.

> Te rappelles-tu à présent ?
>
> Te rappelles-tu la chaleur écrasante de cette soirée, alors que tu pataugeais dans l'eau tiède du ruisseau, le contact de l'herbe sous tes pieds nus ? Te rappelles-tu avoir murmuré un secret dans l'obscurité, assise sur la rive ?
>
> Tu as un secret, n'est-ce pas ? C'est la raison pour laquelle tu te refuses à te souvenir de ce soir-là et du bruit de la girouette gémissant dans le vent.
>
> Tu sais qui a tué ta mère. Tu l'as toujours su. Mais tu ne veux pas te rappeler le sang rouge vif de ta mère sur la lame du couteau, ni la main qui le tenait.

Elle se couvrit la bouche de sa main tandis que des larmes affluaient à ses yeux. Elle se leva d'un bond de la chaise trébuchant et manquant de tomber en arrière. Comme si elle pouvait ainsi échapper aux mots affichés à l'écran.

Par la fenêtre ouverte, elle sentit l'odeur de la pluie dans l'air et elle perçut l'arrivée de la fraîcheur. Elle ouvrit son téléphone d'un coup sec et composa le numéro de Dulcie. Il y avait eu assez de secrets. Assez de mensonges. Elle ne pouvait continuer à vivre avec les siens.

L'appel arriva directement sur la messagerie vocale de Dulcie. De l'autre côté de la fenêtre, les arbres étaient battus par le vent, leurs branches éraflant le côté de la maison comme des ongles crissant sur un tableau noir. Des ombres inquiétantes et difformes se dessinant en vacillant à la nuit tombante.

— Dulcie. Je sais. Je sais ce qui est arrivé ce soir-là. Je…

Les mots restèrent bloqués dans sa gorge lorsqu'elle aperçut quelque chose à travers les branches qui s'agitaient.

Il y avait une lumière allumée dans l'école.

Après leur promenade à cheval, Dulcie s'immergea dans un bain chaud, espérant apaiser certaines de ses douleurs, puis elle se doucha.

— Monter à cheval n'est pas aussi romantique qu'il y paraît ! lança-t-elle à Russell depuis la salle de bains. Mais merci de m'avoir emmenée. J'ai adoré visiter la région. C'est tellement beau aux alentours des Missouri Breaks. Je comprends pourquoi tu aimes tant ce lieu.

N'obtenant pas de réponse, elle enfila ses vêtements, et trouva la chambre vide. Elle découvrit finalement Russell dans la pièce à vivre, occupé à lire.

S'approchant de lui, elle eut la surprise de voir qu'il lisait la copie de l'histoire du meurtre que Jolene lui avait donnée.

La contrariété qu'elle décela dans son regard lorsqu'il leva les yeux vers elle l'effraya.

— Pourquoi lis-tu cela ?

Il reposa les feuillets et soupira.

— Et si jamais Jolene recevait le dénouement demain à l'école ?

— Ce n'est pas possible. Le faiseur de pluie est en prison.

— Et s'il n'était pas l'auteur de la nouvelle ?

N'avait-elle pas pensé qu'il pourrait y avoir quelqu'un d'autre, un complice du meurtrier qui l'aurait aidé à conserver sa liberté durant ces dernières vingt-quatre années ?

Mais elle avait abandonné cette théorie quand Finnegan Amberst avait été arrêté. Le faiseur de pluie était un solitaire, un étranger. Personne, dans cette ville, ne l'aurait aidé.

— Tu me fais peur, murmura-t-elle.

— Je suis désolé. C'est seulement que, après avoir relu ceci…

Il croisa son regard et ajouta :

— L'auteur a une connaissance trop intime des événements.

— Evidemment. Le meurtrier est la seule personne à connaître toute l'histoire.

— A l'exception d'Angel.

Dulcie sentit l'air se retirer brutalement de ses poumons.

— Tu penses que c'est elle qui l'écrit ? Qu'elle en est l'auteur depuis le début ? C'est ridicule ! s'exclama-t-elle.

— Je pense que c'est possible, au contraire. Peut-être plus que possible. Elle a refoulé le passé et pourtant elle a pris ce poste d'enseignante. Et si rédiger le récit du meurtre était pour elle le moyen d'affronter son passé ?

Elle se mordit la lèvre pour réprimer ses larmes.

— Que se passera-t-il si elle rédige le dénouement de l'histoire de meurtre et que celle-ci se trouve sur le pupitre vide lorsqu'elle ramassera les autres devoirs dans la matinée ? demanda-t-elle.

Russell ne répondit pas et se contenta de lui jeter un regard éloquent.

Dulcie sentit un frisson lui parcourir l'échine.

— Non, murmura-t-elle. Tu ne peux pas croire… Elle n'avait que cinq ans. Elle n'a pas pu…

— Je n'ai pas non plus envie d'y croire Dulcie. Mais…

— Non. C'était le faiseur de pluie. Il avait le médaillon…

Elle sentit les larmes couler sur ses joues.

Sa fureur contre ses grands-parents lui étreignit le cœur. Comment avaient-ils pu abandonner Angel, la laisser dans une aussi horrible situation ? Ils auraient dû l'emmener, comme ils l'avaient emmenée, elle. Ils n'auraient jamais dû les séparer, sa sœur et elle.

— Je vais l'appeler, déclara-t-elle.

— Prends garde à ce que tu lui diras. J'ai peur de ce qu'elle pourrait faire en retrouvant la mémoire.

Dulcie ne l'entendit pas, elle écoutait le message de Jolene

*
* *

Jolene regarda la lumière à travers les arbres. Elle sentit la mémoire lui revenir doucement. Le contact de l'eau tiède du ruisseau sur ses pieds nus. L'obscurité totale. Le vent brûlant charriant une odeur de poussière, d'herbe sèche et de désespoir.

Ses pleurs sur la rive du ruisseau alors qu'elle se frottait les yeux de ses poings, ses mains aussi sales que ses vêtements. Son estomac qui criait famine parce qu'elle n'avait rien mangé depuis son petit déjeuner. Un bol de céréales.

Elle était rentrée chez elle à l'heure du déjeuner mais sa mère dormait, et le réfrigérateur était vide.

Etait-ce à cet instant qu'elle avait commencé à avoir peur ?

Elle eut un flash. Elle revit sa mère assise en face d'elle, parlant trop vite, affichant un bonheur suspect, les yeux trop brillants, telle qu'elle lui était trop souvent apparue.

— Tout ira bien maintenant, mon cœur. Fin va nous emmener loin d'ici. Ne pleure pas. Il sera ton nouveau papa. Il t'achètera des choses. Il prendra soin de nous. Il n'est pas comme les autres.

Ce souvenir s'abattit sur elle, pesant à lui couper le souffle, tellement douloureux qu'il lui donna envie de se recroqueviller par terre.

— Ça suffit ! s'écria-t-elle.

Elle ne pouvait se laisser envahir par tout cela à cet instant. Elle devait monter jusqu'à l'école. Entrant dans la cuisine, elle ouvrit le tiroir du haut. Le couteau de boucher était long, le manche chaud dans sa main. Lorsque la lame capta la lumière, elle tressaillit comme si elle pouvait la sentir s'enfoncer dans la chair.

Elle fit mine de le ranger, dégoûtée, son estomac se rebellant tandis qu'elle se remémorait l'odeur du sang. Le sang maculant les draps blancs, le regard vide de sa mère. Elle s'éloigna du tiroir ouvert d'un pas mal assuré, craignant de perdre connaissance, le couteau serré dans sa main.

Luttant contre l'angoisse qui menaçait de l'engloutir, elle sortit par la porte de derrière et, tenant le couteau caché derrière son dos, elle commença à gravir la colline. Elle vit la lumière éclairer l'école, elle sut qui l'attendait là-haut.

Te rappelles-tu à présent ?
Tu sais qui a tué ta mère. Tu l'as toujours su.

— Jolene ?

Dulcie regarda Russell, debout près d'elle sur les marches de la petite maison de Jolene, et elle frappa de nouveau à la porte. Les lumières étaient allumées à l'intérieur, et sa voiture ainsi que sa bicyclette se trouvaient devant la maison.

N'obtenant pas de réponse, elle tenta d'ouvrir. La porte n'était pas fermée à clé. La gorge serrée, elle poussa le battant.

— Jolene ?

La maison paraissait déserte. Comme elle ne bougeait pas, Russell passa rapidement devant elle et entra.

Dulcie se sentait tellement effrayée qu'elle fut incapable de l'aider dans ses recherches. Elle l'attendit.

— Elle n'est pas ici, lui annonça-t-il en revenant sur ses pas.

La maison semblait vide, vide comme elle-même se sentait à l'intérieur. Elle jeta un regard à l'ordinateur posé sur un bureau dans l'angle de la pièce, près d'une fenêtre.

— Je vais la chercher, déclara Russell en se dirigeant vers la porte.

— Attends. Je ne veux pas que tu y ailles seul. J'aimerais vérifier quelque chose.

Si Jolene avait écrit l'histoire du meurtre, ne la trouverait-elle pas sur son ordinateur ?

Elle s'approcha du bureau, tira la chaise et toucha la souris de ses doigts tremblants. L'écran s'éclaira, les mots surgissant devant elle.

> *Tu sais qui a tué ta mère. Tu l'as toujours su. Mais tu ne veux pas te rappeler son sang rouge vif sur la lame du couteau, ni la main qui le tenait.*

— Oh mon Dieu ! Russell. C'est ici, sur l'ordinateur. Du moins en partie, s'écria-t-elle. On dirait qu'elle est au beau milieu de la rédaction…

D'autres mots apparurent sur l'écran.

— Elle tape la nouvelle en ce moment même d'un autre ordinateur. L'école. Les ordinateurs doivent être connectés.

— Il y a une lumière allumée à l'école, dit-il, ouvrant la porte d'entrée. J'y vais. Attends-moi ici.

Avant qu'elle ait pu l'arrêter, il sortit. Elle posa de nouveau les yeux sur l'écran de l'ordinateur.

> *C'est difficile à admettre, n'est-ce pas ? Ce secret que tu gardes depuis toutes ces années. Tu voulais qu'elle meure. Tu en as émis le souhait ce soir-là au ruisseau. Il était si difficile de l'aimer. Parfois, tu la haïssais.*
>
> *Tu voulais être avec ta sœur, avec tes grands-parents dans leur belle maison dont t'avait parlé ta mère.*

Dulcie dut s'arrêter de lire pour essuyer ses larmes.

> *Tu aurais voulu être celle qu'ils avaient choisie pour quitter ta mère et ne plus avoir à écouter ses pleurs la nuit ni les rires qu'elle partageait avec ces hommes ou encore cet horrible grincement des ressorts du sommier quand elle te disait d'aller jouer au ruisseau.*
>
> *Elle est morte à cause de toi.*

Dulcie regarda fixement l'écran. Pourquoi Jolene avait-elle cessé de taper ? Russell ne pouvait pas être déjà arrivé à l'école.

La nuit était noire. Plus tôt dans la journée, le vent avait été brûlant et cinglant. A présent, tandis que Russell gravissait la colline, il sentait que quelque chose avait changé.

Il regarda vers l'ouest, au-delà des vestiges de la vieille

ville de Whitehorse, et il crut voir quelque chose scintiller derrière les Petites Rocheuses. Un éclair ? Un grondement sourd et lointain s'ensuivit.

Soudain, l'air autour de lui sembla plus frais. Le vent sur son visage sentait la pluie. Il ne pouvait le croire. La pluie ? Enfin cet horrible temps sec et chaud prendrait fin !

Tandis qu'il approchait de l'école, il se dit que nombre de choses prendraient fin ce soir. Cette pensée l'effraya. Dulcie et sa sœur avaient traversé tant d'épreuves. Elles étaient fortes mais étaient-elles assez fortes pour affronter ceci ?

Il regarda derrière lui, regrettant à présent d'avoir laissé Dulcie seule dans la maison de Jolene. Mais l'emmener était hors de question. Il n'avait aucune idée de ce qu'il trouverait à l'école.

Restait-il désormais le moindre doute que Jolene soit l'auteur de l'histoire du meurtre ? En était-elle même consciente ? Elle avait pu se lever au milieu de la nuit pour écrire puis emporter la nouvelle dans sa classe afin de l'y déposer pour que son moi conscient l'y trouve le lendemain.

A quel point Jolene était-elle perturbée ? Tous, ils avaient pensé que son incapacité à retrouver la mémoire était due au fait qu'elle avait vu le meurtrier de sa mère. Mais s'ils avaient eu tort ? Si jamais elle avait tué sa mère ? Cela pourrait expliquer pourquoi elle avait enfoui si profondément ce souvenir au point qu'il ne puisse refaire surface.

Arrivé à l'école, il s'arrêta et tendit l'oreille. Un éclair zébra le ciel ; cette fois, le coup de tonnerre correspondant le suivit de près. Le vent se leva, mugissant sous l'avant-toit. Plus près de lui, les branches du vieux peuplier vinrent érafler le flanc du bâtiment.

Il tendit la main vers la poignée de la porte et se rendit compte qu'elle était poissée de… sang.

Il releva les yeux en entendant un bruit. Jolene se tenait de l'autre côté de la porte. Son visage était déformé par la peur, sa bouche ouverte. Elle l'aperçut et lui dit quelque chose, mais le vent emporta ses paroles avant qu'elles ne lui parviennent. Ou peut-être ne les entendit-il pas parce qu'il était trop occupé à fixer le couteau de boucher qu'elle tenait serré dans ses mains, le sang dégoulinant de la lame sur le plancher, à ses pieds.

Sa bouche s'ouvrit mais il ne l'entendit pas hurler.

Le coup jaillit de la pénombre. Un objet dur et froid le frappa à la tempe. Il tendit la main, ses doigts effleurant une étoffe tandis qu'il tombait, apercevant, au-dessus de lui, un visage familier juste avant que les ténèbres ne se referment sur lui.

Dulcie attendit anxieusement que quelque chose d'autre apparaisse sur l'écran. Elle entendit le hurlement du vent et, jetant un coup d'œil par la fenêtre, elle vit les branches des arbres s'agiter dans le vent, les ombres exécuter un ballet désordonné. Elle distinguait à peine la faible lumière de l'école.

Russell devait avoir rejoint Jolene. C'était pourquoi elle avait cessé d'écrire.

Elle commençait à s'éloigner de l'ordinateur quand les mots se mirent à apparaître de nouveau.

> Tu as tué ta propre mère.
>
> Et, à présent, tu dois te tuer de la manière dont tu l'as tuée. C'est la seule issue possible à ton histoire.

Dulcie fixa l'écran avec horreur. Ce n'était pas Jolene qui écrivait cela !

Elle bondit et se rua vers la porte, priant pour qu'il ne soit pas trop tard.

14

— Russell ! Russell !

Le vent emporta la voix de Dulcie et fit voler ses cheveux autour de son visage tandis qu'elle gravissait en courant la route menant à l'école. Les éclairs se succédaient à l'horizon. Le tonnerre éclata comme un coup de canon dans le lointain.

En haut de la rue, elle apercevait une lumière faible dans l'école. Une ombre se déplaçait le long du mur. Jolene ou Russell ?

Les premières gouttes froides de pluie se mirent à crépiter sur le sol poussiéreux, puis à tomber plus dru. La pluie se mêla bientôt à ses larmes de peur alors qu'elle atteignait le sommet de la colline. Elle allait s'engager dans la cour de l'école lorsqu'elle s'arrêta net.

La porte était grande ouverte.

— Russell ? murmura-t-elle.

Elle s'avança avec précaution.

— Russell ?

Toujours pas de réponse, et pourtant elle avait vu quelqu'un à l'intérieur lorsqu'elle gravissait la colline. Elle traversa le petit vestiaire avec ses patères et ses étagères pour les manteaux et les bottes. Alors qu'elle contournait le mur, elle vit Jolene.

Cette dernière se tenait près de son bureau, le dos au mur. Un grand couteau ensanglanté gisait par terre, à ses pieds. Elle ne semblait pas l'avoir entendue arriver.

Seigneur, où était Russell ?

— Jolene ? appela-t-elle prudemment.

— Sauve-toi ! hurla Jolene. Sauve-toi, elle a un…

Pistolet. Dulcie vit l'arme avant que Jolene ne prononce le mot.

Ronda Carpenter surgit de derrière la porte du local de rangement, tenant un semi-automatique à deux mains, le canon pointé sur la poitrine de Dulcie. Son visage était déformé par un rictus mauvais, et le côté gauche de son chemisier était maculé de sang.

Une traînée de gouttes de sang allait de Ronda à l'ordinateur, installé dans un coin de la classe. Près de la chaise se trouvait une petite flaque de sang, apparemment là où Ronda s'était assise. Assise pour taper la fin de sa nouvelle, comprit soudain Dulcie.

— Fermez la porte à clé, lui ordonna Ronda.

— Où est Russell ? demanda Dulcie, sa voix se brisant tandis qu'elle fermait la porte, feignant de tourner la clé.

Elle était trempée jusqu'aux os et surtout terrifiée à l'idée de ce qui avait pu arriver à Russell.

— A présent, rejoignez votre sœur, lança Ronda.

Dulcie croisa le regard égaré de Jolene et elle y lut plus que de la peur.

— Où est Russell ? demanda-t-elle, s'adressant cette fois à Jolene.

Jolene la fixait, hébétée, et ne répondit pas ; elle était visiblement en état de choc.

— Je commence à retrouver la mémoire, murmura-t-elle. C'est ma faute. Je souhaitais que notre mère meure. Je…

— C'est juste, intervint Ronda. Vous l'avez tuée.

— Non, je l'aimais ! Je ne voulais pas qu'elle soit tuée.

— Vous avez dit à mon fils que vous vouliez qu'elle meure ! s'écria Ronda. Vous l'avez dit à mon fils. A mon merveilleux garçon.

Jolene pleurait à présent.

— Je ne le pensais pas, se défendit-elle d'une voix brisée. J'étais en colère contre elle parce qu'elle voulait que nous allions vivre ailleurs avec le faiseur de pluie. Je savais que les choses ne seraient pas mieux ailleurs. Je le savais.

Dulcie commençait à comprendre, et ce qu'elle comprenait la terrifiait.

Le petit Tinker Horton, âgé de neuf ans, avait voulu protéger sa mère enceinte parce qu'il pensait que son beau-père avait une liaison avec Laura.

— Ben avait une liaison avec Laura, dit-elle en fixant Ronda sans ciller. Il allait vous quitter. Tinker a-t-il cru qu'il pourrait empêcher Ben de partir et vous éviter de souffrir en tuant Laura ?

Ronda se mit à rire.

— Ben détestait Laura parce qu'elle m'encourageait à le quitter ! répliqua-t-elle. C'était moi qui allais le quitter. Mais il a découvert que j'étais enceinte. Il se moquait complètement de moi mais il voulait son enfant.

Sa voix était teintée d'amertume à présent, et dans son regard brillait une lueur que Dulcie ne sut définir, entre chagrin et folie.

— Tinker croyait que Ben m'avait jetée dans l'escalier pour se débarrasser du bébé parce qu'il voulait être avec Laura, reprit Ronda. Il l'avait vu revenir de chez elle. Il ignorait que Ben était allé chez Laura pour la menacer, en lui ordonnant de rester éloignée de moi et d'arrêter de me mettre des idées stupides dans la tête.

— Comment avez-vous pu rester avec un homme qui vous a jetée dans un escalier ? lui demanda Dulcie.

Ronda secoua la tête, la colère et l'amertume embrasant son regard.

— C'est moi, qui me suis jetée dans l'escalier, dit-elle Moi toute seule. Je savais que si j'avais ce bébé je ne serais jamais libérée de Ben. Laura était ma meilleure amie. Elle avait promis de m'aider à le quitter. Et elle voulait partir avec ce bon à rien de faiseur de pluie.

Dulcie sentit son sang se glacer. Cette femme était démente Ou, peut-être pire, complètement saine d'esprit et malfaisante

— Mais vous êtes finalement restée avec lui, avança-t-elle

— Il me faisait chanter ! Il savait que Tinker avait tu

Laura. Il menaçait d'aller voir le shérif si je ne restais pas avec lui. Il disait que je lui devais un bébé !

— Pourquoi conclure un tel marché ? Vous deviez savoir qu'un jour ou l'autre cela se saurait. Que Jolene se rappellerait...

Ses mots moururent sur ses lèvres lorsqu'elle prit conscience que Ronda était la personne qui avait orchestré le retour de Jolene à Whitehorse.

Russell recouvra ses esprits dans le noir, au bruit de la pluie battante. Il pensa d'abord qu'il devait rêver, cela faisait tellement longtemps qu'il n'avait entendu une telle pluie.

Sa tête le faisait souffrir et il se sentait comme désorienté. Il toucha sa tempe et se rendit compte qu'il saignait. Il lui fallut un moment pour se rappeler ce qui s'était passé.

Il se redressa brusquement et grimaça, pris d'un vertige. Mais il s'occuperait de lui plus tard. Dulcie ! Il l'avait laissée chez Jolene mais, la connaissant, il était sûr qu'elle ne devait pas y être restée bien longtemps. Elle était sans doute venue à sa recherche. Elle avait dû...

Il repoussa cette pensée en se rappelant Jolene, debout dans l'école, un couteau ensanglanté à la main.

La pluie martelait le toit de tôle au-dessus de sa tête. Il se rendit compte qu'il devait être dans l'abri de jardin jouxtant l'école car il avait aperçu une tondeuse à gazon ainsi que des outils de jardinage à la faveur des éclairs.

Se relevant en titubant, il tenta d'ouvrir la porte, constatant sans surprise qu'elle était verrouillée de l'extérieur. Il chercha à tâtons dans le cabanon sombre jusqu'à ce qu'il trouve une houe qu'il utilisa comme levier en l'introduisant de force entre la porte et le mur. Le loquet bon marché céda avec un craquement sec. Tenant toujours la houe, il prêta l'oreille. Mais il n'entendit rien en dehors de l'orage. Il s'était tellement trompé en ce qui concernait l'assassin de Laura Beaumont, songea-t-il, alors qu'il repoussait la porte de l'abri et sondait l'obscurité devant lui.

Il avança vers l'école, tenant la houe à deux mains comme une batte pour le cas où il tomberait sur celui qui l'avait frappé. Mais il n'y avait personne. Il atteignit le bâtiment de l'école. La porte était toujours ouverte.

Cette fois, il se tint prêt pour le cas où Tinker Horton l'attendrait, tapi dans l'obscurité.

— Pourquoi suis-je restée avec Ben ? Tinker était mon bébé, répondit Ronda, la voix étranglée par les larmes. J'aurais fait n'importe quoi pour le protéger…

Toutes trois tressaillirent en entendant la porte de la salle s'ouvrir.

Ronda sourit en voyant entrer Tinker, trempé jusqu'aux os. Il ne prit pas la peine de refermer la porte ; il semblait pressé.

— C'est fait, maman, je m'en suis chargé pour…

Il s'interrompit en voyant le chemisier maculé de sang de sa mère et fit un pas en arrière.

— Bon sang ! Que s'est-il passé ?

— Tout va bien, mon bébé. Ce n'est qu'une blessure superficielle, le rassura Ronda. Je vais bien. Tout va bien pour nous deux. Mais il y a une ou deux autres choses dont tu vas devoir te charger pour moi, mon cœur.

A cet instant, Tinker découvrit Dulcie et Jolene. Ses yeux s'agrandirent de surprise, puis de frayeur lorsqu'il vit le couteau ensanglanté sur le sol.

— Ne t'inquiète pas, Tinker. Une fois que nous aurons nettoyé cela, tout sera terminé, poursuivit Ronda d'un ton apaisant. Personne ne saura jamais ce que tu as fait.

— Tinker n'a pas tué Laura, intervint brusquement Jolene d'une voix ferme.

Ronda plissa les yeux et l'observa avec attention.

— Ben l'a vu avec le couteau, dit-elle. Il était couvert de sang. Il pleurait et il…

— J'ai surpris l'assassin, la coupa Jolene, le regard lointain, sa voix résonnant étrangement comme si elle était de retou dans la chambre de sa mère, ce soir-là. L'assassin a laissé tomber le couteau. Tinker m'avait suivie jusqu'à la maison. Je l'ai vu quand je me suis enfuie en courant. Il a simplement dû le ramasser.

Son regard sembla s'éclairer et elle ajouta :

— Tinker n'a pas tué Laura.

Elle se tourna vers lui et répéta :

— Tu n'as pas tué Laura.

— N'essayez pas d'embrouiller mon garçon, grommela Ronda. Il sait ce qu'il a fait et il…

Jolene se tourna vivement vers elle.

— C'est vous qui l'avez tuée, Ronda. Je vous ai vue. J'ai entendu ce que vous disiez. Vous aviez découvert qu'elle allait s'enfuir avec le faiseur de pluie. Elle avait menti en prétendant qu'elle vous aiderait à quitter Ben. En fait, c'est elle qui a appris à Ben que vous étiez enceinte, n'est-ce pas ?

Dulcie contemplait Ronda, horrifiée, et murmura :

— Durant toutes ces années, vous avez laissé croire à votre fils qu'il…

— Taisez-vous ! l'interrompit sèchement Ronda. Ne l'écoute pas, Tinker, enchaîna-t-elle en s'adressant à son fils d'une voix radoucie. C'est elle qui t'a dit qu'elle voudrait que sa mère soit morte, tu te rappelles ? C'est elle qui est à blâmer pour ce qui est arrivé.

Dulcie aperçut un mouvement du coin de l'œil. Elle vit que Russell était entré dans l'école et s'avançait furtivement le long du mur du vestiaire, hors du champ de vision de Tinker et de sa mère. Elle éprouva un élan d'enthousiasme qui retomba aussitôt. Ronda avait une arme. Elle devait avertir Russell. Ou distraire Ronda.

— Une fois que nous aurons réglé les choses, disait Ronda, je pourrai quitter Ben pour de bon, tout comme tu as toujours voulu que je le fasse, Tinker.

— Vous n'êtes pas restée avec Ben pour Tinker, intervint Dulcie. Ben connaît la vérité. Voilà pourquoi vous êtes restée avec lui. Il vous faisait chanter, mais pas à cause de Tinker.

Tinker devint soudain pâle et contempla sa mère, une lueur d'horreur dans le regard.

— Non, dis-moi que ce n'est pas la raison pour laquelle tu m'as demandé…

Sa voix se brisa, et Dulcie eut l'impression qu'il allait vomir.

— Ben était un salaud, dit Ronda. Tu as rendu service à la société.

Elle baissa les yeux sur sa blessure au côté et ajouta :

— Regarde ce que m'a fait ta précieuse Angel. Elle a essayé de me tuer à cause de toi.

— Elle ment, Tinker ! protesta Jolene. Ta mère m'a pris le couteau des mains et s'est poignardée elle-même.

— C'est un mensonge ! rétorqua Ronda d'un ton cinglant avant de se mettre à rire. Pourquoi est-ce que je me poignarderais moi-même ?

— Elle a un pistolet, se défendit Jolene. Comment pourrais-je poignarder une femme tenant une arme ? Elle va te faire endosser la responsabilité de tout ceci, Tinker.

Tinker regarda sa mère, horrifié.

Une lueur de folie dans le regard, Ronda leva sa main tremblante et pointa le pistolet sur son fils.

Dulcie vit Russell se rapprocher, les yeux rivés sur elle. Elle comprit que c'était le moment ou jamais. Elle regarda le couteau gisant au sol puis elle leva les yeux vers lui. Il hocha la tête.

L'instant d'après, les événements se précipitèrent.

Dulcie poussa Jolene et donna un coup de pied dans le couteau. Elle l'entendit cliqueter tandis qu'il glissait sur le plancher en direction de Russell. Sa sœur et elle se mirent à l'abri derrière le grand bureau de Jolene.

La détonation se répercuta dans la petite salle. Le tableau noir vola en éclats. Un deuxième coup de feu éclata, puis un troisième, presque aussitôt.

Dulcie se releva, terrifiée à l'idée de ce qu'elle allait découvrir.

Elle vit Russell debout près des corps de Tinker et de

Ronda. Tinker avait encore à la main le pistolet qu'il avait pris à sa mère.

Cette dernière gisait sur le sol, près de l'ordinateur. Elle se tenait la poitrine, là où son fils l'avait blessée avant de s'ôter la vie. Ses yeux étaient écarquillés, sous l'effet de la surprise, même dans la mort.

Tout comme l'avaient été ceux de Laura Beaumont.

Epilogue

Dulcie n'entendit pas Kate Corbett s'approcher. Ce ne fut que lorsqu'elle s'assit près d'elle dans le grand salon du Trails West Ranch qu'elle l'arracha à ses pensées.

— La vue est superbe, n'est-ce pas ? dit Kate. Je ne me lasse jamais d'être assise là. Mais ce doit être très différent de Chicago et de ce dont vous avez l'habitude.

Dulcie comprit que Kate ne l'avait pas rejointe pour lui parler de la vue.

— Je pensais à Russell, dit-elle.

— Je sais. Il est amoureux de vous. Mais votre vie est à Chicago, n'est ce pas ?

— Elle y était.

— Il repartira avec vous, si c'est ce que vous voulez. Je connais Russell. Il ferait n'importe quoi pour vous.

Dulcie en était consciente. Elle avait lutté contre lui quan il avait tenté de la protéger, pensant qu'elle devait s'accroche à son indépendance. Mais quelque chose avait changé depui ce terrible soir à l'école. Elle frémissait encore d'horreur l'idée que Tinker aurait pu tout aussi bien arracher l'arm des mains de sa mère et la retourner contre Russell plutô que contre sa mère et lui.

Frôler la mort change les personnes. Cela l'avait changé Tout comme Russell et cette terre l'avaient changée.

— Je ne demanderais jamais à Russell de rentrer à Chicag avec moi, dit-elle. Je sais combien il aime diriger le ranch ave son père. Ce n'est pas seulement le ranch. Sa famille est ic

Kate se leva.

— Il y a pire que de le voir quitter sa famille et le ranch. Je ne supporterais pas qu'il ait le cœur brisé. Je connais Russell. Il n'accorde pas facilement son amour. Il n'y aura jamais personne d'autre que vous. Laissez-le vous accompagner. Si vous l'aimez.

Kate lui sourit et s'éloigna.

Restée seule, avec pour seule compagnie la vue de la prairie du Montana et des Petites Rocheuses au loin, Dulcie pensa à Russell, aux sentiments qu'elle éprouvait pour lui, et à ce qui l'attendait à Chicago. Puis, voyant l'heure, elle se hâta de regagner sa voiture.

Sur le trajet la menant en ville, elle se surprit à revivre cette soirée à l'école. En un éclair, elle avait vu Russell se précipiter vers elle, l'attirer entre ses bras et les emmener, Jolene et elle, à l'extérieur. La vie et la mort. Il suffisait d'une fraction de seconde pour passer de l'une à l'autre.

Russell n'avait cessé de répéter son prénom, encore et encore, tout en la serrant contre lui.

L'eau dégoulinait du bord de son chapeau. Il clignait les yeux pour chasser les gouttes de pluie qui le gênaient, son regard bleu flambait d'une lueur où se mêlaient les éclairs et l'amour.

— Je t'aime ! avait-il hurlé pour couvrir le martèlement de la pluie. Je t'aime, Dulcie Hughes !

Il l'avait tenue serrée contre lui, la pluie et les larmes inondant ses joues dans l'obscurité. Elle avait levé son visage, l'exposant à la pluie, laissant enfin libre cours à ses larmes. Autour d'elle, les éclairs zébraient le ciel, le tonnerre grondait, et elle avait pleuré pour la mère dont elle ne se souvenait pas, pour sa sœur, ce don du ciel, qu'elle avait failli perdre.

Laura Beaumont s'était perdue en ce lieu. Sa fille cadette s'y était trouvée. Et elle y avait trouvé une sœur dont elle n'avait jamais soupçonné l'existence.

Serait-elle un jour capable de pardonner à ses grands-parents ? Le moment venu, peut-être. Elle se dit qu'ils savaient qu'elle découvrirait la vérité un jour, quand ce serait le moment.

Qu'elle retrouverait sa sœur. Ou peut-être avaient-ils fait une croix sur le passé et laissé les cartes dans les mains du destin.

Mais elle savait, tout au fond d'elle, qu'ils s'étaient reproché jusqu'à la fin de leurs jours d'avoir abandonné Angel.

Elle sourit en pensant à sa sœur qui l'attendait aux Lumières du Nord.

Jolene leva les yeux lorsque Dulcie entra dans le restaurant. Sa sœur. Elle avait toujours voulu avoir des frères et sœurs. Elle sourit et se leva pour l'embrasser. Elles s'étreignirent pendant un long moment.

— J'espère que tu as faim ? lança Jolene. Laci a insisté pour nous cuisiner quelque chose de spécial.

— Je meurs de faim, mais c'est chez moi un état constant.

Jolene l'étudia un instant avant de demander :

— Comment vas-tu ?

— Mieux. Et toi ?

— Je me sens plus légère. J'ai suivi ton conseil. Je consulte une psychologue. Cela m'aide, de parler de tout cela.

Elle comprenait pourquoi elle s'était caché la vérité pendant si longtemps et avec tant d'acharnement. Elle pensait avoir causé la mort de sa mère, quand elle avait souhaité qu'elle disparaisse, ce soir-là, au bord du ruisseau.

— Seulement je me sens mal en pensant à Tinker, ajouta-t-elle. Et à Ben. Peut-être que si j'avais retrouvé plus tôt la mémoire…

— Ne te torture pas. Ben savait avec quel genre de femme il vivait. Mais au fait, comment va Mace ?

— Le cercle de couture de Whitehorse se charge de lui procurer un foyer. Pearl m'a assuré qu'elles lui trouveront une bonne famille et qu'elles veilleront à ce que tout aille bien pour lui.

— La solidarité des petites villes, ça a du bon, parfois s'exclama Dulcie en riant. Tiens, je veux te donner ceci ajouta-t-elle, reprenant son sérieux.

Elle sortit des documents de son sac, qu'elle fit glisser sur la table.

— Il y a l'argent provenant de la vente de la propriété ainsi que la moitié des biens que nous ont laissés nos grands-parents, dit-elle.

— Dulcie, non. C'est à toi qu'ils les ont légués.

— C'est vrai, mais j'ai réfléchi et je suis arrivée à une conclusion. Ils ne m'ont jamais parlé de toi, ni de cette propriété dans le Montana, ni de notre mère, car je pense qu'ils se sentaient les mains liées. Mais ils me connaissaient. Ils savaient que je ne renoncerais pas avant d'avoir découvert le fin mot de l'histoire. Avant d'avoir retrouvé ma sœur et mis les choses au clair. C'est chose faite, conclut-elle en tapotant l'enveloppe.

Jolene consulta les documents et ouvrit de grands yeux en découvrant le montant du chèque.

— Cela fait beaucoup d'argent, fit-elle remarquer en regardant Dulcie.

— Assez pour que tu n'aies plus jamais à travailler.

— J'adore enseigner. Mais je ne me suis pas engagée dans cette voie pour l'argent, c'est certain, ajouta-t-elle avec un sourire.

Dulcie lui prit la main.

— J'espérais que tu dirais cela. Tu es une excellente enseignante.

Laci les interrompit, portant un énorme plateau.

— Je vous ai préparé une sélection dont vous me direz des nouvelles ! lança-t-elle avec un grand sourire. Il faut fêter vos retrouvailles.

Elles remercièrent chaleureusement Laci qui leur souhaita bon appétit avant de repartir.

— Et toi ? Que comptes-tu faire à présent ? demanda Jolene.

— Russell m'a invitée à rester au ranch quelque temps.

— Où en sont les choses, entre vous ?

— Je n'ai jamais rencontré quelqu'un comme lui.

— Je suis sûre qu'il n'a jamais rencontré quelqu'un comme

toi ! répliqua Jolene en riant. Je suis heureuse que tu restes ici encore un peu. Nous avons tellement de temps à rattraper.

— Tu as toujours été dans mon cœur, murmura Dulcie d'une voix émue, en plongeant son regard dans le sien. Et qu'importe ce que l'avenir nous réserve, je ne serai jamais bien loin. Il te suffira de m'appeler.

Le ciel s'était couvert de nouveau lorsque Dulcie revint au ranch. Lorsqu'elle passa devant le cimetière de Whitehorse, elle ralentit en apercevant le pick-up du faiseur de pluie garé près de l'entrée.

Il se tenait debout sur la colline, près de la tombe de Laura Beaumont. Elle le vit déposer un petit bouquet de fleurs près de la pierre tombale avant de faire demi-tour et de s'éloigner.

Elle s'arrêta et l'attendit.

Finnegan Amberst la vit, mais il n'y avait plus aucune malveillance dans son expression, seulement du chagrin.

— Peut-être, désormais, pourra-t-elle reposer en paix, dit-il en passant près d'elle. Peut-être pourrons-nous tous vivre en paix.

— Je suis désolée de vous avoir mal jugé.

Il s'arrêta et se retourna pour la regarder.

— Vous ressemblez effectivement à votre mère. C'était une femme superbe. Mais elle n'était pas forte. A la différence de vous. Elle aurait été fière de vous et de votre sœur…

Il hocha la tête, et Dulcie vit des larmes briller dans ses yeux sombres.

Inclinant son chapeau noir à bords tombants, il s'avança vers son pick-up et il s'y installa alors que de grosses gouttes de pluie commençaient à tomber.

Dulcie pensa à sa mère. Le faiseur de pluie avait-il été l'amour de sa vie ? Ou avait-ce été Darrell Beaumont, leur père ? Ou alors Laura Beaumont avait-elle passé sa vie à chercher le seul et unique homme capable de l'aimer de la façon dont elle avait si désespérément besoin ?

De la façon dont Russell l'aimait, songea soudain Dulcie.

Le pick-up du faiseur de pluie démarra avec un grondement rauque et s'éloigna, le tintement léger des conduits métalliques à l'arrière rythmant le crépitement de la pluie.

Russell vit Dulcie arriver en voiture et il sortit pour l'accueillir. Elle était restée silencieuse toute la matinée et, lorsqu'il vit son visage, il sut qu'elle avait pris une décision.

Elle descendit de voiture et elle resta un instant immobile, le visage levé vers la pluie. Il n'avait jamais vu une femme plus belle. Il ne l'avait jamais autant aimée qu'en cet instant. Mais il devait la laisser partir. Il l'avait su depuis le début. Tout comme il savait qu'il partirait avec elle… si elle l'y autorisait.

Elle avait dû sentir sa présence car elle regarda dans sa direction, un grand sourire se dessinant sur son visage.

— Je t'aime ! lui lança-t-elle sous la pluie torrentielle. Je t'aime, Russell Corbett !

Il prit conscience qu'elle le lui disait pour la première fois, et il sentit son cœur s'emballer.

— Je t'aime, Dulcie Hugues !

— Epouse-moi et construis-moi une maison au flanc de ce coteau.

En deux bonds, il était près d'elle et la soulevait dans ses bras, la faisant tournoyer sous la pluie. Puis ils se mirent à ire et il lui dit combien il l'aimait. Il prit ses lèvres dans un baiser fougueux et la reposa lentement au sol.

Lorsqu'il s'écarta d'elle, il plongea son regard dans le sien.

— En es-tu sûre, Dulcie ? Ce n'est pas Chicago ici.

Elle éclata de rire.

— Non, Russ, en effet. Mais c'est ici que nos enfants grandiront ainsi que, si nous avons de la chance, nos petits-enfants. C'est ici qu'est mon cœur.

Black Rose n°2

L'éclat du danger - Nora Roberts

Trilogie Le secret des diamants 3/3

Lieutenant de police à Washington, Seth Buchanan est stupéfait : Dia Fontaine, une célèbre mannequin qu'on pensait morte assassinée da son appartement, vient de surgir devant lui, bien vivante. Le meurtr a-t-il commis une erreur ? Et, lorsqu'il s'en rendra compte, ne voudra- pas à tout prix recommencer pour atteindre, cette fois, sa *vraie* cibl Déjà désarçonné par la tournure que prend son enquête, Seth doit bien se rendre à l'évidence : la beauté de Diana le touche étrangement.. décide alors d'employer ses talents d'enquêteur pour démasquer ce qui, dans l'ombre, la menace...

Jamais je ne t'ai oublié - Elle James

Lorsqu'elle se retrouve plaquée contre un torse puissant – tandis qu' main se pose sur sa bouche, étouffant le cri qu'elle s'apprêtait à pousse Tessa sent la peur la gagner.

- Cesse de te débattre, bon sang !

A ces mots, elle se fige. Cette voix qui vient de murmurer à son ore elle la reconnaîtrait entre mille. Pourtant... c'est impossible ! S McNeal, l'homme qu'elle aimait follement, est mort deux mois tôt ! Aussitôt, la fureur l'envahit. Puisqu'il lui a menti, Sean va de s'expliquer... Et vite.

Black Rose n°

Une mystérieuse identité - Carla Cassidy

Amnésique... Terrifiant, le mot tourne comme une spirale sans dans l'esprit de Jane. Qui est-elle ? Impossible de s'en souvenir. ce qu'elle sait, c'est que, sans l'aide de Lucas Washington, l'hom qui l'a recueillie chez lui après l'avoir trouvée, errant seule en pl nuit, elle serait en grand danger. Qui est responsable des trace coups qu'elle porte ? Lucas lui a promis de le découvrir... Lucas, l'a immédiatement séduite, mais qui disparaîtra de sa vie sitôt qu aura retrouvé ses souvenirs... et le père de l'enfant qu'elle porte.

Un cruel dilemme - Cynthia Eden

Slade vient d'être localisé ? En apprenant la nouvelle, Sydney est le choc. Voilà bien longtemps qu'elle avait abandonné tout espoir son fiancé – enlevé deux ans plus tôt par une armée rebelle au Pér ne soit retrouvé vivant. Bien sûr, si elle est extrêmement soulagée Slade revienne enfin parmi les siens, elle sait aussi que ces retrouv inattendues vont la placer face à un terrible dilemme... Car, bien m elle, elle est tombée profondément amoureuse de Gunner, le frè Slade...

Le vertige de la menace - Maggie Price

Du sang. Recouvrant le sol de sa boutique. Comme anesthésiée, Claire ne peut détacher les yeux du corps sans vie de Silas, son employé. Qui l'a assassiné ? Et pourquoi ? Brusquement, elle est interrompue dans ses pensées par l'homme qui vient de franchir le seuil du magasin. Jackson Castle – qu'elle aimait, mais qu'elle a quitté, incapable de supporter la vie instable que leur imposait son métier d'agent secret – la fixe. Claire sent son cœur cesser de battre : elle vient de comprendre. Ce n'est pas Silas qu'on voulait tuer, mais *elle*. Pour atteindre Jackson. D'une phrase, il confirme ses pires craintes.
- Tu es en danger de mort, Claire.

Un fascinant partenaire - Jennifer Morey

Elle doit faire équipe avec Jag Benney ? L'agent Odelia Franck ne décolère pas. Comment va-t-elle faire pour supporter les sarcasmes et le machisme de cet homme arrogant et détestable ? Et, surtout, comment parviendra-t-elle à réprimer le désir brutal, inexplicable, qu'il fait monter en elle à chaque fois qu'elle le croise ? Odelia s'en fait la promesse : elle prendra sur elle et se montrera professionnelle. Quoi qu'il lui en coûte...

Black Rose n°299

Le lac des secrets - Harper Allen

Depuis des mois, vivant seule dans sa maison au bord d'un lac, Julia lutte contre les démons qui la hantent, incapable d'oublier ce jour fatidique où elle a échoué dans sa mission de flic et où un enfant est mort à cause d'elle. Pourtant, lorsque Cord Hunter, son amour de jeunesse, vient lui demander de protéger Lisbeth, une petite fille de cinq ans dont les parents ont été assassinés par un psychopathe et qui ne doit son salut qu'au fait de s'être cachée dans un placard, Julia ne peut faire autrement que d'accepter. Elle doit dès lors faire équipe avec Cord, celui qu'elle n'a jamais cessé d'aimer, mais qu'elle a quitté à cause de cette culpabilité écrasante qui l'étouffait...

La brûlure du danger - Jasmine Creswell

Ambitieuse, indépendante, un brin rebelle, Abigail Deane n'est pas du genre à se laisser impressionner par un appel anonyme. Mais là, c'en est trop. Depuis quelque temps, les événements étranges se multiplient autour d'elle : comptes falsifiés, appartement cambriolé... A n'en pas douter, un inconnu, tapi dans l'ombre, l'observe et cherche à lui nuire... Refusant de céder à la panique, elle se tourne vers Steve, son meilleur ami, afin qu'il l'aide à démasquer l'ennemi sans visage qui semble l'avoir prise pour cible. Sans deviner que la tendre protection de Steve va immanquablement raviver ses sentiments pour lui. Des sentiments inavoués, enfouis depuis des années dans le secret de son cœur...

A paraître le 1er mars

Best-Sellers n°599 • historique

Le tourbillon des jours - Susan Wiggs

Londres, 1815

Rescapée d'un terrible incendie, Miranda a perdu la mémoire : pour tout souvenir du passé, il ne lui reste qu'un médaillon où est gravé son prénom. Perdue dans une Angleterre tout juste libérée de la menace napoléonienne, elle ne reconnaît ni le décor qui l'entoure, ni le visage des deux hommes qui prétendent tous deux être son fiancé. Auquel doit-elle faire confiance ? Et que signifient ces images fugitives et incompréhensibles qui surgissent parfois dans sa mémoire ? Résolue à comprendre ce qui lui est arrivé, et à retrouver son identité, Miranda se lance alors dans une quête éperdue qui va l'entraîner dans la plus folle – et inattendue – des aventures…

Best-Sellers n°600 • suspense

Un cri dans l'ombre - Heather Graham

Des corps en décomposition, cachés sous des branchages et de vieux emballages… Face à l'atrocité des clichés étalés devant elle, Kelsey O'Brien ne peut s'empêcher de pâlir. Des cadavres, elle en a pourtant vu des dizaines au cours de sa carrière d'agent fédéral. Mais la mise en scène sordide choisie par le tueur en série qui sévit depuis quelques mois à San Antonio fait naître en elle un puissant sentiment de dégoût et de révolte. Et puis, qui sont ces jeunes femmes qui ont été sauvagement assassinées, et dont personne n'a signalé la disparition ? Autant de questions qui obsèdent Kelsey et la poussent à accepter d'intégrer la célèbre équipe de l'inspecteur Jackson Crow, et de mettre à son service le don qu'elle a jusqu'ici toujours voulu garder secret : celui de communiquer avec les morts… Un don qui, elle le comprend bientôt, pourrait bien la rapprocher malgré elle de Logan Raintree, ce policier aussi introverti que taciturne avec lequel elle est obligée de collaborer...

Best-Sellers n°601 • suspense

Kidnappée - Brenda Novak

Un déchirement absolu, irréductible. C'est ce que ressent Zoé Duncan depuis que Samantha, sa fille adorée, a disparu. Déchirement, révolte aussi. Car elle refuse de croire un instant à une fugue, hypothèse que la police de Sacramento s'obstine pourtant à avancer. Certes, Sam traverse une crise d'adolescence difficile, mais elle ne serait jamais partie comme ça. Cela n'a pas le moindre sens.

Persuadée que quelque chose de grave est arrivé à sa fille, Zoé est prête à tout pour la retrouver. Même si elle doit pour cela perdre son nouveau fiancé, son travail, sa splendide maison de Rocklin. Même s'il lui faut revenir sur son passé douloureux et dévoiler ses secrets les plus intimes à Jonathan Stivers, le détective privé à la réputation hors du commun qu'elle a engagé. Jonathan, le seul homme qui a accepté de se lancer avec elle dans cette bataille éperdue pour sauver Sam – et où chaque minute qui passe joue contre eux.

-Sellers n°602 • thriller

›etite fille qui disparut deux fois - Andrea Kane

ıit suffi qu'elle tourne la tête... Elle aurait alors aperçu, dans une voiture, sa petite ui luttait pour échapper à son ravisseur. Mais Hope n'a rien vu de tout cela car elle ›nsait qu'à une chose : rentrer à la maison où, pensait-elle, l'attendait son petit ange.
ȝe aux affaires familiales Hope Willis de White Plains n'a désormais plus qu'une ı de vivre : retrouver sa fille Krissy, cinq ans, qui vient d'être enlevée. Aussi, t contre le désespoir et refusant d'envisager le pire, elle décide de faire appel rofileur Casey Woods et à son équipe peu conventionnelle de détectives, les sic Instincts – des enquêteurs privés réputés pour leur ténacité et leurs succès des affaires particulièrement délicates.
vite, alors que des secrets du passé refont surface, Hope comprend que le ; est compté et que le sort de Krissy se joue sans doute à très peu de choses. détail jusqu'alors passé inaperçu, au passé trouble de sa propre famille... qu'il en soit, elle va la retrouver, dût-elle pour cela tout perdre et affronter ıcevable.

Sellers n°603 • roman

:contre à Seattle - Susan Andersen

s qu'elle a croisé l'inspecteur Jason de Sanges, Poppy Calloway n'arrive pas à r cet homme de ses pensées. Il faut dire que dans le genre beau flic ténébreux ›rruptible, il est tout simplement irrésistible. Si bien que quelques mois plus tard, 'elle apprend qu'elle va devoir travailler avec lui à la réinsertion de jeunes de ıartier, elle sent un trouble intense l'envahir... avant de déchanter devant les res glaciales de Jason. Loin d'être un héros chevaleresque, comme elle l'avait c'est un homme froid et cynique, dont le caractère est à l'exact opposé du Comment va-t-elle réussir à collaborer avec Jason, qui non seulement a le don nettre systématiquement hors d'elle, mais qui, en outre, semble pertinemment ınt de l'effet incroyable qu'il a sur elle ?

ellers n°604 • historique

se des Highlands - Juliette Miller

, XIIIe siècle

est révoltée. Comment le seigneur Ogilvie a-t-il osé utiliser la force pour d'abuser d'elle ? Elle qui travaille depuis toujours au château est désormais nte à la fuite. Une fuite dans la lande glaciale au cours de laquelle elle aurait oute péri, si un mystérieux highlander ne lui avait porté secours et donné .. dans la forteresse qui appartient au clan ennemi de celui des Ogilvie.
début, Wilkie MacKenzie, qui possède toute l'autorité et la noblesse d'un eigneur, se conduit comme tel avec elle. Pourtant, Roses sent que sa présence les autres membres du clan. Pire, qu'elle représente un danger pour eux : pas évident que le seigneur Ogilvie va vouloir la récupérer, par les armes s'il Mais si elle se sent la force de faire face à cette hostilité, et à cette menace, e sait si elle pourra cacher les sentiments brûlants que lui inspire Wilkie, alors ıi-ci va bientôt devoir se choisir une épouse de son rang...

Composé et édité par les
éditions HARLEQUIN
Achevé d'imprimer en Italie (Milan)
par Rotolito Lombarda
en mars 2014

Dépôt légal en avril 2014